最漫长的那一夜

第2季

14夜故事

蔡骏 著

浙江出版联合集团

浙江文艺出版社

北京读蜜文化传媒有限公司
策划支持

献给所有深夜不睡觉的人

最漫长的那一夜，我陪你度过

默然忍受命运的暴虐的毒箭，或是挺身反抗人世的无涯的苦难，通过斗争把它们扫清，这两种行为，哪一种更高贵？

——莎士比亚

目 录

第 20 夜　白茅岭之狼一夜

那座监狱，远在苏浙皖三省交界的深山，有个恐怖片式的名字——白茅岭。

　　白茅岭是上海管理的农场，是教化劳改犯重新做人的地方，有许多说沪语的干警。上海人管被释放的劳改犯叫"山上下来的"，说的就是这座山。从前我一直以为那叫"白毛岭"，听起来更阴森更有想象力，仿佛跟白毛女存在某种联系。

　　那年冬天，每逢日落，就是白茅岭最漫长的一夜。东边和北边，连绵不绝的白茅岭，早已降下白霜。西边和南边，是宽阔的无量河。四面无处可逃，天然的大监狱。刚过十二月，无量河蜿蜒的水面，结了一层薄冰，多年未见此景。监房、宿舍、兵营还有农舍，均无暖气，只能烧山上的干柴。囚犯们盖着薄薄的被子，互相搂抱取暖。值班的干警最难熬过长夜，唯有痛饮劣质白酒。清晨，隔着铁窗向外望去，是屋檐底下长长的冰，开春的油菜花地和茶园，盛夏的稻田和果树，秋天郁郁葱葱的山岭，远看都像涂抹过一层白石灰，仿佛整个白茅岭被移植到了西伯利亚。屋里屋外，每寸空气，潮湿刺骨，钻进毛细血管，潜入七情六欲。

　　比冬天更可怕的是狼。七十年代的白茅岭，有什么会同时出现在所有人的噩梦中？便是狼这种动物。狼会吃人。除了农家牛羊，狼最爱吃小孩。白茅岭有所学校，家长多是干警与农场职工。枫林染红的时节，有个一年级的小学生，在放学路上被狼吃了，只剩残缺的骸骨。传说中的大灰狼，并不只是大人们用来吓唬小孩的。农场职工决意复仇，向部队借了自动步枪，在深山掏到狼窝，掳获七只小狼崽。刚出生的小狼，满嘴奶味，像一窝毛茸茸的小狗。它们被剥皮处死，血淋淋地吊在农场门口。当晚，整个白茅岭的囚犯、干警、职工还有士兵，都听到荒野里的狼嚎，从午夜持续到天亮。让人心里潮湿得发霉，生出密集的狼毛来。

次日早上，挂在农场门口被剥了皮的七只狼崽，消失不见了。

不久，一个职工晚上出门解手，迟迟未归。老婆拖着众人去找，发现在茅坑边的尸体——喉咙被咬断，差不多放光了血。大家都闻出了狼的气味。隔了一日，午后的太阳下，有个职工独自在茶园干活，突发惨叫。等别人赶到，发现他已被咬得面目全非，鲜血染红了茶树枝干。整条大腿都不见了，连着命根子咬断，被狼拖到林子里作了午餐。自此以后，大白天没人敢落单。下地干活必须三人一组，随身携带猎枪，最起码得有镰刀之类的防身。猎狼队使用部队的56式自动步枪（56式至今仍是一种致命武器，威力颇猛），在方圆几里内严密搜捕。

白茅岭有对夫妇，夏天有了第一个孩子。怀孕时就被看准是男孩，生下来足有八斤四两。十月初一，寒衣节深夜，夫妻俩被某种声音惊醒，发现襁褓里的孩子没了。窗户被顶开一道缝隙，残留几绺灰色狼毛。女人疯狂尖叫，左邻右舍提着猎枪赶来，搜索到鸡叫天明，有人在山林边缘，找到两块染血的襁褓碎片。年轻的妈妈哭晕过去，大伙却不敢进山捕狼。最近一个月，有十个男人命丧狼腹。几具残缺的尸体旁边，自动步枪未曾放过一弹。白茅岭的狼动作极其迅速，目标还没反应过来，已被咬断了脖子。

一头寻仇的母狼?！

一九七六年年末,白茅岭农场发回上海的报告,将之形容为"狼灾"。

冬至,纷纷扬扬的大雪降下。每逢这种年景,狼群出没最为频繁,人与家畜也更易成为狼的猎物。狼嚎如常光临白茅岭。监狱岗亭打开探照灯,瞄准风中声音的方向。小土丘上,发现那头狼的身影,狼毛蓬松垂落,像个披头散发的女人,斜眼放着绿光。

清晨,大墙内的某间牢房,十几个犯人陆续醒来,发现他们中的一个,平日里健壮的大块头,已成血肉模糊的一团。喉咙被咬断了。监房里弥漫着血腥味,还有狼身上特有的臊气。铁栏杆上有几撮灰色狼毛。这意味着昨晚,那头狼秘密潜入监狱,成功躲过各种防范,没发出任何声音,杀死了熟睡中的囚犯。它不是来吃人的,死者虽然肥壮,但没缺多少肉,只有浑身狼爪的伤痕。

白头发的老狱警,接连抽掉半包大前门。案发现场烟雾腾腾。幸存的犯人们挤在角落,贪婪地吸鼻子,吞下充满烟味的空气。躺在中间铺位上的死人,是白茅岭唯一的胖子,却像具被吸干了的僵尸。老狱警操着一口黄酒瓮味的南汇话,令人颇感费解。相比警察后生们,他就是个乡下土鳖。他的真本事,只有两个最老的犯人知道,只有蹲了大半辈子监狱的人,才能从他后半夜巡逻慢悠悠的脚步声中,听出那个名侦探的节奏……

三十多年前,提篮桥监狱幽长的甬道两边的铁栏杆里,人满为患,喧嚣骚动,散发出死尸与粪便的恶臭。彼时,他还不是狱警,更不老。他专办各种杀人大案,登上过《申报》,被百乐门的小姐们献过花。他常到监狱提审犯人,穿着灰色风衣,笔挺的皮裤,锃亮的靴子,偶尔戴上呢质礼帽,嘴里叼根烟斗。他很容易被认出来,有人向他吐口水,笑声邪恶。他穿过甬道,仿佛经过动物园,他把杀人犯看作野狗,绑票团伙当成黑鱼,扒手大王视为猴子,但他没看到过狼,也没有看到过狮子样的罪犯。一九四九年，许多警官去了台湾，唯独他留在上海市警察局，完成与解放军的交接。他为什么不走？因为是那福州路啊，有他喜欢的书店和姑娘。几年后，这条路上的商务印书馆和中华书局，都搬去了北京。而作为前名侦探，他走出福州路185号，踏上去白茅岭的卡车，带领五百名少年犯，从此二十年如一日，再没回家。

老狱警又踩灭一根烟头，看着监房床铺上的死尸。为子复仇的母狼，或许只是示威——它能轻易杀死任何人，在任何地点、任何时间。

但他仍有疑惑，在狼杀人的同时，这间牢房里还有十二个人，难道都没有任何察觉？

一个年轻囚犯说："我看到了。"这小子戴着眼镜，不像其他凶恶的惯犯。他的铺位就在死者旁边。后半夜，他被身边某种动静惊醒，闻到一股刺鼻气味。恐惧充盈了心底。睁开眼睛，月光穿过铁窗照亮监房。有团巨大的黑影，趴在旁边的大块头身上——难道有人半夜来鸡奸？为何没有反抗？不对啊，旁边那家伙可是个狼角色，平常在监狱里横行霸道，都是他干别人的，怎么可能被别人干？不，那个……好像……不是人类。不错，它刚咬断了大块头的咽喉，满嘴都是人血。它也看到了他。

狼的目光。他说这辈子都不会忘记，在凌晨时分的白茅岭，监狱的床上看到一头刚杀过人的狼。狼的鼻子距离他的鼻子，不会超过半尺。狼嘴里喷出的热气，带着死人的血腥气，灌进他的嘴巴。狼狠狠地瞪着他，几乎透过他恐惧的眼球，看穿他悲催的前半生。他不敢叫喊，没有发出声音。狼在警告他，要是把其他人吵醒，立刻咬断他的脖子。他直视狼眼几秒钟。幽暗的、绿色的却又像宝石般的狼的目光。德国纳粹的、意大利法西斯的、日本鬼子的、美帝国主义的、地球上一切的邪恶与残忍的目光，都不如昨晚那双目光。

在脖子被咬断之前，他闭起眼睛，强迫自己趴下装睡。他能感到那头狼从床上起身，脚步像猫似的，静悄悄地离开监房，从铁栏杆间钻出去。他躺在尸体旁边，自己也像尸体一动不动。直到天亮，囚犯们陆续醒来，才响起男人们的尖叫。

狱友们都不责怪他，毕竟当他发现时，旁边的人已经死了。假如他发出叫喊，非但自己白白送命，周围那些囚犯惊醒，恐怕也会被这头野兽咬死。所以，他的沉默，反而救了一屋子人的性命。

老狱警记住了这张年轻的面孔，也记住了他的囚犯编号：19077。

大雪一连下了十天。从白茅岭农场建立的那天起，就未曾下过这么大的雪。自狼在监狱里吃人那晚以后，白茅岭人人自危，为了避免在睡梦中葬身狼口，他们轮流说鬼故事吓唬自己。狼的体形虽大，骨头却很纤细，传说有缩骨之术，能钻进很小的洞或缝隙。毫无疑问，又是那头复仇的母狼。

唯独老狱警，照旧抽着大前门，蜷缩在宿舍火炉边，迎来一九七六年的最后一天。默算日子，等到过完年，还有四十九天，就能熬到退休回上海了。

这天黄昏，劳改犯点名时，发现少了一个人。

干警们搜索了整个监狱，包括白天活动过的荒野。

冬天出来劳作的犯人不多，岗亭外放哨的士兵，偶尔也会走神，尤其当风雪弥漫，模糊了视线之时。那年头的白茅岭，越狱并非难事。别说是人，连狼也能翻墙。某年夏天发洪水，砖砌的监狱全被冲垮，有几个囚犯和干警一起被淹死。水田和茶园紧挨着山林，夏天下地劳动的时候，趁着别人稍不注意，囚犯就能轻易逃跑。

越狱者的结局，无外乎几种——被执勤的哨兵开枪击毙；被军警搜捕抓回来枪毙；逃到山上被狼吃了。还有更惨的，九死一生逃回上海，家里人却不敢收留，身无分文还没有粮票，露宿街头，饥寒交迫，为了能吃上口饭，索性再奔回白茅岭报到。

若在平时，早就全员出动搜捕了。不过，今晚零下十五度，在这样的雪夜上山，等于自杀。越狱的犯人也是昏了头，就算侥幸没被冻死，也会成为饥饿狼群的晚餐。监狱决定，等到明天清晨再行动。但到那时候，要搜捕的就不是逃犯，而是逃犯的尸体了。

白头发的老狱警，蹲在监狱门口，给自己点上最后一支烟，努力回忆逃犯的脸，想着想着，却串到了别的什么面孔上。不同的脸像烙蛋饼似的，金黄的压着土黄的，从焦香四溢到冰冷僵硬。

雪，下得稀稀落落。月亮快从浓云间露出头了。白茫茫的山上点缀着黑色的毛竹与枯树。站在监狱前向东望去，山头轮廓分明，右边露出一道陡峭悬崖，突出的侧面很像狮脸。那片山崖，又名狮子口，相传曾是宋朝岳家军抗金的古战场。

平常这个时候，老狱警就要回去值班了。那几个来自提篮桥、在白茅岭监狱相伴了三十年的老囚犯，只有听到他夜巡的脚步声，才能睡得安稳。他清点兜里的烟，剩下一包半，刚够应付七八个钟头。而这一夜，还漫长着呢。

明天早上，太阳照常升起，但不是每个人都能看到。

莫名其妙地，老狱警想到这句话，很想找个人说说，回头只见雪夜里自己的影子。

他摸了摸腰间的枪套——54式手枪的，上个月才配发给每个狱警。这种枪威力巨大，可以近距离击穿薄钢板和砖墙，通常供军队使用。所以，这不是用来看管犯人的，而是为了防范狼的偷袭。弹匣容量八发子弹，但他只上了七发，因为最后一发容易卡壳。

枪套里是空的，枪已不翼而飞。

几个钟头前，他在负责看管放风的犯人。那时候，风雪正好停了，太阳难得从乌云里露头。虽是零下十五度的凌寒，他坐在阳光下的雪地里，仿佛做梦回到了三月的春天。但人到底是老了，他坐在一块榆木桩子上，背靠着光秃秃的篱笆墙，慢悠悠地点了一根大前门。午饭刚吃完食堂的红烧肉，饭后一根烟，赛过活神仙。几个囚犯都是些后生，最小的十七岁，嘴上的毛还没长齐，年长的也不过三十，他们正在堆一个硕大的雪人，不断用雪块垒上去，几乎有两米多高。还有个下流坯子，用根粗木头插在雪人的胯下，一副要对着白茅岭所有女人耍流氓的屌样。

老狱警并没有阻止这些家伙，而是继续享用他的大前门。冬天的太阳下，风懒惰得静止不动，烟烧得尤其缓慢，在食指与中指之间忽明忽暗。

他做了一个梦。又一次梦见提篮桥监狱，梦见福州路上的小书店和姑娘们，最后居然梦见了动物园，铁笼子里趴着一头睡觉的狮子。

十分钟后，他被一阵风吹醒。烟头早把手指烧起泡，他却没任何感觉，坐在榆木桩子上，双眼瞪巴瞪巴，扫过几个囚犯年轻的面孔，他们却诧异惊恐地甚至带有某种怜悯地看着他。

就刚才坐着抽烟的工夫，竟然不知不觉睡着了，他怀疑自己是活着，还是被这些囚犯用绳子勒死，用石头砸死，或者用狱警的配枪毙了。

枪。

下意识摸了摸枪套，空的。

来不及吼叫，就发觉囚犯少了一个——他记得那张年轻的脸，戴着眼镜的斯文样，在令人眩晕的冬至后的清晨，狼吃人的监牢里头。

编号：19077。

这挨千刀的小子，趁着老子睡着的空隙，偷走枪套里的手枪，逃跑了！

几个正在玩雪人的囚犯，都被19077号的举动吓坏了。大家来不及警告19077偷枪会被枪毙，他就已带着手枪消失在白茅岭上。

老狱警手里没枪，何况山上有狼，必须先把剩余的囚犯押解回监狱。

他没再点烟，不明白自己怎么会睡着——一辈子从未犯过这样的错误。虽然已五十九岁了，但除了头发已白，他并不像同龄人那样衰老，反而发根茂盛，身体还强壮着呢。盛夏农忙，他也和囚犯们一起，光着膀子在烈日下收割水稻，身手敏捷不亚于小伙子。

监狱门口，懒洋洋的老狗在喘气。原子弹试验那年，他看着这条狗出生，活蹦乱跳了十年。秋天，它还让农场里的两条母狗同时生了两窝小崽子。可就在几天前，这条狗没来由地颓了，先掉两颗牙，后来是一瘸一拐，再后来尾巴都竖不起来，撒尿没法跷起腿，就等着进棺材了。这是命。

晚上八点，部队发现失踪了一支 56 式自动步枪，弹匣里有三十发实弹，还有把 56 式三棱刺刀也不见了。

偷走枪和刺刀的人，正在上山途中。

白茅草占满整片山坡，据说这正是"白茅岭"的来历。锯齿状的草叶，山羊都不吃，割在脸上辣辣地刺痛。自动步枪挂在胸口，刺刀别在腰间。雪停了。月光皎洁。老狱警决定亲手把活人抓回来，而不是带回一具冻僵的尸体，或是被狼吃剩下的几分之一。就在今晚。

环顾四周，只有光秃秃的树干，看不到监狱和农场。军用手电筒光束耀眼。头顶划过一片凄厉，像铍声击穿耳膜。很高的树枝间，悬着被吊死的猫，惶恐哀鸣的，想必是猫头鹰。黑夜里遇到这家伙，必非吉兆，恐怕有人要殒命。他套着厚厚的军棉袄，帽子挡不住寒风，头皮一阵阵发冷。脚下的解放鞋，在雪地里遭殃。他像条狼狗弓腰观察地面。雪如起伏的棉花糖点缀着枯草与树干。山上积雪尤甚，几乎没过脚踝，雪地上留下深深脚印。前头还有脚印，幸好雪停了，否则很快便被淹没。四周落得孤寂，呵出白气，热腾腾的一瞬即逝。

但他嗅出人的气味——逃犯还活着。

另一行脚印，浅浅打在雪上，一个个小圆点，彼此间距很近，像两个小孩子追逐奔跑，说明是四条腿。空气中有野兽的气味，淡淡的躁热，恶心的腥臭。他取下56式自动步枪，打开机匣右后方的保险，连发模式。单发虽精准，但万一没射中，或击中了没打死，恐怕在射出第二发前，自己的喉咙已被咬断。枪口对准雪夜下的阴影，任何动静都要扣下扳机，管他是狼是人！往往这种时刻，枪在新兵手中很危险，只要哪个环节稍微出错，就会误伤战友，甚至可能打爆自己的脑袋。

每逢新兵入伍，白茅岭的老兵们都会反复告诫——晚上小心狼！一个人站岗时，绝不能思想开小差。有个东北来的新兵，十八岁，个头一米九几，体重一百八十斤，可谓白茅岭的巨人。他家在长白山下，半汉半鲜的村子，祖传的猎户，年年要打死上百头狼。他想，过了长江还会有狼？一定是老兵用来吓唬人的。第二天早上，战友们发现此人不见了，岗哨上有团血肉模糊的骨头，残破的军装，散落一地的灰色狼毛。掉在地上的自动步枪，尚未打开过保险呢。在白茅岭，老狱警亲眼看见过被狼吃掉的新兵蛋子至少有四个。

胸口有些冒汗，他解开风纪扣，一股寒风卷入领口。为了抵挡南方冬天的湿冷，他习惯于穿着厚厚的军棉袄，并牢牢系紧领口。他突然听到某种声音。隔着一片树丛，在手电筒的光束最末端，有黑影晃动。老狱警关掉手电筒，借助月光往前摸去。那影子行动缓慢，估计已耗尽体力。只差数步之遥，影子越发清晰，破烂的囚服在雪地中分外醒目。白天越狱的逃犯，能活到现在，也算走运了。必须要抓活的，不能开枪，要无声无息，像从背后偷袭的狼。老头趴在荒草丛里，半个身子没在雪中。

19077号囚犯，刚满二十八虚岁。青皮光头上发根茂盛，已近板寸长度。不像其他劳改犯，他的皮肤白净，嘴上有圈胡茬。最与众不同的是，鼻子上架着一副眼镜。大冬天口中呵出的白气，反复模糊镜片，目光也像盖着一副帘子，朦朦胧胧。乍看略像《南海风云》里的年轻舰长。去年夏天，南京军区的电影放映队，来到白茅岭放过一场露天电影。所有的囚犯、干警、职工，包括军人，一起坐在星空下，盘着腿，喂蚊子。

把这小白脸扑倒，干翻，捆住，不是轻而易举吗？

雪地里飞起团灰色，巨大的尾巴，月下龇牙咧嘴，牙齿白骨般反光。

"狼！"

该死的，那本该是他的猎物。但老狱警的一声"狼"，意外救了逃犯的命。狼的第一击，擦着逃犯的咽喉而过。狼爪将他扑倒在雪地。逃犯发出含混不清的吼叫，垂死挣扎，四肢乱蹬，抵挡狼的攻击，像被壮汉强奸的弱少女。

狼不明白，为何没有一击命中？自觉奇耻大辱，启动第二击。

四颗尖利的恶齿，再度逼近逃犯的脖子，眼看要噬血夺命。

枪声响起。56式自动步枪，三颗子弹，冒着火星，冲出枪管，响彻了整个白茅岭。逃犯本能地在雪地里打了两个滚。从狼爪底下脱身，摸了摸脖子，确信还跟脑袋连在一起。

他活着，狼也活着，均毫发无损。子弹射向黑漆漆的夜空，击向挂在中天的月亮。并非老狱警射术不精，而是狼与逃犯生死搏斗的瞬间，纠缠翻滚在一起，根本无法瞄准。56式自动步枪的杀伤力超强，就算打准了狼，子弹也很可能穿透狼的身体，击中下面的逃犯。还有一点，连发会产生强大的后坐力，导致第二发与第三发子弹往往不准。

对于在白茅岭"关"了二十年的老狱警来说，狼不是陌生的动物。他能辨认出每头狼不同的细节，无论公母。这头成年母狼，体形比同类大些——白茅岭上的这群狼，大多魁梧雄壮。为消灭这头凶残的母狼，农场上下折腾了两个月，不仅一无所获，反而丢掉不少人命。刚才那几秒钟，是千载难逢的杀狼机会，也是将越狱者当场击毙的好时机。但他的目的不是杀人，而是把活人带回监狱。

狼这种畜生挺小心的，知道自动步枪不是木棍，转身窜到雪地深处，消失了。

逃犯看到了老狱警，也看到了自动步枪。他知道是来抓自己的，要么被当场击毙，要么被抓回去枪毙，对于一个倒霉的越狱者来说，不可能有第三种结局。无论结局如何，总比被狼吃掉好些吧。逃犯选择了向政府投降。

囚服早被抓烂，苍白的脸上多了道血痕。眼镜顽强地挂在鼻梁上，只是有一块镜片已破碎，宛如布满裂缝的玻璃窗，将左眼的目光隐藏得更深。老狱警啐了口唾沫，用枪口用力捅他后背，"跪下！双手抱后脑勺！"

越狱犯闭上眼睛，老狱警从他的囚服里，搜出一把54式手枪，弹匣里七发子弹，一发不少。他将手枪塞回枪套。再不能被偷走了，他想。

"同志，我听说，对准心脏开枪，是最没有痛苦的死法，对吗？"

"完全说错了！打中心脏是最疼的！白痴！"

老狱警掏出麻绳，将逃犯双手别到后腰，打了个死结捆住。逃犯站起来，比他高了半头。劳改犯要从事强体力劳动，但他的胳膊并未锻炼出肌肉，体形依然像黄豆芽。脸颊的血滴滴答答。老狱警抓了把雪，擦了擦逃犯的脸，以免血腥气引来更多的狼。他系紧风纪扣，用枪顶着逃犯后背，押解他往回走。白雪和月光彼此交映，四周全是黑压压的森林，监狱和农场还很遥远。

余光瞟到逃犯的眼镜快滑下鼻梁了，老狱警为他扶正眼镜，准确说出他的编号——"19077，干吗要逃跑？"

"因为你睡了。"

老狱警很想现在就毙了他，"逃就逃了，竟敢偷枪！"

"山上有狼，要是有一把枪在身上，还可以防个身什么的。"

"你会用吗？"

"不知道。但只要我手里有枪，就算你醒了，也不一定敢追上来。"

"要是今天我没睡着，你也想逃跑吗？"

年轻的逃犯点了点头，说："我怕狼。"

老狱警眯起双眼，布满皱纹的眼皮底下，两道目光如炬。他直勾勾地盯着逃犯，像回到冬至第二天早上的命案现场。

"那天晚上，在监牢里，大家都睡着的时候，亲眼看到狼吃人的，就是我。"

眼前年轻的逃犯，编号19077的越狱者，是那桩案子唯一的目击证人。他害怕晚上睡在监狱里，会不知不觉被狼吃了。

"逃到山上就不会被狼吃掉吗？"

"我宁愿醒着的时候死，也不愿睡着以后，死得不明不白。"

"这里没有死得不明不白的人！"老狱警用枪口顶了顶他后脑勺。

两人一前一后走了好久，迟迟不见监狱与农场的灯火。老狱警计算路程和时间，从潜出营房到上山再到逮住逃犯，花了不到一个钟头。下山又耗去差不多一样长的时间，但眼前景物却截然不同，干枯的树丛越发密集。他们本能地顺着山坡往下走，到底了却又得上坡，周而复始，永无止境。

"同志，我们是不是迷路了？"

老狱警环视一圈，将手电筒照得更远些，那是另一片无比陌生的山岭。没错，他们迷路了。唯一能确定的是仍在白茅岭。

耳膜突然被什么震了一下，死寂的雪地深处，狼嚎四起。三个月来，每晚都会响起的狼嚎，仿佛来自另一个世界的幽灵在彼此述说震耳欲聋的悄悄话。这声音的刺耳程度，完全超出人类听觉所能承受的极限，只有身临其境，才能理解何谓"鬼哭狼嚎"。

他命令逃犯原地别动，再将麻绳放长绑在自己腰上，两人拴在一起。手电扫过四周每一寸空间，跳出一对幽幽的绿灯——母狼的眼睛。灰色身体，渐从雪地露出。它从未走远，跟在身后，无声无息，耐心等候咬断两个男人喉咙的机会。

虽然穿着厚棉袄，臃肿得像团绿色毛球，但老狱警还是眨眼间打开自动步枪保险，对准暗绿色目光，扣下扳机，三颗子弹连发。枪声压倒了狼嚎。

狼消失了。前头还是雪地。黑夜里，白茫茫，远方山峦剪影模糊不清，荡起三段枪声的回音……间隔愈来愈长，更像打了三次单发。子弹继续飞。

手电所到之处，没有血迹，连根狼毛都没落下。难道是幻觉？

他问逃犯："喂，你看到狼了吗？"

"看到了，但你没打中。"

在雪夜丛林，面对狼这种幽灵般的动物，失手也并非绝无可能。看不到那双绿色的眼睛，但能感觉到它，也许已绕到背后？老狱警不敢多想，喘着粗气，转了几个圈，绑在腰间的麻绳，缠绕好几圈，像流出来的肚肠。逃犯跟着他转圈，雪里连跌两个跟头，差点也把老头带倒。

"王八蛋，坐稳了！"

逃犯应声坐在雪地上。这也是喊给母狼听的，让它一样乖乖坐下，不要轻举妄动。但他看不到狼，狼看得到他。毕竟，人的视力有限，尤其在黑夜，怎比得过野兽的眼睛？

两个人行走，一个人被反手捆着，另一个身上系着绳子，还得防范对方随时会逃跑，甚至反过来攻击他。在这种情况下，要预防狼的突袭，简直太困难了。何况又迷路了，可能离山下监狱越走越远。假如朝天鸣枪，山下能否听到？无法判断，算了吧，还是节省点子弹要紧。老狱警暗自思忖。

这么坐在雪地里，恐怕到不了后半夜，就得活活冻死。还好四周有枯枝和干草，兜里还有盒火柴。他清理积雪，点燃几绺白茅草。火种，像难产的婴儿，总算亮起来了。太冷了，又潮湿，眼看火苗又要熄灭。他命令囚犯用身体挡风，同时往柴堆里吹气。火苗点着枯枝。星星之火，可以燎原，但为了活命，哪怕烧掉整座白茅岭也在所不惜。逃犯跪着凑近取暖，死人般的脸，稍微有了血色。在火光映衬下，脸颊的伤痕更为鲜艳，竟生出一种俊俏来。

篝火让野兽不敢靠近，人类才有幸在远古生存下来。地下的雪水渐渐融化，后背心都被烤热了。老狱警又起身去收集树枝，以免燃料殆尽，但跟逃犯一块儿绑着麻绳，活动范围仅是个半径两米的圆圈。

"犯了什么进来的？"

"我没犯罪。"

老狱警一脚踢开他，却因麻绳连着他俩，自己也被顺势带倒，趔趄几下，仍端起枪。

逃犯把头埋入膝盖，反捆在背后的双手，如临刑前的死囚。火堆噼啪作响，不断有枯枝烧裂。

"他们说我是强奸犯，但我不是。"年轻的脸庞在火光中抬起。

"19077，我在医务室见过你，你以前做过大夫吧？给人看病，还是给牲口看病？"

"给人看病——女人。"

"妇科？你就每天坐在医院的小房间里看女人的下面？"

老头用衣角擦拭对方满脸的鼻涕。逃犯猛烈甩头，避开他的手。

"判了多少年？"

"十年。"

"来几年了？"

"四年一个月零九天。"

老狱警是明知故问，关于 19077 的一切，他清清楚楚——包括为什么会来到白茅岭。干了一辈子的警察，从旧社会到新中国，哪样奇怪的故事没见过？各种各样的冤枉官司多了去了，而因妇产科医生的职业无端引来强奸的罪名，也不是第一次听说。

作为强奸犯来到监狱，地位还不如贼骨头和杀人犯。倒粪便洗厕所这类脏活，通常是留给他的。何况，他长得文弱秀气，洗干净了像个小白脸……

一九七六年过去了，白茅岭上升起一九七七年的月亮。白雪映着熊熊火堆。逃犯的脸颊越发绯红，那道渗血的伤痕更加刺目，干枯的嘴唇也湿润起来。

火苗眼看要熄灭。老头命令逃犯在原地不动，他去再捡些干枯的树枝。逃犯说："要是你去捡树枝，那头狼下来了怎么办？还是我去捡吧，能不能帮我把绳子解开？反正你手里有枪，不管是我还是狼，一旦轻举妄动，你都可以开枪。"这是合理的建议。否则，两人势必一块儿被狼吃了。老狱警为他松开双手，但没有解开腰上的绳子。逃犯活动活动手腕，猫下腰去捡树枝。

来不及了。

月光透过张牙舞爪的枝丫，照亮一头硕大的动物，居高临下站在大石头上。狼眼斜斜地上翘，仿佛从蒙古归来。冬天的灰毛尤其厚长，从胸口拖到四条腿肚子上，而在宽阔的胸膛之下，还荡着一堆臃肿的奶头。它像发作时的哮喘病人，或像多年的痨病鬼，喉咙里发出低沉的咕噜声，带着血腥味和热烘烘的狼臊气。虽说狗也是这样吓唬人，但狼那尖细开裂的嘴巴，一对三角形的耳朵，垂于地面的扫帚尾，提醒生人勿近。

白茅岭的雪，还没融化。狱警与逃犯生的火，刚好熄灭。最后一粒火星，似夏日的萤火虫，冻死在突如其来的寒流中。

狼，暴露獠牙，呼之欲出。

哒……哒……哒……没听到子弹的穿透声或狼的哀嚎声，却有一阵腥风扑面而来。老狱警顺势往后跌倒，第二次扣下扳机。子弹射出瞬间，有双爪子不可抗拒地扑到肩上。超过十个成年男人的力量，将他踩倒在熄灭的火堆里，几乎要压碎他的骨骼和内脏。眼前一团黑灰，自动步枪飞了出去。浓浓的腥臭味再次袭来，冰冷的狼牙刚好擦过脖子。哪怕多停顿一刹那，就会被咬断喉咙。老头转过身，把狼压在身下，狂吼着，同样龇牙咧嘴，像要去咬狼的脖子。人的力气到底不比野兽。母狼瞪出凶狠的绿光，又挣脱转身，踩上他的后背。冰凉的异物，侵入他左后肩膀，深深嵌进肌肉。他被狼咬了。第二口，即将咬断他的后脖子。某个冰凉的金属，突然插进母狼的右前腿与胸口的连接处。

那把56式三棱刺刀。他脸朝下俯卧在地，被狼咬到肩膀的同时，反手抽出左腰间下的刺刀，举至头顶，手心向内侧一转，擦着自己脖子右侧边缘猛向上戳。母狼的血，似滚烫的开水，溅满半边脸。刺刀还在左手。这是真正的杀人利器，可毫不费力地刺透两个男人的胸膛。即便不能当场致命，三棱形的军刺也能通过血槽将空气引入，在血管内形成泡沫。只要刺入八厘米，就可让人痛苦而缓慢地死去。刀身加热时掺入过砷元素，仅仅擦伤皮肤也能导致砷中毒。

老头晃晃悠悠站起，缓缓贴近地上的母狼，决定送出最后一刀，仁慈地解决它的痛苦。

狼却一个急挺身，亡命地钻入边上的树丛，被绵延如大肠般的黑夜消化。好厉害的对手，虽然是母的！他找回手电筒，庆幸没被摔坏，这才想起逃犯。

又不见了。

老狱警的腰间还捆着绳子，却在数米开外中断——56式自动步枪也失踪了。

19077号犯人第二次偷走了老狱警的枪，也是老头这辈子第二次被人偷枪。

不远处的雪地上，有行深深浅浅的脚印。他走不远的。老狱警忍住肩膀和背后的剧痛，抓紧手电和刺刀，跌跌撞撞往前冲去。枪套里的54式手枪还在。但真正厉害的武器，既可以杀人也足够杀狼的，在逃犯手里。

一九七七年一月一日，凌晨一两点，老狱警一路往山上走。山上的雪越发坚硬。好像有白色雪花飞过，随手一抓，非但不融化，反而有些暖和，原来是身上的棉絮。这同样拜母狼所赐，只是可惜了这身好棉袄。尚未凝固的血，从十多处不同的伤口渗透。

一盏清亮的白光，从斜上方投射下来。一只老鼠，窸窸窣窣钻出雪堆，宛如一条毛笔的墨迹，从白色信纸上画过，转眼被水稀释。这家伙那么小，却非等闲之辈，窝里藏着不少过冬的口粮。猫头鹰从天而降，把老鼠逮到了树上。它自老鼠窝里生出来，到被这只猫头鹰吃掉，也许只有几个月。而与之同窝的兄弟姐妹们，恐怕寿命更短暂。想想自己能活到这把年纪，老头就感觉走了狗屎运。大约四十年前，跟他一同考进旧上海警察局的同龄人们，要么死于凶恶罪犯之手，要么作为阶级敌人被镇压枪毙，要么早早病亡在床上，而今健在于世的寥寥无几。

循着逃犯的脚印，雪地里有坨黑色的东西，冒着热气。他认得是狼粪。新鲜出炉的，小笼包般的狼粪。要是晒干了，用火柴点燃，会冒出浓烈而腥臭的黑烟。古人就是这样用狼烟传递军情的。只不过要葬送很多收集狼粪的士兵性命吧。狼不像老虎或豹子在领地范围潜伏袭击。它们的狩猎方式是长途奔袭，因此具有超乎其他猛兽的耐力。但奇怪的是，为何只有这一头母狼？狼群去哪里了？

他在此地二十年，从未深入过这些角落。严寒时节，狼群会席卷整个农场，把大家准备过年的牛羊拖走，或就地啃得只剩骨架。监狱还没养狼狗，顶多是有农家院里的草狗，学名中华田园犬，冬天还会吊死做狗肉煲。

雪中脚印，越发凌乱，也越发新鲜。手电射向正前方，依稀可辨一个人影。

"站住！"任何人只要回头，看见这么一个浑身鲜血，半人半兽的怪物，都会不由自主停下。虚弱的逃犯正在喘气，瞪大眼睛足足十秒，才确认来者是何人。

老狱警连手枪都没掏，握着带有狼血的刺刀靠近，逃犯本能地举起 56 式自动步枪，"不要啊！你再走一步，我就开枪了！"

"白痴，保险都没打开呢！"

逃犯忙乱地检查自动步枪，扳弄各个部位。当他把枪口对准自己，老头及时提醒了一句："喂，危险！小心走火，把自家脑袋给崩了！""哦？"

枪口放平，他继续扳弄保险，整张脸由苍白憋到通红，额头流下豆大的汗珠。

老狱警根本不相信他会开枪，大摇大摆走到逃犯面前。

枪响了。

连续三发子弹，从 56 式自动步枪的枪口射出，擦着耳边飞过。距离太近，根本无从躲闪，他本能地向后摔倒。在他倒地同时，身后闪过一个黑色的影子。

后面有狼的绿光，逃犯只能抓紧时间开枪。还是那头母狼？胸口中了一刺刀，居然还没流血而死？趁着逃犯分心，老头翻身抓住枪口。刺刀本可轻松地出手，瞬间捅进逃犯心窝。就算仅刺中肚子，也会令其在数分钟后丧命。终究，他不想只带回一具尸体，于是冒着逃犯开枪或走火的危险，将逃犯死死压在雪里。他右手像个铁扳手，禁锢住逃犯抖动的手指，阻止他扣下扳机。

与其作为越狱犯耻辱地受死，不如在这狼嚎的雪夜里，被一颗子弹或一把刺刀送命更痛快些。逃犯比老狱警高了大半个头，垂死挣扎，并不比母狼更容易对付。额头被逃犯的指甲抓破，老头热热的人血混着狼血，溅到逃犯碎了一块的镜片上。老头关上枪的保险，重重一拳砸中对方鼻梁。逃犯再无力反抗，像妇产科的女病人，绵软地躺在雪地上，双腿分开。满脸流血的老头，骑在他身上，劈头盖脸，一顿胖揍。

残留着火药味的枪口，顶住逃犯脑门，冰凉的皮肤立刻灼热起来。调整到单发模式，不要浪费子弹，一颗就足够了。从额头进去，后脑勺飞出来。干净利落，不会有太多痛苦。无非是死相难看点，自动步枪的威力巨大，那么近距离开枪，很可能掀掉大半个天灵盖。

"干吗要逃跑？"

"同志，我不是故意的，我以为你被那头狼吃掉了！如果，我不快点弄断绳子逃跑，也会被狼咬死的。我必须拿走你的枪，万一那头狼追上来，还可以靠这支枪自卫。你也不想看到，今晚我们两个都被狼吃掉吧？"

这番话貌似有些道理，但也可以往更险恶的方向揣测，老狱警犹豫着把枪收回。

逃犯说："你还在流血呢！"

"你以为你是医生？"老头忘了，他真是医生。

"伤口很深，没做任何包扎处理，还能一路追到这里……"逃犯摇头说，"快把衣服脱下来。"

"冷。"

"快点脱，听医生话！"

当他这么说的时候，就像在关照女病人：快脱裤子，在医生面前别不好意思。老头脱掉衣服。血肉和棉毛衫连在一块儿，冻得硬邦邦，几乎撕下几块皮。但他咬着牙，死都不肯叫一声。

手电照出后背数条伤痕，全是狼爪留下的，最深有一二厘米。左后肩膀，两个深深的洞眼，狼牙的标记。还好右肩膀没受伤，否则连枪的扳机都扣不动。老狱警个头不高，体重不超过一百二十斤，但有精壮紧密的肌肉。前妇产科医生现逃犯，撕碎老家伙的衬衣，反复缠绕包扎背后被狼咬伤的部分，一包上去就渗出鲜血。不一会儿，赤裸的后背，已包成了木乃伊。逃犯帮他穿好衣服，但后背的无数破口处，不断钻入寒风。

没有止痛药，但低温令人头脑清醒，不断刺激分泌肾上腺素，获取并透支能量。包扎穿衣的整个过程，他始终牢牢握着枪，不肯腾出双手，以至于系纽扣这种事，也得逃犯一粒粒帮他系上，从最底下到脖子上的风纪扣。逃犯抓起几把雪，擦拭老头黑乎乎的脸。冰凉刺骨的雪团，好似冬天没拧干的毛巾，擦掉厚厚的泥土与污垢，在皮肤上融化，变成水，带走人与狼的血。

老头的脸露出原色，不深不浅的肤色，眉毛与眼睛还算端正，如果戴上眼镜，穿上中山装，很像处级干部或小学教员，也像被打倒的知识分子。但他只看到雪月下自己的影子，模糊得像一团动物内脏。

"谢谢。"他第一次向劳改犯道谢。

整夜没有喝过水的喉咙，像燃烧的煤球炉，简直可以喷火取暖。

上山之前，他本想带上行军水壶，但怕累赘，加上水壶的铝质外壳很容易跟自动步枪碰撞，怕半夜里动静太大，惊动了逃犯或狼。他半蹲下来，清理出一团干净的雪，捧在手心。眼睛一闭，吞入嘴中。

前医生现逃犯提醒，冰冷的雪水不能直接下到肠胃。提防一边在雪里拉稀，一边被母狼咬掉屁股。

老狱警不蠢。他没有马上咽下去，而是先含在口腔。两边腮帮鼓着，等冰水变成温水，才缓缓吞下，这口水经过咽喉、食道、胃……虽然牙齿连同舌头冻得麻木，身体却像一盆快要枯死的花，哪怕撒泡尿浇了都能活命。

他又抓了一大把雪，塞到逃犯手里。逃犯往后缩了几下，硬着头皮吞下一口雪。

"小子，别说你想要逃走，刚来白茅岭那几年，我有好几个同事，解放前就在一块儿的老警察兄弟，都被冬天的狼吃了，连我想要逃走都不敢，何况你？"

逃犯斜眼看他，不回答，怕被这老家伙套话。

一九五三年，前名侦探来到白茅岭，自此遥望整片荒芜的山头，听黑夜此起彼伏的狼嗥。他住在漏风的茅草房子里，腰眼里别着手枪，监督犯人们修造监狱和农场。有时候，他想，自己还不如那些只判了几年的，要么三年劳教结束就能回城的犯人。从上海被放逐来的干警们，白茅岭就是终老与葬身之地。包括安置来的无业游民，大家都要为农场生儿育女，以便一代代人就地扎根，永远繁衍生息。像他这种一辈子没结婚，被批准退休后还能回上海养老的，真是凤毛麟角。

"但是，狼窜到监狱里来吃人的事情，我却是一辈子都没遇见过。"老头说。

白茅岭，下半夜。冷月下的雪地，两个男人踩出四行近乎笔直的脚印。逃犯的眼泪，扑簌扑簌，滚烫的，顺着眼角，砸入雪地，像烧开的水，融化微小的，一片白。

"同志，你说，我们要是回到监狱，我还有可能活吗？"逃犯无力地倒在雪中。

老狱警无法说出真相——越狱犯通常会被加判为死刑。除非是自首回来的，才可能捡回一条命。他说："不晓得，得看人民法院怎么判了。"

他用脚尖踢逃犯。睡在雪上多舒服啊，但睡着就死定了。他硬生生拖起逃犯，互相搀扶前行。地图上都找不到的白茅岭，无边无际，一夜间变大了十倍，需要走一辈子，像最漫长的徒刑。

不知不觉到了一个阴气逼人的小山坞。周围是枯死多年的树木，脚下积雪和泥土松软。两个男人，冻到满脸鼻涕，接二连三打喷嚏。走在前面的逃犯，脚底被什么绊倒了。被拽起来前，右手摸到一样奇怪的东西，竟是个乌黑的骷髅头！才发现脚下积雪里，散落着无数骨头。有的明显是人的大腿骨，也有牛的肩胛骨。有块山羊的颅骨，两个醒目的圆孔，是狼牙咬穿的。蓝印花土布碎片，像旧时农村老太太的。最后有一根像是清朝人的发辫——男人粗大的辫子，干枯褪色，散落在破碎的头盖骨旁边。

狼群的墓地。不，是它们猎物的墓地。更准确地说，是狼族厨房的垃圾桶，存放它们吃剩下的骨头。许多年代，不断积累下来的，到底存了一百年？八百年？远在还没有人类的史前时代就有了吗？狼是比人更古老的动物，那时候，它们才是整个地球的主人。现在，它们只能在白茅岭做主人。而人类是客人。

哭声。两人彼此对视，都没有掉眼泪。

逃犯趴在雪里，耳朵贴着地面，寻找哭声来源。地下的哭声。仿佛许多年前被狼吃掉的婴儿，阴魂不散，在自己的坟墓中哭泣。

婴儿继续哭，富有节奏，中气十足，是那种吵得全家人彻夜难眠的孩子。

老头举着手电筒，一瘸一拐，照见山坡上一个土堆。半人多高的侧面，最不起眼的位置，几株白茅草遮蔽下，有个黑漆漆的洞穴，只能容纳一个人爬进爬出，他钻进去，里面看起来深不可测，四壁凹凸不平，充满腥臭。老狱警有些后怕，自动步枪和刺刀，全都留在洞穴外面，逃犯可以轻而易举地杀了他，就算挖些泥土封住洞口，也足以让他葬身狼穴。

温暖的狼穴，与外面冰天雪地相比，简直像三月的春天。他用两个手肘支撑起身体，几乎倒吊在洞的底部，仅剩下双脚还在狼穴外。他感到有双手抓住自己脚踝，无疑就是逃犯，以免他被卡住出不来，或坠入更深的地狱。

老狱警变成了瞎子，只能依靠听觉，抓住某个挣扎的活物。摸到一只小小的耳朵，不是毛茸茸，而是光滑细嫩的皮肤。有个小鼻子，然后是迷你的嘴，紧紧咬住他的手指，有力地吮吸，传说中吃奶的劲儿。

人类的婴儿。

逃犯像拔萝卜，从狼穴中拖出老头的身体。土块与碎屑，不断从脸颊边擦落。他双手护着婴儿，紧贴自己下巴，不让这孩子受一点点伤。

男孩。哭声狼嚎般刺耳。小小的身躯底下，包着几块碎布，褓褓的残片，印着"白茅岭农场"的字样。逃犯将孩子搂在怀中，像抱着亲生儿子，反复亲那红扑扑的脸蛋，毫不顾忌孩子身上的腥臭之气，沾上满嘴狼毛。

没错，这是一个多月前失踪的男婴。所有人都以为这孩子被狼吃了，他却活在狼穴深处，看起来也没什么营养不良，就跟普通人家的婴儿一样，大腿与胳膊反而更粗壮有力。

这孩子到了逃犯手里，立刻停止了哭泣，睁开眼睛，看着雪夜里逃犯的脸，反而嘻嘻地笑了。

"你认得他？"

"是，我亲手把他接生出来的。"

"说什么呢？你在监狱里给女人接生孩子？"

19077号犯人把头埋到婴儿屁股上，边清理残留的粪便边说："我到这里四年，总共只接生过这一个孩子。"

医生在白茅岭弥足珍贵。许多有一技之长的囚犯，都被委派到重要岗位。他也不例外。除了跟别人一样劳动改造，他还在医务室工作，为老狱医打下手，给犯人配药更是家常便饭。妇科只在县城的医院才有，害了妇科病的农场女职工，懒得大老远跑县城，就会到监狱医务室来找他。女人们争相前来看病，这个上海来的医生，有个外号"小唐国强"。中年的女职工们，大大方方地宽衣解带，让他戴着眼镜仔细检查。有个三十来岁的寡妇，男人几年前被狼吃了，像只饥肠辘辘的母狼，每次到医务室，总要捏"医生"的脸蛋和屁股，像品尝一块新鲜出锅的肉，还整个人贴上来，扯开他的裤腰带。年轻医生想起自己是怎么被抓进来的，吓得灵魂出窍，飞快地逃回监牢里蹲着。但他不敢向干警报告，号子里的狱友们，都说这小子艳福不浅，要是换作他们，早就排着队去干这差事了。可是，在白茅岭的日子里，他最厌恶的，就是看到女人的身体。

五个月前，凌晨，有人把他从睡梦中拎起。这种时候来提人，往往意味着枪毙。被惊醒的犯人们，同情地看着他被带走。他浑身发抖，高声主张权利，说明明判了十年，怎又私下处决，他要再看一眼老娘，又问干警能不能吃顿红烧肉，后者轻蔑地摇头。传说中丰盛的断头宴，原来全他妈是骗人的！押出监狱大墙，是去刑场吧，干吗要深更半夜呢？艳阳高照之下，吃枪子不是更好？他可不想做孤魂野鬼。想起革命电影里的镜头，他像所有地下党员革命烈士，大声唱了一首《国际歌》。荒山野岭的月下，苍凉壮阔，竟引得监狱里一片高歌和鸣。但他发现，前后只有两个干警，看起来疏于防范。他刚想要逃跑，干警却说："喂，你真给女人接生过孩子？"

原来，农场里有个孕妇半夜突然临盆，来不及去县城医院。这孕妇在监狱医务室找他开过药，就急着派人去监狱求助。孕妇的羊水已经破了，非常危险。他没有任何工具，只能简单做了消毒。他不断地跟年轻的孕妇说话，以减轻她的痛苦，生怕万一出什么差错，就会被拉出去枪毙。折腾到鸡叫天亮，孩子才呱呱坠地。是个男孩，分量不轻，哭声响亮，健康极了。这天是八一建军节，一九七六年白茅岭诞生的第一个孩子。他给孩子清洗完毕，关照了产后注意事项，便被干警押解回牢房。囚服上沾满血，变成鲜红的圆圈，像白茅岭上初升的太阳。孩子爸爸曾经也是囚犯，刑满释放回上海，早没了自己的窝，兄弟姐妹又赶他出门，索性一辈子就留在了白茅岭。他为孩子取名建军，又给农场领导打报告，请求给接生孩子的医生囚犯减刑，还托人送了一篮子红蛋，却被同间牢房的人分光了。

白茅岭，雪夜。逃犯亲手接生出来的男孩，竟然野蛮生长成这么大了，掂在手里足有十七八斤。一个月前，他正下地劳动，听说这孩子被狼吃了，晴天霹雳，当场趴地上哭了。如今男婴身上多了浓郁的狼味，指甲许久未剪，积满狼穴里的污垢，锋利得能轻易划破逃犯的手背。当这孩子睁开眼睛时，射出近乎绿色的光，不太像人类。

背后响起狼嚎。

回窝的母狼。浑身的灰色长毛，如同中年妇女的长发，雪地里一路滴着暗红。斜长的双眼，放射的不再是绿光，而是近于红色的凶光。

四条腿蹒跚，尾巴沉重地拖在地上。当它看到男婴被抱在逃犯手里，发出这辈子最凄厉的咆哮。看他们不为所动，狼嚎的音调变得细腻，绝不悦耳，反更揪心。像发疯了的女高音，又似敌台的长波频率，简直要让听众七窍流血而亡。最后，母狼发出狗才有的吱吱声。

人有人言，狼有狼语。老狱警和逃犯都明白了，母狼在对他们喊话，甚至哀求——请你们把孩子放下，离开此地吧。

两个人摇头。被抢了孩子的母狼瞬间发起了攻击。

老狱警打开自动步枪保险，扣下扳机，连续发射数颗子弹。狼贴着地面，子弹全从它的头顶划过。他不敢胡乱扫射，担心流弹伤及逃犯和男婴。

母狼的攻击对象并不是他，而是抱着孩子的逃犯。逃犯被一口咬中左大腿，惨叫着倒下，孩子从怀里滚落。老狱警抢在母狼之前，夺过哭泣的男婴。

狼，用尽最后的力气，再次扑到他身上。完蛋了。老狱警双手抱着孩子，完全没有反抗的可能，就连抽出刺刀的时间都没有。狼牙逼近脖子，只有闭上眼睛等死。

腥臭的味道，却停留在半空，狼骤然衰竭而倒下，像被砍倒的大树。老狱警睁开眼睛，脸颊依然贴着雪地，视线正好与那头狼平行。它也倒在雪中，同样的姿势，同样的目光，看着他。人的右脸，狼的左脸，贴着同一块地面。

母狼本可咬断他的喉咙，但功亏一篑，几小时前那记三棱刺刀，让它刚好流尽了血液。老狱警爬起来，拔出刺刀，蹲在母狼面前，按住它无力的脑袋。军刺对准喉咙，只需微微一抹，就能了结生命。它将死得毫无痛苦。他觉得自己足够仁慈，若是把它交给山下的人们的话……

垂死的野兽，不甘地看着他。从喉咙最深处，发出微弱而尖厉的哀鸣，宛如女人临死前的抽泣。百转千回，愁肠寸断，留恋人间，抑或狼间？男人的五根手指，连同56式刺刀，头一回剧烈抖动，像手术失败的实习外科医生，一毫米一毫米地自残。

狼的眼角，分泌出某种液体——在雪地里，冒着滋滋的热气。老头从未见过，几百年来，也未曾听说过的，狼的眼泪。军刺的锋刃，闪着蓝色暗光，在母狼的喉咙口停下。

"等一等！别杀它！"逃犯正从雪地爬过来，左大腿血流如注，两个眼镜片彻底碎了，面色如死人般苍白。

母狼的身躯抽搐，肚子鼓胀，撒出一大摊尿。"它快要生了！"逃犯提醒了一句，他是妇产科医生啊，虽然不是兽医，但类似情况他见多了。

怪不得这头狼几次失手，本该轻松杀死他俩，因为怀孕在身的缘故，并且接近分娩，行动迟缓，无法像平时动如雷霆地捕猎。

孩子四肢矫健，不畏寒冷在雪地中爬行，居然挤到母狼肚子底下，张嘴咬住狼的乳头！

他是在一个多月前被母狼叼走的，如果不是每天吃狼奶的话，早已死了。反而因此，这孩子才会长得如此壮硕，远比一般的婴儿更为结实，生命力旺盛得一塌糊涂。

老狱警抚摸着母狼的肚子，先让孩子好好饱餐一顿狼奶吧，反正是这辈子最后一次了。刚才在狼穴，孩子大概就是饿哭的。

也许，在最近的几个月里疯狂攻击人类的，未必是这头母狼。当它的七个幼崽，被人们剥皮吊在农场大门口，决定复仇的，是另外几头狼。野兽吃人，人也吃野兽，彼此彼此。

很多年前，有人在狼窝找到个七八岁的孩子。带回农场里不会走路，每天像狼一样爬行，极度凶狠，智力相当于婴儿，不吃熟肉只吃生肉，半夜发出狼嚎。有经验的猎人说，狼崽死后，确有极少数母狼，会收养人类婴儿，喂养狼奶，当作自己的幼崽来抚养。

而这头即将分娩的母狼，之所以要杀死他俩，完全是为了保护狼穴里的孩子——它以为是人类再度来杀害它的孩子。

"喂，同志，怎么办？"逃犯端详母狼下身，"产道打开啦！"

"你不是妇产科医生吗？愣着干吗？快给它接生！"

第一只小狼崽，带着胎盘和脐带来到世上。浑身血污，湿漉漉的，热气腾腾，捧在他俩的手心。还有第二只、第三只……逃犯连双胞胎都没接生过，这会儿片刻间，接连带出了七只小狼崽！

老头贴着母狼脖子，对着它的耳朵说："喂，你的孩子都出生了，我会保护好它们的，对了，还有这一个。"他抱起吃狼奶的男婴。母狼的胸口和下身都在流血，黏糊糊的胎盘也出来了。没有任何工具，逃犯弄断狼崽们的脐带，把七只小狼崽抱到母狼面前。

母狼伸出血红的舌头，依次舔舐七只小狼崽，既给孩子们消毒，去除娘胎里带出的血污，也在品尝自己羊水和胎胞的滋味。

狼血流尽之前，它最后祈求般地，看着老狱警的眼睛，又看看他怀里人类的孩子。

逃犯摇摇头，"别！"

老头一辈子没结过婚也没有过孩子，却一把推开他，将婴儿塞到母狼嘴边。狼的舌头，把这人类的孩子舔了个遍。相比刚出生的七只小狼崽，这个男婴，才是它身边还活着的长子。然后，母狼的眼球渐渐浑浊，再也没有任何光亮了。

男婴又哭了。五个月大的孩子，似乎感知到自己失去了妈妈。老狱警脱下满是窟窿的外衣，裹住冰天雪地中的婴儿。

逃犯自行包扎了大腿伤口，却无法阻止流血，整条裤管浸泡成暗红色。他的双手和胸口，沾满母狼子宫流出的血。他紧咬着牙关，依次抱起七只小狼崽。

头一只生出来的小狼崽，体格最为结实，死死咬住母狼乳头。妈妈死了，乳汁还是热的，继续哺育孩子。这只执着的小狼崽，不像兄弟姐妹般一身灰毛，左耳朵上，有块雪花状的白斑，煞是醒目。

逃犯抱着其余六只狼崽，哼哼唧唧地说："同志，你把这七个小畜生带回农场吧，也许吃羊奶可以活下来。"

"错，如果它们到了农场，碰上那些与狼有血海深仇的人，肯定会被剥皮抽筋滚油锅的。"

"让狼崽在雪里冻死吗？"逃犯说。

老狱警看了一眼狼穴，"此种野兽与人类相同，都是群居动物。母狼死后，狼群会照顾幸存的小狼。也只有这样，狼群才能在残酷的自然中，不断繁衍了几十万年。"他把男婴交换到逃犯手中，强行抱过狼崽们，拽起叼着母狼乳头的白耳朵小狼——最后一滴母乳被吸干了。

七只丧母的小狼崽都在怀中。他趴到雪地里，重新钻入漆黑的狼窝，把小狼崽放回去——它们就像回归母狼的子宫，安全、温暖、潮湿。运气好的话，它们会被狼群发现并活下来；运气不好的话，狼穴也很像墓穴。但他只跟逃犯说了前半句话。

等到他满脸土灰地爬出来，却发现逃犯手里抓着56式自动步枪，枪口对准自己的胸膛。而他的54式手枪，还插在枪套里，能瞬间拔出来反击的只是电影里的情节。

"再过一两个钟头，太阳就会升起。上海在白茅岭正东方向，面朝太阳就能走回去。虽然，我身上没钱，但还有两条腿啊。渴了就喝河塘里的水，饿了从农民家里偷只鸡，再不济也有蛋吧。如果运气好，扒节火车或卡车，哪怕拖拉机。四年前，坐卡车被押解来白茅岭，经过的每个地方，我都在心里默默记住了。往东南过广德县城，沿着公路，从安徽走到浙江。长兴到湖州，左手边是太湖。两天能到江苏境内，穿过吴江平望，就是淀山湖。从朱家角老镇到青浦县城，从虹桥机场到中山公园。再往下是曹家渡。如果有下辈子，我还要做个妇产科医生！天照样下雨，女人照样生孩子，草木照样生长，鱼照样在河里游。报纸上不是说，世界上还有三分之二的人民生活在水深火热之中吗？我会帮助那三分之二的妇女接生孩子，你说那有多伟大啊！想想就让人激动！最亲爱的同志，请不要为我担心，我在社会主义明灯！第八个是铜像！（编注：指阿尔巴尼亚的情况。）"

越说越亢奋的 19077 号犯人，仿佛已踏上恩维尔·霍查同志的地界，老狱警却残忍地打断了这美好的妄想——"你的左腿，还在流血，等到天亮，会失血过多而死。"

自动步枪保险打开，单发模式。老头用左侧胸膛顶着枪口，心脏的位置。颤抖的金属枪口，清晰有力的心跳，丝毫不像快六十的人，更似颗快要破壳的鸡蛋。

"开枪！"

逃犯的眉目与眼睛扭成一团，扣在扳机上的手指，冻僵似的无法启动。

"开枪！"

老头说了第二遍，面无任何表情。

"同志，你自己下山逃命吧，带着地上的孩子，别逼我！"

"开枪！"

第三遍，像军官给士兵下达命令，行刑队面对死囚，验明正身，立即执行。

逃犯无法抗拒，手指直接听命于对方嘴巴，就像老狱警自己在动手。

扣下扳机。寂静，无声，雕塑般站立的男人。他还活着，他也活着，还有地上小小的他。温暖的狼穴里的七个它，包括死掉的雌性动物，都没有听到任何枪响声。突然，逃犯瘫软在雪地上，才明白开枪之前，无论枪膛还是弹匣，已经没有一发子弹了！

老头微笑着蹲下来。他一直在计算弹匣里的子弹，连发的话，每扣一次扳机，射出三颗子弹，加上几次单发，正好用尽了三十颗子弹。

别了，阿尔巴尼亚。别了，全世界三分之二生活在水深火热中的妇女同志们。

夜空上的白月，渐渐暗淡，偏向西天。凌晨，五点。不年轻的狱警，背着年轻的逃犯。前妇产科医生，左腿的裤脚管，像生孩子或得了妇科病的女人，不断被暗红色鲜血浸湿，半条裤子冻得硬邦邦。老头右肩挂着自动步枪，却没子弹。能用来自卫的，是别在腰上的三棱刺刀，还有枪套里的54式手枪。右手臂弯，怀抱男婴。孩子正在梦中吃狼奶。军棉袄成了襁褓，老狱警上半身剩一件被血污弄脏的棉毛衫，裸露着数条破口，是衬衣撕成的绷带。左手抓着一条毛茸茸的大家伙，死去母狼的尾巴，令人生畏的灰色身体，狼头倒挂在雪地上，碾压出深深的轨迹。他必须把狼的尸体带回去，告诉整个白茅岭农场，这头野兽已被他杀了，噩梦般的狼灾已消除。囚犯、干警、职工和士兵们，大伙都能放心过年了！

二十八岁的垂死男人，五个月的健康男婴，大概是五六岁的母狼的尸体，制造于一九六九年的自动步枪，全被压在快要六十岁的老狱警身上。而这些活人、伤员、死尸，以及钢铁的重量，刚好超过他自身体重的两倍。唯一能照亮前路的，是一支手电。他可没有第三只手。手电筒握在逃犯手中，末端顶着老狱警的脖子。

喉咙被顶得难受，老头却一路唠叨解放前的名侦探生涯。他办过的最古怪的案子，是在提篮桥监狱的一起谋杀案。牢房里关押着十几个重刑犯，其中一个突然被杀了，但没人知道谁是凶手。他也怀疑过，是否大家集体密谋杀人，全部串通好了攻守同盟。隔了好多年后，这批犯人要么被放出去，要么死在了牢里，他才突然悟出了真相。

"小子，你想知道是谁干的吗？"

趴在背上的19077号犯人，却表示毫无兴趣，反问老头一句："你没结过婚，那有喜欢过的女人吗？"

老狱警停顿了一下，想起年轻的时候，曾有仰慕过他的女学生，听说后来去了香港嫁给富豪。还有纠缠过他的小寡妇，一九六六年跳了苏州河。在百乐门，在大世界，在跑马场，还有提篮桥，处处留下他的传说，结局却在白茅岭。

"你有吗？"

"嗯，有。"

明白了。对啊，等到过完年，还有四十九天，就能回家了。老头想想就傻笑起来，冰冷的风钻进喉咙，肺叶被刺激，咳嗽起来。

其实，他只是想不断说话，好让逃犯保持清醒，避免躺在背上睡着。否则在如此冷的雪夜，睡梦意味着死亡——襁褓里充满热量的孩子除外。他把这婴儿当作汤婆子，牢牢揣在怀里取暖呢。而压在他背上的那个男人，却像一床受潮了的棉被。

手电熄灭，像油尽灯枯，人之将亡。

撒手。

手电坠落到雪地。东边的天空已从漆黑变成深紫，很快就会泛出宝蓝色，再是鱼肚皮的白色。老狱警右小腿抽筋了。大半条腿不再属于自己，像被无数条钢丝捆绑，收缩到极点又飞快放开再收紧。周而复始的酷刑，使他不能再往前一步。双腿跪在雪中。一旦坐下，绝无可能背着逃犯抱着婴儿并拖着一头死狼站起来。老头的腿啊，覆盖着厚厚的汗毛，各种伤疤和瘀青，乍看像死去的狼皮。盐分正在离开身体，流失到死神身边。跪着的双腿弯曲，脚弓反方向顶着，靠近小腿胫骨正面，这是缓解抽筋的简单方法，但很疼。老狱警咬破嘴唇，膝盖深陷入积雪，顶到坚硬的石头，仿佛被刀子切割，棉裤磨出两个洞眼。

老狱警命令逃犯的右手下垂。那细长的胳膊与手指，曾用来检查女人和接生孩子，尚保留着力量和灵敏。拇指与食指，在老头的裤兜里摸出一个火柴盒。最后一根火柴，擦过侧面的红磷。火苗，星星一样，燃烧在两个人的鼻子跟前。微小的光和热，熄灭在风雪里。

睁眼，闭眼，再睁眼。抽筋停止了。

深呼吸，再深呼吸，肺叶充满冰冷。脸憋成紫红色，全身肌肉战栗，腿随时会再抽筋，而且是两条腿。膝盖离开坚硬的石头。脚踝、小腿、膝盖、大腿，以及腹部，形成一条直线。

老头想要小便了。在山上追捕了一夜，膀胱早已憋坏了，一分钟都等不了，再等就会爆炸，鲜血和尿液四溅到脸上。怀里五个月大的婴儿，说不定已在他的棉袄里拉了坨屎。至于背上的逃犯，早不知道撒过几回尿了。

他甩了一下肩膀，让逃犯左边胳膊再垂下来，手刚好够到他的小肚子。

"我要撒尿。"

年轻的逃犯已丧失思考能力，机械地动着手指，抓住老狱警的裤腰带往下拉。牛撒尿一样漫长。滚烫的尿液，融化一大片白雪，变成小型山洪暴发，汹涌在绿布胶底的解放鞋四周。

接着走。单薄的棉毛衫，棉袄裹着那孩子，老头不仅冻得哆嗦，鼻涕也已干涸，似乎冬天被最后那根火柴燃烧掉了。左后肩膀，被狼咬伤的两个洞眼，撕裂般疼了整个后半夜，又像突然打了止痛针，舒舒服服地麻醉了。

天，快亮了。向东二百五十公里的上海，应早亮十来分钟。一九七七年的第一轮太阳，刚好穿过黄浦江。海鸥修长的白色翅膀，驾着咸潮的风，飞过铁网般的外白渡桥，落到四川路桥的邮政总局。从不结冰的苏州河，在晨曦中波光粼粼。一长串早起的拖船，挂桨发动机的轰鸣，像桥下菜市场的喧闹，打破五百五十万人的好梦。

老狱警穿过毛竹林，磨掉大半的胶鞋底，已踩着白茅岭下的荒野。白雪皑皑间，坟冢星星点点，像一座座孤岛。两山之间的平地，头一回感觉无边无际。原本的稻田和茶园，被层层叠叠覆盖，宛如铺上一层厚厚的白棉被，管他睡在被窝里的人是谁。

一眨眼，大片飞雪飘过，像密密麻麻的纸钱，撒满回家的路。背上的逃犯再无声息。右手臂弯里的孩子，红扑扑的小脸蛋，保护得很好，一片雪都落不着。左手倒拖着的母狼，浸没在雪中越发沉重。一夜间，老头的嘴唇边和下巴，又冒出不计其数的胡茬，刀子般坚硬，宛如不死的野草，挂满白白的雪子和冰。

最后一里地，前方亮起一群绿色的眼睛。幽绿的，略微暗淡，更像早上未灭的路灯，雪雾下忽闪忽现。锐角三角形的耳朵，龇牙咧嘴，凶相毕露，粗壮的脖子与胸膛，灰色皮毛上沾着血迹。大扫帚般的尾巴，拖在雪地上，各自扫起一片白色尘埃。

狼群。

天光朦胧，白与灰，令人眼晃。并非一宿未眠后的幻觉，也不是大雪里的海市蜃楼。一目了然，至少二十头灰狼，缓缓靠近，有的猫腰，有的昂头，有的磨爪子。大部分公狼全是成年的。看起来吃得很饱，肚子鼓胀。有的狼嘴里，叼着一只老母鸡，或半条牛腿，或动物内脏。

昨晚，山上实在太冷，狼群都无法忍受，除了怀孕的母狼，全部冲下了白茅岭。正当老狱警独自上山搜捕逃犯，整个最漫长的那一夜，狼群在山下洗劫了农场，大肆屠杀享用棚里的牲口。或许，还有小孩和女人。

狼群包围了他。背上有个重伤的男人，右手怀抱婴儿，左手拖着母狼的尸体。无路可逃。二十多头凶恶的狼，眨眼之间，就能把他们撕成碎片，连粒渣渣都不会剩下！他的膝盖笔直，瞪大了双眼，盯着为首那头公狼。

这头狼体形最为硕大，简直是死去的母狼的两倍——狼王。

每群狼都有一个头领，控制和领导着整个族群。它就是那七只小狼崽的父亲。狼行成双。在食肉界，狼几乎是唯一的例外——狼夫妻长久相伴，双宿双栖，共同抚育儿女。怀孕的母狼难以长途捕猎，必须留守狼穴，依靠公狼外出打猎，将猎物带回窝供它食用。狼王嘴里叼着一只活羊羔，咩咩地叫着狼肚子里的妈妈。本该以羊羔作为早餐的母狼，已变成僵硬的尸体，被倒拽着尾巴拖过雪地。

可以想象的狂怒，狼王必须为妻儿们复仇。它会率先咬断老头的喉咙，剖开他的下腹部，用狼爪拉出大肠。他想，自己的肠子会有多长呢？是从白茅岭监狱大门口，一直拖到深山中的狼穴，供那七只小狼崽享用吗？

半梦半醒间的逃犯，在他肩头说："放下我吧，那些狼，会先盯着我吃，说不定为争夺我的肉，互相打架，你还有机会逃生……"

腰间还有把54式手枪，老狱警放下母狼的尸体，将婴儿换到左手，右手从容地掏出手枪。居然没有一头狼敢袭击他，哪怕是从背后，包括狼王。

子弹已上膛，打开保险，射出第一发。

一头公狼惨叫倒地。54式强大的后坐力，晃了一下老头的右手，但没妨碍射出第二发，有头母狼的脑袋被打爆了。第三发，打断一头老狼的腿。第四发，擦着狼王的耳朵飞过。第五发和第六发，一发击中雪地，一发意外打伤另一头狼。第七发，彻底打飞，击中路过的一只乌鸦，黑羽鲜血坠落。

十五秒，他打光了所有子弹。杀死了两头狼，另外两头挂彩。但还有一大群灰色的家伙，毫毛未损，包括狼王。

老头把嘴张到最大，咬住54式手枪，牙齿间充满火药味，烫伤了口腔黏膜。他背上逃犯，搂紧臂弯里的孩子，又拖起狼王之妻的遗体，低头，弓腰，拗了脊椎，一瘸一拐，步履蹒跚，往监狱的方向走去。

二十多头狼，四面包围，八面埋伏，最后注视着他离开。狼群猛烈呼吸，一对对湿润的鼻孔，向雪空喷着热气，嗅着并记住他的气味。他继续走，它们一动不动，连对峙都算不上。

终于，狼群发出恐惧的嚎叫。真正凄惨的鬼哭狼嚎，仿佛看到一个魔鬼，天生下来屠狼的金刚。

一九七七年，元旦，清晨六点十三分，龙年还没过去。

狼，雪中的狼，围猎返巢的狼群。在背着逃犯抱着婴儿拖着母狼的老头面前，有七头狼趴在地上，八头干脆坐下，还有九头摇尾乞怜，就像看家护院的狗。还有两具狼的尸体，两个哀号的重伤员。

就连狼王，也放下嘴里的活羊羔，微微低垂头颅，一条前腿弯曲跪地，标准西洋礼仪。

地球上所有的狗，都来自同一对祖先——东亚的灰狼，大约一万五千年前，它们走出非洲，经历漫长旅程，抵达这片大陆。但如果，没有比狼更勇敢的男人，也不可能有狗这个物种。世界上第一个将狼驯化为狗的人，据说是第一个定居在东亚荒野上的中国人，也长着老狱警的这张脸，同样的体格和心脏，还有眼神。

此刻，白茅岭的狼，像一群热烈欢送国际友人的少先队员，戴着红领巾，捧着鲜花，唱起歌，跳起舞，排列成整齐的左右两队，让出一条金光大道。

他从二十多头狼中间穿过。热烘烘的狼味，几头年轻的狼被吓得失禁的尿骚味。背后的逃犯闭着眼睛，臂弯里的男婴还在熟睡，被他倒拖过雪地的母狼一动不动，不远处的狼王眼泪汪汪，与妻惺惺永别。

一粒雪子，落入老头眼底。朔风飒飒，呼啸不止。

狼群，远远留在身后的雪野，集体呜咽号哭。在它们后半生的记忆里，烙印下的将不是这三个活人与一具狼尸，而是整个巨无霸的双头怪物，有着四条腿和四只胳膊，右侧腋下藏着个小脑袋，肩膀上生出一根铁棍，左侧身后拖着狼形的巨尾。那是它们的老祖先才见到过的，在与猛犸象和剑齿虎共存的同一个时代，灭亡在人类与狼群互相猎杀的时代。难道是在地下冰封了十万年，终于在大雪的召唤下出土，满血复活？这种令狼战栗的"史前怪兽"，从漠北草原到黄土高坡再到江南丘陵，通过一代又一代狼王的描述，种植在每一头狼的大脑皮层深处。

清晨，七点。

老狱警带着狼、逃犯、婴儿，走到白茅岭监狱的门口。岗亭站着两个新兵，都没认出来，惊慌失措之中，不晓得是哪一个，拉开自动步枪保险，往天上打了一梭子弹。

五分钟后，凡是活着的人都出动了……下夜班和上白班的干警，早起干活的农场职工，营房里的士兵们，就连上早操的几百号劳改犯，也都涌到监狱大门口往外看。他们的眼睛都布满血丝，因为彻夜难眠，不断被山上的枪声惊醒，还有此起彼伏的狼嚎。没人敢出门，连窗户都不敢开一道缝。昨晚九点起，狼群洗劫了农场，四下都是牛羊的哀嚎与惨叫。包括连长在内的所有人，毫无疑问地确信——老狱警与年轻逃犯，都已消化在狼的肠胃中，天亮又变成一坨坨狼粪。等到开春，这两个倒霉的男人，会是庄稼地里上等的肥料，供应玉米或稻谷生长，回归白茅岭的居民们腹中。也算是他俩死得其所，对得起生养他们的人民群众。到时候，不会再有人认得这两张脸。想想就有些可惜，也有些悲壮。

如今，这两个男人还活着，加上臂弯里的小男人。

白发覆头的老狱警，来到白茅岭二十年，经他手送葬的囚犯与警察，亦不少于百人，但他从未像此刻般坚硬如铁。逃犯，似已粘在他身上。尤其脸颊与耳朵部位，冰雪把两个人的皮肤冻在一起，像是打一个娘胎里出来的连体儿。好些人上来帮忙，费劲地把他们分开。

老头依然站立着。

广大人民群众，还有被剥夺了人民群众权利的囚犯们，把老头和母狼的尸体圈在当中，一场喧嚣而热闹的围观。这只庞大的野兽，似乎随时都有可能复活，一跃而起，依次咬断大伙儿的喉咙。老头松开左手，母狼的尾巴垂落。

他已完全证明自己。手心里全是狼毛，还有腻腻的汗和掌心开裂的血。

五个月大的男孩，仍旧在他的臂弯里熟睡着，鼻子里呼出狼奶的气息。

"建军！"

女人尖厉的声音，喊出婴儿的名字。他们夫妻本以为永远失去了孩子，正在每晚努力，想再生个娃娃。她和她男人重重撞到老狱警身上，却像顶到一堵墙。一个多月不见，男孩竟结实壮大了一圈，充满狼穴的气味。但妈妈毕竟认得儿子。

老头并不是不想动，而是半边身体麻木了，仿佛被巨蛇吞噬着胳膊。当孩子从他手里被抱走，从热乎乎变得冰凉的几秒钟，好像躯干的一部分断裂。几个年轻的干警，帮老头卸下56式自动步枪和三棱刺刀。

逃犯快死了。最后一滴血，像经过输液针头似的，汩汩输入雪地。红的血，白的雪，混在一起，变成另一种暧昧的颜色，难以准确地在光谱中描述，就像孕妇分娩后的床单。两片破碎的镜片底下，逃犯瞪大双眼，看着他。

老头弯腰在他耳边说了什么，周围人都没听清，除了将死之人。

他眨了眨眼睛，断气了。

冬至那晚，死在监狱床上的大块头，原本是个抢劫犯。因为欺负其他犯人，加过两年刑期。所谓欺负，就是强奸。当年在提篮桥，有人告诉过名侦探，男人被强奸是怎样的感觉——仿佛变成一块肉，被切碎了，油炸了，红焖了，生煎了……19077号犯人，紧挨大块头的铺位，刚进去不敢反抗，以为这是白茅岭的老规矩。第一年苦熬过去，以为到头了，大块头竟变本加厉，其他人却一个个装睡。他才明白，大块头是看中了自己——上海来的妇产科医生，细皮嫩肉，容易推倒，难以反抗，强奸起来特别舒服。

狼灾肆虐的冬天，白天出去干活时，他在茶园发现一大撮灰色狼毛。地上有堆带血的骨头，像獐子之类的小动物。他藏起狼毛，压在床铺底下。还有，作为前妇产科医生，他有在监狱医务室工作的便利，私藏了一些药物，比如乙醚——无色透明液体，会让人暂时昏迷，只要剂量适当，又不致人死命。狼毛与乙醚都准备好，耐心等候时机。那一夜，狼嚎特别清晰，就在监狱院墙下。后半夜，监房里鼾声此起彼伏。他把乙醚洒在手帕上，依次蒙住大家口鼻。没一会儿，全都睡得死沉死沉，怎么折腾都不可能醒来——包括边上的大块头。

19077号囚犯，把自己想象成复仇的母狼，用牙齿一点点咬破大块头脖子上的皮肤、血管和气管。其他人都昏迷了，听不到大块头临死前的蹬腿声，就像每次大家都在装睡。大块头死了。喉管暴露在空气中，鲜血溅满床铺，还有 19077 号的口腔。他吸了一点血，就一点点。人血的滋味，苦咸苦咸的，不好喝。

伪装现场。他撕裂死尸的伤口，手指插得更深，模拟锋利的狼牙，几乎摸到脊椎骨。他用事先准备好的细树枝，在尸体上划出一道道伤疤，像狼爪挠过的痕迹。他把狼毛弄在床铺上、监狱的地上，特别是铁栏杆上。狼用缩骨术进出时，必定留下这种痕迹。他为自己清理一番，咽下嘴里的血，看起来跟别人没两样。就算身上有血迹，睡在死者身边也属正常。到了早上，所有人按时醒来，受乙醚麻醉的影响头晕恶心，就算嗅到某种特别的气味，但当看到大块头的尸体，再加上满地狼毛，肯定会产生强烈的心理作用——那就是狼的气味。监狱的调查草草了事，哪有什么法医来做尸体解剖。大伙随便看下尸体，伤口像这么回事，自然而然断定，凶手必是那头母狼。

直到昨晚，老狱警也被他骗过了，相信那套狼闯入监狱吃人的鬼话。若是早点怀疑，绝不可能在放风时睡着，还让杀人嫌疑犯夺枪逃跑。不晓得这算是走运还是不走运，这些秘密，已被 19077 号带给死神。

他的眼睛睁着，明亮，无瑕，不似死人的浑浊，更像六角形雪花，坠落在扩散的瞳孔底下，融化成一汪清淡的泪水……

逃犯死在老狱警的怀中，享年二十八岁。活到六十岁的前名侦探，将他放在白茫茫的雪地上，反正不会弄脏了死者。再过四个月，等到清明，埋葬年轻逃犯的荒野，就会开满金灿灿的油菜花。

左边是母狼的尸体，右边是死去的逃犯，他在中间，活着。

有人给老狱警点上一支烟，上海卷烟厂的牡丹牌。第一根火柴，晃了半天没点上，被风雪吹灭了。有个高大的干警，用身体和手掌阻挡着风，又擦了好几根火柴，差点烧着眉毛才点上。老头略微驼背，但纹丝不动。他将烟吞入肺中，又经鼻孔喷出，蓝色氤氲在雪中蒸发，仿佛清明、冬至上坟的烟。

　　无量河边有人骑自行车而来。车轮碾压过皑皑白雪，骑车人穿着墨绿色制服。囚犯和职工们，给自行车让出一条通道，抵达人群的圆心。白茅岭每个人都认识他——邮电所投递员，每隔三天，他会为囚犯和干警们捎来远方的家书。邮递员从包里掏出个牛皮纸信封，是挂号信，上海寄来的公函。在场所有干警中，白头发的老狱警级别最高，他代表领导签收了这封信。

　　老狱警的手还在抖，一不小心，信封掉到死去的逃犯脸上。从死者睁着的眼睛上，拾起这封突如其来的信，他决定打开看看。再过一个月，就要退休回上海去了，他也不怕犯什么错误，难道还能不准回去吗？当着几个年轻干警的面，拆开牛皮纸信封，果然盖着上级革委会的公章。

　　公函里头说，党中央拨乱反正，妇产科医生被宣布平反，"恢复名誉，立即无罪释放"。有意无意的，老狱警大声念出每个字。方圆数十米内的所有人，都听得清清楚楚。

　　头顶青灰色的天空，一朵下着雪的云。行将告老还乡的狱警，看着躺在雪地里的 19077 号犯人，啧啧地说："哎，回上海的长途车上，又少了一个搭伴。"看热闹的人群渐渐散去。名叫建军的男婴，早被父母哭喊着抱回家去。那头母狼，眨眼之间，已被庖丁解牛，当场只剩一堆狼毛和碎骨头。人民群众有的是为亲人复仇，有的则是口水滴滴答答，有的是看中了这张上好的狼皮。干警重新收拢囚犯们，清点人数押回监舍。农场职工也打道回府，收拾昨晚被狼群肆虐的牲口棚，看看还能否抢回一只鸭子或半只羊。

　　一九七七年一月一日，上午八点。雪停。太阳升起来了。

　　积雪反射着阳光，刺入老狱警眼里，令他想起昨晚，无人可说的那句话。

一个多月后，大年初三，老头独自离开白茅岭。回上海的长途车上，乘客稀稀落落，多是探监返程的犯人亲属。车窗推开一道缝隙，他吐出大前门燃烧的烟雾。满满一整车人，只有退休的老狱警拥有这种特权。烟头不停晃动，弄得身上全是烟灰。不是车子颠簸，而是他的手在抖。往昔从未有过的毛病。从元旦那天至今，每一时，每一秒，右手都在抖，估计到死都治不好了。

七个月后，中元节的那天，退休后的老狱警死了。在上海。这个老烟枪啊，光棍一条，天天跟一群老太太打麻将。他熬了个通宵，倒在麻将台上不省人事，还叼着根牡丹烟。送到医院说是突发脑溢血。在火葬场，没有亲属来接收骨灰，便被老同事们送回了白茅岭。

二〇一五年一月三十一日，周六，我坐上从上海开往白茅岭的长途汽车。经过沪青平高速，大约四个小时，短短二百多公里，却途径苏浙皖三省。从吴江到湖州，穿越浙皖交界处低矮的分水岭，进入广德县城。转入颠簸的公路，两边是农舍与茶园。日暮时分，长途车开过一座大桥，停在几间破落的平房前。对面大门上有行字：上海市白茅岭学校。

小镇东面是连绵群山。远远望见一道断崖，像头狮子趴着，传说中的狮子口。今年暖冬，山大半还是绿的。只在白茅岭正南，最高的那片山顶上，残留着几天前的积雪。校园里有座水塔，似是本地最高建筑。小镇上总共只有一条大路，路边有派出所、供应站、招待所，还有麻辣烫、兰州拉面、盗版碟店、美容美发、上海华联超市。街头所见无非几种人：武警官兵、公安干警、说上海话的老头儿们、说安徽话的当地人。警察都是上海来的，每几年轮换。冬天早早擦黑。街边响起惊天动地的音乐声——凤凰传奇的《最炫民族风》，大妈们跳着广场舞。

夜宿白茅岭招待所。

次日，上午，我沿监狱外墙走了一圈。天空有白色颗粒飘落。我伸出手，是雪子。走在山脚下的高处，荒芜泥泞的小道上，监狱中不断响起富有节奏的操练声。我能看到围墙里头，有组囚犯在做队列训练。岗楼上的武警带着枪，警戒地看着不速之客。

转角岗亭下，狼犬向我狂吠。有个迷你的亭子山水库，正对狮子口，不知如何上去。两条农家的黑狗蹿出来，不让我靠近半步。

这座山，曾有过许多狼。而今，别说是白茅岭，就是整个皖南山区，恐怕连一头狼都不见了。这一物种，早已在上海方圆五百公里范围内绝迹。

一头狼死了，一头狼又来了，而狼脚下的大地，会比这个物种更漫长地存在。

一九八八年，白茅岭最后一头狼，在偷袭监狱的冬夜，被四条德国黑背狼狗杀死。那是一头成年而健壮的公狼，体形硕大，左耳朵上有块雪花状的白斑。至今，农场陈列馆里还能看到这张具有纪念意义的狼皮，人们管它叫"白耳"。

我买了中午的长途车票回上海。发车前，我在仅有一间门面的"车站"隔壁吃了碗面。店主是个高大魁梧的男人，看起来比我大几岁，宽阔精壮的骨骼，几乎要爆开冬天的厚外套。当他端来一碗牛肉面，与我目光交接的瞬间，感觉很像某种凶猛的动物。小店里兼卖香烟和酒，有个老头进来，用老派的上海话对店主说："基军，帮吾闹包牡丹。"

他叫建军。

离开白茅岭的长途车上，我遥望正前方山头的积雪，车窗外阴郁的天空，稀稀落落的雪粒子，穿过并不如想象中辽阔的无量河。

明天早上，太阳照常升起，但不是每个人都能看到。

我想。

第 21 夜　黄浦江上的白雪公主一夜

告诉你一个秘密——黄浦江底下埋着一个藏宝箱，换算到今天可以值一个王思聪。

二十年前，我的初中同学肖鲃，他的身高与鲁迅先生相同，在学校图书馆的屋檐下，放学后黄昏的星光里，街边音像店里飘散着张学友的《吻别》，他一本正经又神秘兮兮地跟我说——

"喂，蔡骏，你知道吗？一百多年前，有个英国船长，其实是个海盗。他的帆船环游过世界，最后停靠在上海。在他被逮捕并公开绞死之前，他把一个沉重的铁皮箱子，悄悄扔进了黄浦江。那个箱子里头，装满了海盗的不义之财，有墨西哥黄金、南非钻石、西班牙银器……"

肖鲃说这是他爷爷临死前泄露的秘密。他爷爷年轻时是潜水员，日本鬼子曾命令他下水打捞藏宝箱。总共十几个潜水员在黄浦江里搜索。那天撞邪了，他们要么被水草困住，要么双脚抽筋，或是遇到凶恶的大鱼，最离奇的是被淹死鬼逮住了。他爷爷是唯一的幸存者，几乎潜到黑暗的江底，在一堆沉船的废铜烂铁间，似乎有个发光的箱子。箱盖打开道缝隙，露出一截长长的头发——女人乌黑光泽的发丝，海藻般野蛮生长着。要不是迅速上浮，双腿就要被缠住，侥幸捡回一条命。但他爷爷到死都没说清楚藏宝箱在哪个位置。

那个傍晚，我完全被他唬住了，相信真有这笔财宝存在，只要天天下黄浦江潜水，运气好就能捞起来——就像我们最爱的一部苏联电影《意大利人在俄罗斯的奇遇》里那样大发横财。随便想想，都馋得吐口水哒哒滴啊。如果我有了这笔财宝，就会买个 Walkman 听音乐，外加一个正版变形金刚。肖皑的要求更奢侈些，想买台刚上市的日本进口世嘉土星的游戏机。那时候，我们就只有这点出息了，买房啊，豪车啊，移民啊，把妹啥的，那都是《终结者1》里的未来时代呢。

初中毕业，我就把这个传说忘了，去他妈的黄浦江底的藏宝箱，反正轮也轮不到我。

但，肖皑一辈子都没忘记过这个秘密。

他告诉我，二十年来，几乎每个星期，他都会到黄浦江边转一圈。或者，他乘坐渡轮好几个来回，从十六铺到陆家嘴，从董家渡到南码头。他研究过黄浦江两岸码头的历史，去档案馆查找租界时期的英文资料，又去海事部门托人调查。所有进出港的船只都有记录，如果查到那个被绞死的英国船长停泊在哪个位置，就可以按图索骥去找了。

光有这些还不够，硬功夫是要下黄浦江把藏宝箱捞上来。肖皑去泰国学过专业潜水，每年要飞去两次，已达到 Special Courses 这个层次，再升一级就可以当教练带学生了。

今年七夕，他带潜水装置下水——但刚下到江水里头，末班渡轮就从对岸开过来，他差点被螺旋桨大卸八块。整套昂贵的潜水装备完蛋了，他落汤鸡似的爬上来，失魂落魄地走过外滩，看着无数成双成对的男女。有个卖玫瑰的小女孩缠着他，肖皑扯下她头发上的垃圾和菜叶，买了一枝十块钱的玫瑰。

他把玫瑰抛进了黄浦江。

深秋，肖皑约我在黄浦江边吃饭。夜色朦胧，对面是陆家嘴的无数栋高楼，金茂大厦和环球金融中心，在六百三十多米的上海中心面前，都成了侏儒。

我们二十年不曾见过，自然有了许多变化。但唯独不变的是，天哪，他还是那么矮！

中学时按身高排座位，肖皑永远坐在第一排，早上做广播体操也是第一个，体育课队列训练也在最前面。除了个别几个女生，他是班里最矮的那个，经常被误当作小学生。现在，根据我的目测，肖皑不超过一米六，当然他没有穿内增高鞋。

他在一家旅行社工作，开拓海外新的旅游线路，总有便利去泰国玩潜水。他说在书店里看到我的许多书，想起黄浦江底的财宝。

肖皑说："我有种预感，就是今年，我会找到藏宝箱。"

他不在意我的目光，仍然畅谈那个秘密计划，怎样从黄浦江的淤泥中获得价值连城的财宝，如何把财宝兑换成现金，有地下黑市是专门干这个的。他估计可以到手十几个亿，至少买几套房子吧，市中心买套高层公寓，郊区再弄个独栋别墅，还要买辆迈巴赫的轿车，雇一个司机和两个保镖。他制定了周游世界的路线，不是驴友的穷游，而是一掷千金的豪华游，让迪拜的土豪也甘拜下风。最后，就是女人了，但他对 AV 女优或国内明星都没兴趣。

突然，我打断了他的黄粱美梦，除非把黄浦江抽干，否则是找不到这个藏宝箱的。

假如有一天，黄浦江干涸了。从浦西外滩到浦东陆家嘴，不再是波涛汹涌的水面，而是一摊宽阔的壕沟——底部铺满烂泥和垃圾，百多年来的沉船、殖民者们生锈的武器、某个法国小姐从巴黎带来的梳妆台、"二战"逃难犹太人的钢琴、日本鬼子的军刀、"大跃进"后废弃的钢铁、一九六六年抄家时扔下的金条、码头拆除时的建筑废墟、二十多年前某个孩子丢失的红白机……还有不计其数的骸骨、几百台iPhone、上千台诺基亚（洗干净还能用）、不计其数的高跟鞋。爬下外滩防汛堤，走上江底泥浆，充满沼气的臭味。曾经江水浩荡，在头顶浊浪翻滚，浪奔浪流而今不复，只剩鱼儿与尸体齐飞，重金属污染淤泥共天空雾霾一色。忽然脚底轰鸣震颤，那是越江隧道和地铁二号线。

肖皑两只眼睛怔怔的，他是被我的想象感动了吗？但，他的目光焦点并不在我，而是我的背后。于是，我转头往后看，却见到了她。

她。

好像什么刺痛了我的眼睛。

那是个女孩子，看起来十六七岁，脑后扎着马尾，被风吹得有些调皮。她站在餐厅的窗外，斜倚着栏杆，看黄浦江对岸的灯火。

肖皑从座位上跳起来，几乎撞破那块玻璃。我指了指大门方向，他跌跌撞撞冲出餐厅。我在餐桌上甩下几张钞票，跟在他身后追出去。来到江边的防汛墙边，刚才的女孩已不见了。

他失望地看着四周，对着天空吼了一声，又低声说，她可不是鬼魂。

一个月后，我脑筋搭错，忽然想学滑冰，便去滑冰俱乐部报名。那是在一个大商场顶楼，有块小小的冰场，教练在带一批学员。他们穿着锋利的冰刀，从冰面上滑来滑去。要是骤然平视他们，看不到脚下的冰面，还以为是一群鬼魂飘来飘去。

我买了一个教程，在收银台付钱的时候，看到了她。

天气越发冷了，加上冰面的寒气，小姑娘雪白的脸颊，冻出了两块"红苹果"。

刷完卡，开好发票，我却赖着不走，反正也没有旁人，滑冰俱乐部快要下班了。

"你叫什么名字？"

她瞥了我一眼，目光有几分敌意，但还是回答了："玄春子。"

"啥？"

我没听明白，才想起收银条上有收银员的名字，真为自己的智商捉急（着急）。

"玄春子。"

就是这三个字。

"晕，怎么像是修仙小说里的人物？难道你还在起点中文网业余写网文？"

女孩回答："我是朝鲜族思密达。"

怪不得，有个韩星不是叫玄彬吗？我明白了。

她的普通话很标准，不过带着一些东北味。我继续跟她聊了几句，她才十七岁，今年高中肄业，刚到上海三个月。

聊天到此为止，她不肯留电话号码或QQ，只能留微信，这是老板规定的。但我两手一摊，说我没用微信，她像看外星人一样看着我。

而我看着她的眼睛、她的面容、她的头发、她的一切……都跟白雪好像啊，当然，仅仅是我们记忆中的那个白雪。

小时候有部电视剧《十六岁的花季》，我们班几乎每个都看过，有人说拍到了女生洗澡，也是电视上第一次出现早恋。但我记忆更深的，是每次片头都会提到席慕蓉的诗，片尾会有一段旁白，加上各种名人格言。二〇〇七年，我第一次参加台北书展。在101大厦的书店里，偶遇了女诗人本人。我认识她，但她不认识我。我只是，安安静静地看她侃侃而谈。至今还记得她的诗。

电视上播完《十六岁的花季》，就被湖南台与台湾皇冠接连不断的琼瑶剧占领了，从《婉君》到《雪珂》再到《青青河边草》的六个梦，直到《梅花三弄》咆哮的马景涛同学——也就是那年，开学的九月，白雪来到了我们班。

她叫白雪。

《十六岁的花季》里的女一号也叫"白雪"，演员叫吉雪萍，声优却是袁鸣。不过，我们全体男生都觉得，那年秋天来到初二（2）班的白雪，要比电视上的"白雪"好看得多。

她的个头很高，至少有一米七，细细长长的，穿着条白裙子，乌黑的马尾晃在脑后，扫着男生们的心门。还有那皮肤啊，真像雪一样白，近乎透明的颜色，可见青色的皮下血管，盯着看还有些恐怖的感觉。

白雪很快有了一个外号：白雪公主。

那时的中学里有许多回沪知青子女，她也是其中一分子。有的人从小就在上海，她却刚从黑龙江转学过来。她妈是东北人，在阴雨绵绵的上海话世界里，她的东北话就像晴朗的太阳。她父母还在北大荒的农场，送她独自一人回上海读书，寄居在姑姑和姑父家里，准备在上海报户口和考大学，这样总比在黑龙江强多了。

可惜，白雪的学习成绩很差，功课完全跟不上。大概是转学的缘故，也可能本就不是读书的料。每次考试她都是最后一名，数学简直白痴，最离谱的是有次交了白卷，气得老师命令她在走廊站了半个钟头。所有老师都不喜欢她，说她必须留级多读一年，否则会把学校的平均升学率拉低——而这一可能性，也成了悬在所有男生头顶的达摩克利斯之剑。

虽然，男生们都爱向女神献殷勤，更别说是白雪公主了，但白雪有些难以接近，用今天的话来说就是冷艳高贵，似乎谁都看不上眼。在这座城市，她没什么朋友。如果说勉强算有的话，那就是我和肖鲲两个人。

我告诉她，在《格林童话》最初的版本里，白雪公主没有后妈，迫害她的人是亲生母亲。白雪说不相信，她妈妈待她很好，只是她不想再待在那个地方了。但是姑姑嘛……她不说了。我问她有什么爱好，比如读书啊，看录像带啊，读漫画啊，甚至打游戏之类的，她的回答很酷：滑冰。

那年上海已有了旱冰馆，也算是时髦的运动。但是，溜真冰的还绝无仅有。

白雪说在东北的松花江上，每到十一月，就会结上一层厚厚的冰。整个学校里的孩子，个个脚踩最简单的冰刀，跑到江面上去滑冰。她的滑冰技术是最好的，能够连续在冰上转好多圈。曾经有个体育老师，看中了她这双长腿，推荐去哈尔滨的体校练过几个月，后来受伤才放弃了。

在我们身边，白雪只待了不到半年，在初二的上半学期。从秋天到冬天，她迫切地期待最冷的时节。她说等到十二月底，黄浦江就会结冰，那时候就能上去滑冰了。我和肖鲇都在笑她，说打我们生出来开始，无论苏州河还是黄浦江都没结过冰。但她顽固地不相信，觉得我俩是在诓她。因为，这是白雪爸爸告诉她的。在来上海的行李里头，她特意藏了一双冰刀鞋，等结冰以后就可以在黄浦江上滑冰了。她把冰刀鞋带来过学校，穿在脚上给我们看过，刀口寒光闪闪，真是杀人利器啊。正好被老师发现，将她的冰刀鞋没收，说这个家伙太危险了，万一切掉学生的几根手指头，学校可负不起责任。我想除了安全原因，也是老师对于白雪这种差生的惩罚。

冰刀鞋被没收那天，从没掉过眼泪的白雪，一路哭着回家，雨打梨花般惹人怜爱。我和肖鲇，谁都不敢去安慰她。因为她个子高，力气大，脾气暴躁，有时会揍男生。这双冰刀鞋陪伴了她五年，是她爸爸送的生日礼物。

一个月后，短暂的寒假开始。

她原本要回东北过年，却在回家前几天消失了。

人们最后一次看到白雪，是上海最冷的一天。在黄浦江边，金陵东路轮渡码头附近，有几个轮渡公司的职工，还记得这个高高的姑娘。

我们的白雪公主，再没出现过。公安局记录了她的失踪时间，三年后，户口被注销，算作法律死亡。

那是二十年前的事了。

还有一个秘密——肖皑暗恋着白雪，他只告诉过我，因为身高的差距，不敢让别人知道。

虽然，身高不到一米六，肖皑却很有自信。男生发育本来就比女生晚嘛。女生长个头的时候，男生还都是小不点呢。他总觉得，再过几年，自己就会比白雪高半个头了。谁都无法预测未来，如果他知道自己长到现在，贴着墙量身高还是一米五九的话，大概就不会那么想了吧。

我们从小就知道白雪公主与七个小矮人的故事。但对肖皑而言，如果，有一个小矮人和七个白雪公主该多好啊！如果，是我们的白雪同学，一个也就够了。

他的白雪公主，此刻在何方呢？

那晚在黄浦江边的餐厅，肖皑看到窗外凭栏独立的女孩子，也是这副白雪般的容颜，甚至差不多的个头。

而此刻，在我眼前的滑冰俱乐部收银员，她叫玄春子，不叫白雪，还是个朝鲜族思密达，让我如何转告呢？

于是，我决定，不告诉肖皑。

彻底忘记白雪吧，这样对他最好了，我确信。

二〇一五年，冬至夜，又是北半球白昼最短黑夜最长的一天。

在最漫长的那一夜，寒潮自西伯利亚来袭，席卷过整个北中国，跨越长江，拥抱上海。温度往下跌落到零下十多度，据说是解放后从未有过的。

凌晨两点，听着窗外呼啸的北风，大雪齐刷刷地飘落着。开着空调，我也瑟瑟发抖，每寸空气都是冰冷的。入睡之前，我最后看了眼微博，却跳出一条消息扎了眼睛：黄浦江结冰了！

真的吗？

网上发了许多张图片，不少人正在黄浦江边围观呢。这时，我收到一条短信，居然是肖皑发来的，他说他已经赶到黄浦江边，江面千真万确地封冻了。

冬至这天我去上过坟，老人们说今晚不应该出门，是鬼魂出没的节日。

半小时后，我和肖皑在外滩观光平台碰头了。

没错，漫天凛冽的风雪中，黄浦江已凝结成一条水晶般的玉带。我们瞪大双眼，不是做梦，也不是精神错乱。结冰的江面像半透明的镜子，完全凝固在今晚的某个瞬间，再也没有波涛汹涌，没有泥土味的水汽，没有潮汐的起伏。江面上残留各种吨位的船只，有从太平洋另一端来的艨艟巨轮，有从苏州河来的小小驳船，全像被点穴或定格，被冰层封锁在江心或岸边。对岸陆家嘴钢铁森林的灯火，在冰面上发出五颜六色的反光。

跟我们同样闻讯赶来的，是刚从夜场里出来闲得蛋疼的年轻人，像大叔的都是摄影发烧友，举着各种长枪短炮狂拍一通。

趴在栏杆上的肖皑说："那么多年来，我拼了命找寻的，并不是黄浦江底下的藏宝箱，而是我们的白雪公主。"

失踪的白雪？

"嗯，二十年了啊！我读大学的时候，专门去过黑龙江，找到白雪家里。她的父母也多年没见过女儿了。但我相信，无论她在天涯海角哪个角落，一定会再出现的——而且，就是在这里！她失踪的当天，在黄浦江边看到她的，肯定不止轮渡公司那几个人。我想，只要每天在黄浦江边上寻访，就可以找到其他目击者，不管她是死是活还是怎样，总有水落石出的一天。"

黄浦江，漫天风雪的凌晨，看着他有些发红的眼眶，我唯有沉默。

我莫名地想起松花江。几年前，我去哈尔滨签售《谋杀似水年华》。恰是十一月，松花江已经封冻。我住在兆麟公园边上，子夜时分，独自去江边溜达。我大胆地走到冰面上，脚底下还算结实，滑溜溜的很有趣。我从没滑过冰，小时候一度流行的旱冰鞋都没穿过。冬夜，我在松花江上走了半小时，还脚底打滑摔了一跤。我丝毫没感觉冷，反而心里头热腾腾的。第二天，我去了几十公里外的呼兰，渡过传说中的呼兰河，拜访萧红故居。在萧红童年住过的屋子前，有尊她的雕像，汉白玉的，雪一样白。那个民国女子，坐在一块大石头上，手里拿着一本书，肚子里不知怀着谁的种，就像黑白照片里的那张脸，我站在她的面前，却有种异样的感觉，似乎她正在幽幽地看着我，雕像里那双眼神。对视的刹那，她活了似的，让我有些恐惧。

那里头有她的灵魂。我相信。

回到冰封的黄浦江边，肖铠呵着白气说他最后一次见到白雪，是在她失踪前一天。

那天是她的生日。

白雪在东北读书晚，比我和肖铠早出生一年。她看上去也更成熟，胸啊屁股啊都发育得很好，不知道的人以为她快要高中毕业了呢。当她和肖铠一起走在街上，即便不是白雪公主和一个小矮人，至少也是大姐姐带小弟弟的节奏。

那一夜，肖铠请她看了场电影，陈凯歌的《霸王别姬》。他是冲着张国荣去的，最后看得眼泪汪汪，而白雪看到一半就睡着打呼了。

电影散场，她收到了神秘包装的生日礼物，是一双崭新的冰刀鞋。

白雪兴奋地跳起来，真的很漂亮啊，女款的，粉红色，不锈钢刀刃，像古龙的第八种武器。

上海买不到这种东西，肖铠有个远房亲戚在东北，就这么托人邮寄包裹来的。这双冰刀鞋，用掉了他一个月的零花钱，还差几十块钱是问我借的。

白雪把冰刀鞋放在脚上比画几下，果然英姿飒爽。最近她牢牢盯着气象预报，冷空气南下，接连几场小雪，气温在零下三度左右。她在等待黄浦江结冰，坚信会有那么一天。

二十年来，肖皑始终没有忘记那一夜。

那是白雪公主的生日，也是他们的最后一面。

"蔡骏，现在你看到了吧？白雪说得没错啊，黄浦江真的会结冰耶！当初，是我们这些人孤陋寡闻。你不会相信的，白雪失踪以后，我查过许多史籍资料，黄浦江确实有过冰封的记录！

"最严重的一次在明朝正德元年，黄浦江足足冰封了一个月。那冰层厚得不但可以走人，还能跑马推车，人们正好省却舟楫横渡之苦，直接从冰上往来穿行。有户人家办喜事迎娶新娘，踏冰而行走到一半，冰层突然断裂崩塌，一百多号人敲锣打鼓乐极生悲而全灭——而今新娘的骸骨依然埋葬在江心吧。其次是清朝咸丰十一年，那年冬天太平军猛攻上海，突然遭遇剧烈的风雪，黄浦江冰封直至次年正月十四日才融化。寒冬拯救了盘踞上海的洋鬼子，无数太平军战士变成冰雕冻死在郊外，否则上海早就被忠王李秀成攻克了。最近的一次是光绪十八年，十二月初二，上海的最低气温零下十二摄氏度，徐家汇积雪深达三十厘米，黄浦江苏州河全部结冰，'累日不开，经旬不解'，这件事距今已有一百二十多年了……"

肖皑给我看他抄录在手机里的资料。

他把半个身子探出栏杆，最大限度接近黄浦江冰面，大声说："所以啊，我和白雪一样固执，一辈子都在等待今晚的降临。"

"白雪！"

肖皑突然尖叫，不是内心呼唤，也不是低温下的幻觉——而是在黄浦江对面，浦东陆家嘴那边，距离江岸不过十来米，雪白如镜的冰面上，有个姑娘正在滑冰。

真——的——是——白——雪——啊——

就像二十年前，上海市普陀区五一中学，初二（2）班的白雪公主。依然高挑与苗条，两条细长有力的腿，裹着白色的滑雪衫，脚上穿着冰刀鞋。

冰刀鞋。

黄浦江上的白雪公主。

她在冰封的江面上随心所欲，西岸外滩的古老建筑，东岸陆家嘴的摩天大厦，变成钢铁与水泥的白色山谷。风雪吹乱她的头发，江两岸无数的观众，正在欣赏她的冰刀鞋。

我的初中同学肖皑，为最漫长的这一夜，已足足等待了二十年。

他不想只做观众。

白雪公主近在眼前，小矮人 Come On Baby!

肖皑挣脱我的阻拦，整个人翻越栏杆，纵身一跃，跳下黄浦江。

我惶恐地把头探下江面，他并未摔死或淹死，而是双脚打滑地站在冰面上，向我挥舞胜利的手势，灯光照亮小小的个头。

"快回来啊！"四周响起警察的高音喇叭，呵斥在黄浦江冰面上的人立刻回来。

但他不在乎，从外滩向陆家嘴跑去，踩着几小时前还是滔滔江水，而今却是晶莹剔透的冰面。白雪就在对面，脚踩锋利的冰刀鞋，冰面上划出两道清晰的印子，穿花绕步出一组神秘图形。

白雪公主和她的一个小矮人。

空旷的黄浦江上，除了被困住的船只，就只剩下他俩了。

这一夜，冰面上的世界很大很大，又仿佛小得微不足道，如果她是白雪的话。

肖皑接连摔了好几个跟头，额头在坚硬的冰面上磕出了血。除了鲜红的血，还有眼泪在飞。

凌晨四点，身后的海关大厦钟楼敲响。亚洲第一大钟，响起《东方红》旋律，几十年来从未晚点，小半个上海都能听到。而我亲爱的同学，已经冲到黄浦江江心，正对着苏州河口最宽阔的那方冰面。

还差几十米，就要触摸到记忆中的白雪了。

黄浦江上的玄春子，嘴里欢快地哼着——

这就是我要的冰刀鞋，一步两步，一步两步，一步一步似爪牙，似魔鬼的步伐，摩擦摩擦，摩擦摩擦，在这光滑的地上，摩擦摩擦，摩擦摩擦……

女孩才意识到背后有人，冰刀九十度垂直，站定在冰面上回头。

她看到了他，依稀，似曾，相识……

突然，他脚下的冰面撕开一道细细的裂缝。

玄春子惊恐地尖叫，在东北长大的她，清楚这意味着出大事了！

肖皑也感到危险，但不知怎么办。转眼间，裂缝变成无数道细纹，化作一张密密的"蛛网"。

一片大大的雪花，坠落到眼底。他并不管脚下变化，继续向白雪走去。玄春子继续尖叫，撒开一双冰刀，往陆家嘴岸上逃命般滑去。似魔鬼的步伐，摩擦摩擦，摩擦摩擦……

男人的两条腿，自然追不上女孩的两只冰刀。

黄浦江两岸，成千上万围观的人，一齐发出尖叫、咆哮，或祈祷。

四分之一秒后，肖皑脚下的冰面碎了。

　　等到我重新睁开眼睛，冰封的黄浦江上只剩个大窟窿，翻腾着水汽。

　　再见，我的同学肖皑。

　　黄浦江底，平日混浊的泥水，在冰冷中清澈了许多，他竟能看清水下的一切——在一团古老的淤泥间，闪过某种微亮的光，那是女孩飘扬的发丝，乌黑丝绸般鲜艳夺目，栩栩如生，好看得很……

　　你好，白雪公主。

　　你好，小矮人。

　　白雪在水底微笑着，还是穿着那件白色的滑雪衫，脑后扎着俏皮的马尾，一条深蓝色的运动裤。她的胸口，挂着昨天刚收到的生日礼物，漂亮的粉红色女款冰刀鞋。"谢谢你啊，可爱的肖同学。"初二那年冬天，真的很冷很冷。虽然，她是在黑龙江出生的，但那儿即便零下几十度，仍然大多天气晴朗，夜晚缩在火炕上很暖和。无法忍受上海的冬天，那种每个毛孔都是冰冷阴湿的感觉，像剪刀慢慢绞碎你的血管和神经。她寄居在姑姑和姑父家里，住在最小的阁楼顶上，只有个屋顶上的老虎窗为伴。那张自己搭出来的小木床啊，都不够她伸直双腿的。冬天里没有任何取暖设施，家里总共只有一个热水袋，却是要留给表妹用的。她总是半夜里冻醒，满脸鼻涕还有眼泪，仿佛快要熬不过去。短暂的寒假开始了，她却不想回东北去过年，虽然很怀念在松花江上滑冰的日子。她曾经发誓再也不回去了。她总是看着气象预报，不时跑到黄浦江边。上海的冬天越来越冷，根据在东北长大的经验，按照这样的体感温度，早就应该结冰了。而黄浦江与松花江差不多宽，她相信再等不了几天。

　　于是，生日过后的第二天，也是那年上海最冷的一天，她来到黄浦江边，静静等待江面结冰的刹那。

　　只不过，她和他等待了足足二十年。

冬至第二天，狂暴的风雪停了。

上海的早晨，太阳照常升起。

昨晚黄浦江的结冰封冻，距离上回过去了一百二十多年，但只持续了七个钟头，冰面就差不多全部融化，如此短暂。

冰面开裂的过程，整个上海已万人空巷，几千万人挤满黄浦江两岸，个个高举自拍神器，顺便刷刷朋友圈。固体流冰只漂浮了半个上午，便被奔流的江水吞噬，正午之后就再无影踪。

如昙花一现。

黄浦江上无数海鸥飞来，成群结队，你追我逐，像是举行什么仪式。不少停在冰冷的水面上，大概一夜冰冻过后，江底的鱼儿都活跃了吧。

公安局的船只忙着打捞，几个蛙人正在下水——肖铠坠落冰窟的位置，恰是黄浦江江心最深处。古时候，泥沙冲刷出了陆家嘴，形成锐角三角形的大转弯，而锐角正对准苏州河口。几百年来，河水与江水互相撞击，在中心掏出无底洞似的漩涡，竟有二十九米之深。

不止是在外滩，整个黄浦江的上下游，许多警察和城管出动，到处打捞搜索尸体——还活着的可能性微乎其微，肖铠可能随波逐流被冲到了吴淞口，进入长江的泥沙深处，也可能被潮汐带到上游的松江、泖港，乃至淀山湖……

作为落水者的朋友，也是出事时的第一目击证人，我来到水上公安分局。

码头边浮动的小房子里，我见到了玄春子。

她还认得我。

在警方的反复询问下，她的脸色都发白了。

第一个问题，为什么要跑到黄浦江上滑冰？

玄春子说她刚过来几个月，在上海没什么朋友，早就憋坏了。她从小就会滑冰，又在滑冰俱乐部工作，昨晚听说黄浦江结冰了，她就带了冰刀鞋出门。她住在浦东一边，到了陆家嘴的江滨绿地。那里有亲水平台，她天生胆大，试着检验一下，根据这个温度，感觉冰面很结实，就跳下去滑冰了。

听起来，无懈可击。

第二个问题，掉进冰窟窿里的人跟她是什么关系？

玄春子两手一摊，表示完全不认识，从小到大都没见过那张脸。她也搞不清楚，对方为何突然冲过来，并叫她一个陌生的名字。

什么名字？

白？雪？好像是吧。

警察叔叔问白雪是谁？

我不知道。玄春子当然也没看过《十六岁的花季》。

她说，凌晨四点，当那个人冲到黄浦江的中心，几乎要抓到她的瞬间，只觉得这家伙好奇怪啊——一个小个子，却是个怪蜀黍（叔叔），看起来很激动，一边乱叫还一边飙眼泪。

警察叔叔，那个小个子，是不是个变态狂啊？玄春子最后问了一句，思密达。

她不是白雪。我想。

天黑时分，肖皑重新出现在我面前。

他躺在公安局的验尸房里，已被冰凉的江水泡肿了，灌满水的肚子鼓鼓囊囊。

蛙人是在黄浦江的正中心，陆家嘴与苏州河口的交汇点，昨晚肖皑坠落冰窟的位置，也是江底最深的漩涡里，捞出了他的尸体。

随着肖皑一起出水的，还有一个锈迹斑驳的铁皮箱子。箱盖开着一道缝隙，尸体的左腿脚踝，正好嵌在半开的箱子里，所以他始终没有浮出水面……

尸体的怀里还抱着某样奇怪的东西。

像是鞋子，又像是刀子，上面依稀可辨是粉红色的。

在冰水里溺亡的肖皑，死去的双手钢铁般坚硬，死死抱紧了这个物体。法医和警察费了好大的力气，差点让尸体的胳膊骨折，才把它取了出来。

忽然，我明白了这是什么。

冰刀鞋！

用清水冲刷了一遍，剔去各种污垢与垃圾，或许还有肖皑的人体组织，一双冰刀鞋出现在了停尸房里。

粉红色的女款，两只鞋子用鞋带连接着，可以挂在人的脖子上。从鞋帮的形状来看，似乎从来都没有被人穿过，不锈钢的冰刀，匕首般锋利，刀光夺目……

鞋子侧面有两个字：黑龙。

我的表哥叶萧警官也赶过来了，他让玄春子过来辨认这双冰刀鞋。小姑娘点点头说，黑龙牌啊！国产的名牌呢，齐齐哈尔冰刀厂生产的，如果不是山寨的话，起码值好几百呢！

而她并不知道这双冰刀鞋二十年前就躺在黄浦江底了。

冰刀鞋被警方收起来时，我真想大声说——当年为了买这双鞋子，我还贡献过四十块零花钱呢！

然后，就是夹住肖皑左脚的铁皮箱子。

箱子看起来又大又沉，表面爬满各种贝壳和水生植物，依稀可辨几个高浮雕的洋文，还有阿拉伯数字"1848"，似是十九世纪的英国货。

就是它？肖皑跟我念念叨叨了二十年，传说中黄浦江底的藏宝箱？

文物局工作人员到场后，才敢打开这个铁皮箱，却没发现任何金银财宝，连枚硬币都没看见，只有一个小小的骨架。

人的骨架。

但看起来太小了，可能是个小孩子。

不过，法医又仔细看了看骨架，感觉不同于常人，从牙齿和骨缝来看，起码有二十岁了。

一周以后，叶萧警官告诉了我结论：黄浦江底打捞上来的铁皮箱子里，装着一个成年男性侏儒的骨架，并且属于高加索人种，也就是白种人。

虽然没有什么金银财宝，历史学家还是仔细研究了这个铁箱。根据铁壳上的英文雕刻，以及箱子里残留的衣物，结合海关档案，终于找到了线索。

铁皮箱属于一个英国船长，常年航行在世界各个港口，表面上是从事贸易，其实是在贩卖人口——也就是奴隶贩子。船上有两个奴隶从未被卖掉过，因为是船长最心爱的私人宠物：一个是白雪公主，另一个是小矮人。他俩都是切尔克斯人——最昂贵的白人奴隶。一八九二年，清朝光绪十八年，这艘船来到上海，准备贩卖契约华工去南美洲。那年冬天严寒，黄浦江结了厚厚的冰层，所有船只都被困住开不动了。有天深夜，白雪公主和小矮人，想要趁着结冰的机会逃跑，跳船私奔。很不幸，他们在冰面上被船长逮住了。一周后黄浦江解冻，小矮人被关在铁皮箱子里，抛进陆家嘴转角外的江心。同一天，船长被租界工部局逮捕，不久以贩卖人口的罪名，当众吊死在跑马场。白雪公主却不知所终，或许终老于中国的某个角落。

肖飐断七那天，我又去了外滩，趴在栏杆边吹风。有艘渡轮经过，宽阔的肚子里藏着不少人。十岁以前，我住在外滩背后，能看到海关的钟楼。那时有亲戚住浦东，我常坐渡轮过黄浦江。对于小孩子来说，坐渡轮过江可是很愉快的经历呢。现在，我很想再坐一次渡轮，让薄薄的水雾将我包裹，带着泥土味的江风拂过脸颊，耳边是此起彼伏海轮的汽笛声——这是做梦的时候，周围一切人和物不复存在，只剩我独自一人，站在黄浦江水中央，身后是座巨大的城市……

这一天，玄春子回到了东北老家。

从哈尔滨过松花江，坐车不到一个钟头，就到了大雪冰封的呼兰河。

河边有个居民小区，洗剪吹店里放着"Let it go! Let it go!"的音乐。

十七岁的玄春子，拖着大包行李回到家里。妈妈已经包好饺子，等着她回家过年呢。她爸爸腿脚不太好，窝在沙发里看没有字幕的韩剧。

妈妈是汉族人，看来还年轻，简直就是少妇，只是身体有些发胖。女儿完全继承了她的这张脸，她要是抹掉眼角鱼尾纹，再减肥个二十斤，母女俩走在大街上，简直是孪生姐妹的感觉。

她把饺子端到女儿面前说，过完年别再去了啊，上海有什么好啊？

"妈，你去过上海吗？"

"去过啊，在二十年前。"

玄春子的妈妈说完这句，便退回卧室。她看着镜子里的自己，双手托着下巴，做出个少女的姿态。

她想起了上海。

二十年前，在上海市普陀区五一中学，她度过了初二上半学期。

那年冬天，上海冷得异常，冷到让她以为黄浦江一定会结冰。

生日过后的第二天，她带着刚收到的生日礼物，前往黄浦江边，期待看见冰封的时刻。

她还在等一个人——身高比自己矮了大半个头的发育不良的男生。

昨晚，她说她要离家出走，去遥远的南方闯荡，那里有更多的机会，也许还能去香港发展。她觉得凭借自己的身材和长相，最差也能混个超级名模。

"谢谢你的生日礼物，但你愿意跟我一起远走高飞吗？"她这样问肖皑。

当时，男生毫不犹豫地答应了。

他俩约定在黄浦江边，金陵东路轮渡码头会面。

但是，她从早上苦等到黄昏，肖皑都没有出现。

她已下定了决心，但他不够这个胆量，终究还是个还没发育好的小屁孩。

天，已经很冷，黄浦江依然没有结冰。

她的脖子和高挺的胸前，挂着肖皑送给她的黑龙牌冰刀鞋，痴痴凝望翻滚的江水。

然后，她向轮渡公司的人们打听，黄浦江有没有结过冰？但那些阿姨叔叔都摇头说："小姑娘，你开什么玩笑啊，黄浦江会结冰？我们在这儿工作了三十年，每天要来回渡过几十次，别说是这辈子，前生和来世都不可能呢！"

冬天的黄浦江会结冰——完全是爸爸骗她的鬼话！因为，她最爱滑冰了，要是听说去上海就不能再滑冰，她一定会伤心的。真傻啊，每个爸爸都这样骗过天真的小女儿的嘛。

这时渡轮靠岸，她掏出两毛钱买票，想去对岸浦东看看。几条通道连接着码头，网格状的铁条缝隙间，江水拍打着堤岸。走在铁网格上，发出轰轰回声，交织着浪涛难以分辨。船舱拥挤喧闹，一点也不浪漫啊。都是从浦西下班回浦东的人们，大多推着自行车，没有座位的空间。渡轮呜咽几声，解开缆绳，船舷率先与码头分离，浑浪汹涌。黄昏的外滩亮起了灯，有名的情人墙背后，又会挤满偷偷亲嘴的恋人。一排排巨大的黑灰色古老建筑，随着波涛颠簸一上一下后退。水雾中朦朦胧胧，人在船上如云中漫步。她挤到渡轮最前头，那边风景独好；也有人讨厌船头，江风呼啸睁不开眼。看对岸的陆家嘴，自然没有今天风光，只有暗暗的堤坝、码头和大吊车。东方明珠已造好了，其他几栋楼还在施工。一艘万吨远洋巨轮驶来，在微不足道的渡轮身边，从容擦肩而过。不知哪个国家来的，硕大船体里藏着隐秘气息。无数汽笛响起，像合奏一场音乐会，勃拉姆斯或巴赫。船头浪大，溅到脸上，充满土腥味，冰冷冰冷的刺激。外滩的海关大钟响起，傍晚六点整。天色已完全昏黑，两岸闪烁无尽灯火，好像昨晚的梦啊。

渡轮开到黄埔江江心，在她眼里如此宽阔。不巧的是，有个大叔的自行车撞了她一下，让她的身体失去平衡。幸好双手抓牢栏杆，但挂在脖子上的冰刀鞋，却整个掉进了滔滔江水。

糟糕，昨天刚收到的生日礼物啊！齐齐哈尔冰刀厂的黑龙牌啊！限量版的粉红色女款啊！

金属的冰刀很重，在黄浦江江心立马沉底。她手脚并用爬出栏杆，准备跳下水去捞这双冰刀鞋——有双手从背后抱住她，将她硬生生又拽了回来。

是肖锴吗？

不，这双手挺大的，手指关节细长有力，很迷人的男人的手。

她回过头，看到一张陌生的脸。

男人的长发在寒风中凌乱，很像郑伊健的发型。他的眼睛细长，却很好看。消瘦苍白的脸庞，嘴角却有两撇小胡子，穿着时髦的棕色皮夹克，腰带上别着个 BP 机。他比她高了大半个头，至少有一米八三。

"喂，你想要自杀吗？"男人的声音又年轻又有磁性。

她茫然摇头，但又立刻点头。

"好吧，算我救了你的命，小妹妹。"

"我不小了。"她回头看着黄浦江,还在心疼她的生日礼物,低声说,"谢谢你。"

渡轮抵达对岸的浦东,稳稳地以船舷靠上码头,轻微的撞击感。铁栏打开,人流涌出,黄浦江堤坝上一道小小的决口……

年轻男人带她去吃涮羊肉火锅。她喝了半瓶白酒,感觉很暖和,很快忘了那双沉到黄浦江底的冰刀鞋。

那天晚上,她是在男人的家里度过的。似魔鬼的步伐,摩擦摩擦,摩擦摩擦。

果然,她没有再回黑龙江,也没回学校读书,更不可能再去姑姑家的小阁楼。

她跟着这个外号叫"长脚"的长发男子,一起去了向往已久的南方。

南方很温暖,看不到雪,冬天里也有炽热的阳光。真好啊,好到让她不再怀念松花江上滑冰的日子了。

他们在广州、深圳、海口漂泊了三年。直到有天早上,当她在出租屋的床上,赤身裸体地独自醒来,发现那个男人彻底消失了。

这是她在医院查出怀孕的第二天。

只剩下自己一个人,不知道该怎么去做人工流产。她继续在许多个城市漂来漂去,越漂越往北方,不知不觉就过了长江,又过了黄河,结果出了山海关。回到东北,她依然不敢回家,因为肚子已经七个月大了。

最后,她落在了哈尔滨边上的呼兰县,孤身在医院生下个女儿。

这里有几百户朝鲜族,有个光棍姓玄,在医院做护工,是个瘸子,四十岁还讨不到老婆,就收留了她们母女。

于是,她的女儿也成了朝鲜族,起了个好听的名字——玄春子。

从此以后,她在呼兰县改名易姓,安心陪伴瘸子度日,并把女儿养到了十七岁。

但没人知道白雪是谁。

窗外，噼噼啪啪响起炮仗声，明天就是除夕夜了，呼兰河上铺着坚硬的冰。

"春子啊，咱娘俩去河上滑冰吧。"

女儿欢天喜地，带着冰刀鞋出门，在呼兰河上滑出老远。

妈妈也用力摆动双腿与胳膊，冰刀划出两道漫长的轨迹，弯道超过年轻体健的女儿，看来蛮像是专业运动员。零下二十度的风雪里，她剧烈地喘气，径直朝向东南，呼兰河的下游，松花江方向滑去。似魔鬼的步伐，摩擦摩擦，摩擦摩擦。

十七岁的女儿跟在后面滑，吃力地大声喊："妈妈啊，你吃错药啦？干吗滑得这样拼命？"

"我看到前面有白雪公主，正追着她滑呢！"

"哇，你没骗我吗？"

"没有啊。"

"那么世界上有小矮人吗？"

"也是有的。"

"嗯，妈妈，我在黄浦江的冰面上看到过小矮人。"

"黄浦江会结冰？"她停下步伐，额头滑下汗珠。

女儿猛点头，说："是啊，上个月，我还在黄浦江上滑冰呢，可刺激啦。"

"我可不信呢！"她像个少女般笑了，"别说是这辈子，前生和来世都不可能呢！"

大雪弥漫之际，她踩着冰刀站在呼兰河的冰面上，仿佛回到黄浦江里的渡轮上。

她想起，白雪离开上海的那一天，刚过完十六岁生日。

第 22 夜　**老闺蜜的秘密一夜**

我们拼命划桨，奋力与波浪抗争，最终却被冲回到我们的往昔。

——菲茨杰拉德《了不起的盖茨比》

一个月前，我去过一趟精神病院。

我没病。当然。

那天下午，天色昏暗，层层乌黑的瓦楞云朵，怕是要塌了。车子开出地库，妈妈催我快点开车。她坐在副驾驶座，低头发着微信。经过中山公园门口，停车捎上一个阿姨。我认识她，从小就认识，一直管她叫青青阿姨。她烫着短发，体形微胖，短袖的花色衬衫，并无过多装饰，与多数跳广场舞的大妈无二。她第一次坐我的车，先是称赞这车的后排好生宽敞，后来又酸酸地嫌自家女婿没用，女儿结婚五年至今连辆车都没买。我妈前几年退休了，青青阿姨退得更早。对于她俩的聊天内容，我的耳朵自动屏蔽。

开上青浦境内的高速，闷雷接二连三，却无半滴雨点。车载电台放着柴可夫斯基的《第六交响曲》，我妈和青青阿姨沉默下来，不知在听音乐，还是在看天色。车转入一条小路，两边是江南乡村景象，道路破烂而泥泞，我小心放慢车速，以免伤了底盘。

车子停在一座灰暗的建筑门口。还有辆黑色奥迪等在旷野上，车门打开，是小东阿姨。灰突突的天空下，她穿一件浅色风衣，白皙的面孔略施粉黛，脸颊绯红，冷艳高贵。小时候，我觉得她像《东京爱情故事》里的赤名莉香。后来，看了中年铃木保奈美的照片，更觉贴合小东阿姨的气质。现在，就数她保养得最好，拎着Burberry的包包，很有贵妇的样子。

她微笑着向我们招手，说我几年不见，居然留满了胡子，又夸我是听话的孩子，愿意给妈妈做司机。

有歌曲唱过，"风吹雨成花，时间追不上白马"。青青阿姨、小东阿姨，还有我妈，她们三个做闺蜜已超过五十年了。

我妈让我早点回家，晚上她坐小东阿姨的车回去，那是辆机关单位公车，有专职司机。

但我说也想进去，实际好奇她们到底是来看谁的。

在精神病院的门口，三个人一声不响。

还是小东阿姨出声道："没关系，就让骏骏陪我们进去吧，这种地方，还真需要小伙子陪同呢。"

随后，她让司机开车回去了，准备回程搭我的车。

在我有限的童年记忆里，小东阿姨是个大气的女子，常给我带各种珍贵的礼物。青青阿姨嘛，就喜欢带着我跟她女儿一起玩，至于礼物，就很少拿得出手了。

精神病院门外是片荒野，唯有小餐馆一间，不时传出麻将声。

我们跟门卫做好登记，便步入医院大楼。

这是我第一次进入精神病院。没见到强壮的护工，没有凄惨的尖叫，没有墙上的血手印。有些人穿着病号服，在楼道间自由活动，行为神情均与常人无异，更无想象中的汉尼拔博士。

小护士面无表情，把我们引到一间会客室。在这里我才闻到一股药水味，很多人记忆中恐惧的气味。

狭长的窗玻璃上，密集的雨点不断落下，光线透过铁栏杆，洒在一个女人脸上。我不太认识。

她的年龄想必跟我妈她们差不多，但在这种鬼地方自然更显得老些。她留着长发，夹杂许多白丝，却打理得干干净净。又干又瘦的脸上有许多灰斑，没有化妆，白得吓人。眼窝深深的，反衬出幽幽的眼神。

依稀觉得，她年轻的时候，或许很迷人。

从她穿的衣服上的编号，可以看出她是个精神病人，并且是那种比较严重的，必须要限制人身自由。

她应该认得我妈她们三个，点了点头。我妈并不害怕，坐在她的面前，从包里抽出些营养品；小东阿姨拿出个袋子，里面装着许多衣服，包括女士内衣；只有青青阿姨两手空空，只是笑着问她："哎呀，我们又来看你啦，身体怎么样啊？这里伙食还好吧？听说你的病好多了啊！真是啊，我们想你的哦！"

虽然那么一长溜话，银铃般串着，用上海话说来，却分外悦耳动听。

但在我看来，像在哄小孩子。

她——我不知道该怎么称呼她，不知道她的名字，只有胸口上的编号：01977。

不过，我也得叫她阿姨吧，什么阿姨？精神病阿姨吗？

她不声不响，目光虚焦着，不晓得在看谁，起码不在我们身上，甚至不在这间屋里。

我妈又跟护士聊了几句，大体还是问她的身体状况，护士不耐烦地回答，01977一切都好！不要担心。

说完，小东阿姨塞给护士一个信封，我猜里面是购物卡之类的。

护士立马给了笑脸，又给病人削了个苹果。

01977阿姨从未说过半个字，只是拿起苹果，慢慢地啃起来。

一个苹果，她吃得异常认真。

我们都默默地看着她，不敢发出丝毫的声响。

这间小小的屋子，除了她的牙齿与苹果肉的摩擦声，还有雨点砸在窗玻璃上的回响，就像直接落到我们的耳膜上。

安静到震耳欲聋。

等到她吃完苹果，几乎连苹果核也被吞下去了，我妈闭上了眼睛，小东阿姨眼眶有些湿润，青青阿姨几乎要夺门而出。

忽然，她说话了——

天潼路 799 弄 59 号。

没承想，她的口齿清晰，声音不响不轻，竟还像小姑娘般细腻，颇有穿透力，回荡在窗户与墙角之间。

妈妈抓紧了我的手。

我的手有些痛。

小东阿姨拽了拽我妈衣角，又对精神病人说："你好好休息吧，我们走了，明年这时候，再来看你！"

对方闭上眼睛。

我们四个走出精神病院。世界却黑了。电闪雷鸣，豪雨倾缸。荒野。雨点冰冷，刺痛脸颊。而我背后的建筑，如沉没中的幻觉。

傍晚五点，感觉已近深夜。我把车往前开了数百米，道路一片汪洋，强行通过非常危险。小东阿姨又提醒，这一带是低洼地，出过水淹事故，有人活活淹死在驾驶室内。

开回到精神病院门口，青青阿姨厌恶地看了一眼，说："要死快了，等在这种鬼地方，要出人命的啊！"

小东阿姨倒是镇定，指着医院门口的小餐馆，说："不如进去坐坐。"

餐馆简陋，七八张台子，只有一个客人，坐在墙角吃着葱油拌面，浓郁的葱油味，勾我食欲。

坐下不点什么也不好，小东阿姨自作主张，点了几样炒菜，至少回家不用饿肚子。

我低声问妈妈，"你们去看的那个人，是谁？"

"你忘了吗？抗美阿姨，你小时候，她经常带儿子来我们家玩的，你跟她儿子还一起打过游戏机。"

"嗯，我依稀记得吧，那个男生叫啥名字？"我挠了挠头。

青青阿姨在旁跟了一句，"我们做小姑娘的时候，四个人是顶顶要好的，你妈妈、我、小东，还有抗美。"

哦，才明白，四闺蜜。

我妈妈是"老三届"。那代人吃过许多苦。唯独我妈比较幸运，因是独生女，未如别人那样上山下乡，插队落户，而是早早进到单位做了工人。我妈工作优异，早早入了党，特别喜欢文字，常给单位写稿，被保送到华东师范大学读书。

她们中的其余三个，命也不算太差。当年，许多人去了新疆、云南、黑龙江，小东阿姨、青青阿姨，还有抗美阿姨，因为是最早的那批，被分配去了崇明岛的农场。

虽说与上海市区仅一江之隔，如今过大桥隧道仅个把钟头，但那时去一趟崇明岛，可比去苏州、杭州还麻烦。有时大雾天渡轮停航，就真正变成孤岛一座。不过，她们被关在农场里头，本身就跟蹲监狱没啥区别，除非有特别的事请假，否则每月才能回家一次。好在我妈在市区工作，没有兄弟姐妹，房子也算宽敞。她们就把我家当作据点，又延续了十年闺蜜之情。

再说回抗美阿姨，在四个女人里头，她是最为命运多舛的一个。

　　"文革"结束后不久，小东和青青都顺利离开农场回城，只有抗美孤独地留在崇明岛上。因为她家里兄弟姐妹太多，都不欢迎她回家，自觉无望，便嫁给了当地的农民。那座岛号称中国第三大，却是上海乃至江南最穷的地方，就连江北许多县都比它富庶。抗美在农场里吃了太多苦头，她那农民丈夫是个酒鬼，动不动就打老婆，就连她生完儿子坐月子期间，都不能幸免。苦熬到九十年代，抗美终于跟那农民离婚，把户口从农场迁回市区。但家里照旧容不得她，只能在外租房住，每天起早贪黑卖包子，有时还得靠三个闺蜜接济。

　　她儿子读书不错，虽比我小两岁，却是出了名的高才生。抗美给儿子定下目标，必须考上一流大学，没想到后来反而酿下了大祸。十多年前，最要紧的高考关头，抗美倾尽毕生积蓄，给儿子报了辅导班，还租下考场附近的酒店客房，只为儿子能考上第一志愿北大经济系。然而，高考过后，噩耗袭来：抗美的儿子偷偷买了张去崇明岛的船票，渡轮行至长江中流，他翻越栏杆，纵身一跃，被浑黄之水吞没。打捞三天三夜，才在崇明岛边的芦苇滩上，发现了少年的尸体，已被鱼虾咬得面目全非。警方调查死因，确定是孩子高考失利，自觉无法考上心仪的大学，无脸面再见妈妈，心郁气结，方才踏上绝路。后来想想，也是做妈的逼得太紧，一心一意要让孩子考取功名，也为补偿自己这辈子的不幸。

　　想来，这世上的悲欢离合，不是你妈逼的，就是我妈逼的，莫不如是。

　　儿子死后，抗美有足足三个月不曾说话，尝试自杀过几十次……不是割腕昏迷后发现伤口结痂了，就是跳楼被六层到二层的无数晾衣杆救了性命，跑回农场喝老鼠药竟碰上山寨货，最后一次是开煤气，结果自己非但没有中毒而亡，反而搞得整层楼都被炸光，隔壁邻居三死四伤。

于是，她被送入精神病院，至今已逾十年。

说到此处，我看着她们淡然的表情，再想想精神病院里的女子，想想她那幽深的目光。窗外仍是瓢泼大雨，阵阵闷雷声滚过，不禁使人毛骨悚然。

最后，小东阿姨做了总结性发言，"骏骏，你不知道，这一天，是我们四人初次相识的日子。其实，推算起来也不困难，就是那一年的小学入学日。每年今日，我们都会相约来这里看望抗美。"

话音未落，一阵风吹开了窗户，我被打了一脸的雨。

有个男人帮我们关紧了窗，就是一直在角落里吃葱油拌面的那个。

"谢谢啊。"

但他默不作声，径直坐到我们的桌子边。他看上去三十多岁，穿着笔挺的衬衫，胸口别着医生常用的钢笔，头发梳理得整整齐齐，伸出一只骨节细长的手，伴着雨点有节奏地敲打桌面。

"晚上好，我是这家医院的医生，你们刚才所说的抗美，是我负责主治的病人。"

男人用极快的语速说话，就像大多数医生那样。他冰冷的目光扫视桌上的每个人，仿佛我们个个都有严重的精神疾病。大家不约而同地低头，只有我迎着他的目光。

我懂了，晚餐，才刚刚开始。

小餐馆里沉默无声许久，还是青青阿姨先开口，"医生啊，真是太巧了，请问啊，我们抗美什么时候能医好呢？"

"告诉你一个好消息和一个坏消息，你要先听哪一个？"

晕，这个医生很有九十年代港剧的风格，小东阿姨算是见多识广，浅浅笑道："请先说坏消息吧，医生，我们一把年纪了，有心理承受能力的。"

"坏消息就是抗美的精神分裂症一辈子都治不好了。"

"唉，真是可怜啊。"青青阿姨掏出面巾纸，擦了擦眼角。

"好消息呢？"我妈问。

"也是抗美的精神分裂症一辈子都治不好了。"

这种回答让人愤怒，青青阿姨瞪了瞪眼睛，"这算什么好消息？拜托哦，你是医生哎，怎么能说这种没良心的话？"

"抱歉，但对你们来说，这就是好消息。"

医生看着我妈、青青阿姨和小东阿姨，唯独跳过了我的眼睛。

"你想说什么？有话就请直说。"还是小东阿姨镇得住场面。

医生点点头，坐到我们中间，左边是我们母子，右边是青青阿姨和小东阿姨。灯光照在他的头顶，乌黑的头发泛出几点油光。耳边全是风雨呼啸，屋顶像被冰雹砸得砰砰作响，随时可能被掀飞掉。

他先看着我妈，还是保持礼貌地说："除了这位阿姨以外，我想请问另外两位阿姨，你们都和抗美参加过一九七七年恢复的第一届高考吧。"

她们三人不约而同地点头。

我只知道，我妈没有参加过正式高考，至于她的三个闺蜜，我则是一无所知。毕竟，一九七七年啊，世界上还没有我呢，哪怕连个胚胎都不是。

医生继续说下去："小东、青青，当时，你们两个都和抗美一起在崇明岛上插队落户，因为农场经常收不到信，而农场领导强烈反对知青参加高考，担心你们万一被录取的话，会搞得大家人心涣散。所以，录取通知书极有可能被农场扣压，因此在高考报名填写地址时，你们都填了在市区的地址——而且，是同一个地址。"

他掏出口袋里的小记事本，翻到其中写满字的一页，轻声念出："天潼路 799 弄 59 号。"

我记得，这是今天在精神病院，抗美说过的仅有的一句话。

我还记得，这是我外公外婆家的地址，小时候我曾住过好几年。

妈妈点头承认，"是，那是我家的地址。"

小东阿姨接着说："抗美家里兄弟姐妹多，他们的关系素来不和，以前邮件和包裹寄到家里，凡是写她名字的，大部分都会遗失，或者干脆被别人拿走，为此她不知跟家里吵过多少回。"

"其实，我家里也有过这种情况，那年头很普遍的。"青青阿姨也插了一句。

医生双手托腮看着大家，说："完全可以理解，小东、青青，你们和抗美填写的都是天潼路799弄59号。因为，那是你们最亲密的朋友的地址，而她恰好没有参加这次高考，而她家只有她一个女儿，绝对不会出现邮件遗失的情况。"

"你怎么知道那么多？"

妈妈虽然没说出口，眼神却是充满疑问，我也很想把医生逼到墙角问一问。

"让我来说吧，"小东阿姨打破了这个尴尬，她拍了拍我的肩膀说，"大家都很信任你妈妈，你妈妈的家啊，有前后两间，还有小阁楼。加上你外公外婆，总共只有三口人。在当时的上海，算是居住条件不错的了。而我和青青、抗美三个呢，家里兄弟姐妹一大堆，光我就有五个妹妹，上面还有哥哥嫂嫂，他们又生了三个孩子，全都挤在一个房间里。当我去崇明岛插队落户时，家里真是松了口气呢。骏骏，你可不知道，那时候，我们每次回市区啊，家里别说是床了，就连地铺都没地方打呢。"

"想想都要掉眼泪了，"青青阿姨补充道，"真是谢谢你妈妈，还有你的外公外婆，那些日子啊，我们经常挤到你家，轮流跟你妈妈睡同一张床。要是我们三个都来了，那就一个跟你妈妈睡床，另外两个打地铺，也不会影响你的外公外婆。"

医生面无表情地说："一九七七年十二月十日和十一日，第一次恢复高考的考试时间，青青、小东、抗美都走进了考场。一个月后，如果谁有幸考上大学，录取通知书会通过邮局发到报名时填的那个地址。那个冬天，上海分外寒冷，抗美因此得了伤寒，躺在农场里动弹不得。然而，小东和青青你们两个，却以各种理由，从农场请假回了市区。但你们并没有回家，因为，录取通知书的投递地址，填写的是天潼路。因此，你们都寄居在闺蜜家里，日日夜夜盼望好消息到来。"

三十多年后，三个老闺蜜都无话可说，示意医生继续说下去。

"一个多月后，小东收到了大学的录取通知书，而青青与抗美都没有收到。有些人会去查分数线，但更多的人没有去查。因为第一次恢复高考，集中了'文革'十年无法考大学的所有知青，全国有五百七十万考生，总共只录取二十七万人，意味着只有极少数人可以考上。"

小东阿姨终于开口，"没错，我觉得我很幸运。"

"本来我就没指望考上大学，中学毕业就完全荒废了学业，纯粹只是试试而已。"青青阿姨说，看来并不怎么在乎。

"但是，抗美并不是这么想的。"医生的话锋一转。

青青阿姨抢话道："最好的朋友怎么想的，我们还不知道吗？"

"也许，有人知道，但不愿说出口罢了。"

窗外打了个响雷，我们都不说话。医生停顿片刻，继续独白，"如果，你没有及早回城，而是在岛上的农村又住了十几年，嫁给一个天天醉酒打你的农民，好不容易离婚回到市区，却连房子都没得住，辛辛苦苦把儿子养到十八岁，本指望他考上好大学出人头地，没想到高考过后他自杀身亡，白发人送黑发人，落得个白茫茫真干净，一无所有，这样的悲惨你们有过吗？"

谁都不吭气了。

"所以，任何人在这时候都会想一件事——为什么命运对自己这么不公平？如果，在一九七七年恢复高考，拿到录取通知书的人是抗美，而不是别的什么人，那么她又会是怎样的命运呢？至少，她会立即离开那个穷得鸟不拉屎的岛，进入大学校园学习和生活，她会遇到自己心仪的男子，像那个年代所有大学生一样顺利地恋爱结婚。要知道，那个年代的大学生，无论到哪里都被当作宝贝，毕业后肯定是国家包分配，进入令人羡慕的企事业机关，说不定还能很快得到提拔重用……不用我多说了吧……那么今天坐在这里，来探望精神病人的人，可能不是你！也不是你！更不是你！"

他依次指了指小东阿姨、青青阿姨和我妈妈。

耳边只有大雨的哗哗声，桌上的几个炒菜全都凉了，只有我动筷吃了些炒蛋。

小东阿姨说："嗯，医生，你是说抗美她，感觉心理不平衡，才会想要自杀，最后精神分裂？这个，我想，也是符合逻辑的吧。"

"不止是心理不平衡。一年前，我在治疗抗美的过程中，她向我彻底敞开了心扉，说出了她全部的故事，还有内心的痛苦。而我呢，自然非常同情她。于是，我就利用自己的社会关系，费了九牛二虎之力啊，终于查到了一九七七年的高考档案。"

青青阿姨惊讶地说："这你也能查到？查到我的分数了吗？"

精神病医生拍了拍桌子，让人心头一震——"你们听我说完，我查到了抗美的名字，她考得还算不错，超过了最低分数线。她被本地一所大学录取了，还是本科，中文系。但是，很遗憾，她没有去大学报到，这个名额被调剂给了别的考生。"

我特意瞥了瞥我妈、小东阿姨和青青阿姨，她们都低着头，不晓得在想些什么。

"唯一的可能性就是——你们中间有人在说谎！三十多年前，你们中的一个，拿到了抗美的大学录取通知书，却出于某种卑鄙的目的，把通知书藏起来或是销毁了！"

医生努力压抑着，没让音量超过风雨声。而我的脑袋有些晕，似乎无数雨点射入血管。我想象那张薄薄的纸片，在一九七七年与一九七八年相交的冬天，对于那时无数的年轻人而言，对于我的父母那辈人来说，那是值得拿一切来交换的。

又一记雷声响起，我妈、小东阿姨和青青阿姨，三个人分别抬头，面色煞白。

"现在，你们三个都在这里，到底是谁做了那件事？"

这位医生说到这里，虚脱般地长出一口气，松开领子猛喘几下，额头已满是汗珠。

沉默了那么久，还是小东阿姨有胆识，站起来问："你究竟是什么人？"

医生嘴角微扬，仿佛就此圆满，可随时去火葬场报到。他起身离开桌子，打开小餐馆的门，狂风暴雨呼啸而至，犹如盗墓贼侵入地宫。他没有带伞，浑身淋湿，隐入茫茫雨夜。

我们的头发都被吹乱，还是我冲上去把门重新关牢，抹去一脸的雨水，回头看着包括我妈在内的三个女人。

那么，现在问题来了：不是那个什么，而是……

一九七七年到一九七八年间的冬天，第一届恢复高考的大学录取通知书，小东、青青和抗美，她们报名时填写的收件地址都是天潼路799弄59号，也就是我妈家里。

不敢想下去了，我妈才是最大的嫌疑人？

但是，小东阿姨和青青阿姨的嫌疑也很大，她们当时都暂住在那里，三个人都有可能接触到抗美阿姨的录取通知书。

我妈低着头，躲避我的目光。小东阿姨依旧正襟危坐，风衣内裹着不老的身体。青青阿姨长吁短叹着，桌上的筷子丝毫未动过。

晚上十点。

没有人要离开。事实上谁也走不了。雷雨轰隆隆不知停歇，精神病院外的荒野，照旧水乡泽国一片。

虽说，这是适合玩杀人游戏的好天气，但我可不想做什么警察或法官。一句话都不想多说，拿起手机想刷刷微博，发现信号都中断了，妈蛋（妈的）。

"回家吧。"我妈却说话了，突然地。

小东阿姨冷冷地回答："回不去了。"

这个女人还是那么酷啊，就像我小时候记忆中的那样。而青青阿姨仰望着仿佛随时都会被雨砸塌的天花板。

"回不去了。"

我妈不再说话，而我绕到她的背后，想要看到她的秘密。过去，她曾经断断续续地跟我说过点点滴滴。而我，也只能一丝一线地在脑中缝合……比如，她为什么没有参加第一届恢复高考？因为，那时所有人都觉得，我妈已经拥有大学学历了。

上个世纪七十年代的工农兵大学生嘛——后来被吐槽过很多次的，我妈却是正儿八经地，在华东师范大学的校园里住读了两年，读的是政教系，却在数年后被一笔勾销，好像那段大学校园的时光，只是一场小孩过家家的游戏。

于是，她错过了一九七七年与一九七八年的两届高考，再等到一九七九年，便永远失去了资格。

一九八二年，恰逢首届成人高等教育自学考试，我妈对于大学学历被取消，实在是心有不甘，她依旧选择了华东师范大学攻读她最喜欢的中文专业。

上个世纪八十年代，要通过大学自考并不容易，许多人都没有勇气报考，也有不少人考试没通过而未拿到文凭。他们没有机会接受全日制高等教育，读书或者文学是仅有的几种爱好之一。自考并不脱产，平时都在各自单位上班，也无须每次都去上课，大多在家读书复习。在我妈的那个班级里，还有个来自金山农村的男同学，他的名字叫韩仁均，彼此却完全不相识。很多年后，我才知道，我妈的这位同班同学，有个叫韩寒的儿子。

一九八五年，我妈拿到了华东师范大学中文专业自考专科文凭。那些年，大部分人只有初中学历，拥有一张大专文凭是件值得炫耀的事，许多人因此而改变了命运。果然，我妈被调到了局里。

此后两年，我妈继续攻读华东师范大学中文本科专业。我还是小学生，不太记得她白天上班晚上读书复习的艰难。小时候，家里堆着许多书，从小学四年级开始，我就半懂非懂地翻阅我妈读中文系本科的教科书了，比如什么《古代汉语》《中国文学史》《中外比较文学》，还有《政治经济学》。

一九八七年，我妈获得了华东师范大学中文本科专业的文凭。虽是自考，但也足够风光，在他们那个几万人的单位中，她是唯一拥有大学本科学历的女性。后来，她成为改制后的大型国企的纪委副书记，直到几年前退休。

至于，三十多年前的那个冬天，三个女孩挤在狭窄的过街楼屋子里，等待她们的大学录取通知书的岁月，妈妈却从未跟我讲过……仿佛在我出生以前，这个世界不曾存在。

"回不去了。"

小东阿姨又重复了一遍，令我的视线从妈妈身上挪开。

"骏骏，你生下来刚满月，我就抱过你呢。"小东阿姨看着我的眼睛，仿佛我仍然身处襁褓之中，被她柔软的双手环抱，额头枕在她的胸口。

她接着说："那时我还在读大学呢，你妈妈很羡慕我呢，不是吗？"她把手放在我妈的手腕上。同时，她又拉着青青阿姨的手，说："其实呢，我倒是更愿意像你那样。"

小东阿姨背对着我们说："骏骏，拜你外公外婆家的福气，我还记得，一九七七年的最后一天，在天潼路799弄59号的过街楼下，我收到了我的大学录取通知书。四年后，我成为优秀毕业生，公派留学去了美国。我在加州大学拿到了硕士文凭，一度也想过在美国定居，却在一九九二年回国了。呵呵，那时候，每个人都想着往外跑，我们那批在美国的留学生，大部分都拿到了绿卡，我是唯一的例外。很多人想不通，问我为什么回来，其实，我只是想家了。"

在我的记忆中，小东阿姨第一次出现时，我正在读小学。以后每年春节，她都会到我们家来拜年，带着各种各样的礼物，比如正版的变形金刚、美国巧克力，还有给妈妈的化妆品。那时，我知道她在美国，每年春节回一次上海。她每次都是独自一人，从未听她说起老公，好像也没有孩子。或许，也因为这个缘故，她会待我特别的好。等到她正式回国，被一所大学聘为教授，我已经念中学了。

那时候，我才知道，小东阿姨一直没有结婚。

回国以后，她跟我家的来往更密切了。她总是关心我的学习，偶尔教我几句美式英语，可惜我并不如她所愿。

虽说在美国留学多年，小东阿姨却很懂得人情世故，没过几年就成为学校行政领导。她出过两本书,做过很多讲座,俨然已是文化名流。最后,她升至大学副校长,从厅局级位置上退休。现在,她又被政府单位返聘,还配有专车与司机。

小东阿姨转回头来,捋起额前的短发,目光柔软下来,"这些年来,我总是惦记着抗美,这家精神病医院是上海条件最好的,就是我给她安排的。"

原来,是小东阿姨把抗美关进这里的——不知为何,我想到另一面去了。

"小东啊,三十多年前,你不是喜欢过农场里一个男生吗?"

说话的是青青阿姨,她的脸色有些异样,嘴唇不住地哆嗦着。刚才我就观察到了,好像她想要说什么,却硬憋着欲言又止。这下终于迸发出来,差点让自己也爆了。

暴雨的屋顶之下,所有人沉默片刻。我看向我妈的眼睛,她自动躲到房间角落。

"是啊,"小东阿姨的脸色已恢复正常,故作轻松地说,"骏骏,让你听到这些,真是不好意思呢。"

青青阿姨索性豁出去了,说:"我记得那个男生,跟我们差不多年纪吧,他好像叫什么来着?"

"志南。"小东阿姨说。

"对,他的长相真的蛮好啊,农场里许多女生都喜欢他。"青青阿姨想想说得不对,立即补充了一句,"当然我例外。因为,他有什么政治问题,家里是资本家,他的哥哥是个叛徒,'文化大革命'时被枪毙的,所以不能参加高考。"

小东阿姨点头说:"志南是最爱读书的,那时候农场里头,除了毛选和样板戏,几乎什么都看不到。我偶尔会从废品回收站里,淘来一些旧书偷偷地看。骏骏，我还会向你妈妈借书看，比如《红楼梦》啊、《家》啊，但大多数的小说，却是从志南的嘴里听来的，他的记性真是好，跟我整本整本地讲解《悲惨世界》《战争与和平》《安娜·卡列尼娜》《牛虻》……而我印象最深的是《红与黑》，他能从头到尾说上三天三夜，从于连做市长的家庭教师，到他去神学院苦读，再到巴黎的花花世界，遇上玛蒂尔德小姐，直到被处决，玛蒂尔德小姐抱着他的人头去埋葬。"

忽然，我想起十七岁时，小东阿姨送给我一样生日礼物，就是司汤达的《红与黑》，傅雷翻译的版本，这大概也是她最爱的书吧。书中的许多细节，我至今还记忆犹新，有的后来用到过我的小说里，比如玛蒂尔德每年会穿戴一次黑衣孝服，纪念她的祖先德·拉莫尔，也就是亨利四世的王后玛格丽特的情人。

青青阿姨猛喘了几口气，说："那个志南啊，抗美也很喜欢他的——这个秘密，是抗美亲口跟我说过的，他们还……"

"住嘴！"

小东阿姨第一次失态了，她冲到青青阿姨面前，几乎要扇她的耳光。

一个闷雷滚过，我妈想要挡在她俩中间，小东阿姨却静默不动了，雕塑般顿了几秒钟，终于瘫坐在椅子上。

青青阿姨擦了擦额头的汗，躲到屋子的另一头，继续说下去，"小东，你考上了大学，真是走运啊，而我和抗美留在了崇明岛上，可……"

"你们想知道秘密吗？"

小东阿姨打断了她的话，当然，所有人都想知道秘密。

"志南，他是我的第一个男朋友，他想要跟我结婚，而我答应他了。"

这回轮到我妈惊愕了，"小东啊，这是真的吗？是什么时候？你怎么没跟我说起过？"

"就在一九七七年，我跟他说，我参加完高考，就嫁给他。"小东阿姨苦笑两下，"虽然，我是真的喜欢志南，但，我对他说谎了。第二年，我上了大学，而他留在岛上。我很清楚，我和他之间，隔着一江水。记得离开农场的那天，青青、抗美还有志南都到码头来送我。但我唯独没有抬头看他。坐上回上海的轮船，我趴在栏杆上，大哭一场。那是一九七八年的春天，很冷，长江口，无边无际的。风冷冷地卷来，脸上刀割般的疼。而我看着自己的眼泪，一滴滴落到江水里，连个泡沫都不会再有，就算我整个人跳进去，也不过是多个漩涡，转眼谁都不会再看到，谁都不会再记得。"

这话才说到一半，屋子另一头隐隐传来抽泣声，我知道那是青青阿姨。而我妈走到小东阿姨背后，搂着她的肩膀，却不知道还能说些什么。

"别哭了，青青。"

小东阿姨主动走到她身边，拍了拍她的后背，说："直到现在，有时候，我还会梦见志南，梦见他打着赤膊在稻田里劳作，梦见他穿着海魂衫的夜里，举着蜡烛跟我说《巴黎圣母院》里的卡西莫多。至于，志南跟抗美是什么关系？我真的不知道，其实想想，这也不重要吧。离开岛上的农场，我不再跟志南联系了。而他呢，每个礼拜都给我写信，寄到我的大学宿舍里。他在信里说农场的生活，说他可以弄到外面的书了，说青青天天吵着要回城，说谁跟谁又打架了，但从未提起过抗美。他还说，想要到大学来找我，但是农场领导不准请假。他问我暑假有空再回岛上吗？他给我的这些信呢，当时我都保存得很好，但我一封都没有回过。直到，一九七九年的夏天，我终于给他回了一封信，信里只有三个字——我等你。"

"你真的想要嫁给他了？"青青阿姨问，然后自言自语，"那一年，我还在岛上呢。"

"谁能想到呢，那年夏天，志南出车祸死了。"

青青阿姨点头，"是啊，我记得，在岛上，从农场到码头的公路，他骑自行车，被一辆卡车撞死了，好惨呢，我们都去看热闹，脑袋都被车轮轧没了，只剩个身体，血肉模糊的。"

"别说了！"

我妈堵住青青阿姨的嘴巴，以前她也经常这样阻止她，在青青阿姨滔滔不绝口无遮拦之时。

"其实，只有我心里明白：他为什么骑自行车去码头？是因为收到了我的那封信——'我等你'，三个字，他要乘渡轮过江来找我。"小东阿姨说着说着，眼眶早已经湿润，过去我从未见过她落泪，现在是破天荒头一回，发现她的脸颊上，正悬着几滴泪珠。她说："都是我的错，要是我早知道，他命里注定不能离开那座岛，不能渡过那条江，我就不会给他写那封信了。"

我妈给她递了面巾纸，小东阿姨任由泪水淌落，似窗外屋檐下的雨水不绝。

"要是志南不死的话，也许，他现在还在岛上，娶了抗美为妻，生了一对儿女，又生了孙子外孙，天伦之乐，日子不错吧？"小东阿姨闭上眼睛，"至少，比我强多了。"

"小东，你一辈子没结婚，就是为了这个男人？"

"我不知道。"

看着小东阿姨的双眼，我晓得她还有很多秘密，比如在美国，后来回国以后，她走过很多的路，遇见过无数的人，撞到过数不清的事，心却终究留在了那座岛上。

终于，她抹去泪水，回头直勾勾看着青青阿姨，却对着我妈说："你还记得吗？那个冬天，我和青青住在你家。早晚青青都守在信箱前，每次邮递员来送信和电报，他们都会聊好久。"

"你在说什么啊？"青青阿姨扑到小东阿姨面前，还是被我妈阻拦开了。

"青青，从一开始，你就知道自己肯定考不上，因此也没有认真复习，你从心底里希望别人也考不上，对吗？"

面对小东阿姨的问话，青青阿姨摇头回答道："但我不会做缺德事！至于，每天都来送信和送电报的邮递员，你们又不是不认识他！小东，你的大学录取通知书，就是他骑着自行车送来的，我替你签字拿下后转交给你的。我说要感谢他，买了几个油墩子请他吃，让他大冬天的骑车送信暖暖身子。每一天，我都问他还有没有新的录取通知书，最后我和抗美的都没有收到过。但是，这小子经常下班来找我玩，他只比我大了两岁，虽说家里条件很差，但那时候在邮政局上班，也算是铁饭碗，总比我们农场好多了啊。"

"嗯，后来，你就嫁给了他。"

我妈总算说了一句话。我这才想起，原来说的就是青青阿姨的老公啊。我见过那个男人的，从小记忆里就有，从他三十多岁够年轻，到四十来岁半秃了脑门，直到快退休了畏畏缩缩。从前，每年他都会给我带集邮的定位册。离上次见到似乎很久很久了。

"嗯，那时候，他就说，他喜欢我。"青青阿姨似已忽略我的存在，仅把这晚的谈话，当作闺蜜间的私语，"老实说，我有些嫌弃他，长相普通，家里一穷二白，跟我没半点共同爱好。我只是想，他工作还不错，跟他结婚的话，说不定会被调离农场，两年后，我和邮递员结婚了，就是你们都认识的那个人。我提前离开农场，回到日思夜想的上海。"

"如果，没有你在我家的那些天，没有在信箱前等候录取通知书，你也不会嫁给他，是吗？"问话的是我妈，但我想她早就知道答案了。

"对，否则，我这辈子都不会认识他！"

"可是，过去你一直夸你老公，说他虽然没钱，但是工作稳定，没什么不良嗜好，关键是对老婆女儿非常好。"

"我骗你们的，对不起。"

"其实，我早就看出来了。"小东阿姨说。她的眼睛，果然尖利呢。

"有时候我会想——三十多年前，那个选择对还是不对？要是我没有暂住在天潼路799弄的过街楼，没有天天守着信箱认识了现在的老公，那么我会不会一直留在岛上？我会嫁给怎样的男人？也许，就是像抗美那样，跟崇明岛的农民结婚。或许，我会生个儿子，长大后就像许多崇明岛男人那样，到上海来当出租车司机。要是这样，还真的算我走运了。只是抗美不走运吧，最后一个人孤苦伶仃，被你们送进这座精神病院！"

"青青！"

"呵！想到这里，我就觉得，我好走运呢！虽然，我从没喜欢过我的老公，从结婚的第二年开始，从我们有了女儿开始，我就想要跟他分开来过。但我不敢，一个女人家带着孩子，能有什么好下场呢？你们不会相信的，这些年来，你们所看到的，都是我和他装出来的，只有我女儿知道真相，但她也从来不会跟任何人说。有时候，想想女儿，她也蛮可怜的。好吧，就告诉你们，我和他，冷战了三十年……耶稣啊！三十年！"

青青阿姨家里是信基督的，虽她本人不太信，但耶稣已成了口头禅。

我记得，在我妈的几个闺蜜里，青青算是混得比较差的。我读中学的时候，青青阿姨就曾哭哭啼啼来借过钱，说是为了房子装修，而她从厂里下岗了每月只有几百块。直到几年前，她办理了退休手续。走运的是，原来家里的老房子拆迁，她也分到了一笔钱。女儿大学毕业进了外资企业，没过几年就结婚嫁人了。虽然，女婿也没太大出息，但总比别人家有个令父母操碎心的剩女强吧。

停顿片刻，青青阿姨又说："今晚，索性就不回家了，反正我家老公也不会等我的。这大雨下得啊，让我这嘴巴，也像水龙头，再也关不住啦。让我再说个秘密，你们都不晓得吧——我女儿小青，读高中的时候，跟抗美的儿子学文谈过恋爱。"

"还有这种事？你肯定反对的吧。"小东阿姨冷冷地问。

"咳，他们两个啊……对了，骏骏你不记得吗？以前，我们三家人，一块儿去西郊公园看动物，你、小青、学文，三个孩子都去玩了。"

这话说得我害羞，好像是有这么回事，是读小学五年级还是预备班？记不清了。总之，我的年纪最大，他们比我小两三岁。那时动物园是小孩最愿意去玩的地方，看熊猫，看大象，看北极熊，最有趣的是猴山。对了，学文好像很安静，看起来乖乖的样子，特别怕他的妈妈。而小青呢，是个爱哭的女孩，被打扮得挺漂亮的，要不是比我小几岁，大概会特别注意她的吧。

青青阿姨接着说："小青和学文，是同一年的。学文的功课特别好，小青这孩子读书不灵，特别是数学差到了一定地步。所以，我经常请学文到家里来，帮着小青补习数学。那时候，抗美已经离婚回了市区，一个人带着孩子，租了套小房子，住得离我家很近。小青和学文读不同的高中，但只隔了几条马路。他们经常一起放学回家，在街心花园写作业。渐渐的，我有些不放心了。我发现女儿越来越爱打扮，每天早上出门要反复照镜子。半夜听电台的流行歌，居然还会默默流泪。虽说女孩子青春期都这样，但她这一切似乎只是为了学文。有两次，我悄悄跟着小青，才发现她跟学文一块儿去看电影了，好像是那个……就是那个……一男一女抱着在船头的……"

"《泰坦尼克号》。"小东阿姨冷冷地补充道。

"对，就是那个号，我这脑子啊，快要老糊涂了！当我发现小青和学文谈恋爱，刚开始自然是反对，强迫他们两个分开。我又是要面子的人，只跟抗美一个人说了，都没跟你们两个说过。可是，孩子大了，管不住啊，那年小青在读高二，十七岁，最讨厌听妈妈的话。后来，我想通了，也就不再约束女儿了。看看我自己吧，当年为了早点离开农场，嫁给了一个我不喜欢的男人——仅仅因为他给我的闺蜜亲手送来了大学录取通知书，最惨的是我自己还没有份！我为什么不去找个自己喜欢的男人呢？就像小青这样，那么单纯，只是喜欢一个男孩，多好啊！对不起，骏骏，这些话实在不该对你说。但要是能重来一遍啊，我也想找个斯斯文文的、读书好的男孩子，就像学文！"

"后来怎么样了？"小东阿姨和我妈都被挑起了听下去的兴趣。

女人，果然都是天生八卦，无论十六岁还是六十岁，尤其是对于谁跟谁好上了这件事。

"后来……我女儿——你们知道的——终归是个听话的孩子，虽说大哭了一场，还是跟学文断了。其实，我给小青留了个后门，答应等她和学文考进大学以后，就不再干涉了，随便他俩怎么谈恋爱。谁又能想到呢？学文刚高考完就走上了绝路。"

原本针锋相对的小东阿姨，倒也同情地搂着青青阿姨的胳膊，安慰说："小青现在不是也挺好的吗？"

"好什么啊？你们才不知道我的苦呢，学文死后的那个暑期，小青像变了个人似的，木木的，也不出去玩，就算大学考上了第一志愿，也没见得有任何高兴。但她也不哭，整天在床上挺尸，那些天啊，我和她爸都担心死了，怕她也会跟学文一样。再后来呢，小青似乎对什么都没兴趣，大学毕业以后谈了两个男朋友，都是草草了事。直到遇上我现在这个女婿，虽说也没见他们有多要好。只是对方家里有房子，父母都是公务员，结婚条件嘛也只是中等。我原本以为，小青心里还一直念着死去的学文，没想到她爽快地答应了求婚。我就这样稀里糊涂地把女儿嫁出去了。这就是命呢。"

看着青青阿姨的颓丧，我完全想起了她女儿小青，有双乌黑乌黑的眼睛，头发在阳光底下宛如墨色。眼前昏暗的世界，狂风暴雨，天花板下雾时明亮鲜澄起来，回到十多年前的清晨。还有学文，我想起打红白机的情景，虽然他是优等生，但玩游戏也是高手，我俩一起用上、上、下、下、左、右、左、右、B、A、B、A调出《魂斗罗》的三十条命，如此一路打到通关为止。他不太说话，嘴上有圈绒毛，留着刘德华式的中分发型，嘴里偶尔会哼起"给我一杯忘情水，换我一生不伤悲"。

最后，等三个女人都不出声了，我把目光对准了我妈。

根本不用说话，疑问已呼之欲出——妈妈，你有什么秘密？

天潼路799弄59号——"一九七七年恢复高考大学录取通知书灵异事件"（我给今晚发现的秘密所起的代号）的案发地，也是我外公外婆的家，我从出生到十岁，差不多有一大半的童年时光，是在这栋过街楼上度过的。

我记忆中的第一天，应该是八十年代初的某个下午，天潼路799弄59号过街楼上，我看到窗外刺眼的亮光，还看到墙上挂着的相框，好像是妈妈抱着婴儿的我，背景好像是在苏州的天平山上。那个瞬间，我就有一个疑问——我是谁？这不是在装逼，而是我的记忆里，真的存有这么一段，因为是人生的第一段，反倒记得格外清晰。

从那天开始，我的记忆就是在爸爸妈妈的小家与外公外婆的老宅之间切换。大概在我两岁那年，妈妈搬出了天潼路的老房子。单位给她分配了一套房子，在黄浦区的江西中路。那是上世纪三十年代的老建筑，就连电梯都是那时的旧物。一家三口住很小，但有个突出在楼房外立面的阳台，雕花的铁栏杆两边，还有真正的巴洛克风格的罗马柱，就像站在古城堡的塔楼上——只有三楼，我却已感到在很高的地方，抬头眺望对面大楼的屋顶之上，隐约可见外滩海关大厦的钟楼。那时我想到一个说法，这里是"外滩的屁股"。杂乱无章的天际线上，我经常看着那里发呆，依稀记得某个凌晨，我就这么趴在阳台上，看着天空从黑变紫直到泛出鱼肚白。

但是，我爸我妈都要上班，像我们这种双职工的孩子，通常都交给老人来带。因此，我的大多数童年时光，都是跟外公外婆住在一起，恰好我也是他们唯一的外孙。许多个傍晚，爸爸将我放在自行车后座上，骑过苏州河边，穿过老闸桥，从一条小巷子进入天潼路799弄。那条弄堂地下铺着石板，小时候丝毫不觉得狭窄逼仄，因为小孩眼里一切都是大的。外公外婆就住在59号的过街楼上，穿过一道陡峭狭窄的木头楼梯，就到了时常散发着白兰花香气的房间。透过地板下的缝隙，可以看到底下的门洞。我特别喜欢爬上小阁楼，趴在屋顶突出的"老虎窗"边，原来那块狭窄的长方形的蓝色天空，一下子变得如此辽阔。眼底是大片的黑色瓦楞，偶尔长着青色野草，再远望仍是层层叠叠的瓦片，头顶不时飞过邻家养的大队鸽子……那时最爱看《聪明的一休》，那个挂在屋檐下布扎的小白人，现在的孩子都不知道了。我常在黄梅天的雨季，趴在阁楼的老虎窗边，看着密集的雨点落在窗上，看着阴沉的天空乌云密布，幻想屋檐下也有个小白人随风飘舞，全世界都在风雨中寒冷发抖——后来特别喜欢宫崎骏的《千与千寻》，不仅因为大师与我同名，更因为电影里那个城堡式的亭台楼阁的世界，那些高悬于墙面的窗户都像极了我的小阁楼。

而我就读过的第一个小学，也在天潼路 799 弄的尽头，几乎紧挨着苏州河，是闸北区北苏州路小学。那个校舍可是个老洋房，我妈给我报了个美术班，也在这所小学，叫菲菲艺术学校，可惜我不能再把我的学校和我的阁楼画出来了。

我一直在想，那栋老房子里，究竟还发生过哪些秘密？一定会有的吧，就算不是在我家，隔壁邻居的楼上楼下，总有些不为人知的往事。

今晚，这个秘密就在眼前，就像一只被加热的瓶子，再调大些火候，就会彻底爆裂。

小东阿姨、青青阿姨，还有我妈，她们三个人里，至少有一个在说谎。不过，也有一种可能，就是——她们三个全都说谎了。

但，我又不可能指望她们自己说出来。

忽然，我清了清嗓子，第一次高声说："我去档案局调高考的考卷——一九七七年你们的考卷，好吗？"

沉默。比打在屋顶上的暴风雨更沉默，沉默得震耳欲聋。

子夜，零点。

不知是谁要脱口而出之际，身后的精神病院却响起刺耳的声音。警报声！

听得撕心裂肺的，我忍不住打开窗户，风雨小了些，荒野里亮起几束光，从精神病院方向，变成几个人影，推开这间餐馆的门。

几个不速之客，分别穿着白色外套，两个强壮的男护工，还有个人似是医生模样，却并非刚才那个男人。

"对不起，你们是什么人？"这些家伙就像审问似的，仿佛我们是逃跑的病人。

"我们是今天来探望病人的。"

"哦，我记得。"医生眼里布满血丝。

"前面的公路被水淹了，我们在这里躲雨。"我这样跟他解释。

"今晚有没有见到其他人？"

说话同时，两个护工在小餐馆里转悠，包括厨房和厕所也没放过。

"是有精神病人脱逃了吗？"说话的是小东阿姨，看到对方点头，她已猜到几分，回头问："是他吗？"

"你们看到他了？"

"是不是个三十来岁的男人，看起来斯斯文文的？"医生说着拿出一张精神病院的表格，写着病人的名字，还有张大头照，赫然就是几小时前，出现在这里的神秘男人。

"他是病人？"青青阿姨快要晕过去了，我妈扶了她一把。

我保持镇定道："他说是精神病院的医生。"

"嗯，这就是他最显著的症状，妄想自己是资深的精神学科医生，这样就能解释他为何一直住在精神病院了。"

说话的才是真正的医生，为了让我们确信他不是精神病人，他掏出医生胸牌给我们看了一遍。

"你们才发现？"

"晚上点名时发现人不见了，调出的监控录像显示，下午他就逃出去了。"

"嗯，我们是见到他了，在这儿吃了碗葱油拌面，还跟我们聊了一会儿天，将近十点钟离开的。"

"册那，这疯子够胆大的，明明逃出了精神病院，还在门口坐了那么久！"一个护工往地上吐了口唾沫。

"现在雨小了，路应该通了，你们有车就快回去吧，留在这里很危险，两年前，有个性变态的病人逃跑，躲在附近一间农舍，杀了那全家。虽然今晚逃走的病人没有暴力倾向，但还是要小心点。"

其实，早知道那个王八蛋是精神病，就算外面下冰雹，也得快点回去了。

我重新发动车子，妈妈坐在我身边，小东阿姨和青青阿姨坐在后排。

午夜，雨刷刮开风挡玻璃上的雨点，瀑布般流淌下来，远光灯前的郊外小道，不知哪里潜伏着精神病人。今晚，犹如蒲松龄的世界，妖异而模糊。

谁都没说话，但我能感到她们的出气声，不约而同地松了口气，仿佛各自庆幸——精神病人的鬼话，谁信啊！

小心地开了不到十分钟，道路上的积水果然退了，车速加快。

忽然，灯光中蹿过一道黑影，几乎紧贴地面飞过。

我无法躲闪，急刹车也来不及，若是猛打方向盘，很可能冲进路边水沟，只能闭上眼睛碾压过去。

再停车。

刚才微微一颠，车轮下好像碾过了什么。其他人也感受到了，小东阿姨回头看着，青青阿姨却催促我快点往前开。

我手心里都是汗珠，窗外的雨越来越小，车里却仿佛暴雨一场。

但我犹豫片刻，还是选择踩下了油门。

不知道轧着了什么。

命运吧，我想。

继续往前开去，很快摆脱了乡间公路，上了回市区的高速。车里的三个女人，依然寂静一片。虽然她们都很疲倦，但我想一个都不会睡着。我重新打开电台，深夜的古典音乐频道，响起拉赫玛尼诺夫的《帕格尼尼主题狂想曲》……

那一晚，在送我妈和她的闺蜜们回家的路上，不知为何，我的脑中却浮现起那个穿着海魂衫的男子。他叫志南，死的时候，应当比我年轻，死在车轮底下，死在一座孤岛上。

一个月后。

我托了许多层关系，包括档案局的领导，依旧无法调出一九七七年的高考试卷。

但我查出了抗美的高考成绩单。

结果却让人惊诧，她的总分不高，远远低于最低分数线，主要的原因在于，其中有一门课考了零分——语文。

语文零分？

这怎么可能？若说数学零分，倒也情有可原，语文从来没有零分的，就算作文打了零分，其他也不可能全错，除非交白卷。

但我没有看错。

档案馆的灯光下，明亮却不刺眼。我看着这份成绩单，眼前成排的台子宛如课桌，紧闭的大门有管理员守着，宛如三十多年前的监考老师。而我就是小东，或者青青，或者抗美，坐在决定命运的椅子上，看着想象中的试卷……

深深地吸了一口气，仿佛闻到白兰花的香味，外公外婆的小阁楼里的气味啊。

离开档案馆，我直接开车去了精神病院，独自一人。

回到那栋灰暗的建筑前。门口的小餐馆已经关闭了，取而代之的是送盒饭的快递员，大概还是有医生和护士不满意伙食。

但我没有看到抗美阿姨。医生说一个月前，我们去探望过抗美以后，她的情绪就极不稳定，现在必须隔离，什么人都不能见。

那个医生，就是子夜时分带着护工出来追捕逃跑的精神病人的那位。

他说，那个把自己想象成精神病医生的病人，到现在也没有被抓到。因为没有暴力犯罪的前科，公安局没有下达通缉令或协查通告之类的。好在那个人没什么家属，从小就父母双亡，否则家属们要被烦死了。不过，院长还是为此写了好几页检查。

"逃跑的精神病人，跟抗美阿姨的关系好吗？"

"他们几乎是彼此唯一的朋友……事实上，抗美把他当作自己的儿子，经常管他叫学文。"

"学文早就死了十多年了。"

"我知道。"

"医生，这么说来，抗美把自己的一辈子，全都倾诉给了那个病友？而那个人，就在抗美的面前伪装成医生？"

"嗯，他最喜欢给人做逻辑分析，除了假装给人看病，还经常给人分析各种疑问，许多秘密真的被他说准了——说实话，如果没有精神病的话，他会是一个非常出色的警官，或是推理小说家。"

说到这里，我才发现医生的办公室里，摆着一排日本与欧美的推理小说。

我问不到更多的答案了，也不想再去打扰抗美阿姨，更没告诉妈妈在内的任何人，关于我的第二次精神病院之行。

返回市区的路上，我开车格外小心，以免再轧到什么奇怪的东西。车载音响里是肖斯塔科维奇的《C小调第八交响曲》，缓慢碾过荒野泥泞的道路，也许还包括某些尸体残骸。

我已经有了答案，或许也是我的妄想——抗美在精神病院的十年来，她宁愿相信一切都是别人的错误，而所有的错误的起点，在于一九七七年到一九七八年的冬天，自己未能住在天潼路799弄59号——最要好的闺蜜家里，导致她的大学录取通知书，被别人冒领或藏匿或销毁。

正好有个冒充医生的精神病人，被抗美误认作早已死去的儿子学文，便把一腔的愤懑都倾诉给他听。

至于他的越狱，或者说飞越疯人院，并非是什么巧合，而是早有预谋的——事实上，这所精神病院的管理漏洞百出，只要他想逃跑，任何时间都可以，甚至大摇大摆装作医生从大门出去。但他之所以不愿意走，完全是为了把他当作儿子的抗美——因为他从小是个孤儿，在他眼里抗美就是最亲密的人，就像妈妈，亦同病相怜。

他决定为抗美复仇。

终于，等到了这一天，三个老闺蜜又来探望病人，唯一出现在意料外的，是我。

趁着探视的空当，他伪装成医生逃出精神病院，等候在门外的小餐馆里。如果按照原定计划，他或许会在我们出来以后，上前搭讪再说起抗美的病情，最终诱导我们陷入当年的往事。然而，天有不测风云，狂风暴雨之中，前头道路必然中断，我们暂时无法离开。这倒给了他更多的时间与空间，当然风险也相应增加——精神病院随时会发现他不见了。

于是，他吃了一碗葱油拌面，果然等到了我们。

接下来，就是他酝酿了多年的报复，代替抗美的复仇——也可以说，就是抗美本人的复仇，是她的儿子死后灵魂附体的复仇，对自己当年的情敌小东，对学文生前怨恨过的小青的妈妈。还有对于我和我妈，如果不是出于最原始的嫉妒与恶意，那么就是我妈深埋的某个秘密吧？

心底想着想着，车子已开进市区。傍晚时分，我妈让我回家吃饭，我说等一等。我从延安路高架转南北高架，从北京东路匝道下来右拐，一路往东开去。

到北京东路福建中路路口，车子停在旁边的科技京城前。眼前是座跨越苏州河的桥，小时候叫老闸桥，坐在爸爸的自行车后座上，总觉得这座桥好长好大，桥下的苏州河水面宽阔，河边泊着许多船只，不少竖起高高的桅杆。那时我最爱的，就是趴在桥栏杆上，看一艘拖船带着后面十几条船，一节节列车似的从桥洞下穿过。船上载着煤炭与沙石。发动机的轰鸣声，丝毫不觉得是噪音。船头雪白的浪花，煞是好看。

可惜，原来的老桥在二〇〇一年拆了。现在这座桥，二〇〇七年才竣工通车。所以，这已不是我童年时的那座桥了。

而今的苏州河，却是分外宁静，很少再见旧时的内河货船。秋日夕阳，洒上清波涟涟的水面，金灿灿的反光。一艘旅游观光的小艇经过，玻璃钢的艇壳，从我脚下的桥洞穿过，眼睛像进了沙子。

驶过这座桥，就是福建北路，也是我读过的第一所小学——北苏州路小学的旧址，几年前被夷为平地。

至于我的外公外婆家，也是"一九七七年恢复高考大学录取通知书灵异事件"的案发地——天潼路799弄59号，同样也已沦为拆迁队挖掘机下的瓦砾。

天快黑了，四周布满高楼，这里的建筑工地，却像精神病院外的荒郊野外。或许等到明年，才会变成四五万一平方米的豪宅楼盘。

从这一头，走到那一头，大概不过一两百米。小时候却觉得这条弄堂好长好长啊。靠近天潼路这头有条支弄，住着我最要好的小伙伴，我的同班同学，如今不知人在何方。尽头紧挨两条路口，已是一片空地。天潼路799弄的正门，曾有个玉茗楼书场，常有老人在那儿听苏州评弹，晚上会放录像，我记得最早看过的录像带，当属琼瑶片《梦的衣裳》。马路另一边的老弄堂尚幸存，里头藏着个老园子。清末光绪二十二年夏天，放过西洋影戏，这是中国第一次放映电影，距离一八九五年十二月二十八日卢米埃尔兄弟在巴黎放映十二部短片——世界公认的电影诞生日仅隔半年。

我再也找不到 59 号的过街楼了，就连废墟上的遗址也寻觅不见，不晓得在哪片角落……

小学三年级，我常爬上阁楼。有个小柜子，最底下那格抽屉，一本厚厚的《钢铁是怎样炼成的》底下，压着一张黑白照片。小阁楼里本来幽暗，老虎窗却投来清亮的光，无数灰尘在光束中飞舞，仿佛夏夜乡间无尽的萤火虫，照亮相片里的四个女生。她们都留着乌黑的辫子，手挽着手，穿着厚厚的棉袄，背景似乎就是我家的弄堂，隐隐还有屋顶上的积雪。她们笑得多么欢快，不晓得命运将会往哪一个方向去。而为她们拍照片的那个人，又是谁呢？

那一年，深秋的清晨，外婆给我做好早饭，送我去学校读书以后，就再没有醒来过。不久，外婆因为脑溢血辞世。我第一次接触到亲人的死亡，在追悼会上看着水晶棺材里的外婆，绝不相信再也见不到她了，总觉得哪天外婆还会回来。那年冬天，外婆很多次出现在梦中，那么清晰而真实。

而我对于天潼路 799 弄 59 号最后的印象，停留在办丧事的家里挂满的挽联和被棉子（丝绸被套）上。

同一年，我妈单位分配了一套新房子，她也被提拔去了局机关上班，那张华东师范大学中文本科（自考）的文凭，无疑起到了很大作用。

于是，我家搬到了西区的曹家渡，六层楼的工房的底楼，我们拥有了独立的卫生间和厨房，再也不用木头马桶和痰盂罐了。我们一家三口与外公同住，但没几年他就过世了，大概是孤独的老人难熬过岁月吧。

以后搬过很多次家，但从未离开过苏州河。现在推开我的窗户，仍能看到那一线河水，只是由从前的墨黑稍微变清了些。如果往河里放一艘纸船，必然能漂到童年那座桥下。

中考那年，我依然梦想当画家，便提出要考上海美专，结果失败，也没有考上高中。于是，从北苏州路小学妈妈送我读画画班那天起的梦想，就此永远破灭了。当然，往后我也再无缘就读全日制的大学，就跟三十多年前妈妈的命运相同，尽管原因截然不同。

那一年，妈妈常常觉得在同事们面前抬不起头来，因为免不了和别的孩子比较，比如学习成绩很好的抗美阿姨家的学文，还有青青阿姨家的小青，还好小东阿姨没有孩子。苦闷叛逆中的我，在一本小笔记簿上开始了最早的写作，不过是些倾诉罢了，我忘了有没有写过天潼路799弄的记忆。

但我也在读书，只是学校很远，在当时的工厂区旁边。过去是广东人的联义山庄，也就是公墓，阮玲玉的香冢就在我们学校隔壁。多年以后，我给那地方起了个名字：魔女区。

后来，我进入上海邮政局工作，先在思南路上班，后调至四川北路的邮政总局，依然在苏州河边，距离天潼路老宅数步之遥。不知何故，我从未回去看过，只是在文章里不断回忆。

再后来，二〇〇〇年开始，我在榕树下网站发表小说，再到两年后出版自己的第一本书。因为各种机缘巧合，我觉得自己是个超级幸运的人，渐渐变成了你们所知道的那个人。

当然，我还是我，也从来没人真正了解过我。

二〇〇七年，我妈妈从单位退休，我从上海邮政局辞职，开了家文化公司，以我的小说为主要产业。

今年，我开始写一连串的短篇小说，成为"最漫长的那一夜"系列，大多来自于我记忆中的人和事。

但我从未敢写过妈妈和她的闺蜜们的故事。

我的妈妈，或许，也有她的秘密？

但我宁愿，一无所知。

对了，我也相信，我妈、青青阿姨、小东阿姨，她们三个人，余生里，再也不会有任何来往和联络了。

天，黑了。我想，我该回家吃饭了。

从废墟前转回头，却看到身后站着一个男人。

看不清他的脸，只感觉他穿着件白色大褂，再看胸口的钢笔，很像是医生的派头。

他也在看着眼前这堆瓦砾，似乎跟我一样，在寻找那栋过街楼上的老宅子。

我见过他，在精神病院。

好吧，我就当他是个医生，反正在这个世界里，究竟谁是医生，谁是病人，鬼才知道！

但有一点，他自由了。

开车回家的路上，照例堵得一塌糊涂。我手握着方向盘，心里却浮起一个人的脸——抗美阿姨的儿子学文，因为刚才那个人吗？学文差不多是二〇〇〇年自杀死的，到现在有十四五年。要是他还活着，说不定是个社会精英，混得比我好吧。对啊，他的学习成绩可棒了，语文、数学、英语无懈可击，大家都觉得他能考上北大、清华。那一年，高考前夕，学文到我家来做客，他悄悄告诉我——他妈反复叮嘱，走进考场，拿到试卷的第一件事，千万记得要把名字填在装订线里面，不要直接写在考卷上，否则要算零分的啊……学文困惑地说："哎，谁会犯这种低级错误呢？妈妈说到这啊，还会掉下眼泪呢！"

第 23 夜　**长寿公园的凡·高与卡门一夜**

西班牙人说，一个女人要称得上漂亮，必须符合三十个条件，或者换句话说，必须用十个形容词，每个形容词都能适用到她身体的三个部分。比方说，她必须有三黑：眼睛黑，眼睑黑，眉毛黑；三纤巧：手指、嘴唇、头发……

——梅里美《卡门》

1

长寿公园在长寿路之北，陕西北路之西，西康路之东，光明城市之南，与大自鸣钟广场为伴。

大自鸣钟，十年前文艺青年与盗版碟圣地。过去真有幢巨大的钟楼，日本鬼子盖的。背后几条街上都是日本人的纺织厂和公寓，共产党员顾正红就是在这边被杀的。当年的草鞋浜，据说一派田园风光，后来被填平造起房子，紧挨上海最大的贫民窟药水弄。

从曹家渡到大自鸣钟，横贯一条长寿路，我自打小学三年级起就在这条街上了。

毕业以后，我的小学关门了，我的中学被拆，变成全城门面最大的夜总会"东方魅力"。大自鸣钟广场附近竖起无数幢五六万一平方米的高楼，唯独原来的草鞋浜改造成了绿地，叫作长寿公园。

六年前，我把公司搬到俯瞰长寿公园的高楼顶层。假如折一架纸飞机扔出去，可以乘风环绕上空一周。我有轻微的恐高症，站在二十一楼边缘，看着底下巨大钢琴键盘形状的喷泉平台，就会不可抑制地眩晕，像希区柯克的电影。对面曾是烂尾楼，被潘石屹收购后，外墙常年挂着一百三十五万起的广告。斜对面是"巴黎春天"，相隔宽阔但不笔直的长寿路，每当硕大的屏幕亮起招聘网站信息，周边的辞职率就会升高。

我们顶楼有个露台，经常开会讨论各种杀人故事和电影剧本，仿佛就发生在楼下某个阳光下的角落，或者黑夜中的街头。

几天前，公园附近发生了一桩杀人案。

被害人是女性，二十五岁，在对面大楼上班。警方给我看了照片，我还记得这张脸。

去年，夏日黄昏。我没开车，在长寿公园门口的车站。相隔一步之遥，她穿着白裙子，风吹起裙裾，小腿光滑而耀眼。我稍微侧身，瞥见一双乌黑眼珠，眉毛浓密黛黑，连眼睑也是黑的，应是化妆的效果。胳膊裸露在袖子外，纤细手指拎着包带。她的头发漆黑粗亮，被风吹得不是一根根而是一蓬蓬扬起，如同母乌鸦的翅膀。当她蓦然回头，看我的讶异眼神，像要对我说话。不知是有自行车穿过，还是其他什么见了鬼的缘故，她突然背过身去。公交车来了，我随着人群上车，回头已不见人影。

第二次见到她是三个月前，我在阳台俯瞰长寿公园，看到有个年轻男人，手捧画架，像是在素描。他对着一个红裙女子，雕塑似的，坐在榆树下的小板凳上。第一次看到有人在长寿公园画人像，我抽出望远镜，在取景框里找到他们。

没错，我还记得她的面孔，乌黑的眼睛，乌鸦翅膀般的头发。

端着望远镜看了五分钟，她几乎保持同一姿势，嘴里说着些什么。画画的男人没停过，一会儿观察他的模特儿，一会儿用笔勾勒出她的轮廓。

从此以后，我都会拿出望远镜，注意长寿公园那个角落。每逢午后或黄昏，就会看到画画的男人。你在旅游景点一定看到过那种人，摆着刘德华或王菲或谢霆锋的素描肖像招揽生意，你要是扔一百块钱坐在他面前，画出来的往往连你自己都不认识。

大多数时候，他无人问津，要么自己在画架上涂抹颜料，要么仰天发呆——不知道有什么好看的。站在长寿公园眺望的天空，被四周高楼切成碎片，像困在井底的青蛙抬头所见。

昨天，警察告诉我，就是他杀了她。

2

凶手叫高凡。

他今年二十五岁，南方人，出生在福建的一座小城市。

那地方离海不远，也就十来公里，但隔着两座山。高凡长到十八岁，除了在电视和电影中，连大海的影子都没见着过。小城是阴冷的，常年飘着乌云，全年晒太阳的日子屈指可数。雨季潮湿得让人心里发霉长毛，被子、衣服许多天也晾不干，就算不尿床，晚上缩在被窝里都能挤出一床水来。小城也是混乱的，飘满燕饺鱼蛋和云吞气味的街上，荷尔蒙过剩的少年们，除了打《魔兽世界》和谈恋爱，还会拿着板砖或小刀追来逐去。县城一中每学期都会闹出人命，再开启下一学期复仇模式。

死者是凶手的中学同学，她叫阚萌，但高凡只管她叫卡门。

卡门外表早熟，十四岁就被人误以为大姑娘，穿着高跟鞋走在街上了。她妈是开发廊的，门口亮着暧昧的灯。卡门最后一次见到爸爸，还是七岁那年。他们那个地方，是全国有名的偷渡之乡。她爸被蛇头带去欧洲，每个月寄些钱回来，仅此而已。有种说法是他爸在维也纳，欠了地下赌场的钱，打了很多年黑工。也有人说他跟一个吉卜赛女人同居，生了一堆混血孩子，改行占星算命，再也不会回来了。

初中入学的那天，只一眼，高凡就迷上了卡门。

卡门是那样一种女孩子，不管穿什么样的衣服，无论晚礼服、睡衣、情趣内衣，哪怕土得掉渣的中学校服，都不会改变身上独有的那种说不清楚的味道。她总是独自坐在某个高处的风口，让头发翅膀般扬起，似乎随时会带着自己乘风而去直上云霄。她的眼神让人无法接近，黑得像一汪幽暗的潭水，隐藏于岩石缝隙，只有最不要命的"小野兽"才敢下去饮水，而后被淹死在深不见底的漩涡里。

但高凡不在乎。

卡门虽然不爱跟同学们交流，却是班里的神婆，最早暗地里传播星座与塔罗牌。也是从她的口中，高凡才知道自己太阳星座是白羊，月亮星座在射手。她经常拿张纸算来算去，根据黄道十二宫，说谁谁谁要撞桃花运，谁谁谁是双鱼座又要犯不靠谱的毛病了。

有天晚自习，人们问她能不能算未来的命运，包括每个人的寿命。她说不但能算出你们哪年哪月挂掉，还能算出何时结婚生子，命中几次婚姻，命中又有几子。

忽然，高凡挤到她面前，说："能算一算我会活多久吗？"

教室里一片沉默，卡门皱起眉头，凛冽的眼神迎着高凡的目光，乌黑的眼睛透着不可捉摸的光芒。她把别人都赶走了，夜晚的自习教室里，只剩下高凡和卡门两个人。

卡门根据高凡的生日，还有他的面相加手相，算了足足半个钟头，额头上沁出一串汗珠，脸色更加苍白，摇头说："你走吧，我不想告诉你结果。"

"没关系，说吧，反正我也不信的。"

"不后悔？"

"不后悔。"

卡门摊开一张纸条，只有两个阿拉伯数字：2和6。

"我活不过二十六岁吗？"

十六岁的卡门不再回答。

"那你算过自己的命吗？"

"没有，自己的命运是不可以自己算的。"

那一年，卡门和高凡都考进了县城的高中。人们都说高凡有希望考上一本院校。至于卡门嘛，虽然星座塔罗牌算得很溜，但数学从没及格过，高中能毕业就不错了。

高三，上半学期，秋天。

犹豫和酝酿了两个月后，高凡第一次邀请卡门出去玩。当他结结巴巴说出口，等待冷言拒绝或是一个耳光，卡门却大大方方地回答："好啊，去哪里玩？星期天吗？"

星期天，清晨七点，他骑着一辆黑色捷安特自行车，来到卡门家开的发廊门口。

洗头的四川小妹招呼他进去，他腼腆地躲进旁边的巷子。等了三个钟头，卡门才起床，洗完脸，梳好头，换上一身运动装，长发束在脑后，坐上自行车后座。

高凡用力蹬着自行车，并不觉得卡门有多少分量。她双手揽住高凡的腰，侧脸贴着他的后背。幸福来得太突然，毫无防备，他整个身体都在颤抖。在此之前，他们连小纸条都没传过，更别说逛大街看电影吃消夜还有开房之类的了。他后悔以前要是胆子再大一点，说不定早就成真了呢。

骑车出了县城，到了田野间的公路上，他才回头大声说："卡门，我带你去看麦田。"

"好啊！"卡门抬头对着秋日的天空回答。

他努力地蹬着脚踏板，继续吼道："我还要带你去看向日葵！"

"太好了！我这辈子还没见过向日葵呢。"

整整一天，高凡骑遍了全县的七个镇五个乡，包括隔壁县的两个乡，翻过了十几座桥，转了好多次盘山路，除了还没收割的水稻田和山坡上的玉米地，没看到过一片麦田，更不用提向日葵了。

"你为什么要去看麦田和向日葵呢？"

"嗯，我想要画麦田或者向日葵。"

"真的想要考美术学院？"

"是啊。"

"可是，你不知道我们这里根本就不种麦子吗？"

"我……不知道……对啊，你为什么不提醒我？"

"傻瓜！"

直到高中毕业，高凡才明白自己太蠢了，卡门不过是想有一个出去玩的理由罢了，就算提议去看火葬场，她也会答应的。

那天下午，当他骑着自行车直到山的那边，第一次看到乱石堆积的黑色滩涂，两条腿就抽筋。卡门让他下来坐到后座上，换她到前面骑。这女孩的双腿真有劲儿啊，骑得比男生快多了，必须赶在天黑前回到县城。高凡当然不能搂着她的腰，只能抓紧自行车后座的铁杆，鼻子与她的后颈项保持五厘米，使劲闻着她发间的气息，难免有几根发丝沾上嘴唇。古人说的香汗是真的啊，高凡心想。

晚上七点，他俩到了发廊门口，卡门告别时说："以后有机会啊，我真的想去看看麦田和向日葵。"

虽然高凡已筋疲力尽，后来是推着自行车回家的，但他记住了卡门的这句话。

这是整个中学时代，高凡与卡门最亲密的一次接触，仅此而已。

高三下半学期，高凡十八岁，那年发生了三桩大事：

第一件事，卡门家的发廊发生了火灾，她妈连同三个发廊小妹和两个客人，全部葬身火海，卡门是唯一的幸存者。

第二件事，高凡没有被美术学院录取。

第三件事，卡门与高中美术老师私奔了。

3

我是在两个月前认识高凡的。

那是个春天的下午，风和日丽，梧桐树叶肆意生长，像发情期的野猫。长寿路与陕西北路的拐角，有人抱着吉他唱《我的未来不是梦》——是我最爱的张雨生哎，听了心情大佳，我往流浪歌手的托盘里扔了二十块钱。公园门口有许多地摊，有个旧书摊似乎还顺便卖黄碟。我随便扫了一眼，有本八十年代翻译出版的苏联科幻小说，封面上有"上海第三石油机械厂工会图书馆"的公章。真亲切啊，我爸在这家厂干了三十年，就在背后的澳门路，早被拆掉造起了楼盘。

独自走进长寿公园，在一组城市雕塑底下，我看到了那个画画的男人。

他长得有些异相。首先是很瘦，皮包骨头似的。肤色发红发紫，头发乱乱的，胡子好久没有刮过了，很明显地围着下巴爬了一圈，有些络腮胡的味道。我没想到他才二十五岁。

他完全无视我的存在，目光和焦点没有丝毫变化，像个瞎子。

画架底下挂着个牌子：素描人像，每幅一百元。

"能为我画一幅吗？"我问。

男人像从梦中醒来，堆出生硬的笑容，"好啊，请坐。"

他拿出一个小板凳，让我坐在面前。远近恰当，不用太费力气，就能听清彼此说话。

我仰起头，眺望长寿公园东侧，公寓楼顶层二十一楼的阳台。当我举着望远镜偷看他画画的时候，他抬头一定也能看到我。当我摆出正襟危坐的姿势，好像在摄影师面前拍新书宣传照，他说自然一些就行了，随便怎么坐，只要别乱动。

他的音色倒是不错，只是普通话不太标准，有南方口音。

坐下一分钟就后悔了——我像个白痴！四周有人围观了，在民工与大妈们异样的目光下，我的额头冒出冷汗，仿佛一条被主人展示的宠物。该死的！但我不好意思拂袖而去，咬着牙关硬撑下来。屁股底下的小塑料板凳，让我浑身发痒如坐针毡。

"抱歉，我不是个好模特儿。"

五分钟过去，周围的人们看着没劲，渐渐散去。而他只是看着我，用画笔量了量我的脸部轮廓，却始终没在画架上动笔。

为了掩饰慌张，我必须跟他说话，否则我真会逃跑的，反正也不是第一次了。

我看着他在画架背后的眼睛说："其实，我也学过画画。"

"真的吗？"

"当我读小学时就开始学画了，但是很简单的素描和水彩，当中停过几年。初一，我在学校图书馆借了《希特勒秘史》和《第三帝国的兴亡》——青年希特勒漂在奥匈帝国首都维也纳，基本就是个农民工，梦想是当画家，考过维也纳美术学院，学院说他的画虽然准确，但缺乏艺术性，更适合报考建筑学院。如果维也纳美术学院招收了这个孤苦伶仃的年轻人，还会有第二次世界大战吗？而我向往的是上海美专，刘海粟开创的学校，中国最早画人体模特的地方——某种程度上也是向往这个。我买了许多教科书和素描铅笔，从 HB 到 12B。我爸帮我背了个石膏像回家——那是个长发飘扬的外国老头，《马赛曲》，法国雕塑家吕德一八三六年完成的作品，原作是在巴黎凯旋门上的高浮雕。我画了一个学期，差不多每天画一幅，没有任何老师指导。我每次都有进步，最后画到以假乱真，就是你们看到过的那种素描，乍看还以为是黑白照片。我去美术学院报了名，专业考试那天却不敢出门——我害怕失败，自己只是个三脚猫，人家都是拜师学艺了多少年，根本比不过啊。于是，我连尝试一下的勇气都没有，就放弃了我的画家梦。"

当我感慨到要落泪时，他已经趁我说话间在纸上画出了我的轮廓。

"后来，我一直在想啊，如果那天，真的去参加了考试，结果会怎样。老实说，切实地想了想，以我的基本功，几乎肯定是要被刷掉的。但至少，这样能让我彻底死心，不用为了自己的怯懦而后悔。就像你，也有过后悔一辈子的经历吧？"

"当然，有过。"画画的人回答。

我仰头看着天空，尽力让眼眶再干涩些，"所以啊，梦想这东西，总是要有的，即便注定不能实现。"

奇怪，平时闷葫芦的我，怎么在这个陌生人面前这么多话？是我对画家都有种亲切感吗？

他始终沉默着，"沙沙"地画画，让我想起中学时候画石膏像的感觉。

忽然，我问他："你叫什么名字？"

"高凡。"

"你是怎么开始学画的呢？"

4

两个月后，高凡在公安局的审讯室里是这样交代的——

高中美术老师姓白，那年不到三十岁，体形瘦长，身高差不多有一米八。他的皮肤白净，眼镜隐藏目光，很像那时流行的裴勇俊。他不是本地人，师范大学美术系毕业后，被分配到这个终年愁云惨雾的小城。

除了文森特·凡·高，白老师是高凡唯一崇拜过的男人。而文森特·凡·高也是白老师唯一崇拜过的男人。

高一那年的美术课，老师抛开课本，单独讲了半个钟头凡·高，幻灯片依次放出《吃土豆的人》《夜晚咖啡馆》《十五朵向日葵》《星空》《割耳朵后的自画像》《麦田群鸦》。

两个月后，美术课交作业，白老师收到一幅临摹凡·高的《开花的杏树》。天蓝色背景，灰绿色枝丫扭曲伸展，配着无数杏黄色的花朵……虽然临摹的质量低劣，大多数花朵都是模糊的，相较原作，比例也有很大问题，不过，白老师喜欢，尽管是幅水彩画，乍一看竟有中国画的感觉。作业没有留名字，美术老师好久才找到临摹者——二班最不起眼的高凡。

那个周末，白老师邀请高凡去他的画室里玩。

所谓"画室"，其实就是单身教师的宿舍，散发着浓重的颜料气味，堆满了各种画画的工具，还有未完工的半成品，好多幅都是临摹凡·高的向日葵与麦田。

高凡说他的画是自学的，就是把别的男生用来打游戏和泡妞的时间，用在了素描和水彩上。白老师夸赞他有画画的天分，送给他一套全新的颜料，并给他恶补了一些基本功。

"凡·高是二十七岁以后才开始画画的，你才十六岁，真的不算晚哦。"白老师这样对高凡说。

从此，高凡常来教师宿舍，跟白老师学素描与水彩画，隔一年就进阶到了油画。年轻白净的美术老师与男学生往来过密，自然引起风言风语——特别是暗恋他又宅腐的女老师们。

到了高三，大伙儿都忙着高考，早把美术老师忘得一干二净，除了决定报考美术学院的高凡。

因为，高凡从卡门嘴里打听到，自己竟跟凡·高有相同的太阳星座与月亮星座，这让他激动得几天睡不着觉。

当别人在晚自习和请家教补课，他却在白老师的画室里拼命画石膏像，补齐素描基本功。

"世界那么大，我想去看看。"有天晚上，白老师含着一根烟，看着窗外屋檐下淋漓的春雨。

白老师的家乡在新疆，父母是生产建设兵团的，偶尔会说起天山脚下的麦田，准噶尔盆地的向日葵，太阳底下大片大片的金黄，像无数蛋饼煎得焦黄，鲜艳得要刺瞎眼睛。但他没来得及告诉高凡，因为在这里的气候带是见不着的。

"去哪里？"高凡放下 8B 的铅笔，走到老师身前，细长的脖子上有颗尖尖的核桃，雨滴落到嘴边茂密的绒毛上。

"不知道，这个鬼地方，总是要离开的吧。"白老师有些感冒着凉，鼻子塞着，声音嗡嗡的，像是从地底发出的。

三个月后，高考结束，白老师真的消失了，再没回来过，顺便带走了高三女生卡门。

至于高凡嘛，早早被美术学院拒之门外。幸好他父母准备好了后路，给他填报了一个本省的大专志愿，还是装修设计专业的，也能用到画画才能。

高凡依旧在阴雨绵绵飘满榕树根须的青苔校园里。他常给同学们画像，运气好的话能赚些零用钱。暑期，他会独自去省内的旅游景点，看到有人支着画架给游客画像，大多数拙劣到不堪入目，但依旧有傻瓜愿意掏腰包。

毕业后，他没找过工作，而是拿起画笔，在街头给人画画挣钱。他先去武夷山，画了两个月，赚的钱，除了填饱肚子，还不够买颜料的。等到赚够了火车票的钱，他终于冲出福建省去了三清山，然后是庐山、衡山、黄山、莫干山……

广东汕头海边的旷野中，他画过堆积如山的电子垃圾，如同凡·高旋转的麦田和橄榄树。他有时住在桥洞底下，民工就成了模特儿，不仅收不到一分钱，还被人骂有病。他被煤矿的保安打过，打到胃穿孔躺在医院里，兜里没钱被扫地出门。数九寒天的时候，他想要上华山"论剑"，半道几乎被冻死，跟几十个流浪汉挤在一块，靠烧垃圾取暖才活下来。

高凡的父母嘛，只知道儿子去了北京，在装修公司做设计师，每月收入八千元，但要付掉五千元的房租。

今年春节，高凡决定到这个国家最繁华的城市来试试运气。

他用了两个星期，走遍上海的大街小巷，也去过外滩之类的旅游景点画像，每次都被人赶走，直到来到长寿公园——在路口的拐角，有个捧着吉他的流浪歌手，唱 Beyond 的《光辉岁月》，然后是《喜欢你》，直到《海阔天空》。他站在歌手对面，白痴般地看了一下午。夜幕降临，歌手背着吉他包退场，广场舞的大妈上台，在钢琴键盘喷泉平台俯冲轰炸《最炫民族风》。有人支起简易卡拉OK，五首歌收费十块钱，附近的保安、民工、大妈、闲得蛋疼或喝醉了的白领，都趋之若鹜地排队唱歌，从走调天王到水房歌神，整条路都在开演唱会。

在长寿公园的一个角落，高凡在纸上涂抹颜色，有对面的两栋高楼，有傍晚时分的树影，有奇形怪状的雕塑，还有慢慢爬上天空的新月。

他找了附近的群租房，有个六平方米的小格子间，是卫生间改造出来的，有个狭窄的气窗，只能打开三分之一，可以瞥见楼下长寿公园的一角。

每天午后，他都会搬两个小板凳，坐在公园的雕塑前面，立块"素描人像，每幅一百元"的牌子。第一天没有任何人来；第二天他做了一笔生意，画了个中年大妈；第三天是周末，连续画了五个：两个月没开单的房产中介小伙子、对面"外婆家"午休的厨师、被爷爷奶奶带出来轮滑的小朋友，还有一对早恋的初中生。

高凡慢慢认识了几个朋友，同样在长寿公园讨生活：卖体育彩票的、地摊卖黄碟的、摊大饼的、收破烂的……要是他一天赚到了几百块钱，就会留出二十块钱请大伙儿吃烤串。

三个月前，还是长寿公园的午后，高凡默默在画架上涂抹颜料，有只涂着粉色指甲的手指，伸到了他的眼前。顺着纤细的手指，骨节微微突出的手腕，光滑白皙的胳膊，接着是一双乌黑的眼睛。春风席卷北方的沙尘阴霾而来，扬起乌鸦翅膀似的长发，而她一身红裙宛如突发的火灾。

卡门。

就算分尸剁碎了，烧成灰冲进抽水马桶，再分解成各种基本元素，高凡还是能一眼认出她来。

"没想到还能在这里看到你！"卡门说，"多年不见，别来无恙？能为我画像吗？"

"嗯。"

"给你一百块要不要？"

"不要。"

这个午后，无比漫长。高凡的手臂有些僵硬，素描笔不断地在纸上刷着，勾画卡门的双眼。浅一点，再深一点，再细一点，又粗一点，换了从 2B 到 12B 的铅笔，直到这眼睛栩栩如生，乌黑得宛如刚出过事故的煤矿，不忍直视。

天黑了，但没有她的眼珠黑。为了感谢高凡的画像，卡门请他吃十三香小龙虾。喝了七瓶啤酒，高凡没说这些年的经历，只有卡门滔滔不绝。她说高中毕业后，先去深圳，又去了杭州，做过办公室前台和房地产销售，还推销过山寨红酒，两年前到了上海。

她从小是个神婆，现在亚新广场开了家塔罗牌算命馆。七楼很小的门面，卡门穿成波希米亚风格，每天做五六单生意。客人大多是九〇后女生，主要解决的也是恋爱问题。最小的是个初中生，意外怀孕两个月了，来算命咨询要不要跟着小男朋友私奔把孩子生下来。她用塔罗牌算了一卦，结果是打掉，小姑娘哭哭啼啼走了，留下两百块算命费。

算命馆只有一扇窗户，恰巧对准长寿公园，自然也能看到画画的高凡。开始她完全没认出他来，高中分别才七年，他却像老了十多岁。她只是好奇，什么样的人会天天在那儿画画？又是什么样的白痴愿意花一百块给他画呢？观察了十来天，她突然发现这人有些像高凡。

高凡说："我还以为，一辈子都见不到你了，就算见到，你也会立刻逃跑的。"

"嗯，我也这么以为。"

"为什么？"

"别问为什么。我从来不问这个。"

酒后微醺，春风迷醉，红裙在黑夜里鲜艳夺目。高凡架着她的胳膊，穿过夜总会门口的马路，去了他的出租房。

在六平方米的小屋里，高凡与卡门度过了最漫长的那一夜。

5

每次看凡·高的《麦田》，总有种看大海的感觉。风吹麦浪，波涛汹涌，如海洋与天空无边无际，云朵就像桅杆上的群帆，点点麦穗就像飞鱼跃出海面。凡·高是荷兰人，从大海手中争夺土地的民族。他的许多早期作品都画过大海与海岸线。凡·高出生的故乡津德尔特距离大海不远，而自杀的地点是巴黎附近奥维尔的麦田。因为麦田就是大海的延伸。尘归尘，土归土……

凡·高有个亲弟弟叫提奥，是巴黎的艺术品商人。提奥鼓励凡·高开始画画，并且支付凡·高所有的画画和生活开销。凡·高活着的时候，几乎只有一个粉丝，那就是提奥。至于高更那些人嘛，与其说是嫉妒凡·高，不如说是怜悯。

没有提奥，就没有凡·高。

凡·高给提奥写过很多书信，其中有一封是这样写的——

当我画一个太阳，我希望人们感觉到它在以惊人的速度旋转，正在发出骇人的光热巨浪。

当我画一片麦田，我希望人们感觉到麦子正朝着它们最后的成熟和绽放努力。

当我画一棵苹果树，我希望人们能感觉到苹果里面的果汁正把苹果皮撑开，果核中的种子正在为结出果实奋进。

当我画一个男人，我就要画出他滔滔的一生。

凡·高这辈子画过男人也画过女人，显然他更擅长画男人，而他画过的无数男人里，最擅长的是画他自己。

自从认识了画画的高凡，我就经常能在长寿公园见到卡门了。

不能说卡门打扮时髦，事实上，她妆很淡，或者基本不化妆，衣服看起来也比较普通，只是颜色比较鲜艳而已。这条长寿路上有十几家夜总会，每当夜色降临之际，无数衣着暴露的女孩就姗姗前来上班了——卡门不是，显而易见。

但有一天，我在长寿路与西康路口吃拉面，意外见到了卡门。她站在天桥下，风吹过她乌鸦般的黑色长发，连同脚边的裙摆，仿佛随时可以飞到上海的天空。

一辆黑色奔驰停在跟前，开车的男人下来，戴着墨镜，很有王家卫的味道。

卡门上了车，男人摘下墨镜，而我诧异地发现——这张脸跟我长得很像。

幸好那家伙没有看见我，卡门也没有，奔驰车绝尘而去，车牌号码最后四位全是"7"。

忽然，我可能知道那个人是谁了。

有一次我去长寿公园附近的"大桶大"，洗脚小弟抱着热气腾腾的水桶上来，只瞥了我一眼，就投来顶礼膜拜的目光。这是碰上粉丝了吗？但他仔细端详了我半天，突然问："您是七哥吗？"

"七哥是谁？"对于这样的问题，我分外失望地摇头，真想反问他一句，"你是朝阳群众吗？"

"您肯定是！我见过您！真的，上次您在我们店里，还摘下了墨镜。"

"你认错人了，我不是。"

"谁都知道，七哥最低调了，平常总是戴着墨镜，不让小弟们认出来。"

我很自然地想起杜琪峰的黑帮片中与大佬对峙的画面，如果我故意插一插裤腰带，或许对方的小弟真的以为我会掏出一把枪来。

七哥是谁？

6

自打与卡门重逢，高凡度过了这辈子最美好的一段时光，在长寿公园。

每个周末，卡门会来到他的房间，做免费模特儿，顺便度过一夜。等到高凡醒来，小屋里只剩他孤独一人，唯枕边残留有气味，还有一两根 12B 铅笔般浓重乌黑足够绞死人的发丝。

他前些年在四处漂泊，总是用暗黑阴沉、接近于版画的色调去描绘民工、煤矿与火车站，线条也是粗犷和冰冷的，也可能跟他买不起颜料有关。现在，是卡门让他的颜色变得明艳，总是用大块的金色与橙色，表现阳光照射到她的头发与皮肤上的反光。只有她的双眼仍然是乌黑的，但也闪烁着幽灵般的光。

不但是卡门，高凡笔下的长寿公园，也与众不同起来。无数高楼和灯火环抱中，整个公园照理是生机勃勃，但他没有画出一个人——只有空旷的广场、孤独的小径、荒无人烟的街道，尽管书报亭和地摊都还在，街头的广告依然耀眼，全城却空无一人。但是，画面里依旧充满各种色彩，所有的树木、雕塑、建筑和流水，乃至天空，全都生机勃勃，耀眼夺目，似乎代替了所有人类的活动。并且，这一切都是在不断旋转之中，如同波浪与漩涡，如同卡门黑洞般深不可测的瞳孔，如同吉卜赛女人卷曲的黑发……

"你是个天才！"卡门这样评价高凡，除了白老师，没人这么说过他。

她说认识一些画廊老板，在莫干山路 M50 创意园，以前找她占星算命认识的。她可以把高凡的几幅画送过去，试试运气看能不能卖掉。高凡想都没想，挑选出了十幅画送过去，都是最近在长寿公园和对面的小屋里画的。

一个月后，其中有幅画卖掉了，七万块钱，据说买家是个很有品位的海归艺术品收藏家。

这是高凡卖掉的第一幅超过五百块的画。

当卡门将现金送到高凡手里，七沓用银行封条包起来的钱，他看着卡门乌黑的眼睛说："有了这笔钱，我们出去旅游一次吧？"

"去哪里呢？"

"西藏？青海？云南？"高凡想想自己还没去流浪过的地方。

"不要嘛，我要去巴厘岛，或者日本？要么新西兰？对了，马尔代夫！用不了七万块，我们两个人加在一起，五分之一就够了。"

"好啊，不过，我想先去北方看看麦田。"

"嗯……"卡门噘起了嘴，但笑笑说，"如果不超过一星期的话，我可以陪你去！"

"有了你，我比文森特幸福多了。"

没错，文森特·凡·高活着的时候，生活上是个彻底的失败者，一辈子只卖出过一幅画。他没有老婆，更无子女，只能跟从街上捡来的妓女同居。而这个比他大了许多岁的老妓女，肚子里正怀着别人的孩子，他还喜当爹地照顾他们母子，直到妓女指责凡·高吃软饭，与她在一起只是为了免费画她那年老色衰赘肉横生的裸体——有幅叫《哀伤》的黑白画作描绘了她的身体，传世至今。至于凡·高为了高更割掉的那个耳朵，最后也是被他送给了一个法国妓女。

"文森特是谁？"卡门躺在高凡的怀里问，燕语呢喃，像团融化中的黑巧克力，缠绕着他的脖子与心口。

"是我过去的英文名字。"

"嗯，我懂了，现在你比过去幸福，是这意思吗？"

高凡抚摸她，撩起两蓬茂密的头发，"你真像一只乌鸦。"

"为什么？"

就连卡门问话的目光，都变得如同等待尸体腐烂后大快朵颐的黑鸟。

他想起凡·高画过一幅《麦田群鸦》，不用画笔，而是刮片直接上色，颜料堆积得如同雕塑。一片阴云底下的麦田，三条小径穿过原野，但没有一条有尽头，像博尔赫斯的《小径分岔的花园》。麦浪在暴风雨前翻滚，粗壮的蓝色线条，遮挡着模糊的金色太阳或月亮。山雨欲来，不计其数的乌鸦，从遥远天际降落麦田，死神插着翅膀跳舞……

不久就出事了。

一如高凡担心和怀疑的那样，卡门在清晨离开他的小屋，楼下有个小伙子等着她。两人坐火车去杭州玩了一天，然后在情人旅馆里啪啪啪了一宿。

第二天，卡门回到上海，照常在亚新广场的算命馆为女中学生指点人生。晚上她去了酒吧，只用五分钟，喝杯鸡尾酒，就搭上了一个长发帅哥，上半夜聊天和算命，下半夜就去酒店开了房。

第三天，她在大自鸣钟广场的天桥下，坐进一辆黑色奔驰，车牌号码有四个"7"。

当卡门再次出现在他面前，高凡只问了一句："你还有多少个男人？"

短暂的诧异之后，她恢复了平静，掐着手指头算了算——"今年加过微信的有十四个，没留下联系方式的那就记不清了，我都跟他们上过床。"

"啪！"

高凡狠狠抽了卡门一记耳光，她脸上立时鲜血梅花。读中学的时候，卡门还兼给人看手相，她说高凡的掌纹是通贯手，打人特别厉害。

卡门没有逃跑，也没捂脸，继续站在他面前说："你以为还在十八岁？"

她扬着头离去，没有掉一滴眼泪。

忽然，高凡有些后悔，他想卡门脸上的手指印子，恐怕三五天都褪不了。他没给卡门打电话，也许永远见不到这个女人了。

有一天，他没去长寿公园画画，站在只能通自行车的西康路桥上，看着静水流深的苏州河。

几个男人冲出来，高凡来不及反抗，被拖到一条小巷子。这是长寿公园背后，仅剩的几排老房子。阴暗墙角底下，雨点般的拳脚落到脑袋和后背。他鼻青脸肿地趴在地上，鲜血顺着脖子流出去好远，引来无花果树下的一大群蚂蚁。

高凡的双眼被血模糊，依稀看到一个戴着墨镜的男人，被众人簇拥着站在他面前，并用皮鞋跟踩着他的后脑勺。

所有人都管他叫七哥。

男人靠近高凡，啐了口唾沫，摘下墨镜，露出一张似曾相识的脸。这家伙对高凡说："虽然卡门不肯透露脸上的伤痕是怎么回事，但任何事都逃不过七哥我的法眼，特么（他妈）敢打我的女人？"

高凡的脑袋疼得天旋地转，突然想起这张脸，好像给他画过像，那个什么……

"妈的，原来是他！"

7

第七节，当然，是要留给七哥的。

我是在普陀区看守所看到七哥的，在一个小房间，他穿着橘红色囚衣，没戴手铐，目光平静。

在我说话前，他抢先开口了，"我俩是失散多年的兄弟吗？"

我摇摇头，"不是，但确实长得很像。"

七哥，是长寿公园边上最大的夜总会老板。当然，他并不是排行老七，而是生在七夕之夜，大概上辈子爹是牛郎，娘是织女，从小被人唤作阿七。后来混了江湖，赤条条来去，腥风血雨，便以"七哥"扬名立万。

"你不介意把对警察说过的话再对我说一遍吧？"

"看到你就想抱抱你，兄弟，以后遇到什么事，报上七哥的名号，自会一路顺风。"

随后，七哥说起了卡门。

一年前，七夕夜，恰是七哥的阴历生日。那天晚上，全上海的男女都各自发情出动，唯独七哥形单影只。若说他没有女人，那是扯淡。大自鸣钟夜总会，六宫粉黛，三千佳丽，个个等着他翻牌子。但在过生日的那天，七哥习惯于独处，平常成群结队的马仔小弟，都被他打发干净，一个人在西康路上吃了碗苏州藏书羊肉面，扔下二十块钱不用找零，自有古时侠者风范。吃饱喝足，华灯初上，七哥独自走过长寿公园，偶有男女民工搂搂抱抱，广场舞大妈们也各自寻找妍头，连特么（他妈）流浪猫都发出交配的惨叫声，真是气煞人也！

就在此时，他看到了卡门。

风照旧吹起乌鸦翅膀般的黑发，同样黑色的裙子波浪撩人，有个男人拽住她胳膊不放，言语间骂她绿茶婊。女人没怎么说话，只是愤愤地盯着对方，好像要把那男的脸上看出个洞来。

虽说不是光天化日，而是月黑风高，但在七哥地盘上，哪能容得下"高衙内"之流当街侮辱良家妇女？是可忍孰不可忍，他勃然大怒，拍案而起，"放开她，换我来！"七哥一把揪住那小子衣领，替他鼻子开了个大染坊和彩缎铺，又给他脑袋开了个瓢。

男人挂彩落荒而逃，嘴里还在骂绿茶婊。七哥却像中世纪的骑士，不碰女子半根手指，只问她是否受到了惊吓。

卡门顺势倒在英雄怀里，令英雄虎躯一震。七哥低头看她双眼，再遥望长寿公园的七夕之月，魂魄当即被勾走一半。卡门泪眼低垂，感激不尽，遇上无赖登徒子纠缠，幸亏壮士出手援助，小女子自当以身相许报答。英雄美人盘踞公园长椅，谈谈情，说说爱，直到那渣男引110警察赶到，将七哥与卡门一块儿逮进派出所。

七哥因伤人被治安拘留，在局子里安然度过十五天。但外面有人传言——他在七月半被枪毙了，等到获释那天，竟无人前来迎接。唯独一个女子，站在派出所对面的桥头，黑裙乌发，遗世独立，倾城倾国。七哥眼眶微湿，轻舒猿臂，揽卡门入怀，一亲芳泽。

作为夜总会大佬，阅女无数，是不是小姐，哪怕伪装得再好，三言两语也能分辨得出。他确信卡门不是做这一行的。进而通过眼线，证实卡门清清白白，知道她以占卜为业——星相算命与青帮洪门，同为闯荡江湖的儿女，惺惺相惜！

七哥征服过无数人，不仅依靠权势与拳头，还有身上满满的荷尔蒙。

青春少女与深闺少妇，都主动投怀送抱过。但他从未遇到过一个像卡门这样的女子，让人流连忘返，又如鲠在喉。

卡门是这样的可远观而不可亵玩，即便占有了她的身体，到天亮又不见影踪，更难以掌控芳心。他提出过许多次，给她开个更大的算命馆，就叫塔罗牌占星皇冠俱乐部，也别开在亚新广场这种破地方，搬到高大上的久光百货去。对啊，就开在静安寺隔壁，烧完香的善男信女，出门就收到占星俱乐部的请柬，还有波多野结衣和泷泽萝拉献身代言，更有一大拨日本妹子客人来袭，那生意简直了！她也不用租在江宁路桥的世纪之门，七哥花了一千五百万在静安枫景买了套顶楼豪宅，恭请她移驾掖庭母仪天下。

不过，卡门拒绝了他所有好意，依旧蜷缩在小算命馆，终日掐指给无知少女们指点迷津。她也给七哥算过命，最近一年之内，恐有牢狱之灾。但对这样的男人而言，算个屁。

卡门说得很明白，"我喜欢七哥这样的汉子，你可以做我的男朋友，但绝对不是唯一。"

开始的几个月，七哥派人跟踪暴打过与卡门有染的男子们，有的是夜店里的小开，有的是来算命的大叔，有的是附近高中的男老师，有的是隔壁医院里的年轻医生，还有青春年少的大学生。但这并不能改变卡门的习性，只是多了一圈无辜受伤的男人而已。

后来，七哥也就默认了，他对卡门是如此迷恋，明知是一剂毒药般的诱惑，让他欲罢不能，但又不敢越雷池一步。

直到他发现有一个在长寿公园以给人画像为生的男人存在。

卡门说："我喜欢那个男人，如果你敢动他一下的话……"

七哥没有再多问一句话。

终于，有天卡门鼻青脸肿地出现在他面前，要是下手再狠一点就要破相了。她还不愿说是被谁打的，但七哥的眼线太多，很快就查出来是那个画画的福建小子。既然是他先动的手，那就不要怪七哥不客气了。

于是，七哥率领大队人马，在长寿公园背后的小巷子里，围住那画画的小子拳打脚踢，要不是有人拨打了110，这家伙差点没命。

七哥本以为他会就此消失，却万万没想到，没隔几天，就出大事了。

长吁短叹完，看守所的灯光下，七哥看着我的眼睛，"兄弟，你也迷上卡门了吗？可惜了，不晓得停尸房里冷不冷？她烧了吗？那个火化炉啊，很烫的啦，我去给兄弟捡过骨头。我想卡门烧过的骨头啊，一定比男人的更硬更黑。"

"你后悔吗？"

"嗯，是挺后悔的，我从没剪过卡门的一束头发留个念想。"

8

惨案是在七夕那晚发生的。

要知道长寿公园的地形，像一洼群山环绕的盆地。北倚"难于上青天"的秦岭巴山；南有烟云缭绕的云贵群峰；西邻"我住长江头，君住长江尾"的康藏高原；东边是"旦为朝云，暮为行雨"的巫山；底下被滚滚长江撕开一道三峡裂缝，而我就在神女峰的山巅。

至于卡门被杀的地点，在长寿公园对面，相当于丽江古城之于玉龙雪山的方位。

办案的警官是我表哥，就是你们都知道的叶萧，根据他的调查，案发当晚是这样的——

长寿公园响彻凤凰传奇的歌声，旁边的中国移动旗舰店情人节大促。至于大自鸣钟夜总会，正在给七哥庆祝阴历生日。突然来了一大帮客人,个个都是屌丝样,高矮胖瘦老少不同。为首的就是高凡——以下简称嫌疑人。

嫌疑人脸上好几道创可贴,带着在长寿公园卖体育彩票的、卖黄碟的、摊大饼的、烤肉串的、收破烂的,大队人马杀到夜总会唱歌,自然全部由嫌疑人买单。大伙儿叫了有偿陪侍的姑娘,扯开嗓子吼了陈奕迅的《十年》、周杰伦的《七里香》、黄龄的《High 歌》、杨臣刚的《老鼠爱大米》、庞麦郎的《我的滑板鞋》,还有老革命的《十送红军》,以及京剧《智取威虎山》和沪剧《燕燕做媒》。嫌疑人出手甚是大方,点了十来瓶酒,灌得七荤八素,小费就发出去了两三万。

深夜二十三点,嫌疑人突然提出要给七哥敬酒。夜总会妈咪也没防备,就请了七哥过来。嫌疑人抽出一把刀子,直往七哥身上砍去。幸好七哥认出了他,抢先闪躲逃窜,而小弟们都被这凶神恶煞的气势唬住了。嫌疑人一路追砍,冲到老板办公室,里头还有间密室,恰好撞见了卡门——以下简称被害人。

女被害人刚洗完澡,穿着半透明的浴袍,躺在床上看《何以笙箫默》。桌子上有个生日蛋糕,点着蜡烛还没吹呢。嫌疑人原本要砍七哥,不知受到什么刺激,转而袭击女被害人,在她胸口连捅两刀。情急之下,七哥用泰式肘击制服了嫌疑人。鲜血淋漓的被害人,未曾叫唤过一声。七哥抱着她送往医院急救,没到零点就宣布死亡。

9

如果生活中不再有某种无限的、深刻的、真实的东西,我不再眷恋人间。

文森特·凡·高给弟弟提奥的书信里是这样写的，而我相信生活中是一定存在这些东西的，否则苏州河和黄浦江里的淹死鬼早就漫出来了。

大自鸣钟夜总会凶杀案即将宣判。我的表哥，叶萧警官告诉我，通过他的审讯和侦查，还发现了另外一桩杀人案。

七年前，高考过后，卡门跟着美术老师私奔，谁都不知道他们去了哪里，除了一个人。

对于高凡来说，这两个人都不能放过：一个是他最崇拜的男人，一个是他最迷恋的女人。

那年火车票还没实名制，白老师带着卡门坐火车回了新疆老家。他们到了北疆准噶尔盆地，生产建设兵团的一个团场，那里生长着一望无际的向日葵。盛夏的月夜，卡门与老师野合，茂盛的向日葵茎秆和花叶，遮挡住两具白花花的身体，好像张艺谋最爱拍的男女主角。

不曾想到，竟有一个人悄悄跟踪，从台湾海峡边上千里追寻到天山脚下。高凡带着一把尖刀，在黑夜的向日葵田野，从背后杀死了自己的男神。

年轻老师旺盛的鲜血，溅满卡门的脸，整个人在她身上抽搐到断气。

最初的慌张过后，她居然十分镇定，为了保住性命，将白老师的尸体推开，没有丝毫反抗，将自己完完整整送给了凶手。

十八岁的卡门，从未直视过他的眼睛，而是望向清澈的新月。

高凡的初夜就是在这片向日葵田野被夺去的。

完事之后，卡门并没有多看白老师一眼，只幽怨地叹息一句，"我像小龙女遇到了尹志平……"

纵然是七月，新疆的凌晨依然有些寒冷，高凡一言不发地抱紧卡门，就当作是最后一次。他也看着黑夜，整个宇宙布满熠熠的星光。

天亮了，晨曦照亮田野，向日葵金黄金黄的，如同波浪起伏翻滚。

空中盘旋着一只乌鸦，它正在召唤伙伴们，快来享用一具尚未腐烂的尸体。

高凡在监狱等待宣判的时候，有人整理了他留下的所有的画。小部分画的是卡门，但更多的则是长寿公园。其中有一幅画，在公园的西南角落，长寿路与西康路口，竟然出现了一个巨大的钟楼。完全是想象中、中世纪哥特式的，如同大教堂高耸入云，超过周围所有的建筑。笼罩钟楼的光线都在旋转，最顶端的钟面也是扭曲的，产生时针正在转动的错觉。而在钟楼顶上的天空，星星与月亮同辉，绝对是另一个世界。

听说这幅画后来被拍卖出了七百万的价格，被一位日本的神秘买家收购。

除了这些东西，高凡还留下一个信封，警察打开发现，原来是一簇女人的头发——乌黑乌黑的，乌鸦羽毛似的，光可鉴人，仿佛还在卡门的头皮上生长，永生不死。

一切结束之后，叶萧带我去过一次被查封的夜总会。在凶杀案的第一现场，卡门被杀的密室里，墙上挂着一幅画。

画中的女子早已变作幽灵，恐怕怨不得别人，怪只怪她编了个谎话，说在画廊卖了七万元，真相是她强行卖给了这里的主人——这才是她送命的理由吧！虽然高凡直到宣判都没说出来。

我看着墙上的画足足一刻钟。卡门躺在黑夜的向日葵丛中，眼眉低垂，不知是否在梦中。枝叶与花朵遮盖私处，坦荡的胴体撩人，长发如同乌鸦羽翅，扭曲着似要飞上苍穹。而在画面上方二分之一的空间，却是凡·高无尽旋转的星空。

10

我把电脑桌面改成了凡·高的《星空》。

> 一个人在恋爱之前与恋爱之后的区别，正好像一盏还没有点着的灯与一盏点着的灯之间的区别一样。现在灯已经摆在那里，而且是一盏好灯，而且也发光了。

依然摘自文森特·凡·高给弟弟提奥的书信。

凡·高是在麦田里开枪自杀的，死前几天刚在同一片麦田里，完成了那幅《麦田群鸦》。凡·高是在提奥的怀里死去的，但提奥也只比凡·高多活了六个月。

高凡十八岁那年，发生过三件大事，除了没考上美术学院，卡门跟着美术老师私奔，还有那桩震惊全城的火灾。

大火从子夜烧起，烈焰滚滚了漫长的一夜。清早六点，天蒙蒙亮。人们在破砖烂瓦间寻觅幸存者，高凡呼喊着某个名字。废墟上的焦土瓦砾，只剩一点火星，就像一盏灯。

他看到了她。

荒地上的玫瑰，完好无损，睡裙只烧焦了蕾丝边，乌鸦般的黑发被潮湿的晨风吹起，带着烫头发的气味。她的嘴角挂着微笑，不可名状的目光，长满危险的花刺。

男孩看见野玫瑰。

（本文引用的凡·高的书信，均出自《亲爱的提奥》，南海出版公司，2010 年版。）

第 24 夜　**珂赛特的眼泪石一夜**

他睡在我身边一个夏天。他给我带来无穷惊喜。他随手摘去了我的童年，当秋天到来，他却消失不见。我仍然梦想他会回到我身边，我们还能相守一生。但总有些梦无法成真。总有些风暴会把人摧毁。

——维克多·雨果《悲惨世界》

爱情是融合男人和女人的卓越的熔炉，单一的人，三人一体，最后的人，凡人的三位一体由此产生。两个心灵和合的诞生，一定会感动幽灵。情人是教士；被夺走的处女感到惊恐。这种欢乐多少会传送到上帝那里。真正的崇高的婚姻，即爱情的结合，就有着理想的境界。一张新婚的床在黑夜里是一角黎明，如果允许肉眼看见这些可畏而又迷人的上天的形象，我们可能见到夜里的那些形体，长着翅膀的陌生人，看不见的蓝色的旅客，弯着腰，一簇黑影似的人头，在发光的房屋的周围，他们感到满意，祝福新婚夫妇，互相指着处女新娘，他们也略感紧张，他们神圣的容貌上有着人间幸福的反照。新婚夫妇在至高无上的销魂极乐时刻，认为没有他人在旁，如果倾耳谛听，他们就可以听见簌簌的纷乱的翅膀声。完美的幸福引来了天使的共同的关怀。在这间黑暗的小寝室上面，有整个天空作为房顶。当两人的嘴唇，被爱情所纯化，为了创造而互相接近时，在这个无法形容的接吻上空，辽阔而神秘的繁星，不会没有一丝震颤。

这幸福是真实不虚的，除了这一欢乐外没有其他的欢乐。

唯独爱令人感到心醉神迷。此外一切都是可悲可泣的。

爱和曾爱过，这就够了。不必再作其他希求。在生活的黑暗褶子里，是找不到其他的珍珠的。爱是完满的幸福。

七年前，第二次读《悲惨世界》，读到第五部"冉阿让"第六卷"不眠之夜"第二章"冉阿让的手臂仍用绷带吊着"——亲爱的雨果老爹啊，您是心灵鸡汤段子手吗？幸好那年还没《非诚勿扰》，否则您老就是最好的特邀嘉宾，根本没孟非和乐嘉这俩光头啥事，还"处女新娘"呢，法国男人和法国女人，难道不是 *Baise-moi* 更真实吗？

那年头，大师们就是逼格高，每写一万字故事，就来段五千字长篇大论，从如何解放失足妇女和被拐卖儿童到巴黎下水道的设计方案，不一而足。中国古典小说里的"有诗为证"真是小巫见大巫了。雨果、巴尔扎克、狄更斯们都既是小说家也是鸡汤大师兼历史学家兼新闻评论员兼眼含热泪的网络名嘴公知大 V。

所以嘛，中国的男女文青们都知道，第一次世界大战后，雨果老爹们就被卡夫卡、乔伊斯、海明威们革命了，第二次世界大战后，又被马尔克斯、格拉斯、昆德拉，乃至村上春树们革了第二次命。

以上，除了最后两位，都在天堂里继续革命着。愿老天保佑他们的灵魂与坟墓，阿门。

我为什么自己找虐重读《悲惨世界》？是要写推理小说《名侦探沙威警长》吗？盗墓小说《大盗冉阿让的一生》？小白文《恋上霸道总裁的芳汀》？

七年前的春夜，我认识了珂赛特。

那一年，我刚写完《天机》，不知下本书该写什么。偶尔，夜深人静，饥肠辘辘，就去楼下的澳门路一间二十四小时营业的四川麻辣烫店。店里弥漫着刺鼻的辣油味，只够摆下六张方桌，墙面和餐具脏兮兮的。小姑娘挤在最里头的角落，眼圈红红的像被揍了一顿。她说是舅妈——也就是老板娘——舍不得开油烟机，油烟太大，但我知道，那是扯淡！我的泪腺比常人敏感，也会拿风沙太大作挡箭牌……

我猜她最多十二岁，穿着小碎花的衬衫，蕾丝边的领头，脚上一双粉红色的小鞋子。她抬起头，看着我的眼睛，用那双大得有些吓人的眼睛。对不起，不是有些吓人，而是相当吓人，像恐怖片里的眼睛。

她的眼泪，刚从眼睛分泌出来，黏糊糊的，介于液体与固体之间，像一小团胶原蛋白的糨糊。当这滴泪离开眼眶，在脸颊与鼻子间滑落，就彻底变成了一颗小石头，比米粒稍微大些，在昏暗的灯光下，散发着刺目的反光，宛如一颗水晶或高纯度的钻石。

小女孩掉出了七颗眼泪，六颗坠落在油腻的地板上，仅剩最后一颗挂在她腮边。

"可以吗？"我伸出手指尖，靠近她的下巴。她不反抗，翘翘的小鼻子在抽泣。脸很冰冷，摸着有些吓人，对于擅长联想的我来说。

我从她的腮边取下那颗"眼泪"。

固体眼泪，一粒小石子，在我的食指与拇指间摩擦滚动，比普通石头还坚硬。我把这颗"眼泪"放到灯光下，它出现奇异的反光，只可惜太小了，只有用放大镜，才能看清里头的颜色。

隔壁桌吃麻辣烫的手机响了，震天动地的《该死的温柔》，我的两根手指头一滑，小女孩的"眼泪"坠落到黑暗的地板。

再看她的脸，虽有泪痕，却没了泪水。眼眶还湿润着。

"告诉我，你为什么哭？"

小女孩双手别在背后，抓着一本书。

"能给我看看吗？"

"先生，您只是看看吗？"她眼泪汪汪地摊开双手。一本灰色的旧书，像从废品回收站里出来的，封面发黄霉烂，书角毛毛卷卷，随手翻开几页，布满破洞和污渍，不少字迹模糊不清。

我认得这本书——《悲惨世界》。

这本垃圾堆里的书啊，居然，就是我小时候看过的版本。封面上的几何花纹图案，像十九世纪的门窗。书名底下的"一"，代表第一部，然后是"雨果 著"。扉页印着"李丹译，人民文学出版社，一九七八年，北京"。版权页上头是"Victor Hugo, LES MISÉRABLES"，另一面是雨果老爹的照片。出版说明的落款是一九七七年十月。接着是目录、作者序、第一部"芳汀"。一幅原版的版画后面，第一卷"一个正直的人"。

"你在看'米里哀先生'吗？"小女孩问我。

没错，第一卷第一章，就是这个名字。我反问她，"你在看这本书？"

她用皱巴巴的餐巾纸抹去眼泪和鼻涕，"是的，先生，这是我第四遍读这本书了。"

小学四年级时，有次语文老师问有没有人看过《悲惨世界》，有的说看过电影，有的说看过日本动画片，但只有我站起来说，我看过小说……

《悲惨世界》是我接触的第一本文学名著。那时我只看过一小部分，第二部"珂赛特"开头，雨果用数万字描写滑铁卢战役——与整个悲惨世界基本无关，除了最后偷盗死人财物的德纳第。大师发神经般写了一长串，所有细节栩栩如生。我仍然记得那个"A"字形，那道致命的壕沟，葬送了拿破仑的胸甲骑兵。雨果一边描述战役进程，一边夹带大段抒情和议论，让我一度以为所有牛逼的小说都该这么写……

"对不起，先生，您能把这本书还给我吗？"她的普通话很不标准，带有川渝味道。

"你叫什么名字？"

"珂赛特。"

"什么？"

她又说了一遍。咳嗽般吐出一个"CO"，舌尖舔过牙齿间缝隙爆发有力的"SE"，最后是个微不足道的清辅音"T"。

"Cosette."

看着她的眼睛，猩红的眼眶，雪白的黏膜让人微微战栗，乌黑透亮的眼球里头，瞳仁宛如黑洞，像是能吸收所有男人的目光。

她叫珂赛特。

这个饥饿的春夜，我吃完了十二个牛肉丸子，告别了十二岁的珂赛特，我会再来的。

春天，我重新读完了《悲惨世界》，那是一场异常艰难的行军跋涉，断断续续啃着嚼着敲骨吸髓般吮吸着每一个字。密密麻麻的叙述与抒情以及评论，宛如滑铁卢上英国方阵的矛尖。我几乎也深陷于拿破仑的困境，在威灵顿公爵的壕沟前尝尽了苦头。

那个春天无比漫长，刚刚经历南方大雪灾，等待北京欢迎你，迎来的却是汶川大地震，陪伴我度过这段时光的，通常是麻辣烫店里的珂赛特。

老板是个早衰的男人，操着浓浓的四川口音，地震那会儿总是盯着店里的小电视屏幕。老板娘是个肥胖的女人，挽着头发高声大气地说话，但能看出她年轻时有几分姿色，或许现在也没多大年纪。店里没有雇用伙计——珂赛特除外，我经常半夜看到这个十二岁的小姑娘，拿着块抹布拼命擦桌子，去超市里打酱油、买啤酒，顺便给客人递餐巾纸，当然老板是绝不会让她碰钱的。我还会看到两个小女孩，一个年纪跟珂赛特差不多，还有一个尚未读书——她们是老板和老板娘的女儿，从脸型和眼睛能看出是亲生的。

看我经常光临小店，老板娘对我很热情。何况我跟杀马特风格的发廊小弟、对面夜总会下夜班的公主、附近群租房里的无业游民并不太相同。老板娘是珂赛特的舅妈，老板自然是她的舅舅，但我无法确认他们是否真有血缘关系。

至于"珂赛特"——老板和老板娘也不知道这个名字是从哪里来的，他们显然没看过小女孩像宝贝似的藏在床底下的书。

她到底叫什么？对于麻辣烫店里的人们来说，这并不重要。反正没人叫过她的名字，总是"哎""那个谁""小妹儿"……

那天夜里，麻辣烫店关着卷帘门，珂赛特独自坐在水泥台阶上，借着隔壁足浴店暧昧的灯光，低头读着《悲惨世界》第三部"马吕斯"第一章"从巴黎的原子看巴黎"。

当我走到她面前，小女孩匆忙合上书本说："先生，今天店里不开门，您不用等了。"

我摇摇头，坐在珂赛特身旁，陪她看书。

"先生，您为什么总是来看我？"

"因为你叫珂赛特。"

"珂赛特只是个普通的名字，先生。"

"听我说，你喜欢这里吗？"

"我不喜欢这里，但我出生在这里。"

"你生在上海？"

"嗯，但我还没断奶，就被送回了老家，外公外婆把我养大的。"

"珂赛特，你的爸爸妈妈呢？"

"我不知道爸爸是谁。那时候，妈妈在这边上班，就是这家店，他们都记得我妈。"小女孩指了指隔壁的足浴店，"后来啊，她去了一个叫东莞的地方，再也没回来看过我。"

珂赛特有双特别的眼睛，与这年龄和小脸蛋极不相称的，像在墙壁上画出来的大大的眼睛，深夜里幽幽的乌黑目光，足以吓走所有孤魂野鬼。我懂了。

小女孩的老家在深山里头。从县城坐中巴车上盘山公路要一个钟头，下车后再走二十里，之后爬过两道悬崖一座吊桥，直到白云缭绕的山巅，才到家。那里有座乡村小学，只有一个民办教师。她很喜欢读书，尤其喜欢语文课，二年级就可以给外公念《人民日报》了，虽说都是迟到一年的旧闻。三年级下学期，老师还没被抓起来，总喜欢摸她的小辫子。在破洞漏风的校舍里，教室最后一排，朽烂的木头课桌十多年没人坐过，断裂的桌脚下垫着几本破书。她好奇地把书搬出来，吹去封面上的木屑和尘土，露出灰色窗格般的封面——《悲惨世界》。这些书是很多年前，有人捐献给希望工程的。她偷偷把这五本书带回家，小心翼翼地打开，所有纸张都布满污渍，每个字里都挤进灰尘，一股牲口粪便与小孩尿裤子的气味扑面而来。

在一八一五年，迪涅的主教是查理·弗朗索瓦·卞福汝·米里哀先生。他是个七十五岁左右的老人，从一八〇六年起，他已就任迪涅区主教的职位……

平生第一次读小说，教科书以外的第一本书。在炊烟与白云交织的山巅，苞谷堆积的瓦房屋檐下，她不知道世界上竟然还有这样的人和事、这样的芳汀、这样的珂赛特、这样的马吕斯、这样的冉阿让。

虽然，她认得一两千个汉字，但不知道法国在什么地方，只晓得非常遥远，也不明白什么是天主教，只记得县城里有座高耸的教堂。除了在电视上，她从未见过外国人，更不懂拿破仑是谁，路易十八又是什么货色。整个暑期，她捧着五本书，大声朗读每一页，仔细揣摩其中意思——几乎每个字都能理解，但要是连成整页纸，真不知道在说些什么。

冬天，大雪降落群山，第二遍读《悲惨世界》。独自坐在教室，窗外叽叽喳喳的鸟叫声，山雀啊山雀，你们干吗不做候鸟飞去南方？她一边看着珂赛特与芳汀，一边用弹弓打鸟，等到冉阿让寿终正寝的那天，雪地里堆满羽毛和腐烂的小鸟。她给自己取名为珂赛特。

第三遍读《悲惨世界》，珂赛特四年级了，越长越像芳汀的女儿。她用春天读完第一部"芳汀"和第二部"珂赛特"，又用整个夏天花痴第三部"马吕斯"，直到山上枫叶红透，她才读完第四部"卜吕梅街的儿女情和圣丹尼街的英雄血"，到再度飘雪的冬夜，她点灯读完了第五部"冉阿让"。

二〇〇八年的春节，妈妈没有回来看女儿，说是大雪封山，阻断了回家的铁路。珂赛特四五年没见过妈妈了，这场突如其来的大雪，恰逢其时地给了一个温暖的借口罢了。

过完年，外公在去县城卖山货的路上被摩托车撞死，外婆中风在床上，珂赛特照顾了她一个月，可外婆还是没熬过清明就脚一蹬去了，再也没人能照顾他们的外孙女了。舅舅和舅妈从上海回来奔丧，在两位老人的葬礼上，请来女民间艺术家跳脱衣舞，总算收回了办丧事的白包。那时，舅舅给珂赛特在东莞的妈妈打了十几个电话都是关机。

于是，珂赛特跟随着舅舅和舅妈，回到自己出生的城市，妈妈工作过的地方隔壁，弥漫着德纳第客栈气味的麻辣烫店。

这年春天，在上海，普陀区，澳门路，麻辣烫店，她决定重读《悲惨世界》，第四遍。

"先生，我争取这一遍能彻底读懂这本书。"

珂赛特的目光在上海的子夜闪烁，就像在孟费郿的暗夜森林第一次与冉阿让相遇，只是双眼的巩膜白得有些吓人。

"你的眼睛怎么了？"

"不知道，先生，每次想要哭的时候，都有被辣椒呛到的感觉，眼泪就会变成小石头掉下来。"

她说，以前乡邻说像她这种会流石头眼泪的女孩子，都是注定的天煞克星，不但会克死父母，还会连累全家人乃至整个村子。自从外公外婆死后，就再也没人喜欢她了。舅舅和舅妈，还有麻辣烫店里的两个表妹，吃饭啊睡觉啊都要离她远远的。

"大概最近发生在老家的大地震，就是被我克的吧。"珂赛特弱弱地说。

"说什么啊，珂赛特，那些话都是骗人的，别相信哦。"

"不，先生，请您也别靠近我，会给您带来厄运的。"

"如果，我是你的冉阿让呢？"

"您才不是呢，冉阿让是个七尺大汉，满脸胡须，体壮如牛……还有啊，先生，您现在还太年轻了！"

许多个深夜，我坐在麻辣烫店的角落里，邀请珂赛特坐下来一起吃。老板娘说小姑娘还要擦桌子，我又多点了不少菜，外加几瓶饮料，想着吃不完可以带回去。老板娘用异样的目光打量我，带着几分邪恶笑了笑，便让珂赛特好好陪我吃。

"我能每天都来看你吗？"

"是的，先生，如果您不怕倒霉的话，我很乐意。"

在珂赛特遇到过的所有人里，我是唯一完整读过《悲惨世界》的。她对于这本书还有许多不明白的地方，便一一翻出来向我求助。我不敢说我读懂了雨果老爹，但至少我能看懂所有的注释，告诉她大致的历史和宗教背景，尤其是书中如繁星般不可计数的人名和典故。

她正忙着吃串串，食量大得惊人，与小身板完全不相称，也许快要开始发育了。她穿着脏兮兮的旧衬衫，油腻腻的发丝垂落耳边，脑后用橡皮筋扎着马尾。

老板娘的两个女儿正好出门，穿着新衣服，梳着整齐的辫子，贴着墙边侧目而过。对面有栋六层楼的老工房，他们全家四口租了顶楼一套房子。至于珂赛特嘛，就住在我的头顶——麻辣烫店里有个小阁楼，堆满杂物和食材。每晚她都在各种刺鼻的辣椒、香料、地沟油和食品添加剂的气味中入眠。

"艾潘妮和阿兹玛，她们都很讨厌我。"珂赛特低声在我耳边说。

"你说什么？"我没听懂那两个名字。小女孩又说了一遍，我才想起《悲惨世界》中德纳第夫妇的两个女儿。艾潘妮有个好听的名字，她还是暗恋马吕斯的痴情女，一辈子都是珂赛特的情敌。

珂赛特说："不过，我不恨艾潘妮，因为她的寿命不会很长，当她横死之前，祈求马吕斯吻她的额头。而马吕斯必然会答应她，我也不会责怪马吕斯，因为他必须向这个不幸的灵魂告别。"

"你管她俩叫艾潘妮和阿兹玛？那么你的舅舅和舅妈呢？"我的目光盯着正在收钱的老板娘。

"是的，先生，那一位是德纳第太太。她的力气真的很大，有一回把吃霸王餐的流氓揍得鼻青脸肿。不过，她特别爱看电视剧，空下来就霸占着小电视机看韩剧。你知道吗？德纳第太太的偶像是裴勇俊，我去过一次她和德纳第先生的卧室，贴满了那个男人的照片。"

"那么德纳第先生呢？"我远远看着在店门口抽烟的老板，这样说起一个近在眼前的人，让我于心不安，但说实话，很有意思。

"那只被逮住的老鼠是瘦的，但是猫儿，即使得了一只瘦老鼠，也要快乐一场。"她说，"德纳第先生年轻的时候当过兵，参加过九八年的抗洪救灾，他说自己还救过一个团长的命，但很可惜没有获得一等功。"

在珂赛特的世界里，每个人都是十九世纪的法国人，都有个《悲惨世界》里的名字。上海就是肮脏的巴黎或外省小镇。我坐在这里品尝的并非麻辣烫，而是蘑菇汤与法棍面包，带着浓浓小客栈味道的家常法国菜。

"那辆四轮马车不错！"

珂赛特很专业地夸赞了一句，我才看到麻辣烫店外的澳门路上，停着一辆红色法拉利跑车。有人骑着助动车和自行车经过，她趴在桌子上懒洋洋地说："这些马和驴子真难看啊，就像诺曼底乡下耕地的牲口。"

这女孩又告诉我——每星期来吃一次麻辣烫的老头，穿得破破烂烂，头发乱得像鸟窝，其实是个捡垃圾的，但他过去是个主教，是个老好人，拯救过许多人，她管老头叫米里哀先生。

"珂赛特，你怎么知道他是主教？"

"先生，关于他过去的秘密，别指望从他的嘴里听到一句真话。不过，任何人都会撒谎，包括主教。"

我想起《悲惨世界》开头，刚从监狱放出来的冉阿让，偷了主教家很值钱的银器，结果被警察抓回来。主教竟然对警察说谎，证明冉阿让没有偷窃，银器是主教自己送给他的。米里哀先生做了伪证。如果他不这么做，冉阿让将永远是个盗贼或将死在苦役营中，而珂赛特将在德纳第的小客栈里暗无天日地长大再无声无息地死去。

珂赛特的世界里，还有个可怕的沙威警长，每天深夜出现在麻辣烫店，只点一碗酸辣粉加荷包蛋，配上一罐最便宜的啤酒。

　　其实，那家伙是对面小区的保安，只是长得一脸凶相，平常绝不多说半句，总是面色阴沉，用各种怀疑的眼光打量别人，似乎这条街上每个人，不是偷自行车的就是半夜跟踪下班小姐的变态狂。有时候，我也在想这个人真是保安吗，不是某个深藏不露的名侦探？此人的举手投足，侧身走路的方式，鹰鹫似的眼神，对于细节的专注，都让人产生错觉——他在追捕一个逃犯，名字叫冉阿让。

　　"但我不讨厌他，"珂赛特如此评价道，"沙威凶，但绝不下贱。"

　　有一点确信无疑，除了《悲惨世界》，珂赛特长到这么大，从没读过第二本课外书。

　　我本想送她几本书，比如我的悬疑小说，但想想又罢了，难道我能和雨果老爹比？即便只有一本《悲惨世界》，若能精读十遍的话，恐怕也是走运了。

　　北京奥运会开幕式那一夜，我来到麻辣烫店里，看到珂赛特捧着她的《悲惨世界》，眼眶里不停掉落石头泪。几个客人吓得赶紧埋单走人。老板娘厌恶地说今晚的生意全被这晦气的孩子毁了。

　　我半蹲在珂赛特面前，伸手接住几颗凝固的眼泪，放在手掌心轻轻揉搓。因为粗糙锋利的棱角，皮肤磨出了几道血丝。

　　"你看，珂赛特，你的眼泪让我流血了，可以不哭了吗？"

　　十二岁女孩的手很小，放在成年男人的手掌心里，像只小猫的爪子。但在她细细的手指头上，我能摸出冻疮的痕迹，还有一般城里女孩从不曾有过的老茧。她止住眼泪，我心疼地捏住她的手问："为什么哭？"

　　她说今天艾潘妮要上厕所没纸了，就从阁楼里抽出珂赛特的《悲惨世界》，随手撕了几页下来擦屁股了。

珂赛特手里的《悲惨世界》是第四部"卜吕梅街的儿女情和圣丹尼街的英雄血"。被撕去的那几页，恰是第二卷"艾潘妮"的开头。

为了安慰这姑娘，我又点了不少好吃的，让她尽管放开肚子——她已瘦得皮包骨头，不会有减肥的烦恼。老板娘蹙着眉头说："小妹儿，算你有福气。"又客气地对我说，"你要常来啊，我们家小姑娘总是盼望着你呢。"我没理她，继续陪珂赛特。自觉无趣的老板娘，转头去看小电视机里的奥运会开幕式。

漫长的暑期过去，珂赛特去了一所民工学校读初中预备班。艾潘妮读了附近的公办学校。外来务工人员随迁子女进公办学校读书，必须要爸爸或妈妈的居住证，而珂赛特没有爸爸，妈妈又在东莞，所以她只能上民工学校，坐公交车要一个钟头。

麻辣烫店的老板娘愁眉苦脸，珂赛特白天不能在店里干活，晚上也不能守到凌晨，第二天早上还要读书。但老板娘并没有吃亏，因为每个月都会收到来自东莞的汇款。

那些日子，网上流传开一段视频。手机拍摄的，镜头摇摇晃晃，在肮脏油腻的麻辣烫小店，有个小女孩捧着本破书掉眼泪。灯光打在她脸上，照出几颗小石头般的眼泪。有个男人蹲在她面前——就是我，伸手接住她的眼泪石。

那天晚上，有人偷拍下了这段画面。

视频在各大网站不胫而走，许多客户端弹窗出现"诡异视频网上疯传，小女孩流石头一样的眼泪"的新闻标题和图片。不久，有人扒出视频拍摄地点，找到了麻辣烫店里的珂赛特。那段视频原本有许多争议，网友们认为是假的，现已得到亲眼证实。有人收集了珂赛特的眼泪石，当然是要付出代价的，通常是给老板一条烟或是吃一顿麻辣烫。

不断有人纷至沓来，麻辣烫店里生意火爆，整夜灯火通明，为一睹"眼泪石女孩"的芳容，或得到几粒珍珠般的眼泪——经过专业机构的鉴定，这是某种特殊的有机宝石，就像珍珠、珊瑚、琥珀、煤精、象牙……都是由生物体自然产生的。眼泪石非常稀有，古代有许多记载，最近一次发现还是民国初年。尚未初潮的处女眼泪石价值连城，慈禧太后最爱收藏了。至今台北故宫博物院就有，价值远远超过那一块肉和那一棵白菜。珠宝鉴定师分析珂赛特的眼泪，确认由碳酸盐、磷酸盐、少量硫酸盐等无机质，以及壳角蛋白、氨基酸、酯酸类、酯醇类等有机质共同构成，莫氏硬度为4.5，在有机宝石中最为坚硬。

于是，珂赛特的眼泪石，被人挂上淘宝，一夜之间，哄抢而空。

我仍然常去麻辣烫店，为她吃了快一年的地沟油，但见到她的机会却越来越少。珂赛特被老板娘藏了起来，毕竟是镇店之宝，岂能轻易示人？这姑娘要是被人拐了，损失可就大了。

深秋子夜，我失望地走出小店，经过澳门路与陕西北路转角，有人轻轻叫了声："维克多！"

维克多是谁？我没有英文名字，从没人这么叫过我。

黑暗中站着一个小女孩，幽暗闪烁的目光，不用看脸就知道是她。

"珂赛特！"

"维克多！"

我想起来了，她为毛（为什么）要叫我这个名字，真让人承受不起。

"能陪我去塞纳河边走走吗？"

在她的世界里，上海的苏州河就是巴黎的塞纳河。我牵着小女孩冰冷的手，沿着陕西北路走去，直到秋风逼人的苏州河畔。

"看，今晚新桥上的马车不多。"

珂赛特是把江宁路桥看成巴黎新桥了吧。

"你看过《新桥恋人》吗？"

小女孩摇摇头，趴在苏州河的防汛墙上，低头看着黑夜里充满泥土味的河水，她说："维克多，我是偷偷逃出来的。"

"你舅妈——不，是德纳第太太，成天把你关在他们家里？你妈妈知道吗？"

"维克多，你是说我妈妈芳汀？"珂赛特摇摇头，"你知道今年是哪一年？"

"二〇〇八年。"

"错了，一八二三年，这一年发生了很多事——芳汀死了，冉阿让收养了珂赛特。"

"不会的，你妈妈没有消息吗？"

"她的坟正像她的床一样！"

我还记得《悲惨世界》里的这一句。

"维克多，你不觉得我很丑吗？"

"说什么呢？珂赛特！小女孩必须说自己漂亮。"

黑暗中看不清她的脸。如果她心情愉悦一些，会显得好看些。可惜她总是愁眉苦脸，想是天天被逼掉眼泪的缘故。等到冬天，她的耳朵与手指，又会长起厚厚的冻疮。

"没有人会喜欢我的，维克多。"

"错了，我喜欢你啊。"

珂赛特露出成年女人的笑容，"你说谎，维克多，我在等待一个人。"

"冉阿让？"

"是啊，他一定会出现的。你知道吗？珂赛特喜欢过的第一个男人是谁？"

"马吕斯？"

"当然不是，他是冉阿让。"

看着苏州河对岸成群结队的高楼灯火，我沉默不语。眼皮底下，秋水深流。

珂赛特说："我希望跟着冉阿让亡命天涯，然后再跟马吕斯结婚。"

"每个女孩都这么想吗？"

"不知道，但我想，我只是寄居在这里的客人，不知何时就会离开，明天？明年？长成大姑娘的那天？直到死了？鬼才知道。维克多，你带着我走吧。"

小女孩把头靠近我的肩膀，而我哆嗦了一下，后退两步。

"逃跑啊，带着我私奔，我们一起去滨海蒙特勒伊！去找我妈妈芳汀！"

滨海蒙特勒伊？那座十九世纪的法国工业革命重镇，便是而今的世界工厂与东莞式服务的城市吧。

"珂赛特，你才十二岁啊，胆子好大呢！"

"我不在乎，维克多，就算没有冉阿让，我也想离开这里。"

"维克多不是冉阿让——你不明白，冉阿让本就一无所有，而维克多还有很多很多牵挂。"

……

"对不起，我说了大实话，难道不是吗？乖，珂赛特，我送你回家，一切都会好起来的。"——魂淡（浑蛋）！当我说这句话的时候，连我自己都不相信。

她哭了。

黑夜里的眼泪石，挂在十二岁女孩的脸上，珍珠般熠熠生辉。

我想擦擦她的眼睛，女孩却说哪里来的风沙这么大。

好吧，这大晚上的，微风习习，空气清爽。珂赛特捧着两腮，接住几粒凝固的眼泪。她说这些小石头都很值钱，每向德纳第太太交出一粒，就会得到五十块钱奖励。所以，她还急着要把眼泪石收集好了带回去。但我明白，这些石头放到淘宝网上，每颗的价值至少要翻一百倍，颗粒大，成色好的，能卖到上万。

她把一粒最小的送给了我。

"维克多，给你留个纪念。以后看到这颗石头，你就会想起我的味道。"

"你的味道？"我把这颗小石头放入嘴里，舌尖轻轻舔过，果然是眼泪的味道，又咸又涩，就像咖啡里放了盐。

但我很快后悔了。

几天后，麻辣烫店重新装修，老板把隔壁的足浴店也盘下来了，据说是要开一家五星级的麻辣烫旗舰店。

我问珂赛特去哪里了，答案却是那姑娘已远走高飞。

老板娘拎了个正版 LV 包包，她老公胸口挂了根金链子，似是发了笔横财。

我四处寻找珂赛特，最终报警。到了公安局，老板娘才说出真话——他们把珂赛特卖给了一个男人，收了六十万现金。

我问那个男人长什么样，老板娘说那家伙很神秘，身材高大魁梧，穿着件黑色大衣，还戴着帽子，口袋里装的全是钞票。珂赛特似乎很喜欢他，他也对珂赛特很热情，一把就能将小女孩抱起来，力大无穷的样子。

世间真有冉阿让？

二〇〇九年，元旦过后，警方找到了那个男人。

他说自己是珂赛特的爸爸，亲爹，如假包换，可以验 DNA。他说在十几年前，偶遇珂赛特的妈妈，那时他是个浮浪子，根本不懂什么叫责任。十九岁的乡村美少女大了肚子，却被他始乱终弃了。他去日本做生意赚了笔钱，回来后不断寻找她们母女，直到发现网络上疯传的石头眼泪的少女，才感觉有几分眼熟……

此事已得到珂赛特妈妈证实，她同意女儿跟着亲生父亲，但她本人宁愿留在东莞。她知道那个男人也绝不会再要自己。他住在郊区的别墅里，开着一辆奔驰车。他发誓让珂赛特过上公主般的生活，开春就要把她送去昂贵的私立学校读书。

整个春节，我都想忘记珂赛特。我把家里的《悲惨世界》从书架收入抽屉，不要再看到这本书，以为这样就不会再想起她。

过完年，网上出现了许多"珂赛特眼泪石"。鉴定机构确认都是真品，这些石头的价格直线走高，明显幕后有炒家推动，最高的一颗在拍卖行开出了百万天价。多位女明星戴着"珂赛特眼泪石"项链出席顶级品牌的秀场，日本、美国、欧洲都有愿意为之一掷千金的买家。迪拜和多哈的王爷贝勒们，直接开玛莎拉蒂来换，每套四颗，为了平分给家里的四个福晋。

我在淘宝上买了一颗，最便宜的八千八百八十八元，成色最差，分量最轻。拆开奢侈品盒子般的包装，只有颗米粒大小的石子，却有一张中国珠宝协会的鉴定证书。我把这颗石子放到嘴里，舌尖立即被刺破，混合着自己的血，尝出那股咸涩的加盐咖啡的味道。

这是珂赛特的眼泪。

我恨自己，不该把她放走。那个所谓的爸爸，收养她的真正目的，是获得更多的眼泪石。在许多人眼里，珂赛特不过是一只会下金蛋的母鸡而已。

通过我的表哥叶萧警官，我得知那个家伙搬家了，不知去了哪里，至于什么私立贵族学校，全是骗人的鬼话，哪里都查不到珂赛特的踪迹。打电话给远在东莞的芳汀，她也对珂赛特的去向一无所知。我祈求公安局开出通缉令，但并无证据说明珂赛特遭到了虐待。而那个男人作为亲生父亲成为珂赛特的监护人，早已得到有关部门批准。

我用了整个春天寻找我的珂赛特。

偶尔，我还是会在午夜光临麻辣烫店。店面宽敞了两倍，装修得像五星级酒店的厕所，价格也提高了三分之一。只是没有了会流石头眼泪的珂赛特，生意反而不如以前。跟珂赛特相处久了，在我的眼里，老板和老板娘也成了德纳第先生和德纳第太太。他们的女儿艾潘妮，经常坐在店面角落做作业，用幽怨的目光看着我——总有一天她会为马吕斯而受伤的。捡垃圾的米里哀主教，再没来过新的麻辣烫店。我只能隔着玻璃门看马路对面，风烛残年的老主教，背着一麻袋塑料瓶子，白发覆盖额头，叼着一根香烟，俨然有遗世独立的风度。沙威警长还是保持老习惯，一言不发，打量在场的每一个人。我真想坐在他面前，跟他聊聊珂赛特的问题，有什么办法能救那姑娘出来？

盛夏，新出来的"珂赛特眼泪石"迅速贬值了，从前的旧石头依然价格坚挺，但四月份以后的犹如跳水，最便宜的不足几百块。

是珂赛特的眼泪太多导致供大于求了吗？不是，我看了许多买家评论，说是现在这批新的眼泪石，成色与质量都大为降低，鉴定证书也是假的。珠宝鉴定师认为，珂赛特眼泪石的生命源，可能已接近衰竭，甚至不在人间。

最终，新的眼泪石变成了白菜价，老的眼泪石却被炒翻了几倍。

珂赛特，你还活着吗？

盛夏的一天，下着瓢泼大雨，我搬家了。我坐进车里，犹豫着是否要再去麻辣烫店看一眼，却远远看到有个姑娘走来。她撑着把花伞，穿着黑色短裙，露出半截大腿，像在电影院门口混的那些小女孩。

真的是她吗？完全不是原来的样子，高了至少一个头，尤其那双细细长长的腿，我猜她蹿到一米六了，而且还在日夜长高的过程中。

我摇下车窗喊了一声："珂赛特！"

女孩弯腰看了看车里的我。雨滴打到她脸上，泪水一样哗哗流淌。她先微微一笑，露出两颗虎牙，太阳雨般灿烂，然后呜咽着哭了。

我让她坐到副驾驶座上，雨水打在车窗外，像一片瀑布笼罩着我俩。

珂赛特接着哭，但从眼眶里流出来的，不再是珍珠般的眼泪石，而是黑色的小颗粒。

黑色石子带着肮脏的污迹，像浓妆时流泪化开的眼影，看着让人有几分恶心。

我已经八个月没见过她了。

去年冬天，当那个男人来临，她真的以为那个人是冉阿让——坐着四轮马车，魁伟的身材，戴着高礼帽，留着络腮胡，鹰钩鼻子。

冉阿让收养了女孩，把她带到郊外漂亮宽敞的别墅里。他让芳汀与珂赛特通电话，妈妈说冉阿让就是她的爸爸，让她务必要听话，并说过年就来看她。刚开始，她感觉很幸福。那个房子里应有尽有，每天能吃到面包、牛排、鹅肝还有蜗牛。不用干任何粗活累活，连个碗都不用洗，全部交给女佣就行了。

头一个月，珂赛特没流过眼泪。

冉阿让的态度渐渐变化，他焦虑地看着她，说自己出生于一七六九年，从小是个孤儿，只有个姐姐把他带大。姐姐是寡妇，带着七个孩子。大革命以后，整个法国都在挨饿，为了不让姐姐的孩子饿死，冉阿让偷了一条面包，被逮捕判刑五年。但他是个越狱高手，总共逃跑了四次，每次刑期增加三年。最终，他做了十九年苦役，回到这个憎恨他和他所憎恨的世界。

珂赛特问他遇到了主教大人米里哀先生吗？

我遇到了，并且偷了他的几件银器，后来警察抓住了我，问米里哀主教这是不是我偷的，老头子点了点头，冷酷无情地说，让这个卑劣的窃贼下地狱吧。冉阿让这样回答没错，他确实下了地狱。

虽然，珂赛特为他而难过，但没有流泪。冉阿让很失望，便把她关在一个小黑屋里，只有台电视机和DVD做伴。

某个深夜，电视机突然打开，播放电影《午夜凶铃》，第二天是《小岛惊魂》，第三天是《德州电锯杀人狂》，第四天是《鬼娃新娘》，第五天……

七天之后，珂赛特尖叫得嗓子哑了，但没有流过一滴眼泪。

冉阿让忍无可忍，疯狂地冲进小黑屋，剥掉了小女孩身上的衣服。

终于，珂赛特哭了。

她抱着赤身裸体的小小躯干，不想被冉阿让触摸……最漫长的那一夜，她始终在呼唤一个名字——维克多。

幸好她哭了，眼泪石接连不断坠落，颗颗都是粒大饱满，色彩鲜艳，白的紫的还有红的。

冉阿让小心地收集这些石头，冷冷地说了一句："姑娘，你真丑。"

春节，妈妈没有来看她。

珂赛特每天要流一次眼泪，每次产生至少七八粒石头，她透过窗户看到庭院里，冉阿让又换了一辆崭新的四轮马车。

有一天，冉阿让感觉到了危险，他连夜带着珂赛特搬家，去了另外的城市。他继续把女孩关在小黑屋，每天强迫她哭泣流泪，直到又一个春夜。

她一边流着眼泪，一边感觉身体底下热流滚滚，接着整条裤子染满殷红的血。

珂赛特不明白这叫初潮。但她清晰无误地感受到体内的各种变化，像被浸泡在巴黎的下水道里，也像第一次接触马吕斯的嘴唇。

更大的变化是——她的眼泪石变难看了，从晶莹剔透的珍珠形状，变得乌黑而没有光泽，颗粒很小且易破碎，带着各种碎渣和瑕疵，轻轻一捏就成了粉末，更像老鼠屎。

冉阿让心急如焚地查阅文献资料，古人说初潮前少女的眼泪石弥足珍贵，但等到月事降临慢慢长大，眼泪就成了肮脏的小颗粒，变得一文不值。

他只能用各种手段来伪装，给成色低劣的眼泪石刷上各种化学药水，添加其他成分，配上假冒的鉴定证书，但这些都难以逃脱鉴定师的法眼。

春天过去，珂赛特从小女孩变成了少女，胸口也微微隆起两座小丘，她的眼睛总是红通通的，分泌着乌黑肮脏的物质，再也流不出珍珠般的石头。

一周前，她被冉阿让扫地出门，只给了她几百块钱路费，还有那五本《悲惨世界》。

珂赛特说她是坐邮递马车回到巴黎的，但她没有回德纳第客栈。她的心里全是维克多，却再也找不到他了，在附近游荡了几天。她给自己买了些衣服，问我：“看起来是不是很丑？”

我摇摇头，擦去她的眼泪，不当心按碎了小石头，脸上出现几道乌黑印子。

看着她红红的双眼，车窗顶上砸满了雨点声，我突然踩下油门。

“你要带我去哪里？”

我沉默着，面色阴沉，头顶响着闷雷，苏州河上有闪电路过，像一八三二年巴黎的天空。

我直接把珂赛特送进医院，挂了眼科的专家门诊。她很恐惧，但我说不要害怕，一切都会过去的。医生对她的眼睛感到惊讶，说这是眼结石，虽是常见的毛病，但这姑娘可能有基因缺陷，所以才会流出石头般的眼泪，全球几亿人才能见到一个这样的病例。

要解决这个问题，只能开刀。普通的眼结石手术非常简单，在门诊用针头就能挑出来。但珂赛特的病情复杂，手术非同寻常，稍有不慎就会有失明危险，需要全球最好的眼科与外科医生。

我请了媒体朋友帮忙，在网上发起募捐，几位收藏家捐出了原本低价收购的眼泪石，筹措到上百万元的手术经费。

秋天，珂赛特的手术相当顺利。两只眼睛的病变部位都被清理，挑出了上百枚肉眼难以分辨的小石子。为了彻底断绝后患，医生切除了她的一部分睑结膜。

手术过后，珂赛特解开缠在眼睛上的绷带，第一个见到的人，是我。

双眼仍然有些红肿，但看起来更正常了些，整个脸型也有轮廓了，眉目清秀，棱角分明。仿佛刚做完的不是眼科手术，而是微创整形。

她看着我。

泪水，如假包换的泪水——液体的，柔软的，透明的，滚动着的流质。

我伸出手，就像第一次触摸她的眼泪，那一次是石头，这一回是水。

"吃了它吧，维克多！"

她让我吃掉她的泪珠，这样才能证明，她已不再是个只会流石头眼泪的小怪物了。

指尖蘸着她的泪水，放入我的嘴里吮吸，还是跟石头一样的味道，像是加了盐的咖啡。

"维克多，好吃吗？"

"嗯，人间美味！"

"能把我带走吗？我每天都可以让你吃我的眼泪。"

这是她第二次祈求我带她私奔。

上一次，她只是个小女孩，而这一回，她以为自己是个女人。

"珂赛特，不要啊，我是维克多，不是冉阿让。"

我第二次拒绝了她。

她不再说话了，把头埋在膝盖里，继续哭泣……

第二天，珂赛特从医院里失踪，顺便带走了网友们捐献的几万块现金。

雨果老爹啊，我再也找不到这个十三岁的少女了。

但我想起了麻辣烫店——不，是德纳第客栈。

当我心急火燎地赶到店里头，却被德纳第太太劈头痛骂了一通，她说是我毁掉了那个姑娘——如果不把她送去开刀，如果现在还有眼泪石，珂赛特一定能过上更好的生活，他们做舅舅和舅妈的，想必还能跟着沾光。

自然，她闭口不提把珂赛特卖给那个王八蛋的旧事，我也不想跟他们解释现在珂赛特的眼泪已经一文不值了。

德纳第太太说，珂赛特昨晚回过一趟麻辣烫店，送给舅舅和舅妈一些礼物，包括艾潘妮姐妹也收到了芭比娃娃。

"还有那五本破书，早就生蛆长虱子了，平常是那姑娘的宝贝，看得比自己性命还重要，居然也送给了我女儿。不过，我们可不要这晦气的东西，顺手送给了对面捡垃圾的老头，论斤卖去了废品回收站，也算是救助弱势群体，行善积德嘛……"德纳第太太说着说着，掉下几滴假惺惺的眼泪，她肯定在心里头抱怨，为啥哭出来的不是石头。

而我转头看着马路对面，米里哀先生正蹲在废铜烂铁上，翻着几本《悲惨世界》。

真是好归宿啊，这故事因他而生，也自然要到他而止。

最后，我问了一句："你外甥女有没有说去哪里？"

"买了张火车票去找她妈妈了，现在应该已经到了吧。"

我知道，那个地方叫东莞。

再见，珂赛特。

二〇一〇年，上海开了世博会，我忘了在法国馆里有没有《悲惨世界》和珂赛特。

二〇一一年，《谋杀似水年华》出版。麻辣烫店关门了，新开了一家全家便利店。德纳第夫妇打麻将输光了积蓄，逃到郊区躲债了。至于那个冉阿让，因为诈骗被关进了监狱。

二〇一二年，《地狱变》出版。我身上发生了许多事。我把微博头像换成了音乐剧《悲惨世界》中的珂赛特。有人在长寿公园发现了米里哀主教的尸体，人们猜测他是在寒流中被冻死的。冬至那天，地球并没有毁灭。

二〇一三年，《生死河》出版。我在人生的分水岭上。沙威警长终于逮住了澳门路上的盗窃团伙，但在搏斗过程中被人刺中了一刀，在医院抢救后活了回来。但他没得到任何补偿，物业公司把他解雇了。这年圣诞节的晚上，他从江宁路桥跳下苏州河淹死了。

二〇一四年，《偷窥一百二十天》出版。托马云的福，越来越多人在淘宝上卖石头。德纳第家的艾潘妮考上了大学。我开始在微博上每周更新"最漫长的那一夜"系列故事。

二〇一五年，春天正在进行时，我有许多电影要开拍了。等到夏天，"最漫长的那一夜"就要结集出版第一本图书。

偶尔，我还是会想起她——眼睛里会流出石头的小女孩。

我知道她的真实姓名，但记不清了，我只记得她叫珂赛特。

上个月，我路过长寿路武宁路口的"东方魅力"，是家招牌超级大的夜总会，远至一公里开外都能远远望见。这家店门口总是停满豪车，午夜时分，更有不少"有偿陪侍"下班出来。

我遇见了她。

是她先认出我的，在武宁路的横道线上。她没有叫我维克多，只是在背后轻拍了我一下。我转回头，完全没认出她来。

她化着浓烈的妆容，穿着亮晶晶的裙子，露出胸口的深 V，踩着高跟鞋几乎比我还高。

夜总会闪烁的霓虹灯下，我和她前言不搭后语地对话，直到第七还是第八句，我才忽然想起她可能是珂赛特。

哦，没错，她还记得苏州河边的那个夜晚，她祈求我带她远走高飞。

珂赛特十九岁了，六年前她并不漂亮，眼睛开刀前甚至像丑小鸭，现在却让人眼前发亮。果然胸是胸，屁股是屁股，别别说脸蛋了。

她没有牵我的手，我也与她保持距离，我们一起走过苏州河。武宁路桥经过改造后很像巴黎塞纳河上的亚历山大三世桥，四根桥柱顶上有金色的雕像。

"哎呀，小时候我可真傻啊，一直以为这是塞纳河，还以为活在十九世纪的法国！"

珂赛特笑着说，满嘴劣质的洋酒味。趴在黑夜的桥栏杆上，看着苏州河边的家乐福，画满巴黎街道与地中海的巨大墙面，她高声唱了首歌——

　　结婚了吧！傻逼了吧！以后要赚钱就两个人花！离婚了吧！傻逼了吧！以后打炮就埋单了吧！

《结婚进行曲》的旋律，但我知道这不是她原创的，我敢打赌珂赛特并没有看过那部电影。

走下武宁路桥，街边有家小麻辣烫店，珂赛特硬拉着我进去，请我吃了一顿丰盛的夜宵。她的钱包鼓鼓囊囊，塞着几千块小费。她抽出一支女士烟，往油腻的半空吐出蓝色烟雾。她还笑话我到现在依然不抽烟。

珂赛特问："我们多少年没见过了？"

"六年。"我回答。

事实上，每一年，我都记得清清楚楚。

"啊，时间过得好快啊。"十九岁的女孩，继续吞云吐雾，而我也没问她这些年过得怎样。她接着说，"后来，我才明白，书里写的全是骗人的，冉阿让是坏人！马吕斯也是坏人！芳汀更是坏人！当然，珂赛特是比他们所有人更坏的坏人！"

说完，她的眼角泪滴闪烁，湿湿的，百分之百液体。她擦去泪水，嘴里蹦出一句："我操，为什么不是石头？！"

再见，麻辣烫，再见，珂赛特。

珂——赛——特——

CO——SE——TTE——

这三个发音，不是我的生命之光，不是我的欲念之火，也不是我的罪恶，更不是我的灵魂。

世间再无冉阿让。

第 25 夜　黄片审查员萨德侯爵的一夜

浪子与六翼天使一般神圣！疯人与我的灵魂一般神圣！

——艾伦·金斯堡《嚎叫》

一七八九年七月十四日，这是改变人类历史的日子。清晨，巴黎群众聚集在巴士底狱门口，面对封建王权专制的象征，关押着成千上万革命者的坚固堡垒。铁窗内有个男人叫喊："他们在里面杀被关的人！"愤怒的民众攻占了巴士底狱，发现监狱里只有七个囚犯——两个精神病，四个伪造犯，还有一个淫荡犯——当拿迪安·阿尔风斯·法兰高斯·迪·萨德（Donatien Alphonse François, Marquis de Sade），俗称萨德侯爵。据说因为他的叫喊，才导致巴士底狱陷落，也可以说是萨德侯爵改变了历史。

一七四〇年六月二日，萨德侯爵出生于巴黎；二〇一五年七月十四日，当代黄片审查员"萨德侯爵"死于上海。

本故事的主人公，我称他为"萨德侯爵"。而他第一次知道萨德侯爵，是在三年前的夏夜。那一年，他大学刚毕业，计算机专业技术宅，没谈过女朋友——如果快播和硬盘里的不能算的话。他有过喜欢的女生，比如中文系系花小芳，可对方只记得有个猥琐男时常等候在她最爱的桂林米粉店门口。她也不知道有许多个孤寂的夜晚，自己的头颅已与波多野结衣或苍井空老师的身体无缝对接——当然是在"萨德侯爵"深深的脑海里，他的梦里，他的心里，他的歌声里。

往前追溯五年，他还在老家的寄宿制高中。那年李安的《色·戒》公映，班里每个同学都在传梁朝伟与汤唯的高难度姿势照片，紧接着又是冠希哥的"人体摄影艺术展"。虽是个小城市，但早恋蔚然成风，众星捧月的班花、爱吃零食的胖妹，都依次跟着男生去了电影院或快捷酒店。老师和家长也没空管，只要不耽误功课和高考，别闹到"无痛人流"就行了。学校有三百零五个男生，二百四十九个女生，总共只有一间狭窄的公共浴室。晚上六点到八点开放给女生，八点到十点开放给男生。每晚八点，早就候在门口的男生们都抢着早点进去，好能闻到更衣室和莲蓬头底下女生们的气味，发现藏在瓷砖缝的水滴里的秘密。"萨德侯爵"总是最后一个，因为他身材瘦弱，抢不过其他男生，有时还会挨揍。但他有一颗敏感的心和一双敏锐的眼睛。在更衣室的木头缝隙里，他总能发现一两根女生的长头发。当女生们都走光以后，或者男生们都走光以前，他把耳朵紧贴着墙，似乎能偷听到两个钟头前女生们洗澡时的莺声燕语。男生们用恶心的目光看着他。校园里渐渐流传开他是个变态的说法，以至于所有女生看到他都绕道而行，仿佛接近他一米之内就会感染某种疾病。

"萨德侯爵"回忆起十四岁——人生里程碑的一年，第一次进入某位男同学的电脑，路径如下——C:\Windows\党员学习资料\高中数学\政治思想先进性教育\国外电影\抗日战争\张纪中版笑傲江湖\第13集。

他不期而遇了第一位女神，从此领悟——"平生不识武藤兰，看遍A片也枉然。"硬盘里的韩国裔日本人，手把手教会了他什么是人生，那是"兰兰"在中国最辉煌的年代。

当"萨德侯爵"惶恐地收拾干净地板上的纸巾，自然而然想起小学二年级，跟妈妈在家看《泰坦尼克号》盗版碟的情景。当 Rose 对 Jack 深情呼唤"捷克斯洛伐克"时，妈妈用双手挡住祖国花骨朵的眼睛，但男孩仍然通过妈妈的指缝偷看到了，让八岁的他回忆起吃奶的日子——一九九〇年冬天，"萨德侯爵二世"降临东方人间，罗大佑为他款款歌唱：

> 乌溜溜的黑眼珠和你的笑脸 / 怎么也难忘记你容颜的转变 / 轻飘飘的旧时光就这么溜走 / 转头回去看看时已匆匆数年……或许明日太阳西下倦鸟已归时 / 你将已经踏上旧时的归途 / 人生难得再次寻觅相知的伴侣 / 生命终究难舍蓝蓝的白云天……

二〇一二年，"萨德侯爵"踌躇满志，发誓三年内要在这座大都市买套一百平方米的房子。经过半年求职，方才觅得一个房产中介的职位，每天在马路上散发新楼盘和二手房的广告。吃了三个月的业绩零蛋之后，做成了第一笔生意，帮助一个刚在夜总会工作的女孩租了套公寓。为了千辛万苦的开单，他放弃了个人提成，几乎免收了中介费。那天深夜，东北姑娘双手缠绕"萨德侯爵"的脖子，说要用自己来感谢他的帮助。除了老妈，他第一次如此接近一个女人的嘴唇，脑中一万个泷泽萝拉呻吟着"雅美蝶"呼啸而过。忽然，响起大煞风景的敲门声，原来这公寓住满了特殊从业人员，经常被公安局临时抽检，"萨德侯爵"吓得落荒而逃。

他后悔了三年，换了无数工作，别说是一套一百平方米的房子，就连个马桶大小的面积都买不起。无数次蜷缩在群租房的隔板背后，看着惨白惨白的日光灯，听着笔记本电脑里的"东京热"，"萨德侯爵"虚度过最漫长的那一夜。仅此而言，这是个最失败的萨德侯爵。

二〇一五年，春天的故事。

互联网上冒出一则招聘启事，有个"霸气侧漏"的岗位——

首席淫秽色情内容鉴定官

待遇：

年薪 20 万。

岗位职责：

快速准确识别色情淫秽内容。

任职要求：

1. 熟悉世界各国对淫秽色情信息的认定标准；

2. 熟悉中国法律对淫秽色情信息的认定标准、明文规定；

3. 熟悉中国互联网、各大运营商使用过的对淫秽色情信息的鉴定标准；

4. 本科及以上学历，性别不限，要求年龄在 20～35 岁之间；

5. 有良好的团队合作精神、责任感强。

福利：

1. 国家标准五险一金及午餐补助、交通补助、通信补助；

2. 随时报销图书购买费用，每天额外供应水果、酸奶；

3. 每年一次的员工关怀体检，生日、结婚、生育贺礼。

三天后，这家互联网视频公司的门口，人山人海，排起长队。最大的六十岁，最小的十六岁，有猥琐大叔，也有广场舞大妈，甚至夹杂一堆自掏腰包买飞机票而来的老外。不计其数的求职者，从静安寺山门口一直排到龙华殡仪馆十三号厅。漫长的队伍里，还有年轻的"萨德侯爵"。他晓得这队伍没两天排不完，自带了小板凳、竹席、棉被，还有存满了片子的手机。

最后一天，最后一小时，"萨德侯爵"已饿得前胸贴后背，严重低血糖，摇摇晃晃走进某著名视频网站。面试官是个四十多岁的中年男人，不断打着哈欠，半秃的脑门冒着汗，桌上一堆面巾纸，看来是车轮大战过了。他扔出来一张卷子——

面试题

1. 肤色鉴别题：（略）。

2. 颜色判断题：（略）。

3. 分析题：央视为什么给大卫雕塑打马赛克？

4. 文字题：这句话总共有多少淫秽色情词汇？

5. 外语题：（略）。

6. 数学题：在机器学习领域对色情内容进行鉴定时，常涉及哪些数学原理及公式？请详述。

7. 法律题：详述日、美、欧对色情淫秽的分级体系及优缺点。

8. 影视题：（略）。

"萨德侯爵"在彻底饿昏之前，用最后一丁点儿力气，以及长年累月的审美经验，完成了这张卷子。

两周后，他接到录取通知，总共有三万人应聘，结果只招收七个人（就像在一七八九年七月十四日的巴士底狱中关押的七个囚犯）。"萨德侯爵"是测验中唯一拿到满分的天才。

七个幸运儿入职当天，半秃头的总监叼着香烟，看着"萨德侯爵"乌黑的眼圈说："小伙子，我看好你哦！'三百六十行，行行出状元。'别辜负了黄片审查员这份有前途的职业。再过三十年，你会成为这个行业最顶尖的大师。"

黄片审查大师？简直要得诺贝尔奖的节奏，"萨德侯爵"有了生理反应。

每个人有一个独立的小工作间，拉紧窗帘，戴好耳机，就像克格勃或盖世太保。七个人三班倒，最忙碌是在后半夜，许多用户会趁着管理员下班，上传各种淫秽与血腥暴力的视频。"萨德侯爵"被分配的工作时间是晚上十一点到清晨六点。

具体工作是：A 级露性器官的，封号；B 级露胸的，删视频，ID 禁发布二十四小时；C 级过分暴露或带来不良影响的，删视频。

当你在网上看到"视频审核未通过，暂时无法观看"或者"您想看的视频已删除"，就是"萨德侯爵"的工作成果……

网站视频主要来自用户分享，每天要审查几十万个新内容，必须一刻不停地点击和滑动鼠标。虽有延时审核，但不能让人等太久，"萨德侯爵"的浏览器往往同时开几十个窗口，直到电脑崩溃死机为止。往往一个夜班做下来，就算不得"鼠标手"，至少也是麻木了。到了凌晨三四点，没有不泪流满面的，一般用掉一大包面巾纸。下班后天就亮了，食欲也提不起来，半个月就掉了几斤肉。"萨德侯爵"桌上放着本《关于认定淫秽及色情出版物的暂行规定》，没过几天便倒背如流。他可以轻松分辨哪些是淫秽色情信息，哪些是性知识科学普及，哪些又是打着淫秽色情的外衣，实际上内容无公害，就是骗人进去赚点击量的，例如网页游戏的视频——这在"萨德侯爵"看来才是真正的伤风败俗、丧尽天良！

话说如今世道，对于黄片审查员这个职业有两种评价：一是功在当代，利在千秋；二是后半辈子等着遭报应吧。至于我们的"萨德侯爵"嘛，自觉罪孽深重，后半辈子多数要死于飞来横祸，下到地狱还得从油锅里滚过。

每天晚上，他乘坐末班地铁去上班，下班已是黎明鸡叫，正好赶上首班地铁。黄片审查员的福利之一，就是享受末班地铁的清净，从从容容占据座位，还有空间跷起二郎腿，冷眼旁观对面车窗外闪过的美女广告。从前每到盛夏，地铁拥挤的人流中，色狼们此起彼伏地袭击那些穿着清凉的女孩，女孩们有的奋起反击打色狼耳光，有的则是忍气吞声，更多是已被挤得麻木——只要不怀孕就好。"萨德侯爵"却是标准的正人君子，牢牢控制着自己的双手和躯体，尽量抓牢扶手不触碰别人的身体，即便有反应也要努力控制，不管前面是穿超短裙的辣妹还是知性套装的绿茶婊。

全城最后一班地铁，在公司楼下那一站下车，"萨德侯爵"都会遇见一个地铁乘务员。

她。

隧道深处袭来的风，宛如处男的食指、中指与无名指，毫无经验地撩起她的长发，甩起到空气中。一点笨拙，几分可爱。在最漫长的那一夜，距离地球表面十九米的地下世界，"萨德侯爵"只匆匆看了她一眼，便让自己成了心甘情愿的俘虏，哪怕被绳索捆绑着被 SM 着送到萨罗共和国……

"萨德侯爵"是制服控，看到她那身地铁公司制服，自然而然地想起妈妈——火车站检票员，那个肮脏不堪灌风漏雨充满大蒜头气味的地方，相比之下，地铁站台简直就是克林顿与莱温斯基的办公室。

走进午夜空空荡荡的地铁车厢，侧目望向荒无人烟的站台，同样孤单地准备下班的她，他从不敢上去说一句话，哪怕咳嗽一下或假装摔倒或掉下轨道……他总是这样看她七秒钟，不多眨一眼，也不少一微秒。她也看到了他，经过许多个这样末班地铁的深夜，她应该能记住他的样子，并在心中画上个大大的红叉，底下标注两个字母：一个 S，一个 B。

"萨德侯爵"告别站台上的美人，冲出地铁进公司打卡，想起那个密封的小办公室，即将目睹和删除不计其数的肉体，脑中冒出不知从哪看来的某位美国诗人的句子——"他们将自己拴在地铁上，就着安非他命从巴特里到布隆克斯基地，做没有穷尽的旅行，直到车轮和孩子的声音唤醒他们，浑身发抖嘴唇破裂，在灯光凄惨的动物园磨去了光辉的大脑，憔悴而凄凉……"

十分钟后，他坐在公司电脑前，屏幕上闪起一行大字——

Salò o le 120 giornate di Sodoma

直译过来就是"萨罗的索多玛 120 天"。

大学毕业那年，他独自躲在宿舍里下过这部片子，但只看了不到半个钟头，就差点呕吐了，然后干脆删除了文件。也是因为这个片子，他第一次知道了意大利导演皮埃尔·保罗·帕索里尼，也第一次知道了还有原著小说，还有那位 SM 中的"S"——萨德侯爵。

顺便说一句，萨德侯爵是在巴士底狱的铁窗中完成了《索多玛 120 天》第一部，然后藏在监狱的角落里。如果没有法国大革命的解放，恐怕这本书就将跟随作者永远埋藏在地狱。

三年后，当他作为黄片审查员，在视频网站的后台，检查这部网友刚刚上传的禁片，却莫名地兴奋起来，尽管仍然有各种生理与心理的不适，却饶有兴趣地看了下去，尽管根据规定他应该立即删除这部片子。

但是，他决定把《索多玛 120 天》全部看完再删……漫长的两个钟头后，他彻底克服了所有的恶心感，甚至从中读出某种触摸人心的感动，就像在云端俯瞰这座城市黑夜里的每个角落，宛如地铁车轮无情地碾压过隧道深处的铁轨，还有那个穿着地铁制服的女郎完美无瑕的一切……

于是，帕索里尼与萨德侯爵一块儿成了心目中至高无上的偶像。

这天下班以后，黎明扫过长夜，他独自走出公司大楼，呼吸着整座城市清新的空气，宛如重新从母亲的子宫中分娩了一遍。

乘坐头班地铁回家的路上，他开了一个微信订阅号，名叫"黄片审查员萨德侯爵"。

他在网上化名为"萨德侯爵"，上一个萨德侯爵的转世投胎——一八一四年十二月二日死于巴黎附近，七十四岁在那个年代可算长寿。他的幽灵飘荡在欧洲大陆，随着被禁止的文字一度遭人遗忘，又随着二十世纪的两次大战而借尸还魂，更被移花接木到萨罗共和国，或遗臭万年，或流芳百世。而今，萨德侯爵的时代一去不复返，唯独"黄片审查员萨德侯爵"才是艺术家们最后的避难所。

他的微信号里第一篇文章是《从萨德侯爵到墨索里尼的 120 年与到帕索里尼的 120 天》。

文中阐述了萨德侯爵在小说原著中的精华思想，以及整个欧洲社会的文化变迁，自十九世纪的古典主义启蒙运动到两次工业革命，然后是恐怖的第一次世界大战，彻底摧毁三个皇冠与延续千年的贵族文明，再到法西斯与共产主义的歌利亚巨人间的搏斗，直到残酷无情的第二次世界大战。从萨德侯爵死后的一百二十年间，到墨索里尼执政以及萨罗共和国最后的疯狂，人类历史的变化远远超越了过去的一千二百年。最后，帕索里尼以萨德侯爵之名，拍摄了一部惊世骇俗的电影，进行了有史以来最深入骨髓的反省。

他有一个礼拜没去看微信，等到重新打开一看，居然有几百次转发。评论各种各样，大多是赞赏和崇拜，说"萨德侯爵"从黄片里看出了艺术家的审美。

于是，他发现了自己存活在这个世界上除了"打飞机"还有更重要的意义。

"萨德侯爵"开始违反公司规定，每当发现一部具有艺术价值的色情电影，就会一秒不漏地看完，吸取其中全部精华，再依依不舍地删除。比如三个多钟头的《罗马帝国荒淫史》，为了防范随时会闯入检查工作的总监，他只能开一个小窗口，同时旁边有几十个窗口作为掩护。罗马帝国的狂欢与灭亡之后，晨曦已照耀在窗外，"萨德侯爵"登录自己的微信号，又发出一篇撼人心魄的影评《罗马不是一天建立的，却是在一夜之间倒掉的》。他从母狼给两兄弟哺乳建立罗马城谈起，到斗兽场与角斗士斯巴达克斯，再到恺撒大帝和埃及艳后克里奥帕特拉，最后是匈奴人帕提拉的铁蹄。果然，这篇文章的影响力更为巨大，几天后转到了某位好莱坞著名华裔大导演的微信号里，又被译成英文转载到了 Facebook。

"萨德侯爵"再接再厉，发现几个经常被封号的马甲，虽然上传的都是黄片，但有不同的偏好和风格。比如有人是法语电影的忠实粉丝，在一堆烂片里夹杂了 *Baise-moi*（这个法语片名太直接了，不好意思翻译出来）。作为法国人的转世投胎，"萨德侯爵"冷峻地看完后删除，发了一篇揭露和批判资本主义社会的左翼雄文。

有人专发日本鬼子的 CULT 片，"萨德侯爵"一边吃泡面一边啃鸭脖看完了《下水道的美人鱼》。这个算是比较极端的，也有阳春白雪的高雅艺术，像大岛渚执导的《感官世界》。然后"萨德侯爵"用了八千字的长篇大论，分析当年的"阿部定事件"，再演化到渡边淳一的《失乐园》。

还有后来居上的韩国电影，"萨德侯爵"重点推荐了金基德执导的《漂流欲室》和《坏小子》。至于泰国片、越南片、菲律宾片，还有拉美片、东欧片，各种小众情色经典，都没有被"萨德侯爵"错过。尤其是《一部塞尔维亚的电影》，确如该片介绍所云"一部让世界十大禁片全是浮云的 CULT 极品"。暴力、肢解、杀戮、乱伦、手足相残、同室操戈、自杀，连中国驻南联盟大使馆都让美国人炸了……不正是近二十年来塞尔维亚给世界的印象吗？最后的台词"这就是一个真实的塞尔维亚家庭"，在历尽内外战争、民族分裂、道德沦丧后，《一部塞尔维亚的电影》恰如其分地成为这个国家的代名词，这是一部严肃的政治电影——"萨德侯爵"如此评论道。

于是，我也成了"萨德侯爵"的粉丝，每个周五的深夜，等待"萨德侯爵"的推送消息。无数资深影评人倾情转发推荐，引来更多的黄片爱好者和文艺青年们聚众围观。

大家自发地为他建了一个微信群，兴致勃勃地讨论"萨德侯爵"究竟是怎样一个神秘的人物。有人说他是一个中年男子，在电影资料馆上班，因此能看到无数珍贵的色情片资料，放到二十年前就是揭露资本主义腐朽阴暗面的"内部资料片"。也有人说他是个风流种子，必然是御女无数，一生征服过成千上万的女子，却能做到万花丛中过，片叶不沾身。更有人说他其实是个女的，十多年前非常有名的"用身体写作"的美女作家，作品被查禁之后销声匿迹多年，而今在微信上以点评黄片的名义梅开二度。最离谱的一种说法：他是个变态杀人狂，就像十九世纪伦敦的开膛手杰克，因为他曾用莎士比亚般诗意的文字歌颂过《香水》的主人公格雷诺耶。

当然，没有一个人相信"萨德侯爵"真的是黄片审查员。

盛夏来临，工作了几个月后，其他几位黄片审查员都出现烦躁、呕吐、脱发等反应，每张脸都像是纵欲过度，人不像人，鬼不像鬼。有两人主动辞职，还有一个被关进了精神病院。唯独我们的"萨德侯爵"，虽然每晚熬通宵看黄片，早上还要发微信写影评，气色却越来越好，整个人愈发有文艺范儿。有人说他像当年一张照片上的徐志摩，真是个人间四月天！

他还是每晚乘坐末班地铁上班，在空无一人的大理石站台下车，望向地铁制服美人。她困倦地靠在《小时代4》的广告牌上，让人不免猜想起白天的工作场景——奔波在站台上维持秩序，遇到人潮汹涌的时刻，还要强推最后几个乘客的屁股，硬塞进车门不至于晚点。

忽然，整个地铁站台都剧烈摇晃起来，最后一班地铁开出后剧烈爆炸，隧道里飘满呛人的黑色烟雾。天花板全部坠落，玻璃灯罩在地面上摔得粉碎，广告灯箱里的顾里和林萧各自哀号，自动贩卖机里的罐头饮料撒了一地。

她也摔倒在地，额头划出一道细细的血痕，抹过嘴角上最艳的唇膏。"萨德侯爵"奋不顾身扑过去，将她从一块摇摇欲坠的墙面旁拖开。整个地面竖了起来，像即将沉没的泰坦尼克号。又有一辆地铁列车飞来，被地心引力拉拽着冲向站台。他俩只能双手扶着台阶，一格格往上爬去。然而，整个地铁站全部塌陷了，地面恐怕已是世界末日。"萨德侯爵"与暗恋的女神，被围困在这狭窄的地狱深处。

"谢谢你救了我，你叫什么？"

"萨德侯爵。"

"到这时候你还开玩笑？"

女孩嗔怪着他，但已不能离开他了，否则就会一个人孤零零地死去。

"我喜欢你。"

"可我们就要死了吗？"

"也许是的。"

她将头埋进"萨德侯爵"怀里，他好想做些什么，但又制止了邪恶的念头。要是乘人之危，就算侥幸得手，又跟畜生有何区别？两人在黑暗中拥抱了一个钟头，此外什么都没做过，直到一块钢筋混凝土落下来，"萨德侯爵"用身体保护着她，人被砸成了肉酱……

忽然，他从电脑前爬起来，原来是个可怕的噩梦啊！

凌晨四点，刚才梦中的场景，不过是他无数次幻想过的世界末日，也只有这样才有机会跟女神说上话吧？不过，这个代价也稍微大了些，不仅是对自己，还对她，以及对另外六十亿人类，至少对这座城市的两千万人来说太残忍了。

突然，工作间的房门被推开，总监气势汹汹地站在他背后。"萨德侯爵"的显示屏上正在播放杜拉斯的《情人》，一九三〇年潮湿闷热的印度支那，西贡街边，中国富二代正在与法国少女共赴巫山，梁家辉健美的屁股，恰好对准了总监错愕震惊进而迷醉的脸——影片已近尾声，这是他们的最后一次。

虽然，总监暴露了他是个深柜同志的秘密，遭到同事告密的"萨德侯爵"还是因为违反公司规定而被开除。

天明时分，他丢掉了黄片审查员的工作，独自收拾东西离开。

他在家里睡了三天三夜，没有去找工作，也没有发微信继续他的黄片影评。当他睡醒了起来，已是深夜十点。似乎忘了已经失业，他仍像往常一样，收拾干净了去上班。

他走下末班地铁，空旷的站台上，看到了制服女神。世界末日并未如约而来，"萨德侯爵"打开微信，甩开手拼命地摇，连地面上的大妈以及红包都摇出来了，但对面的她无动于衷。终于，这辈子最大胆的一次，他走到女神跟前，展示手机里的"黄片审查员萨德侯爵"的二维码说："你好，以前我每天都能见到你，但从明天起就见不到了，我们能加个微信吗？"

制服美女后退了两步，往还没开走的地铁列车叫了一声。驾驶室里下来个健壮的年轻男人，冲到"萨德侯爵"面前冷冷地说："你想干吗？"

"萨德侯爵"并没有害怕，他越过对方高大的个头，看着美女的脸庞说："我喜欢你。"

于是，他的眼镜连带整张脸都被打飞了。

末班地铁的站台上再也没有出现过制服女神，因为开地铁的男朋友让她不用再每天来等他下班了，免得被社会上的变态狂骚扰。

这天晚上，"黄片审查员萨德侯爵"的微信订阅号，因被朝阳群众举报传播色情内容，遭到了永久性封号的处罚。微信上成千上万的"萨德侯爵"粉丝，四处寻找他的下落，但再未见到过类似的马甲号重出江湖。即便有人假冒他的名义写文章，但老读者们一眼就能分辨出真伪。漫长的夏天过去后，"萨德侯爵"的真实姓名和身份才被网友扒出来，原来他真的做过黄片审查员。

但他已经死了。

二〇一五年七月十四日，攻占巴士底狱二百二十六周年，"萨德侯爵"从刚开除他的视频网站公司楼顶一跃而下。

警方没有公布详情，关于他自杀的原因众说纷纭。除了失业的缘故以外，有人说他死于中国股市，在牛市中炒股使用杠杆，亏光了本金又被强制平仓，只能走上了绝路。

还有一种说法——"萨德侯爵"自杀那晚，楼下几位外国游客路过，摸了摸光光的头顶，落下几滴温热的白色汁液，有个老外正好饿了，以为是新鲜牛奶便用手指蘸了放到嘴里吮吸一番……

与此同时，"萨德侯爵"站在高高的楼顶天台，赤身裸体，犹如六翼天使，俯瞰大半个城市。深深的黑夜里，无论天上地下，一片星光灿烂。他想象在此时此刻，无数或明或暗的窗户背后，有几百万人相拥而眠或不眠。人们彼此相爱或者彼此不爱，彼此憎恨或者彼此欺骗，或者等价或者不等价地交换。人们小心翼翼地或尽情放纵地磨砺着享受着消耗着彼此的肉体、精神以及尊严，又有绝大多数的生命被谋杀在避孕工具和对未来的内心恐惧里。也有几百万人，全然孤独地面对长夜，将自己奉献给天空与地板——就像此刻的"萨德侯爵"，在天国门口，发射出马克沁重机枪般疯狂的子弹，宛如狂风暴雨扫过最漫长的那一夜，将世界摧枯拉朽地打成筛子，同时也耗尽自己最后一滴精魄。

我的表哥叶萧警官私下告诉我，根据法医的验尸报告，"萨德侯爵"在坠地之前就已死亡。

断七那天，有人为"萨德侯爵"建了一个网上灵堂，点了二百二十六根蜡烛，并且引用了萨德侯爵在一八一四年死去后的墓志铭——

墓前经过的人，

请您双膝跪地，

为这位世上最不幸的人祈祷。

他生于上世纪，

在我们生活的时代命赴阴曹。

可恶的专制统治，

时时对他进行迫害。

恶魔国王多么可耻，

欺压了他一生一世。

恐怖笼罩时期，

它把萨德推到悬崖边缘。

议会恢复时期，

萨德还得含冤。

第 26 夜　**蜡像馆的一夜**

蜡像是很恐怖的东西，将无生命的物质塑为人形，将灵魂禁锢在死亡的眼中，将无尽赞美与终身荣耀幻化为木乃伊般的存在。

所以，我不太敢去蜡像馆之类的地方。

其中给我留下巨大心理阴影的蜡像馆，在南方某个旅游城市。在郊外的公路边，尘土飞扬，据说要造高尔夫球场。孤零零两层小楼，深红色油漆外墙，几乎没一扇窗，楼顶广告牌满是明星照片，衬托出一行大字，模仿某位国家领导人字体——杜莎姑娘蜡像馆。

门票标价一百，有物价局和旅游局公章。检票处立着一具蜡像，是个中国老头，又高又瘦，像晾衣架。短袖白衬衫，极不合身的宽大，像罩在骷髅外边，随时会从衬衫纽扣里，迸出一两根白骨森森的肋排。头发全掉光了，眉毛稀稀拉拉，胡子倒是干净，肤色不深不浅，光溜溜的，蜡黄蜡黄，让人想起大太监李莲英。

突然，蜡像动手打了自己一耳光。

竟有只苍蝇叮上鼻子，把它当作僵尸产卵生蛆。原来他不是蜡像，只是这肤色，这形态，还有一动不动的僵硬……唯独眼睛很亮，像深井里的清水，不像其他老人的无精打采与浑浊。盯着你剪门票时，让人不由自主想避开，好像多看一眼就会被吸尽精气。

进入蜡像馆门厅，竖着杜莎夫人的介绍。这个法国女人生于十八世纪，第一尊蜡像作品就是伏尔泰，以后还有卢梭和富兰克林。法国大革命，断头台下尸山血海，她从中寻找人头，制作头部模具和蜡像。路易十六和玛丽皇后被斩首后，杜莎夫人做过他们的死亡面具。战争期间，杜莎夫人移居伦敦。一八三五年，她在贝克街建立蜡像馆，原来福尔摩斯是隔壁邻居。

至于杜莎姑娘——杜莎夫人排行老八的闺女，女承母业，颇有成就。杜莎姑娘蜡像馆，作为杜莎夫人蜡像馆的子品牌，专注于再现青少年喜爱的大众明星，拥有上千万忠实观众，本馆就是杜莎姑娘蜡像馆在全球的第十九家分馆。

首先，看到古天乐版的杨过与李若彤版的小龙女，但这分明是《乡村爱情》的刘能，以及困于绝情谷底十几年的裘千尺，还有一只酷似老母鸡的神雕。虽然如此，旅行团的小伙伴们，还是纷纷愉快地拿起自拍杆。

同一展厅，张国荣版的程蝶衣与张丰毅版的段小楼，周星驰版的至尊宝与朱茵版的紫霞仙子，《流星花园》的F4，《泰囧》的徐峥、王宝强与黄渤，《甄嬛传》的孙俪，《倩女幽魂》的王祖贤。最有范儿的，自然是未剪胸版的武媚娘。无论男女都争相与她合影，或者说与胸合影。最年轻的蜡像，是刚搬进来的小鲜肉，赤裸上阵，只剩一块遮羞布，他叫宁泽涛。

天杀的蜡像馆还有二楼，迎面开来一艘泰坦尼克号，莱昂纳多·迪卡普里奥扮演的Jack与凯特·温斯莱特扮演的Rose，相拥在《加勒比海盗》的背景前，好像这部电影的男一号是约翰尼·德普。这层全是老外，玛丽莲·梦露，裙摆被一根大头钉固定在了大腿上，为了避免游客骚扰裙下。

一大拨欧美明星后，是一衣带水的日韩邻邦。高仓健扮演的杜丘与中野良子扮演的真由美，金秀贤扮演的都敏俊与全智贤扮演的千颂伊，居然还有泰国的马里奥。最后是盛大阵容的AKB48，日本妹子摆成各种姿势。总而言之，这些蜡像都丑哭了。除了有几分神似的，大多属于整容前，卸妆后，连续四十八小时熬夜的水准，个别已被泼了硫酸。简直毁童年。

一楼出口的拐角，一尊孤零零的蜡像——她穿着云南彝族服饰，青葱如玉的兰花指，放在右耳的翡翠耳环旁，好像刚给自己戴上，可惜没看到阿黑哥。

阿诗玛。

她是整个蜡像馆里最漂亮的一具蜡像，与电影里的形象分毫不差，真实到让人以为是工作人员假扮的。有人憋不住摸了一下，指尖触及美人脸庞，绝对死人般冰冷。

"别碰她！"

一个低沉的吼声，晾衣架似的管理员老头，仿佛从大门口瞬间飘移而来。"可以拍照片，但不能碰。"——老头的气管里好像有什么东西，听起来古怪。

这个旅行团都是三十岁以下的，没有五六十岁的大妈，也没人认识阿诗玛，更无人上来合影。

蜡像馆还有个题词壁，整整一面墙，供游客涂鸦题字，为了避免在蜡像脸上和胸上刻字，比如"某某到此一游""情比金坚"等等。题词壁五花八门，有人抄了首宋江在浔阳楼上的诗："心在山东身在吴，飘蓬江海谩嗟吁。他时若遂凌云志，敢笑黄巢不丈夫！"

能宽容这样的反诗，老头管理员也不容易了，假如他明白这意思的话。

最后，游客们向导游投诉——什么垃圾蜡像馆，简直是殡仪馆！

质问导游拿了多少回扣，要求退还一百元门票钱。导游当然不肯，一路扯皮回了酒店。人们回头看"杜莎姑娘蜡像馆"——荒无人烟的公路边，只剩管理员老头挥手告别，莫名一股恐怖片气氛。

当晚，所有游客躺在酒店床上，梦到了蜡像馆，还梦到了紫霞仙子。有人从她手里抽出一把宝剑，看起来惨遭毁容的她，淡然回答："我猜中了前头，可是我猜不着这结局……"

此时此刻，杜莎姑娘蜡像馆里，一楼的第二展厅，两盏昏暗的灯。紫霞仙子手握紫青宝剑，凝视穿着书生服饰、仿佛唱戏归来的至尊宝。

一只手，布满皱纹，骨节粗大，树干般的右手，将宝剑抽出剑鞘。另一只手用干抹布擦净宝剑。这是一把开过刃的剑，十步杀一人的利器。宝剑塞回剑鞘，手又拿起一把鸡毛掸子，拂去紫霞仙子身上灰尘。她那干枯的头发，也被某种药水喷了一遍，重现光泽——这蓬假发本来就是活人头发做的。

深夜，这双手，属于蜡像馆的管理员老头。

六点钟闭馆，通常满地狼藉，到处是垃圾、痰迹、小孩的大小便。每天要接待两到三个旅行团，有一百多号人的老年团，也有七八个人的老外团。周末有散客，多是城里的中学生。男生把蜡像馆当作泡妞圣地，借用丑逼蜡像吓唬女孩，颇易得手，搂搂抱抱亲嘴，带去城郊开钟点房。

蜡像很容易结蜘蛛网，至于被游客破坏的，他会简单地修修补补。范冰冰扮演的武媚娘，那个著名的胸啊，早被人摸黑了。每隔一个礼拜，就要给武媚娘宽衣解带，把抹胸干干净净地洗一遍。可怜的是，武媚娘的胸每天都会变小，但只要涂上一层装修用的胶，立马恢复成骄傲的 D 罩杯。

接近子夜，老头才忙完。

他不回家，每月工资一千五百块，包吃包住，就睡在蜡像馆底楼的值班室。房间不到八平方米，堆满了蜡像修补材料，有张臭烘烘的小床铺，这里冬天必须要生炉子，夏天则是蚊子的天堂。老头的枕头里散发出一股蜡像味，与人的气味有些像。他的气管不太好，有哮喘的老毛病，随身带着哮喘喷剂。后半夜，他常发出震耳欲聋的鼾声。

隔着两堵墙，蜡像馆亮着微弱的灯，用来防贼和吓唬小鬼。几十个蜡像怔怔地站着，好像集体表演哑剧，又像被武林高手点了穴。

骤然之间，周星驰版的至尊宝，从朱茵版的紫霞仙子手里，再一次抽出紫青宝剑。虽是蜡像，嘴唇却动了，发出人类的声音——"我靠，这老头把你的剑擦得真干净！"

其实，这也不是周星驰的声音，而是他的御用国语配音石班瑜。

至尊宝往前迈了两步，手中的紫青宝剑重重掷向黑暗的角落，发出"吱"的一声惨叫。他兴高采烈地跑过去，剑锋上穿着一只灰老鼠，挣扎几秒便气绝身亡。

这时他背后的紫霞幽幽说道："哎呀，杀千刀的至尊宝。你又残害小动物了，把我的宝剑弄得血污遍体，让我怎么佩带在身上啊。"

至尊宝将死老鼠摔在地上，用衣角擦了擦宝剑，送回紫霞的剑鞘，松松垮垮地答道："没事啊，老头还会给你擦一遍的。你忘了上个月的后半夜，老鼠蹿到你的裙子里，你吓得乱叫，把整个蜡像馆的房客们都惊醒了。"

"不错啊，我最喜欢灭鼠害的至尊宝了！"

他俩的旁边，是穿着旗袍的张曼玉，在王家卫《花样年华》中的扮相。一箭之遥，梁朝伟正对着吴哥窟的树洞哭诉，忽而转头，无语凝噎。他再看隔壁桌，却响起了热闹的麻将牌声。

《英雄本色》里周润发扮演的小马哥与狄龙扮演的老大，正在一张桌子上摆开阵势。梁朝伟转忧为喜，拉着穿旗袍的张曼玉，坐到麻将跟前凑成了一桌。李连杰扮演的黄飞鸿，刘青云扮演的方展博，津津有味地跟在后面飞苍蝇。打了两圈之后，狄龙叹息道："阿Sir，我没做大哥很久了！"

狄龙和了。跟后面的黄飞鸿赚了一大票，方展博则摇头，"我还是回去做股票吧，顺便筹备蜡像馆证券交易所。"

小马哥淡定地咬着牙签说："这里到底不是自己的地方。有人千方百计想要离开自己的家，有的人想回去，有的人连落脚的地方都没有。还是自己的地方好。"

"此言差矣！这个蜡像馆啊，就是我等落草为寇的水泊梁山啊。"央视版《水浒传》里的李雪健，穿着宋朝服装，跑到题词壁前，从宽大的袖管里掏出笔墨砚台。那首浔阳楼头"敢笑黄巢不丈夫"的反诗，自然是宋公明的手笔。他在墙上挥毫泼墨，竟是宋徽宗的瘦金体——"我家住在蜡像馆，人人都要爱护它！"

在朋友圈一片点赞声中，又一只老鼠从女儿国国王裙摆下穿过。蜡像馆亦非世外桃源，即便安静的漫长一夜，也常有鼠辈猖獗。蜡像皮肤娇嫩，有的蜡质还是老鼠喜欢的美餐。有一回，成龙的大鼻子，就被一只硕大的母老鼠咬掉了。所以啊，大家都很惧怕老鼠，灭除鼠害就是蜡像们的第一要务。

唯独一楼最后的拐角，杨丽坤版阿诗玛蜡像的周围，闭馆后就会布满老鼠药和捕鼠夹，每晚都有一两只可怜的小东西，在她面前命丧黄泉。老头最爱阿诗玛。他在她的面前最久，围绕这尊蜡像兜兜转转。

有一夜，哮喘的老毛病发作，老头难受得挖心挖肺，倒在地上摸出哮喘喷剂，这才发现已经用完了。老头快昏迷的时候，阿诗玛大叫起来，招呼蜡像们来帮忙。

整个蜡像馆动员起来,楼上楼下聚集了一百来个。二楼《白色巨塔》的唐泽寿明,正好穿着医生行头,给老头做了一番检查,结论是必须用喷剂才能救他的命。

至尊宝冲到蜡像馆的值班室,拨打120急救电话。他发出石班瑜的声音,还带着电影里的腔调,接电话的小姐回答:"你耍我啊,神经病!"以为有人模仿周星驰说话搞恶作剧。

大伙儿想要背老头去医院,但蜡像的密度和重量都低于人类,实在没办法把他搬出去。何况,凡是进入蜡像馆的它们,都对人间有莫名恐惧。白天面对游客,已让它备受折磨,谁想要跑到外面的世界?那就好像宇航员脱掉太空服,被直接扔在银河系。

忽然,《精武门》中的李小龙版陈真自告奋勇,"我们不能眼睁睁看着爷爷死啊!"

李小龙赤裸着上身,在全体蜡像的祝福声中,冲出黑夜中的蜡像馆。自打从蜡像工厂诞生,他头一回独自走上公路。路灯稀稀拉拉,不时有卡车呼啸而过,路边野狗对他狂吠,夜行动物一眼能看出他不是人类,而是个行走着的人形怪物。蜡像比不得活人的血肉之躯,不能磕着碰着,稍不留神就会缺胳膊断腿,甚至撞得粉身碎骨,截拳道踢两下就自己散架。他心急如焚地走了半个钟头,赶到城里的二十四小时药店。值夜班的药店大妈,没认出他是李小龙,更没发觉他的肤色与表情异于常人,整张脸和脖子以及关节都是僵硬的。唯独他打着赤膊,让大妈以为撞上了流氓。

还好,大妈见过的裸男多了,从容地取出哮喘喷剂,李小龙才悲催地发现——没带钱!

豁出去了,他抓着哮喘喷剂狂奔而逃。药店大妈大喊抓贼,提了一把扫帚追赶。这年头,半夜里喊抓贼的,没人敢出来帮忙。但蜡像跑不快,每一步都像慢镜头,大妈在后面挥了一扫帚,正好打中李小龙的腰眼。

扫帚如杨志杀牛二的宝刀,竟将蜡像整个拦腰截断,上半身飞进绿化带,下半身还在人行道。

药店大妈傻了,以为杀了人,又觉得不对劲,会不会撞到邪鬼?还是湘西赶尸?《鬼吹灯》的胡八一?《盗墓笔记》的小哥张起灵?

大妈哭喊着逃回药店,晚年注定将在极度恐惧与各种烧香拜佛中度过。

蜡像是宁为玉碎,不为瓦全。李小龙的下半身完蛋了,上半身还能动弹,他把哮喘喷剂衔在嘴里,依靠两只手往前爬行。

只要天没亮,他还有机会回到蜡像馆。一路爬出城区,回到荒凉的公路上。有个残疾的乞丐,也是只剩了上半身的,躲在桥洞底下睡觉,蓦地被爬行的蜡像惊醒,同情地给了李小龙一杯水,浇灌在他的嘴里。

妈的,还是开水!

蜡像的嘴巴要被融化了,李小龙干脆把哮喘喷剂吞进肚子。继续在公路上艰难爬行,两只野猫过来,在背后狂抓一番,叼走了他的两只耳朵。坚硬的柏油路面上,蜡像的十根手指全部断光,最后只剩下光秃秃的手腕,在凌晨五点回到了蜡像馆。

老头还活着,命悬一线。

《精武门》的李小龙版陈真却已面目全非,无法辨认,他只剩下不到二十斤重。大伙儿从他的身体里,取出了救命的哮喘喷剂,往老头的口腔里喷。

天亮了。

老头苏醒,所有蜡像恢复原位,唯独不见李小龙,两侧的狄龙与梁小龙,面露悲伤之色。

他发现有堆破碎的蜡像材料，早已不成人形，像是被汉尼拔分尸的残骸。哎呀，看到全新的哮喘喷剂，老头终于明白了，不禁大哭一场，在后院埋葬了破碎的蜡像。

蜡像馆的悲伤事件却由此接踵而来。

有辆小货车开到蜡像馆门口，放下来几个壮汉，将紫霞仙子蜡像扛在肩上带回了城区。蜡像馆老板也在现场，穿着一身伪唐装，看起来很像《百家讲坛》的某名流。城里有个开煤矿的土豪，是老板的好朋友，心血来潮参观蜡像馆，正好撞见紫霞仙子。他是《大话西游》的超级粉丝、朱茵的忠实崇拜者。在紫霞身边驻足流连，哈喇子都掉下来了，便花了十万元买下蜡像。

蜡像馆老板心中窃喜，这鬼地方开业七年，若非地方政府给他送地皮，早就要关门大吉了。而他的这些个蜡像啊，全是最低价收来的次品，个个丑逼，居然有人不嫌弃，岂不快哉？

管理员老头哆嗦着嘴唇，看着紫霞仙子被抬上车，好像自家闺女出嫁到窑子窝。老板塞给他一个红包，里面装着两百块啊两百块，作为卖掉蜡像赚钱的奖励。

深夜，紫霞住进新家，市里最贵的别墅小院。土豪为她在三楼设了个洞房，按照古代的样子布置齐全，亲手将她扛到床上，戴上红盖头，紫青宝剑挂在床头。

土豪开始还有绅士风度，没有对紫霞动手动脚，而是心满意足地回到二楼睡觉。

原来，他是想要等到黄道吉日，再行亵玩之美事。

七天后，"吃唐僧肉"的好日子到了。土豪灌了三瓶五十多度的白酒，来到洞房，扯了卡拉OK的线和麦，怒唱一首《最炫民族风》。他剥去紫霞的衣裙，从上到下抚摸，很有东京电车痴汉的味道。但蜡像比不得充气娃娃。他给紫霞换上一身女仆装，戴了护士帽，穿上空姐的丝袜，齐活儿了。

土豪玩得起劲，紫霞眼里流下泪水，喃喃自语："我的意中人是一个大英雄，有一天他会驾着七彩祥云来娶我。"

说罢，房里出现了第二尊蜡像——不知是谁为至尊宝改换了装扮，这回他变成了《大话西游》里的孙悟空，手里还抄着一根拖把改造的木棍。

两个钟头前，蜡像馆的小伙伴们，给至尊宝开了饯行宴，为他换上木箱子里的旧戏服。他说每晚梦到紫霞在哭，确信她遭受虐待，必须把她从火坑中救出来。至尊宝变身为孙悟空走出蜡像馆，陈凯歌《荆轲刺秦王》中的张丰毅版荆轲，唱起了"风萧萧兮易水寒，壮士一去兮不复还"。

子夜，他长途跋涉到城里。至尊宝怎能忘记紫霞的气味？他凭借嗅觉找到这间别墅，闯入三楼的洞房。

又来了个蜡像，按计划土豪本该当场吓晕。不想这家伙早已喝高，把自己当作了牛魔王，随手抓起陶瓷台灯，重重砸在至尊宝头顶。

蜡像啊蜡像，如何经得起这一台灯猛砸？

至尊宝也好，孙悟空也罢，化为几百个蜡块，撒落在紫霞洞房花烛夜。

土豪看着满满一地板的周星驰，对着床上的紫霞说："他好像一条狗耶！"

一秒钟后，紫青宝剑刺入土豪心脏。

土豪至死都没想明白——这把剑居然是真的？

第二天，人们发现土豪的尸体，胸口插着紫青宝剑。房间里碎了一地蜡像，还有套丑陋的戏服。紫霞仙子完好无损，穿戴着原本的衣裙，地上散落着女仆装、护士帽和丝袜。

土豪之死，在公安局仍是个谜。土豪开煤矿出过多次矿难，手里死过上百人，难免有人上门寻仇结案。

紫霞仙子的蜡像嘛，被认定不吉利，最终给土豪陪葬，跟着纸人纸马纸豪车纸别墅纸大奶纸小三同时烧了……

只有蜡像馆的老头，悄悄去给至尊宝收尸，从土豪家的垃圾箱里，扫出几十斤的蜡块，拖着平板车回去埋葬了。

老头哭了，像死了个闺女，又死了个儿子。

蜡像们心有戚戚焉。那么多年，老头呵护着每一个蜡像，不管有多丑，全当作自家孩子——唯独阿诗玛例外。

老头第一次遇见她，还是一九六九年，过完冬至的深夜。二十岁，像现在一样嘴上没胡子，头发却茂盛得像七月杂草。他是"老三届"，知识青年，上山下乡，插队落户。那一晚，他裹着军大衣，挤在贫下中农里头，天上飘着细碎的雪花，看了场露天电影《五朵金花》。罕见的彩色片，副社长金花，字幕里看到杨丽坤的名字。他主动申请编入电影放映队，常年流动在穷乡僻壤，十来部电影翻来覆去放映，总算找到机会，弄到"大毒草"《阿诗玛》的拷贝——女一号还是杨丽坤。

一九七〇年，他开始给杨丽坤写信，寄往云南省歌舞团，次次石沉大海。三年后，他偶然得知，杨丽坤早被下放到地方劳动改造，最终关进了精神病院，远在湖南郴州。过年他没回家，坐了三天三夜的绿皮火车，赶到郴州精神病院。这家医院闻名全国，《人民日报》上有篇《靠毛泽东思想治好精神病》说的就是此处。精神病院里的杨丽坤，目光呆滞，满头乱发，仿佛三四十岁的老女人。有人告诉他，杨丽坤今年刚结婚，死心吧。他献上路边采来的山茶花，悄然告别。

"文革"结束，他被分配到电影院，担任电影放映员的工作。而他的女神杨丽坤啊，也从精神病院出来，与老公孩子一起去上海电影制片厂度过余生，此生却再没碰过电影。

而他一辈子没结婚，打光棍到老，至今还是个老老实实的处男呢。

电影院的老伙计们开玩笑说，你算是讨了电影里的女明星做老婆了。但是呢，无论山口百惠还是波姬·小丝，抑或林青霞，有哪一个比得上阿诗玛杨丽坤呢？

当然，他也不会忘记那些片名，什么《人性的证明》《砂之器》《瓦尔特保卫萨拉热窝》《黑郁金香》《这里的黎明静悄悄》《莫斯科不相信眼泪》……就连童自荣配音的佐罗的台词，他都能背得滚瓜烂熟，因为他真的亲手放映过一百遍啊一百遍。

告别小清新的八十年代，毫无防备地被扔进九十年代。先是流行录像带，后来是VCD和DVD。电影院经营惨淡，经常只有一个观众，还是来借空调睡午觉的。最后，电影院关门大吉，整个拆掉盖起洗浴中心，老员工们都下岗了。

洗浴中心的大老板，是他外甥女的婆婆的干儿子的拜把兄弟。电影放映员，就此改行给人搓澡为生。

二〇〇〇年七月二十一日，杨丽坤在上海去世。五十八岁的短短一生，流星般辉煌过后，大半淹没在沉寂的海底。老头就快要成老头了，专程赶到上海，在龙华殡仪馆，看了她最后一眼。他献了一个大花圈，包了个一千块的白包，这在那年已是很高的标准。

七年前，洗浴中心老板出国去伦敦参观了杜莎夫人蜡像馆，看得那是津津有味。回国适逢本地开发旅游，便向政府拿了块地皮开发，建起了山寨的杜莎姑娘蜡像馆。

蜡像馆刚开业那个月，生意火爆得不行，全省人民纷至沓来。到了第二个月，蜡像馆就闹鬼了。管理员都是二三十岁阳气十足的小伙子，却被吓得屁滚尿流。以后啊，蜡像馆出再高的薪水都没人敢去。

唯独洗浴中心搓澡工老头、前电影放映员，听说蜡像馆里能看到无数电影明星，就自告奋勇应聘去当管理员，只要一千五百块的工资。

偌大的蜡像馆，只有老头一个人。每逢傍晚，出纳会来收现金。老板则每周来视察一次，多半是陪同领导参观，或者带个小秘书来亲嘴。

老头搬进来没两天，就发现真的闹鬼。他也想过办法驱鬼，但毫无用处。他发觉那些蜡像半夜里就会活了，也有喜怒哀乐爱恨情仇，各自说话聊天吵架撕逼。他对于蜡像并不恐惧，无论它们有多丑。老头装作不知道，每晚打扫完毕，还能呼呼睡大觉，哪怕蜡像们开万圣节的联欢晚会，在他床边打德州扑克赌钱。

而他终于相信——任何物质一旦塑成人形，就能拥有与本体相近的灵魂。

自从成为蜡像馆的管理员，老头心里最大的愿望啊，就是能看到阿诗玛杨丽坤的蜡像。

他好多次向老板提出这建议。老板回答："阿诗玛啊？五朵金花啊？现在的年轻人谁晓得？孤零零的蜡像放在那里，没有一个人来合影，你让人家阿诗玛在阴曹地府里不害臊吗？"

"如果我自己花钱呢？"老头固执地问。

"就算是那些丑逼蜡像，最最便宜的工厂里做的，每个至少也得两万块钱，你买得起吗？"

于是，老头决定自己攒钱做个蜡像。

他悉心学习了蜡像制作，自费几千块买原材料，用三年时间，终于造出一个阿诗玛——毕竟是半路出家的三脚猫，手艺不精，蜡像丑陋到极点，简直就是容嬷嬷。不巧恰逢盛夏，三十八度的桑拿天，作坊里没有空调和风扇，劣质的蜡像很快就熔化了，先掉下来两个眼珠子，接下来是阿诗玛的胸，然后是整个脑袋，"啪"的一下在地上摊成大饼。

老头抱着被斩首的阿诗玛大哭一场。

他想到城里的老房子。反正他一直住在蜡像馆，老屋只有二十平方米，借给一对摆夜排档的农村夫妇，每月收三百块租金。他咬咬牙，老房子以两千块一平方米卖了出去，换来四万块钱。有了这笔钱，他请假去了趟广东，在全世界最大的蜡像工厂，定做了一尊极品。

三个月后，杨丽坤版的阿诗玛，被运送到蜡像馆。老头拆开包装一看，惊为天人，几乎兴奋得犯了哮喘病。

没错，在整个蜡像馆，并在有史以来的蜡像界，这是最漂亮的一个，无与伦比，没有之一。

阿诗玛身上的衣服，都是老头亲自去云南石林买来的，最正宗的彝族撒尼人装扮。耳环是真翡翠，腾冲淘来的，虽说品质不高，但也花了七千块。他并不担心翡翠耳环失窃，因为戴在蜡像的耳朵上，没人会觉得那是真货，就像没人相信紫青宝剑可以杀人。

老头每天只睡不到六个钟头，死人般沉静，无梦。黎明，冬天还是黑漆漆的，夏天已亮了鱼肚皮。无须闹钟，脑子里某个器官，定点在五点三刻唤醒。老头在被窝里蜷缩五分钟，不少一秒，亦不多一秒。值班室里有电饭煲，他给自己煮锅粥，只要天别太热，可以连吃两日。偶尔，他会去城里买几个包子，吃碗牛肉粉。他不看报纸，不听广播，没有电视机，连手机都不用，值班室有台座机就够了，平常接导游们的电话。除了出纳与老板，他无需跟任何人联络。吃完早饭，他到蜡像馆里检查一遍，看看有没有梁上君子光顾，老鼠家族又做了什么恶事。整个上午，客人不多，更不会有散客，他开始修补残损和弄脏的蜡像。午饭还是喝粥吃馒头，然后就去和阿诗玛说话。他有一副老花眼镜，平常很少戴，却是精心呵护阿诗玛的工具。老头用商场买来的化妆盒,不时为她化上淡妆,永远保持银幕上的容貌。没有客人的时候,他就给自己洗衣服。无论盛夏寒冬,他都用冷水擦身。在洗浴中心做搓澡工的那几年,让他对于泡澡这件事深恶痛绝。日落之后,游客退散,蜡像馆重新成为他的私人领地,他开始漫长的清理和检查,特别保护阿诗玛不被老鼠骚扰。老头知道其他蜡像很嫉妒,他对蜡像馆每个居民都做了警告——谁要是敢欺负她,就会被扫地出门,被野狗叼走,被农民打烂,被污水腐蚀……

可惜,他从未见过阿诗玛的蜡像动过一丝一毫,也没听过她的歌声,哪怕只是一句低声而客套的"你好""谢谢"之类。

好像她才是整个蜡像馆里唯一没有灵魂的物体。这是老头这些年来唯一的焦虑。

虽说野百合也有春天,纵然是蜡像的世外桃源,终究逃不过千万劫中的一次。

有人给旅游局写了封投诉信,说无良黑导游强制购物,把游客带去世界上最丑的蜡像馆,讹诈了每位游客一百元。信里还说,进入这样的蜡像馆,见到如此尊容的电影"明星",造成的心理阴影面积该有多大呢?

这封投诉信被转载到了网上,在微博上转发了两万次,在微信上阅读了十万次以上,旅游局和市政府顶不住压力,下达一道红头文件,为恢复本地在全国人民心目中的美好形象,限令在一个月内拆除蜡像馆。

老板拿到几十万补偿金,拆掉也不可惜。何况政府答应在城北再给他批块地开鬼屋乐园。他接到管理员老头的电话,问能不能在另一个地方重建蜡像馆,把所有蜡像完好无损地搬过去。老板拒绝了,没有地皮可用,就算有地也得多花上百万。这还不是关键,据说有位风水师，是给建造市政府大厦出了不少主意的世外高人，他说现任书记之所以长期得不到升迁，源自本地有一群妖孽。风水师夜观天象，昼算八卦，确定这些妖孽就是邪恶的蜡像。经过媒体报道，全国人民都知道这里有丑逼蜡像，很有可能引来明星们的投诉和官司，只有灭其存在，才能保一方太平，护父母官的仕途，并且永绝后患。

蜡像馆的死刑判决，挑了中元节的"好"日子，化身为一纸拆迁通知书下达下来。拆迁队只携带简易工具，准备先把房子洗劫一空，凡是能用的东西，窗户啊木梁啊，全部运走卖钱。再来一个总破坏，用最原始的方法，就像传说中项羽火烧阿房宫，古罗马人毁灭迦太基，成吉思汗夷平花剌子模。风水师特别关照，最好在废墟撒上盐，确保来年寸草不生，让蜡像中的邪灵永无葬身之地，才能让百姓安居乐业，子子孙孙永享富贵。

十二壮士，起个绝早，气宇轩昂，怀着保卫家乡的崇高使命，刚撞开蜡像馆大门，就落入深沟陷阱。老头手持一把冲锋枪，就是在《第一滴血》里史泰龙版兰博的武器，身上披挂子弹带，高声呵斥入侵者们，胆敢再踏进蜡像馆一步，就要扮演电影里的尸体了，一辈子！

老头手里的家伙只是道具，但起码能吓唬后生们。掉进坑里的拆迁队员们，庆幸自己死里逃生。

蜡像馆安全度过一个星期。大门早被堵死，围墙后面布满陷阱和壕沟，灌满粪便这种"生化武器"，以至于成为苍蝇的集中营，远近二十公里臭气熏天。拆迁公司掐断了水电，老头自行开挖水井，在值班室储存了两个月的面粉和干粮，还有手电筒、蜡烛、汽油等守城物资。

深夜，拆迁队以鬼子进村的方式，爬上梯子越过围墙，好几个掉进了粪坑。但他们早有预案，用木板搭桥越过陷阱，闯入蜡像馆一楼。他们带好手电筒，各自提着榔头与锤子，面对一个个丑陋不堪的蜡像，好像进了人肉屠宰场。虽然害怕，却必须执行命令。第一个要被砸碎的是周杰伦的蜡像。有人刚抢起家伙，周董就唱起饶舌的《本草纲目》，孙俪穿着甄嬛的清宫盛装，平举双手一跳一跳过来。女儿国国王唱起了"女儿美不美"，武媚娘挺着酥胸在拆迁队员背后吹气。楼上的吃人博士汉尼拔，舔着牙齿走下楼梯。《碟中谍》的阿汤哥版亨特特工飞檐走壁，眼看要将入侵者全歼。

妈呀，邪灵真的出现了，拆迁队的小伙子们，魂飞魄散，丢盔卸甲，越过粪坑和跳板，救出挣扎的同伴们，越墙而逃。

蜡像馆保卫战的第二次胜利。老头从角落出来，与他的蜡像伙伴们击掌庆贺。

这一晚过后，倒是验证了风水师的预言，蜡像馆煞气重重，布满凶险的恶灵，若不祛除，必定后患无穷。

现在难题来了，谁都不敢再接近此地。附近的地价都跌了许多，高尔夫球场也宣告停工。领导挠头之时，只能派遣蜡像馆老板出面，毕竟还是他的产业。

老板选择在阳光灿烂的正午，离蜡像馆五十米开外，举着大号喇叭和广场舞级别的扩音器，以震耳欲聋之势喊话。还是那套陈词滥调，先是表扬老头的忠诚，说他是史上第一敬业的管理员，也是公司最勤恳的老员工。再上"胡萝卜"，只要老头投降，交出蜡像馆，立即给他发放三千五百块年终奖——他没说这是工资个人所得税的起征点。边上的领导实在看不下去，咳嗽两声，老板心领神会地提高了奖励额度，从三千五升到五千五，最后在领导的手势下，报出一万八的不二价。等了个把钟头，原本期待的白旗并未看到，老板便从"胡萝卜"转到"大棒"，依次祭出城管、协警、公安、特种兵、法院、监狱，直到注射死刑等等法宝，但最厉害的是精神病院。

蜡像馆中的老头，听到"精神病院"这四个字，想起一九七三年在湖南郴州，初次与杨丽坤相逢的情景。他怒不可遏地推出《鸦片战争》林则徐的大炮，灌满粪便往门外来了一发，正好击中老板口沫四溅的嘴巴。

最后的"侵略"，定在中秋节，月圆之夜。

晚上八点，拆迁总指挥下达总攻令。大疆无人机，先行盘旋侦察一圈，确认没有重型武器。八盏探照灯打开，将蜡像馆照得如同白昼。九十九台挖掘机由蓝翔毕业的高才生驾驶，宛如库尔斯克原野上的坦克大战……后面跟着一支重金聘请来的专业驱魔队伍——和尚、道士、仁波切、古曼童齐出马，联合成为"蜡像馆终结者"。

轰隆巨响之后，第一道墙被推倒。紧接着是土方车，倾倒大量碎石填平粪坑和陷阱。接着是蜡像馆本身的墙体，抵抗了不到两分钟，就在无数推土机的强暴下化成渣渣。几个蜡像还试图反抗，李连杰版黄飞鸿和《警察故事》中成龙版陈家驹，他俩还来不及亮出绝招，便"出师未捷身先死了"。老头躲在蜡像馆房顶，被埋入瓦砾堆的刹那，看到阿诗玛也被绞进了挖掘机的履带下。

他凄惨地呼唤心爱的人儿名字，却意外地听到她的回答，阿诗玛的绝唱——

马铃儿响来哟玉鸟儿唱，我跟阿黑哥回家乡。远远离开热布巴拉家，从此妈妈不忧伤，不忧伤嗨啰嗨啰不忧伤。蜜蜂儿不落哟刺蓬棵，蜜蜂落在哟鲜花上，笛子吹来哟口呀口弦响，你织布来我放羊，我织布来嗨啰嗨啰你放羊……

一生中最后一次的中秋之夜，老头第一次听到身为蜡像的杨丽坤的歌声。她的嘴唇在动，口型饱满，表情像电影里一样欢快。他终于相信，她也是有灵魂的，从未离开过他，自蜡像塑成装上眼睛的那一刻起。只是她始终保持沉默，哪怕手指都不移动分毫，只为绝不泄露这秘密。

但她一定知道，他是有多么爱她啊。

八月十五，城外的月光好美，像个圆规画出来的银盘，照着每一个魂。无论人，或蜡像，老头想。

清晨，蜡像馆变成废墟，停着几十辆挖掘机与推土机，似刚被苏军攻克的柏林。

杨过与小龙女，Jack 与 Rose，唐僧与女儿国国王，贾宝玉和林黛玉，永尾完治跟赤名莉香，都敏俊与千颂伊，全都埋葬在残垣断壁下，粉身碎骨，各自变成泥土，再也无法分开……

抗拒拆迁的管理员老头，被认定在当晚失踪。无人发现他的尸体，这也是事实。

而在这个世界上，只有我知道以下的秘密——老头的血肉之躯，跟蜡像们混合在一起，距离他的 DNA 残渣最近的，是阿诗玛的翡翠耳环。

第 27 夜　**春运赶尸列车一夜**

多年以后，坐在寂静无声的极速悬浮列车上，王小石将会回想起二〇一五年春节回家的那个遥远的夜晚。那时的火车站宽阔而喧嚣，人头攒动，川流不息。不锈钢与玻璃立面的候车大厅沿着铁路线一字排开，星空被雾霾装饰成了水墨画，城市灯火耀眼得如同第二次世界大战的火光。那可是一个辉煌的大时代，地球上有五分之一的人口，一年到头奔波忙碌——在无数荒芜的土地上造起钢筋水泥的森林，在山岭中打通隧道，河上架起高桥，自古不通的地方转瞬连接在一块儿。还有几亿人不惜背井离乡，远离父母亲朋或抛下另一半。到了农历新年前夕，这些人就会踏上回家的路。如果按照人次统计，已超过这个国家总人口的三倍。这是人类史无前例的伟大迁徙，未来几万年也不可能重现。

　　二〇一五年二月十四日，王小石的情人节，是在医院的太平间和火车上度过的。

　　凌晨，他偷偷溜了进来。这里躺着几十具尸体，有的尚且柔软，有的已经硬邦邦了。墙边角落，集中停放着十二个死人——昨晚刚被推进来的，等到天亮，就要送去殡仪馆火化了。

　　哥哥。

　　王小石找到哥哥的遗体。那是个高大的男人，身板比弟弟壮了两圈，看起来相貌堂堂，仿佛随时会跳起来打篮球。但从哥哥痛苦的表情来看，死前一定受了不少罪。

小时候，爸爸妈妈常说，大石头和小石头，就跟他们的名字一样哎。

果然，王小石长到二十二岁，身高还没超过一米七。每次跟在哥哥身后，总是自惭形秽得不敢说话。兄弟俩相差五岁，上学的时候，王大石壮得像头牛，每当弟弟在学校被人欺负，他就会冲过去将对方一顿胖揍。

王小石第一次到大城市打工，是被做泥瓦匠的哥哥带出来的。那年他十七岁，包工头嫌他太过瘦小，在建筑工地干不了重活。不过，王小石写得一手好字，好歹读到了高二退学。包工头手下十来个民工，全是同村老乡，平常都听王大石的，看他的面子，正巧工地上缺个记账的，才收下了王小石。

每年春节，大伙儿统一买火车票回家。半个月前，买票的任务落到王小石头上。他在火车站排了二十四小时的队，熬得双眼通红、四肢麻木，终于抢到十三张回家的票——最便宜的慢车硬座。

二月十三日，回家前一天，王小石正在跟包工头盘账，突然发现外头浓烟滚滚。原来是临时工电焊操作失误，加上天干物燥，整栋楼腾起冲天烈焰。此时，哥哥正带着一群工人，在大楼地下室干活呢。王小石想要进去救人，幸亏被消防队员拦腰抱住，否则进去就得变成烤鸭。大火扑灭后，消防队在地下室发现十二具尸体——完好无损，连根毛发都没少，死因是吸入性窒息。因为是呛死的，死者一律表情痛苦而扭曲，面色发黑。在烧成废墟的工地边上，王小石抱着哥哥。尸体非但感觉不到冰凉，反而被大火烘烤得滚烫。

王小石大哭一场，屁股兜里还插着十三张火车票。车票上印着名字的十二个人，被送进太平间躺了一夜。

王小石住在临时安置点，一宿没有合眼。包工头已被关进了公安局，被追究重大安全事故责任。一纸单方签好的赔偿协议，塞在王小石的包里，只要拿回家去由家属签字同意，每个死者的家庭就能得到四十万赔偿。

明晚，就要踏上回家过年的火车。哥哥死了，他该怎么跟老爸老妈说呢？还有那十一个同乡的民工，这些人上有老下有小，咋就他一个人活着回家了呢？王小石摸出那十三张火车票，想起在售票窗口排了一昼夜的长队，他决定，十三个人一块儿回家。

根据老家的风俗，出门远行死在外地的，必须运回家安葬。不过，尸体要凭票上火车是不可能的。春运期间，活人都来不及运，怎么会运死人呢？

忽然，王小石想起十多年前的奇遇。在那冰天雪地的山村里，他是个病殃殃瘦巴巴的小不点儿，小学六年级了，还常被人问起读书了没有。他有梦游的毛病，经常半夜出去闲逛，有一次还差点被狼吃了。那天深夜，他鬼魂似的摸到村外的山路上。前头亮起一盏灯笼，照出几个蹦蹦跳跳的人影。霎时间，王小石被吓醒了，躲藏在乱坟岗后，只见那些家伙面色苍白，穿着不知哪个年代的寿衣，双手平举往前跳跃。队伍最后，有个晃晃悠悠的老头儿，头发掉光了，老得不知多少岁，蜷缩在破烂的羊皮袄里，寒风中冻得七荤八素。老头坐在地上不动了，只剩下喘气的力道。看起来像是死人的队伍，全都停顿下来。大半夜，那么冷的天，老头要是一直坐下去，十有八九要冻死。王小石想起在摇摇欲坠的乡村小学教室里，民办教师在黑板上画出雷锋的故事，他便摸到老头背后拍了拍。这猛一下子突袭，把老头吓得惨叫，面色跟死人一样惨白。再看是个小孩，老头掐了自己大腿一把，疼得叫唤起来，"喂，这回我没有赶童尸啊。"几番对话之后，老头才确认这孩子是活人，摸着心口说："乖乖，人吓人，吓死人啊！"老头口干舌燥，越发虚弱，眼看就要冻死了，王小石让他稍等一会儿，便急忙跑回家生火烧了一壶开水，又急匆匆拎回来，倒在碗里给老头喝下。老头缓了过来，说："小子啊，我活了九十来岁，这是最后一次赶尸，恐怕时日无多，待老夫死后，世上便再无赶尸人了。"王小石不懂什么叫赶尸，只听老头说："滴水之恩，当涌泉相报。你如果愿意学，我就把这独门技艺传授于你，记得千万不可随意示人！否则，你不但会闯下大祸，还将天下大乱！"

一个行将就木的老头，一个懵懵懂懂的少年，冰冷荒野中相遇的最漫长的那一夜，赶尸匠老头，将毕生绝技，毫无保留地秘传给了这个孩子……

王小石至今没忘记那七七四十九道各不相同的口令。

小时候，他将此视为绝密，不敢跟任何人提起，除了最亲密的哥哥。他害怕一旦告诉别人，自己就会变成石头，或那一长串行走的尸体中的一员。他更没对任何一具尸体念过口令。长大以后，他觉得那很扯，世上哪有什么赶尸秘技？全是鬼片里骗人的玩意儿，至于童年那晚的记忆，很可能是梦游时中邪了，甚至不过一场噩梦罢了。

不过，在二〇一五年二月十四日的凌晨，王小石决定必须要试一把——这是哥哥最后一次回家的机会。

太平间。医院地下二层。

十二具尸体面目狰狞——最小的十八岁，刚从农村出来；最大的四十岁，女儿都出嫁了。

回忆起十多年前那个寒冬的夜晚，老赶尸匠传到他耳中的口令，王小石默默念起……

太平间里冰冷的空气有些凝固，六十秒，快要让他窒息的六十秒。

哥哥睁开了眼睛。

王小石的眼眶红了，但他来不及哭，赶快念起第二道口令。

于是，尸体坐了起来。僵硬的躯干和四肢，就像个机器人。

第三道口令。

哥哥的双腿已经下地，整个人站在弟弟面前。

另外十一个死去的民工，也都从僵硬中"复活"，面无表情地站在太平间里。

惊喜只持续了几秒，王小石才发现不止同乡——整个太平间里的死人，全都齐刷刷起来了，大多是七八十岁的老头老太，也有死于车祸被削掉半个头的小伙子，还有因非法流产拖着个死胎的女孩……

妈呀，出大事了。

有些陌生的死人不听召唤，径直向王小石走过来，还有个刚死于心肌梗死的胖大妈向他抛来媚眼。

王小石想起，当年老赶尸匠还教过他让死人复原的口令。他赶紧发令使哥哥和老乡们闪到自己身后，对着其他死人念起那道复原口令。果然，整个太平间近几十具尸体，又都倒下沉睡了。

情人节的凌晨，他的背后全是冷汗。

打开太平间的门，医院里寂静无声，王小石用口令引导着十二个死人，悄悄地穿过长长的楼道，坐进宽大的电梯。

电梯缓缓上升。

才上了一层，电梯门打开了，有个值夜班的小护士，看到这些目光呆滞的家伙，不禁十分疑惑。

情急之下，王小石搂着哥哥亲了亲，嘴上说："嗨，情人节快乐！"接着去亲下一个死人。

小护士厌恶得直起鸡皮疙瘩，以为这是一群 Gay 的情人节聚会，狠狠地瞪了小石一眼，电梯门一开就赶快出了电梯。

王小石引着尸队绕过保安，终于逃出医院。到了大街上，自然不能招摇过市。赶尸的行军口令有两种：一种是跳跃赶尸，就像香港鬼片里演的，双手平举往前跳，可以日行百里，半夜里赶尸匠都这么玩；还有一种是步行赶尸，速度比较慢，与常人无异，适合在白天伪装。

终于，王小石和十二具尸体，回到废弃的工棚。他把每个人重新整理一番，分别换上新外套。再用在情人节的路边摊买的廉价化妆品，掩盖死人的肤色。最后，他用手工方式，将每个人临死前的痛苦表情，恢复成平常的神色。好啦，十二个死人站在面前，看起来跟活人差别不大。每个都背着厚厚的旅行包，装着给孩子的玩具、给老婆的劣质香水、给父母的保健品……

下午，赶尸部队整装出发，踏上回家的路。

王小石默念口令，指挥尸体们步行前往火车站。他们动作整齐划一，仿佛学校组织春游的学生，惹来许多人围观。但毕竟是死人，个个目光呆滞，凡是盯着他们看的人，都会感到不安，出于本能地躲远了。

熙熙攘攘的火车站到了，已是黄昏。广场卖花的小姑娘们，还试图向过路的王小石兜售玫瑰。今晚的城市，灯火辉煌，处处霓虹，王小石暗暗祈祷，老天爷不要再闹出人命了啊！

十三张火车票，分别印着各自姓名。一路上，王小石施以口令，让死人左手抓紧车票，右手抓紧身份证。他们的手指坚硬如铁，要是没有赶尸口令，除非刀砍枪击，否则绝不会让人拿走票。

王小石心里怕得要命，万一被人发现，恐怕就没法回家过年了。他一路默念口令，遇到安检，死人们就会放下包。到了检票口，口令越发娴熟，每个人松开手指，便于检票员检查车票。

终于，汹涌喧嚣的人潮之中，十二个死人和一个活人挤上了春运的火车。

王小石找到座位，十三张票连在一起，最便宜的硬座。口令指示大家对号入座，而他就坐在哥哥身边，一颗高悬的心总算落定。

热闹狭窄的车厢里，挤满了人和行李，弥漫着灰尘，混杂着汗酸、头油、脚臭，还有老干妈、臭豆腐、腊肠和泡开的老坛酸菜方便面味……

二月十四日，晚八点，这座城市的男女白领们享用大餐的同时，十二节的列车汽笛呜咽，碾轧过漫长无边的铁轨，满载疲惫不堪的男女民工们，回家了。

这是一列慢车，山高路远，穿越大半个中国，要在铁道上颠簸三天三夜。准点到达的话，应是二月十七日中午，农历腊月二十九小年夜。

王小石看着车窗外的世界，窗户冰冷得结满霜花，高楼大厦积木似的后退，渐渐远离城市的灯火。

再见！城市……

列车内的灯光打在玻璃上，再也看不清外面的夜景，只剩下无数活人与死人的脸庞。而离他最近的，就是哥哥王大石。

"王大石！"

忽然，有人叫起了哥哥的名字。王小石刚想闭眼眯一会儿，吓得跳起三尺高，转头只见一个年轻女子，穿着白色滑雪衫站在过道里。她姿色中等，肤色天然黑，冻得一脸山炮红。乌黑长发里夹杂着挑染的黄发，看起来打理得还不错。

他揉了揉眼睛，才认出这张脸，"张……张……小翠啊？"

"嘿！小石头！"张小翠拍了拍他肩膀，亲切地叫出他的小名。

王小石心里招呼了她妈一百遍，"小石头"也是你叫的吗？谁跟你这么熟啊？

她是哥哥的前任。

张小翠哪知道王大石已经死了，她兴奋地盯着前男友，却嗔怪他怎么不理不睬。

他们在三年前相识。她是个理发师，每月能挣三千多块，晚上闲着没事，就上网吧打游戏。在某大游戏里头，她是见神杀神见魔杀魔的小龙女，有晚意外遇到尹志平，正当要失贞之际，杨过骑着大雕兄从天而降，在襄阳城外拯救了她，从此小龙女与杨过双宿双飞，亦把金庸的原著碎成了渣渣。连续几个月，小龙女跟过儿联手闯关，不但复兴了古墓派，灭了金轮法王全家，还捣了黑木崖的老窝，顺便扭转了东方不败的性取向，最后为阿朱复仇手刃了卫斯理。

后来，"神雕侠侣"相约在网吧门口见面。"过儿"原来是个粗壮的汉子，"小龙女"虽然不是小笼包，但若送进"于妈"的剧组，能出演的角色只能是路人或女尸。王大石并未隐瞒职业，直截了当说是工地上搬砖的。张小翠说起自己是理发师，还颇有些优越感，并主动请王大石喝了一杯香飘飘奶茶。她很意外对方竟是老乡，同在一个县，他是全真乡，她是终南镇，只隔着一条浅浅的河。那天晚上，王大石请她吃了麻辣烫，骑着自行车送她回理发店的宿舍。临别时，张小翠问，你不上去坐坐吗？王大石居然脸红了，害羞地转身就逃跑了。

那一年，房价还在"嗖嗖"地往上涨，建筑业依然如火如荼。王大石是个泥瓦匠，带着一群同乡的小工一起干，最风光的日子里，月收入超过大多数白领。但他不乱花钱，跟张小翠在一起的娱乐，除了打游戏以外，就是上电影院。有时候，他还会把弟弟带上，三个人一块儿逛街。虽然王小石最讨厌别人叫他小石头，但哥哥总改不了口。在王大石眼里，弟弟永远都是那个躲在他身后、衣服打补丁的鼻涕包。张小翠对王小石也不错，还给他介绍过女朋友，也是理发店里头的。刚刚认识的时候，王小石完全被对方迷住了，天天打电话发短信。结果没过两个月，那女孩子在公安局扫黄中被逮住了，原来她还兼职在

QQ 上视频交友。那可把王小石给伤了。王小石就从没见过这么清纯的姑娘，见面第二天就说要跟人家去领证。王大石也被搞得很愤怒，张小翠辩解说理发店里人来人往，自然混了些不三不四的，大概是她长相安全，没怎么被招惹过。张小翠哭哭啼啼向男朋友道歉，答应春节跟他回去见父母。

王大石这才变高兴了，排队为她买了火车票。回乡那天，两人相隔城市两端，她提前拿好火车票，相约在候车室碰头。那一晚，也是此刻的这班慢车，同样朔风飒飒的冬夜，整座城市灯火通明。王大石和弟弟以及老乡们，都蹲在候车大厅里排队等她。张小翠却迟迟没有出现，打她手机也不通。火车要开了，才接到张小翠的电话。她哭着说，来火车站的公交车上，钱包和手机一起被人偷了，里面装着火车票。快停止检票了，老乡们都看着王大石。他摇摇头，在电话里安慰了女朋友几句，便跟大伙儿上了车。三天三夜后，回到老家过年。不到正月十五，他就提前回来了，却再也找不到张小翠了。

张小翠还记得，她和王大石看过的最后一场电影是《泰　》。她笑得肺都要跳出来了，王大石却自始至终面无表情，直到走出电影院以后，他才突然明白过来，在地上打滚狂笑了一番。这家伙就是这样，体型过于庞大，反射弧比较长，不像他弟弟那样敏感。

孤独的火车行驶在黑夜。张小翠的座位也在同一节车厢，她问王小石能不能换个位子，她想坐在前男友身边。王小石不同意，她就抢过他的车票，将体重不到五十五公斤的王小石拽开，强行坐在王大石旁边。

王小石本想叫来乘警，但想起自己赶着十二具尸体坐火车，万一暴露可就惨了。他只能忍耐着坐到对面，仔细观察着那个可恶的女人。

张小翠对着前男友嘘寒问暖，可死人怎会开口？王小石只能默念口令，让王大石用点头摇头作答。他说哥哥前些天嗓子发炎，医生不准他说话，要休息一个月，才能重新开口，否则就会永远变成哑巴。

张小翠只能闭嘴，却抓过王大石的手，挽住他粗壮的胳膊。幸好隔着厚厚的衣服，她还感受不到尸体的冰冷。

她看着周围那些民工，同样也是面无表情、一动不动。她拿出几包瓜子，分给大家吃，"都是老乡，快点吃吧。"

王小石傻了，死人怎么嗑瓜子呢？

他悄悄下达口令，让大家集体摇头。十二个脑袋纷纷晃起来，就像是小学生在做眼保健操。

王小石又插了一嘴，"这些家伙上车前刚吃完饭，每个人都排队好几天买票，都累得不得了。"说完，他又默念了口令，包括哥哥在内十二个老乡都闭上眼睛，就跟车厢里其他人一样，要缩在座位上将就一夜了。

张小翠也是困了，便把头靠在前男友的肩膀上，迷迷糊糊地在火车上睡了，两人也算是共度了一个情人节之夜。

春运赶尸列车上的第一晚，就这么在各种臭烘烘的气味中过去了。

天刚蒙蒙亮，王小石就醒了，他急着清点人头，生怕丢失了哪怕一具尸体。

好啊，十二个人，整整齐齐，也没有缺胳膊少腿，哥哥依然僵在座位上，张小翠正打着哈欠醒来。她看到王小石，立刻板下面孔，生怕被人看到一张隔夜脸，便去排队洗脸刷牙了。

整个上午，车厢里弥散着方便面味。张小翠坐在王大石身边，又看着旁边那些民工，不解地问："你们怎么不去上厕所呢？早饭也不吃吗？"

王小石真想打开车窗，把这个女人扔出去。

一会儿，张小翠倒了杯热水回来，想要往王大石嘴巴里灌。王小石坐不住了，默念口令，让哥哥"噌"的一下从座位上站起来。张小翠被吓了一跳，赶紧让了条道。在赶尸口令指导下，王大石的尸体吃力地迈动步伐，迈过在地上尿尿的小孩，与在车厢连接处打牌的少女擦身而过，又排了很长的队，终于躲进厕所。

王小石松了口气，再看着张小翠，她一脸怪异表情。正常小便的时间到了，他再念口令让哥哥出来。然而，厕所里毫无反应，外面又排起长队。再等十分钟，王小石的脸憋得通红，额头冒出斗大的汗珠，心里已念了几百遍的口令完全不奏效。看着张小翠狐疑的神情，他只能说："大哥这些天着凉了，总是拉肚子。"

他才想起这口令是有距离要求的，超过十五米便失效了。王小石着急地要挤过去，但车厢里全是人，厕所前排队太长，他这小身板一挤就被弹飞了。而厕所门口的人们开始鼓噪，有人用脚踹门，有人去喊乘务员。

乘务员过来用钥匙打开门，才发现里面躺着一具尸体。

这下车厢里一片大乱，折腾了几十分钟，乘警才把局面控制下来。张小翠抢先冲到尸体跟前，拼命抽他耳光要把他弄醒。王小石在后面说："我哥有心脏病，他还能抢救得过来。"

说话之间，张小翠已经趴在王大石身上，嘴对嘴人工呼吸起来——王小石只得极力忍住恶心，幸亏她还被蒙在鼓里。

同时，王小石默念起口令，王大石突然睁开眼睛，一骨碌从地上爬起来。

乘警和周围人都被吓着了，没想到他断气那么久还能复活。旁边有人被张小翠感动，觉得这是爱情的力量，掏出手机拍下来发微信了。

王大石像是没事了一样，依旧一言不发，大踏步回到座位上。乘务员也不敢多问，怕这家伙再晕过去就倒霉了。张小翠搂着他的脖子，脸贴着脸说："大石头啊，你看是我救活了你的命。"

说完，她就闭上眼睛，枕着他的肩膀，闻着他身上的气味。

浓烈的大蒜味。

是啊，王大石喜欢吃大蒜，永远都是这么一股味。她曾经为此嫌弃过他。于是，他戒掉了此生唯一的嗜好。自然，他们两个分手以后，王大石重新拾回了食蒜之癖。

分手两年来，张小翠时常会想起他，想起这个以搬砖为业的"过儿"。那时候，王大石没多少谈资，总说老家的鬼故事，吓得她一愣一愣的。去电影院，他专买冷门的恐怖片票，张小翠自然免不了钻到他怀里。就这样，他们一起给我国的惊悚片事业做了不少贡献。后来，王大石虽然不在身边，她却彻底上瘾了，晚上从理发店下班，常跑去影城看夜场恐怖片。

时光，像不断被剪落的头发，细细碎碎地掉了一地。眼看就要二十五岁了，在农村老家，这个年纪的女人大多已做了妈妈，有的都生了二胎。而这座偌大的城市，虽然总是彻夜明亮，却让她看不清楚未来。

不如，回家吧。

一个月前，妈妈打来了电话，说是为女儿找了个对象，镇政府的公务员，年龄相当，家里条件不错。她都三年没回家过年了，因为爸爸早死，妈妈改嫁，后爸总是打她，逼得她十六岁就出来打工。这些年，她的春节都是在理发店里过的，老板给她发了三倍工资。她买了许多焰火，半夜一个人去河边放，看到烟花绽开在半空，心里就会浮出那颗"大石头"。

这年夏天，后爸又跟一个中年女人跑了，只剩下妈妈一个人，孤孤单单。张小翠决定回家过羊年春节。

想着想着，又过一天。列车穿行了整个中国的北方。披星戴月，风雪连天。跨过结冰的黄河，穿越潼关的峡谷，轧着关中平原的黄土地，惊醒乾陵里的武媚娘和她的小鲜肉们。

二月十六日，子夜时分，列车突然停下。

王小石擦了擦车窗玻璃，发现铁轨两边全是厚厚的雪。列车长广播，前方大雪封山，必须等待救援人员清理完积雪才能前进。

车厢里骂声一片，都是归心似箭，又在火车上憋了一天两夜。列车滞留在野外，距离除夕夜，只剩最后两天了。

再等一宿，到了早上，依然没有开动迹象。张小翠吃了盒杯面，又问王小石："喂，你这些兄弟们，已经两天没吃饭了啊。"

糟了！总不见得再以吃饱了搪塞吧？他只能回答："在我们工地上啊，全是军事化管理，严格得一塌糊涂，没有领导——也就是我哥的命令，任何人不准说一句话，也不准吃一顿饭！"

"靠，你们也太残暴了吧？"张小翠一边说，一边撬开王大石紧紧的牙关，往里硬塞下去一包酸酸乳。王小石看着心惊肉跳，虽然这牛奶据说有防腐功能。

他站起来，面对一群死人，装模作样地说："喂，各位兄弟，我们去餐车撮一顿啊。"

王小石嘴中念念有词，十二具尸体纷纷站起来。

张小翠要跟过来，却被王小石拦住了，你已经不是我哥的女朋友了，给我哥暖身子可以，想要蹭我们的早餐可不行！

王小石撇下了张小翠，带领十二个死人前往餐车。他只不过是要躲开张小翠的视线，在列车上转一圈之后，再回来说吃完了早餐就行。

然而，最可怕的事发生了。

要给每个人不断念口令，难免百密一疏、忙中出错，路过餐车之时，王小石不慎念错了一个字，把让死人行走念成了让死人复原。

果然，一具尸体应声倒地。

正好旁边有个乘警，如临大敌，命令所有人不得靠近。他已认出王小石兄弟，昨天早上就是这群家伙，差点在厕所里弄出人命。乘警把他们赶回原来的车厢，把尸体留在餐车。然后，乘警做了简单尸检，虽然没学过法医，但他自负读过阿加莎·克里斯蒂，大胆宣布受害人死于毒杀。

乘警封闭了死者原本所在车厢，调查每一个乘客。四十多岁的乘警大叔，不断用手指摸着嘴唇上边。王小石看了半天才明白，他是在模拟《东方快车谋杀案》的波洛探长。

只剩最后一站。被大雪封闭的火车，简直是铁皮包裹的移动杀场，乘警感觉热血沸腾。车厢里都是过年回家的民工，基本是同县同乡，可能有错综复杂的关系。他认为每个人都有杀人嫌疑。

乘警依次调查过来，发现有十一个人就是不说话，各个表情僵硬，颇为古怪。轮到了王小石，干脆也装哑巴，半张嘴拖着口水。他正通过心头默念，悄然控制十一个人的行动。

不过，王小石可是乘警心中的头号嫌疑犯！

张小翠挽着王大石的手说："他是我男朋友，这个流口水的是我小叔子。"

"他怎么不说话了？"

"哎呀，这些家伙啊，都是同一个村的，自古以来近亲结婚，彼此既是兄弟又是叔侄还有爷孙的，简直乱七八糟。所以啊，这些人从小都是弱智，只能在建筑工地上干体力活。"

"姑娘，那你还找个弱智做男朋友？"

"讨厌啊，你不晓得，男人越弱智，晚上就越厉害呢。"

乘警不问了，怏怏离去，回餐车继续研究尸体。

火车在大雪中停了整整一天，为了避免别人怀疑，王小石继续装傻。

前头还在铲雪，全车人不再叫嚷，渐渐安静休息，回家的路，依旧那么漫长。

忽然，张小翠哭了。

王大石的鼻孔里，爬出几只蛆虫。几天前的大蒜味，再也盖不住尸体的腐烂味了。

其实，她早已明白，身边的这个前男友，只是一具尸体。

当王大石倒在厕所里，张小翠嘴对嘴给他做人工呼吸，脸贴着脸耳鬓厮磨之时，皮肤传来死人才有的冰凉，她的神色虽无丝毫异样，心头却已凉透了……

没错，他早就没有了呼吸、心跳、脉搏，以及任何生命体征，只是一具僵硬的尸体，随着王小石嘴皮子的蠕动，动弹着四肢与躯干罢了。算上另外十一个沉默的民工，都不过是行尸走肉而已。

最重要的是，从前，王大石跟她说过，他的弟弟很古怪，小时候遇到过赶尸匠。

原来是真的？

不能小看了这颗小石头啊，想起他们兄弟俩，张小翠的眼泪就忍不住流。

可她为什么不害怕？还要搂着一具死尸，共同颠沛流离两天三夜？这特么就是旅行的意义吗？

因为，张小翠有话要对前任说。

两年前，春节前夕，她的手机、钱包和火车票，并没有在公交车上被偷走。

她只是不愿意回家。她讨厌后爸。她讨厌那个鸟不拉屎的鬼地方，一辈子都不想再回去。在大城市里住了五六年，习惯了有 Wi-Fi 和抽水马桶的世界，习惯了每天半夜跟一群杀马特理发师去吃消夜。而且，她也没有想好，是否真的要嫁给王大石。无数闺蜜对她说，亲啊，你要想清楚，那小子只是长得壮而已，建筑工地的泥瓦匠都那样啊！而她一直以为，自己未来的丈夫，即便不是个体面的城里人，至少也该有份不错的工作，比如房产中介啊、汽车销售啊、超市管理员啊，总比天天搬砖头有面子吧。

那年春节后，她更换了手机号码和理发店，再也不让王大石找到她。

她又谈过几次恋爱，对方都是上述那几种职业的，全都失败了。有时候，她还会悄悄去看王大石，远远躲在马路对面，看着他和弟弟两个在工地上，或干活，或吃饭。她确信，他没有谈新的女朋友。在她从前的手机号码里，每隔一段时间，就会收到王大石的短信。

他依旧在等着她。

有时候，张小翠真想回他一条短信：傻瓜！忘了我吧，快点找个姑娘娶了。

当她在回家的火车上，意外地见到前男友——这个变得沉默寡言、面容呆滞的男人，却丝毫没有陌生感。不管他变成什么样子，他依旧是王大石，是张小翠喜欢过的那个他。她坐在他冰冷的身边，决定去见一次他的父母，以未过门的媳妇身份。

二月十八日，凌晨时分，趁着王小石去上厕所，她咬着王大石的耳朵，悄悄说出以上秘密。

窗外，静止在一片混沌里，仿佛另一个世界。

等到她说完，给自己抹眼泪的同时，王大石也流下了泪水。

刹那间，她感觉车窗外的黑夜，亮起一道白光，宛如太阳即将照耀整片雪原。

流泪的前男友。

她将那滴眼泪，沾到自己的嘴巴里，却是酸的。

忽然，张小翠再也无法确定，这是眼泪，还是腐烂过程中产生的尸液？

王大石依旧毫无表情，怔怔地看着前方，身体冰冷而僵硬，就连眼泪也是冷的，似乎很快就要结冰了。

但，她不在乎，抱得他更紧了。

最漫长的那一夜……

火车在大雪中停了两天两夜，再过十多个钟头，就是中国人的除夕夜。

马年的最后一天，清晨，列车重新启动。

王小石醒了，闻到一阵刺鼻的气味——包括哥哥在内，身边十一具尸体陆续发臭了。

已有其他乘客发现，恐惧地尖叫起来。涂在死人脸上的劣质化妆品，开始剥落褪色，露出原本的乌黑。

再也装不下去了，王小石必须铤而走险，否则都得被一网打尽。这里离家不到几十公里，他可不想半路上被扔到雪地里走回家。他还要把餐车里那具尸体也带上，十二个死人，一个都不能少，"每个都必须回家"——这是自古以来赶尸匠们最重要的口令。

他走到哥哥和张小翠身边，问她："你愿意跟我们一起走吗？"

"小石头啊，只要我的大石头去哪里，我张小翠就去哪里！"

"谢啦，嫂子！"

这还是王小石第一次管她叫嫂子。

再也不用默念啦，他直接喊出赶尸匠的口令——"王侯将相，宁有种乎！"

流传了几千年的咒语，激活了十一具尸体，包括最高大的王大石，如同一座僵尸大山，冲向列车中部的餐车。

由于车厢狭长，不便使用车轮阵、鱼鳞阵或雁行阵，王小石排了个一字长蛇阵。死去的哥哥在最前面，张小翠骑在他背上，后面跟着十个僵尸民工。年轻的赶尸匠传人、法号小石头真人的王小石，则是全军殿后的指挥员。

赶尸大作战。

最后十公里，车轮在铁轨上飞驰，碾碎厚重的冰雪，想要补回被延误的时间。

整个十二节车厢里头，一片兵荒马乱，简直是"马嵬坡前草青青"。而王小石与张小翠带领的丧尸兵团，无坚不摧地冲杀到餐车，救起那具早已发臭的尸体。王小石高喝一声口令，"石壕村里夫妻别，泪比长生殿上多"，顷刻之间，死人睁开眼睛，鲤鱼打挺而起。

几乎同时，列车抵达了终点站。

十二个死人，两个活人，敏捷地跳下火车，踩在故乡的土地上，莫名有些小幸福。

然而，王小石和张小翠傻眼了。

眼前有一大群白衣人，每个都拿着稀奇古怪的武器，既有灭火器，也有喷火器，有洒农药般的消毒喷头，也有对付恐怖分子的大铁叉。那些人都穿着白大褂，戴着塑料头盔，武装到牙齿，不像是警察叔叔……

一小时前，列车长亲自检查了餐车里的尸体，判断这个人死亡超过三天，也就是说车上爆发了丧尸。他紧急向省疾控中心求助，说埃博拉病毒可能已传入中国。卫生厅如临大敌，派遣大队人马包围了火车站。

为避免伤及无辜，王小石和他的赶尸军团，缴械投降。

此事并未登上新闻。

王小石终究没赶上回家过年，他在一个秘密基地里，被严密看守着度过了整个春节。

十二具尸体，被确认没有危害和传染病后，在除夕夜发还给各自家属。

张小翠亲手把王大石送回家，她弄了块白布缠腰，算是为"亡夫"守孝，还陪伴"公公婆婆"吃了顿新年饺子。

村子里放烟火时，她在王大石的遗体边守岁，试着念了一遍口令，"石壕村里夫妻别，泪比长生殿上多。"

死人依旧是死人。

从王小石真人嘴里说出来才有效，老赶尸匠们都知道。

她静静叹息一声，趴在大石头的胸口，睡着了。

大年初二，张小翠回了娘家。年初三，她被妈妈拖去相亲。妈妈的眼光不错，那个公务员很适合做老公。过完年，还没到清明，便摆酒结婚了。这年底，张小翠生了个大胖儿子，居然长得有几分像王大石。

至于王小石，他本以为会被判刑，却意外得到一个机会。他成了国家公务员，进入一家秘密的科研机构，然后干了一辈子。

作为全世界可知的最后一个赶尸匠，他一度被认为是江湖骗子。但在全球最权威的科研机构里，他的技艺得到了完美的科学解释。王小石先是被送去中科大深造，不到五年，便读到博士后。最终，他荣膺了二〇四六年的诺贝尔生物学奖，也为祖国在军事、医学、遗传学等领域取得重大突破，顺利实现伟大民族复兴的中国梦贡献了力量。

但他终究无力改变未来。

四十年后，王小石退休了。

街上人流稀稀拉拉，当年热闹的商场、电影院、体育馆，全都坟墓般寂静。过去的十多年间，整个地球再没诞生过一个孩子。而城市里大多数建筑，都被改造成一家家僵尸养老院，所有被复活的死者，将在这里度过漫长的余生，直到世界末日。

又是个中国农历的除夕之夜。

火车站没有人，更不用检票，刷脸就能上车。城市之间，连接着的是真空管道，王小石置身于极速悬浮列车中，两千公里，只需半个钟头。早就没什么春运了，总共只有一节列车，他是唯一的乘客。没有孩子的年代，也就没有了父母，更不会有过年回家这件事儿。

王小石本来就没有家。

他看着车窗外的世界，想起五十多年前的冬夜，老赶尸匠最后的警告。雾霾早被消灭了，星空清澈得像是回到史前。真空管道外面，除了城市的废墟，就是漫无边际的森林和田野。

唯一不变的是雪。

大年夜，他打开凉了的饭盒，独自享用也许是这辈子最后一顿饺子。

而在这列火车之后，跟着一群老头老太，沿着漫长的铁轨，排开绵延不绝的队列，仿佛天上的银河。每个人都平举双臂，以三千公里的时速，双腿飞跃着前进。

在回家的路上。

> 去什么地方呢？这么晚了，
> 美丽的火车，孤独的火车？
> 凄苦是你汽笛的声音，
> 令人记起了很多事情。
>
> 为什么我不该挥手舞手巾呢？

乘客多少都跟我有亲。

去吧，但愿你一路平安，

桥都坚固，隧道都光明。

（塔朗吉《火车》，译者：余光中）

第 28 夜　**哭坟人的一夜**

十二月底的日子里，西方人开始欢度他们的圣诞节，东方人的节日则是冬至。当然，严格地说冬至算不得节日，即便是，也不是人间的，而是另一个世界，也就是中国人所谓鬼魂的节日。科学的角度，在北半球，冬至是夜晚最长，白昼最短的一天。如果把一年比作一天，冬至就等于子夜。所以，冬至前夜是名副其实的漫漫长夜，天黑得特别早，也特别冷，太阳总是若有若无地挣扎着要提前下班，仿佛患了黑暗恐惧症一般急急地躲到地平线以下去。才六点，我站在窗前，望着远方的乌黑天空，心中忽然有了种奇怪的感觉。

以上这段文字，是我这辈子第一本书《病毒》的开头。

此刻，不用看窗外，天早已全黑了。电脑屏幕还亮着，是我的淘宝店"魔女区"。首页下方的友情链接里，有家店铺"哭坟人"，今天这日子，他们家的生意应该火到爆了吧。

一年前，客服妹子问我，有家"哭坟人"想跟我们互换链接。不晓得他家是卖什么的，单单这名字就让人醉了，可以直接拿来当小说标题。

这家店的装修诡异，全黑的哥特风，点缀着佛教符号，还有最炫民族风的万朵菊花与青松，这样混搭的风格，竟然毫无违和感。"哭坟人"店名下面，有串签名"男人哭吧哭吧不是罪"，刘德华留着小胡子披麻戴孝的头像，显然是美图秀秀做出来的效果。再看上架的宝贝，只有四样——

  青铜套餐：488元（提供哭坟服务，附送哭坟照片及音频）；

  白银套餐：988元（提供哭坟服务，代送鲜花，代烧冥钞一亿美元及锡箔千两白银，附送哭坟照片及视频）；

  黄金套餐：1988元（提供哭坟服务，代送鲜花，代烧冥钞一亿美元及锡箔千两白银，代烧纸人纸马纸车纸房纸老婆纸老公纸宠物，代家属捎话，附送哭坟照片及视频）；

  超铂金套餐：3888元（提供哭坟服务，代送鲜花，代烧冥钞一亿美元及锡箔千两白银，代烧纸人纸马纸车纸房纸老婆纸老公纸宠物纸充气娃娃，代家属捎话，代拟坟前哀悼语，附送哭坟照片及视频，并可提供一切特殊服务）。

  店主友情提示：哭坟地点，根据路途远近会酌情增加费用，但不超过来回硬座火车票价格，江浙沪包邮哦，亲。

　　魂淡（浑蛋）啊！我对店主的景仰，犹如长江之水滔滔不绝，如黄河泛滥一发不可收拾！由衷赞叹而今的互联网电子商务创业精神。以前是听说过农村有职业哭坟人，但发展到淘宝做全网生意太赞了啊有木（没）有？我要是有闲钱做VC、天使，就投他个一两百万的，说不定将来哭坟会成为一个巨大产业，乃至于像马云的阿里去美国IPO吸金几千亿亦未可知啊！么么哒，亲。

　　"魔女区"果断地跟"哭坟人"互换了友情链接。

　　一年来，哭坟人经营得不错。碰到中国人的好时节，成交记录车水马龙。清明节一天，就完成了十三单，全是五星好评，无须差评公关。

不过，那个3888元的超铂金套餐，直至今日才等到第一单。

冬至。

今早凌晨一点下单的，3888元——提供哭坟服务，代送鲜花，代烧冥钞一亿美元及锡箔千两白银，代烧纸人纸马纸车纸房纸老婆纸老公纸宠物纸充气娃娃，代家属捎话，代拟坟前哀悼语，附送哭坟照片及视频，并可提供一切特殊服务。

最后一句亮了，能为死人提供什么特殊服务呢？许多人会想起配阴婚之类，听起来就很邪恶。

我来给你们讲述今晚哭坟人的故事。

凌晨，一点十三分，阿里旺旺闪烁起来。

"哭坟人"背后的店主，是个二十七八岁的年轻男子，飞快地键盘输入——

> 哭坟人：亲，我是哭坟人，有什么需求尽管说吧。
>
> 未亡人：你是店主本人吗？
>
> 哭坟人：小店就我一人，请问需要哪种服务？为你推荐白银和黄金套餐，988和1988，自己选吧。明天冬至，哭坟单子接了很多，麻烦抓紧时间。
>
> 未亡人：超铂金套餐。
>
> 哭坟人：哦？亲，你是土豪啊，真有眼光，握爪。
>
> 未亡人：12月22日，冬至，晚上10点，爱泉路，爱泉公墓，1919号墓碑。
>
> 哭坟人：等一等，小店不提供夜间服务，亲。
>
> 未亡人：那就算了吧，淘宝不止你一家哭坟店。
>
> 哭坟人：好吧，我接。

未亡人：嗯，她是在晚上 10 点走的，那个时间去比较好一些。

哭坟人：周年忌日啊，冬至晚上走的，有个性。对不起，没说错话吧？

未亡人：没关系。

哭坟人：还要什么特别服务？纸人纸马纸车纸房纸老婆纸老公纸宠物纸充气娃娃要吗？现在还有纸 LV 和纸 Hermès。

未亡人：我只要你捎一封信，在坟墓前拆开念一遍——切记，不要早一分钟，也不要迟一分钟，念完在墓前烧给对方，哭一遍，就行了。

哭坟人：好酷的祭奠！信怎么给我？

未亡人：在你楼下信箱。

哭坟人：表吓我！我可没给任何人留过地址，你以前购买过本店的服务？打听过快递公司？

未亡人：宁小军，我下单付款了，等你的哭坟视频。

后面跟着一个邮箱地址。

宁小军，他的名字，从未告诉过任何买家，快递单上也只写"哭坟人"三个字。对方是怎么知道的呢？还有住址？随便想一想，宁小军后背就拔凉拔凉了。

这位神秘买家下线了，确实已下单付款，3888 元的超铂金套餐，网店开张两年来的第一笔。

宁小军冲出狭窄的房间，跑下堆满自行车和垃圾的楼道，在生锈的信箱里取出个牛皮纸信封，上面写着一行奇怪的字——

致：爱泉公墓 1919 号

落款"未亡人"。

神马（什么）玩意儿？恶作剧？信封上没有邮票也没邮戳。他刚想把信封拆了，看看里面装着什么秘密，却看到信封开口一行小字："写给另一个世界的信，时候未到，你敢拆吗？"

犹豫片刻，宁小军把信揣进怀里。就算不为了哭坟人的职业道德，也为了地底下的收信人吧，如果他（她）真的存在过的话。

这天晚上，他做了个奇怪的梦。

他梦见了她。

早上起来，浑身酸痛，盗汗淋漓。

冬至，全年仅次于清明的黄金旺季，简直是哭坟界的"双十一"。他接了九笔生意，还推掉了四笔外地的。清晨七点，天还全黑，他按照各个买家的个性化要求，分门别类，十几个大包小包，像浑身挂满炸弹的兰博和小马哥，丁零当啷地爬下楼梯。半个月前，为了准备迎接冬至哭坟旺季，宁小军买了辆二手的奇瑞QQ，配上外地牌照，总共不到一万块钱。

天蒙蒙亮，开车上路，到处是扫墓车队，一路堵到郊外。他利索地做完第一单哭坟，买家是农村出身的暴发户，在外地做生意赶不回来，附加了个传统要求，就是哭坟人必须披麻戴孝。宁小军这身行头齐全，参考了《周礼》和《朱子家训》，基本就是制服。他跪倒在客户的双亲坟前，酝酿了半分钟情绪，开始号啕大哭，鼻涕与眼泪齐飞，纸钱共锡箔一色。他惊到附近许多扫墓的人家，纷纷投来赞扬和同情的目光，将他当作孝子贤孙。哭坟的整个过程，都被一台微型摄像机记录下来，包括哭坟人与墓碑的合影及周边环境，确保视频真实有效。

宁小军折腾了一整天，午饭都来不及吃，多数时间堵在路上，但也圆满完成了八次哭坟服务。每次他都上传到云端，以免出什么差错，也为了让买家尽快确认收货给好评。

傍晚五点，白昼早早逝去，冬至夜像个锅盖，或者说像块棺材板，牢牢封死了整个北半球的大地。传说鬼魂出没的时间，大家都早早回家了，许多饭店也提前打烊。

经过八次专业的哭坟，宁小军双眼肿得像对小笼包。他就着冰冷的矿泉水，随便啃了两个包子，开车驶向冬至的最后一单，超铂金套餐的目的地。

手机导航显示，这个爱泉路在靠近海边的郊外。做职业哭坟人两年来，他跑遍了全城的所有墓地，包括土葬、塔葬、树葬，乃至海葬的，周边许多城市的公墓也如数家珍。不过，今晚要去的爱泉公墓，宁小军却是闻所未闻。

晚上七点，他开着里程超过十万公里的奇瑞QQ，喷着黑烟来到寒风呼啸的海边。这个时间地点，南极般荒凉。四周萧瑟的树木，海边滩涂枯黄的芦苇丛，不时惊起迁徙的候鸟。

明明已到了爱泉路，地图显示这条路不到两公里，但他开车转了两个钟头，就是没找到爱泉公墓。

鬼打墙？

宁小军不信邪，否则，怎有胆量从事哭坟这门职业？他想是否要回去，就说找不到公墓，大不了退款就是。可这笔超铂金套餐的单子，会不会被打差评呢？真是头痛！何况那个神秘买家，他可是知道宁小军的名字和地址的，要是找上门来的话肿（怎）么办？

晚上九点，远光灯照亮的路边，突然出现一道大门。

宁小军急刹车，看到"爱泉公墓"。

终于找到了啊，看起来很后现代嘛，极简主义风格，跟本地流行的公墓完全不同。冬至夜，最后一单。他背着微型摄像机，往大门内张望，不用指望有人开门。晚上公墓都是闭门谢客，值班员要么睡觉，要么看电视打麻将。

他先在爱泉公墓门口自拍一张，显示准时到达。他找到旁边一棵枯树，好不容易爬上去，翻过了并不高的围墙。好在这个公墓没有养狗，否则被发现就惨了。他拿着手电往里照去，密密麻麻全是墓碑，这个规模和密度，可以在全中国名列前茅，怎会从没听说过呢？

宁小军走进墓碑群中，根据编号寻找 1919 号墓。这像到了茫茫坟海，冬至深夜，寒冷彻骨，手电照出一个个金属质感的墓碑。奇怪，这里的墓碑没有一块是石头的，全由不锈钢做成，那得花多少钱啊。看来葬的都是土豪。只是墓地的空间都很小，每个墓碑前只能容纳一个活人的站位。不过，这年头都是独生子女，不像过去扫墓一大家子，再过些年恐怕也就只有一两个人来了。

又找了不知多久，感觉快要被这些不锈钢坟墓吞没，他才在一个不起眼的角落，发现墓碑背面的号码：1919。

哈，终于到了。

他在冰冷的空气中喘出一口热气，证明自己不是死人。转到墓碑正面，手电光圈习惯性对准照片，椭圆形相框，一张年轻女子的脸。

宁小军怔住了。

他坐在坟墓前，有些褪色的彩照，死去女子的眼睛，有种特别的魔力……

不对，他认得她。

再看墓碑下面的文字，大部分被灰尘覆盖，依稀可见"聂青青"三字。

她的坟墓？她死了？怎么会呢？

检查墓碑后面的号码，没错。宁小军想不通，有人购买了冬至夜的超铂金套餐哭坟服务，却让他来为聂青青哭坟，这是——复仇？

她恨过我吗？

没有答案。

墓碑上的照片，妹纸（子）的脸，早已化为枯骨与幽灵——"十年生死两茫茫，不思量，自难忘……"而这首苏轼的词，是他和她在高中最爱的。

宁小军从小的梦想，是成为一个伟大的电影演员。注意，是演员，但不是明星。他可没有一张明星脸。而他最擅长的表演项目，既是最简单的，也是最难的——哭。

记忆中第一次哭，是在爸爸的葬礼上。年轻的妈妈抱着他哭，周围亲戚都说这母子太苦了，尤其小孩子。四岁的宁小军，哭得惊天地泣鬼神。孤儿寡母，带孩子的妈妈，脾气自然不太好，没事总是打孩子出气。哭，成了他的家常便饭，似乎每天不哭一场，就不好意思面对人民群众。考进初中的那年，多次相亲失败后的妈妈，终于如愿找到"真命天子"，正兴冲冲要再嫁，人家还承诺会给宁小军做个合格的继父。结果那男的是个骗子，把妈妈多年积蓄席卷一空。她说到了地狱变成恶鬼也不会放过那个人。妈妈真的去了地狱，吞了几百片安眠药自杀了，是否在地下复仇成功就不知道了。宁小军又痛痛快快地哭了一场。从爸爸的葬礼到妈妈的火化，之后每个清明、冬至、七月半、爸爸的忌日、妈妈的忌日，每年雷打不动的五次上坟……他一次都没错过，可以说，别人的童年是学校到家的两点一线，而宁小军是学校到家到墓地的三点三线。

到了高中，他开始研读斯坦尼斯拉夫斯基的《演员的自我修养》，坚信自己会成为一个伟大的演员，一个不需要靠脸而依靠眼泪出类拔萃的演员。随时随地，他都能动情哭泣，哪怕为了某个女生不慎踩死一只"小强"，为了谁家小孩不小心撒尿淹死一朵小花。他时常在教室、在操场为同学们表演许多大家喜欢的经典段落，比如《大话西游》里周星驰的那一段——

曾经有一份真诚的爱情放在我面前，我没有珍惜，等我失去的时候我才后悔莫及，人世间最痛苦的事莫过于此……如果上天能够给我一个再来一次的机会，我会对那个女孩子说三个字：我爱你。如果非要在这份爱上加一个期限，我希望是……一万年！

当宁小军演到情不自禁、热泪纵横，周围的同学们却捧腹大笑，都把那部电影当作了喜剧，这段更是笑料中的笑料。

但，唯独有一个同学，她没有笑。她也没有哭。

这个女生穿着一身白色运动服，脑后扎着长长的马尾，抱着个篮球站在沙坑边，怔怔地看着哭泣的宁小军。

众人散去，宁小军仍然沉浸在人物情境中难以自拔，泪水如注，如同水龙头坏掉的自来水管，无法停止。她走到他的面前，递来一张皱巴巴的纸巾，提醒他先把鼻涕擦干净。

擦完鼻涕，他由衷地感谢道："谢谢你，把我从戏里救出来了。"

"你真会哭！"

"对不起，你是隔壁三班的吧，我叫宁小军。"

"我叫聂青青。"

面对落落大方的女同学，宁小军露出笨拙的屌丝本色，抹了把眼泪问："能留个 QQ 号吗？"

聂青青毫不扭捏地抄给他一个 QQ 号，他俩这就算认识了。他才注意到她的袖管上别着黑袖章——家里刚死过人的标志。

虽然同在一所学校和一个年级，班级又在隔壁，宁小军和聂青青说话机会并不多。聂青青说她很羡慕宁小军，任何时间任何地点都可以放声痛哭。

"这有啥好羡慕的？"

她说自己这辈子还没哭过，更没掉过一滴眼泪。

宁小军不相信。

上个月，聂青青的妈妈因乳腺癌病故。作为唯一的也是妈妈最爱的女儿，她自然伤心欲绝，葬礼上却没有哭。亲戚们很愤怒，说这小姑娘太没良心，老妈死了也无动于衷。其实，只有她爸心里清楚，女儿比任何人都悲伤，只是哭不出来。她从小就这样，哪怕天大的委屈，脸上都很平静，顶了天就是皱皱眉头、拉拉嘴角。其实，不哭的孩子最痛苦，所有难过和激动憋在心里。爸爸带她去医院检查，经过多位专家会诊，确定她是脑垂体的问题……就是不会哭，不会流泪，哪怕眼睛进了沙子，进了辣椒水，泪腺都毫无反应。她想过做手术，医生说太危险，弄不好会伤到脑干，死在手术台上。这个毛病不影响日常生活，也不太会引发抑郁症，忍忍也就过去了……

这一忍，就是一辈子。

十八岁那年，宁小军和聂青青，每晚悄悄用 QQ 聊天。都没了妈妈，两个人同病相怜。他们还有共同喜欢的诗词，就连爱看的电影都差不多。偶尔一起放学回家，他会给她表演电影里的哭，比如《这个杀手不太冷》里的小女孩玛蒂尔达，《人鬼情未了》里的黛米·摩尔，《乱世佳人》里的费雯·丽……他演女人的哭戏也惟妙惟肖。

其实，他是想通过自己的表演，每一次真诚的哭泣，让她也被感动到流泪，哪怕只有半滴！然而，她说她每次都能感到悲伤，郁积在心头越来越堵，却无法化作泪水。她从不阻止他的表演，哪怕看得她难过得要命，仿佛被一块大石头压扁。

那年冬至，宁小军去给父母扫墓，聂青青跟着爸爸去给妈妈扫墓。两家人的公墓，居然比邻而居。

他俩在公墓外的荒野相遇，宁小军兜里没什么钱，只摸出几个钢镚，向路边的农民买了两个烤红薯。聂青青让爸爸等她十分钟。他们坐在环绕墓地的小河边，看着枯黄的桔梗和老树，迎着北风啃热乎乎的红薯。聂青青说每到冬至，那寒冷的黑夜啊，仿佛永远没有尽头。这时候，她就想要哭，可无论如何哭不出来，干巴巴的眼底，心里无法言说的难受。宁小军摇头说："冬至可是个好日子啊，老人们都说'冬至大如年'，二十四节气里头，冬至是最早产生的，也是最最重要的一个哦。我们南方是扫墓祭祖吃汤圆，北方却是吃饺子的好时节呢。"

"真的吗？"聂青青冷得几乎要靠在他肩膀上，却被她爸过来一把拖走了。

剩下宁小军一个人坐在墓地边，远看聂青青离去的背影，仿佛一个触不可及的肥皂泡，只能飘到空中，却无法捧在手心。

高考来临，他填报的志愿是北京电影学院表演系，刚通过初试，就要去北京面试。

聂青青说他考不中的，不如报考她要去的大学。

他不听。

终于，宁小军踏上北去的列车，走进北京电影学院。经过漫长的排队，轮到他进去，考题太棒了，只有两个字——坟墓。

这辈子他最常去的地方就是坟墓，而他最擅长的表演就是哭坟！

天哪，那次表演超级完美——他想起自己的爸爸，又想起自杀的妈妈，顺便还想起注定终身无法流泪的聂青青。他幻想自己站在聂青青的墓碑前，看着她年轻的照片，仿佛与空气接吻。

宁小军表演到最后，面试的考官老师终于被彻底感动，似乎想起自己半辈子的忧伤，冲上去抱住他放声痛哭。

这一幕惊呆了前后许多考生，未来他们中间出了至少三个中国家喻户晓的大明星，他们恐怕到死都不会忘记这段人生插曲。

他以为自己征服了考官，铁板钉钉考上北京电影学院，没想到最终名落孙山。

聂青青一语成谶。

女孩子总比男孩子更成熟些，她知道这是个看脸的社会，也是个看爹看妈的社会，像宁小军这种既没脸又没爸还没妈的孩子，无论如何都无法竞争过别人。

聂青青考上了她心仪的大学，外地的一所名牌大学。

宁小军决定复读一年。

离别的那天，下着小雨。

站台上，聂青青的爸爸送女儿去大学报到。她一直东张西望，爸爸问她看什么，她低头不语，直到上了火车，才发现站台角落里，宁小军孤独的人影。

她向他挥手，她以为，他会哭。

但他没有。

宁小军目送她的列车远去，他想，这辈子再也不会见到聂青青了吧。

第二年，他继续填报表演专业的志愿，这次换了中央戏剧学院，结果跟去年相同。

最后，他读了个高等职业学院。

又隔三年，宁小军刚毕业就失业。他没找到过任何像样的工作，也从此没了聂青青的消息，更没正经谈过恋爱，直到成为淘宝店主，做起了哭坟的生意。

想到这儿，恰是冬至深夜，十点钟，神秘买家指定的时间降临。

聂青青，你怎么了？红颜薄命？自然死亡还是他杀，还是难以忍受不能哭泣的悲伤而自绝？眼前的坟墓里，埋葬的真是你吗？

那么问题来了，挖掘机技术哪家强？宁小军抽了自己一耳光。

从小习惯于面对坟墓的他，做过两年职业哭坟人，却头一回在墓地感到了恐惧。

忽然，他想起了那封信，昨晚投递在他家信箱的神秘来信，买家指定他要念给亡灵听，并烧给另一个世界的信。

宁小军从怀里取出信札，小心拆开，里面只有几张纸，写满密密麻麻的字，粗看笔迹却有些熟悉。

时间到，他开始念给坟墓里的聂青青听——

聂青青：

见字如晤，别来无恙？

我是一个职业哭坟人。

二〇一二年，我找到了这份很有前途的工作，在淘宝上开了这家店铺。我想，这样既能发挥自己的特长，还能进行互联网创新，也是许多人不敢做，而对我来说却是易如反掌之事。好吧，总比无业游民混在社会上好，何况我还没有老可以啃。嗨，我发觉这个市场真的很大，坟墓对于中国人来说真的太重要了，既是我们一切情感的终点和起点，也是每个人与大地唯一的连接点。那年头，大多数人离乡背井工作，北漂、海漂，远离祖先和亲人的坟冢，就连过年回家都那么难。有些人碰到清明假期还得趁机出去旅游，扫墓只能交给我们这些职业哭坟人。通过淘宝和支付宝，有需求的人可以立即找到我，又能根据需求放心付款。我设计了四档套餐,因为我是看《圣斗士星矢》长大的。许多购买过我服务的客户,并不觉得贵,毕竟我替他们节省了更多的金钱——比钱更重要的是时间。我在坟墓前哭泣的效果,远不是这些人所能达到的。别以为我只是表演,我的每次哭坟都是真诚的,都要调动起足够的情绪。买家都会告诉我,墓主人跟他的关系。而我自然而然,就会代入他们之间的情感,把坟墓里的人当作自己挚爱的亲人。通常是儿女怀念父母,也有妻子怀念亡夫,丈夫怀念亡妻,甚至白发人送黑发人的。有一回,墓中的亡者是个年轻姑娘,从学校回家路上失联,遇到坏人被害了。我一边为女孩哭坟,一边却莫名地想起了你——不会哭的青青。

其实,我从没告诉过你,你是我的初恋。

而我是你的什么呢?

那时候,我一直以为,你是不会记得我的。

二〇一四年的冬至前夕,我接了一单生意,1988元的黄金套餐,代替女儿为爸爸的一周年忌日哭坟。

那个买家,就是你。

但你是匿名的,当时,我不知道你就是聂青青。你作为买家跟我联系,说看了哭坟的视频,你被我的眼泪完全感动了,对我的服务非常满意,你的爸爸在九泉之下也不会有遗憾。为了表示感谢,你希望跟我单独见面,请我吃顿饭。

一开始,我拒绝了。

我说我从不见客户的,不是装逼,而是我不想在工作之外,再牵扯其他说不清的事。当然,我更不想跟买家约炮。我只卖哭,不卖别的。

不知为什么,隔了几天,我又回心转意,打电话给买家说可以一起吃饭，就约在平安夜。等到见面才发现，你就是我的高中同学聂青青。

你夸我变得成熟了。

而我问，你还不会哭吗？你说是的，一年前，你最亲爱的爸爸去世了。追悼会和下葬之时，你未曾流过任何泪水。虽然，你心里真的非常难过。你觉得很遗憾，这辈子没为父母的死而哭过。于是，你才决定找个人来代替自己，掏心挖肺地大哭一场。

而你也万万没想到，淘宝上著名的职业哭坟人，就是我，宁小军。

当你看完我为你爸哭坟的视频，仿佛你已被我替换，我才是你爸爸的女儿，带着二十多年的情分，在坟墓前哭泣和追忆父女之情。

同时，聂青青，你也一眼就把我认了出来。而你那么多年来，始终没忘记过我，始终，始终……

你还对我说："宁小军，你成功了！你真的成了一个伟大的演员，而不是明星。"

真的，我很感动，从没人对我这么说过。

后面发生的都如此自然，我们就像所有谈恋爱的男女一样，吃饭，看电影，逛街，在平安夜。

谢谢你，成了我的女朋友。

谢谢你，没有嫌弃我这份职业，大方地把我带给你的朋友们，并介绍说，这是我的男朋友，他叫宁小军，也叫哭坟人，他是中国最伟大的演员。

一年后，我们结婚。

在我俩的婚礼上，我因为感动而哭得稀里哗啦。而你依旧冷静，虽然，我知道你心里比我更激动。

哭坟的生意越做越火，清明一天就能有几万块收入，每年净利润大几十万。你说我有着满满的正能量，哭坟既满足了中国人的爱，也能养活自己和家庭。意外的是，你决定辞职陪我共同创业，一起经营"哭坟人"这家网店。每次我哭坟，都是你在旁边摄像记录。每天有成百上千的买家来询问，你就成了无敌客服，帮我处理好多份订单。我们的"哭坟人"夫妻店日新月异，蒸蒸日上，公司也注册成立，雇用了一大批职业哭坟人，最终发展到上百名员工。二〇三〇年，在中国的高等职业教育序列里，出现了"哭坟"这门专业，每年有几万人报考，为了抢一个名额而打破头。而我成了首位哭坟专业的导师。在我们夫妻的共同奋斗下，哭坟，成为二十一世纪全球最受人尊敬的职业。我们为儿女情长的家庭服务，为中国人的灵魂服务。同时，我们也把中国的扫墓文化和哭坟艺术，传播到了全世界每个角落。而今，无论纽约还是巴黎，清明、冬至与中元节，已全面取代了圣诞节和情人节。美国人最流行的娱乐方式，就是奏着交响乐或爵士乐，去给爷爷奶奶哭坟。

亲爱的，我们结婚三年后有了儿子。

他很聪敏，也很懂事，你说要让他子承父业，我说算了吧。我哭了一辈子，可不想让孩子也哭一辈子。

当儿子慢慢长大成人，我们渐渐变老。儿子也结婚了，为我们生了孙子和孙女。他现在是个科学家，最近刚发明了时空穿越的互联网技术。

今年，公元二〇六五年，我们结婚五十周年。

我们从没想过离婚，也从没想过分开，除了死亡。

作为哭坟界的"教父"，我获得了联合国颁发的终身成就奖。而我这一生，最大的遗憾，就是自从长大以后，再也没有为自己哭过，从来都是为别人而流泪。

对了，还有一个遗憾——我从没听过你的哭声。

聂青青，还记得我对你说过的吗？老太婆啊，我要努力锻炼身体，活得比你久，否则，要是我先死了，留下你还活着，送我的骨灰下葬，你却一滴眼泪都哭不出来，那不是更难过吗？

你说，好的啊，老头子，不过，通常女人比男人更长命，要是你先死了，我就去做脑垂体切除手术，让自己这辈子能真正哭一次，在最爱的人的坟墓前……

好吧，我赢了。

三个月前，你在病床上走完了没有眼泪的一生。

当你的心脏停止跳动，我发现你的眼角落下亮亮的液体。我用舌尖品尝，咸的。

恭喜你，聂青青，你终于会哭了。

我想，那一刻，当你与世永别的那一刻，你的心里一定很开心吧，这辈子不用再憋屈了。

亲爱的，我也为你而高兴！

当你死后，我抱着你很久很久。任何人都无法把你我分开，无论护士、医生，还是儿子、儿媳、孙子、孙女……他们哪能知道我们的故事。医院的病床上，我抱了你三天三夜，直到发出异味。有人说，我是恋尸癖。其实，他们都错了。因为，在这个世界上，总有那么一个人，是你永远也搂不够，怎么拥抱都嫌少，值得为之撕心裂肺地痛哭的人。

聂青青，我的妻子，当你被烧成骨灰，我把你安葬在海边，在这座爱泉公墓的 1919 号墓地。

我在看着你五十年前的照片。

那么我自己呢？

二十八岁？

七十八岁？

就像现在，纵使相逢应不识，尘满面，鬓如霜。

可惜，我再也不会哭了。

你死以后，我抱着你的三天三夜，哪怕我的心跟着你的身体一起冰凉，却无法哭出一声来。

似乎，你最后流出的那滴眼泪，刚好带走了我余生所有的泪水。

亲爱的，我终于切身体会到，你七十多年来一直在承受的痛苦。

没有眼泪，没有哭泣，作为一个哭坟人，我 out 了。

而作为一个丈夫，陪伴你五十年的丈夫，在妻子的坟墓前，居然欲哭无泪，越发悲伤，郁积于心，伤之于魂。

现在，我只剩下最后一个念头——如果回到五十年前，我就可以代替现在的自己，为死去的妻子再哭一次！

死生契阔，与子成说。执子之手，与子偕老。

宁小军啊，我最喜欢的那个自己，请你哭吧。

宁小军

2065 年 12 月 22 日

这封信，到此终了。

他认得，这是自己的笔迹。

宁小军的手指哆嗦着，掏出纸巾，擦拭墓碑，抹去尘埃，才看清几行字——

亡妻聂青青之墓

底下刻着"夫君哭坟人宁小军泣立　公元二〇六五年九月"。

手电照亮旁边的墓碑，却是空着的，但刻着宁小军的名字，尚未涂颜色，等待他死后与妻同穴长眠。

冬至，已近子夜，气温接近冰点。

宁小军明白了，那个神秘的买家"未亡人"，其实，就是未来的自己——五十年后刚刚丧妻的宁小军。

而帮助他来传递信息的科学家，恐怕就是宁小军和聂青青的儿子。

此时，此地，亦是，彼时，彼地。

他再看这墓碑上聂青青的照片，无须酝酿情绪，今晚是为自己而哭泣。

号啕大哭。烧信。自拍。

这里的无线信号强大到难以想象，他用手机上传视频给买家"未亡人"的邮箱，几十兆的视频瞬间发出——最后的愿望完成了。

然后，他想起了她。

如信中所说，不久前，他做完一单黄金套餐的哭坟服务。买家是个女孩子，宁小军代替她给爸爸的一周年忌日上坟。事后，那个女买家说很感激他，希望单独约他出来吃饭。不过，他当时就拒绝了，说不跟买家见面是他的原则。

她就是聂青青？

看着墓碑上的照片，宁小军找出了女买家的电话号码。

手机显示没错，时间还是在二〇一四年十二月二十二日。

电话响了许久，那头传来一个女声，"喂？你是？"

"我是哭坟人。"

"冬至啊，你有什么事？"

宁小军的嘴唇在颤抖，他听出来了，那是她的声音，墓碑上名叫聂青青的女子。

"再过两天，平安夜，你有安排吗？"

其实，他心里在说：你约不约？约还是不约？

"我没有安排啊。"

宁小军心花怒放，已得到答案：约。

"好啊，你喜欢吃什么……"

二〇一五年，冬至过后，宁小军和聂青青快要结婚了。

去年冬至夜的秘密，他永远不会告诉她的。

淘宝店经营得很好，他为自己买了一辆新车，后窗大大方方地贴了三个字"哭坟人"，下面留了一串电话号码。

这一天，宁小军开着车，带着他的新娘，去海边拍婚纱照。

回去的路上，他忽然停车，原来是看到"爱泉路"的路牌。四周一片荒凉，站到高处就能看到海边的滩涂。根本就不存在什么爱泉公墓——那是几十年后才有的，未来石材紧张，墓碑一律变成了不锈钢。

只有在北半球的冬至，最漫长的那一夜，宁小军才有可能穿越时空，进入未来的墓地，也是自己这辈子最后的，不可逃脱的葬身之地。

他才想起来，五十年后聂青青墓碑上的那张照片，正是今天拍的婚纱照中最满意的一张。

未婚妻捏了捏他的大腿，问他干吗在路边发呆。忽然，他流下眼泪，却又笑了笑，亲吻她的额头。

这辈子，我陪你过，我陪你哭。

第 29 夜　朋友圈都是尸体的一夜

无论天空如何证明自己心胸辽阔，大地只需要坟墓就能容纳所有归宿。

——题记

　　有个充满恶意的故事——某人沉湎于刷朋友圈，每顿饭哪怕只吃个泡面都要发几张图片，每隔半分钟不刷新就会手指抽筋。忽然有天脑子开窍，觉得自己宝贵的人生啊，全被朋友圈里这些晒照片、转订阅号文章、发小广告的家伙毁掉了。于是，他非法购买了一把手枪，悄悄把八百多个微信好友挨个儿除掉。从此朋友圈尸横遍野，最后只剩自己一个活人。

　　但我不需要这么做，因为我的朋友圈都是尸体。

　　有的人，喜欢跟土豪交朋友，跟帅锅（哥）交朋友，跟美吕（女）交朋友，跟歪果仁（外国人）交朋友，跟作家交朋友。以上这些我都不感兴趣，我只喜欢跟尸体交朋友。

　　我不是法医，也不在太平间工作，更不是殡仪馆的入殓师。我在上海一家互联网公司上班，普通的办公室职员，每月工资七千元，刚够付房租和一些吃用开销。所以嘛，我没有女朋友，也没有男朋友，只能一个人住，父母远在老家。

　　对了，我是男的。至于年龄，你自己去猜。我是个闷葫芦，从不主动跟人说话。公司开会常忘记叫我，出去旅游走丢也没人会记得。我不用跑业务，也不跟同事们私下来往，没人问我扫二维码。我的朋友圈，每夜寂静如同坟墓。还有个小小的原因，我的微信名字叫"尸体的朋友"，微信号你自己搜一下：Dearbody。

你会问——恋尸癖吧？你不懂，跟尸体交朋友，怎么能跟恋尸癖混为一谈？两桩完全不搭界的兴趣啊好不好？恋尸癖就是死变态！对尸体的玩弄和亵渎，是丧尽天良的犯罪，不是吗？而我跟尸体交朋友，则是一种包容和尊重，无论活人还是死人，不管男人或女人，只要曾经是个人，就值得用心对待，不带任何欺骗地交流。尸体并不可怕啊，许多人看到就躲得远远的，还趴在地上呕吐——这不是歧视又是什么？就像有的人歧视同性恋，有的人歧视农民工，有的人歧视残疾人，而绝大多数人都歧视尸体！哪怕死去的是自家亲人，恐怕都会有小辈嫌弃。

两年前，有人打破了我朋友圈的寂静。那晚真特么（他妈）冷啊，对方的名字很普通，还附了一句话——"你好，我是尸体。"

刚开始我的反应与你相同，恶作剧吧？还是精神分裂的变态狂？但我决定接受"尸体"为好友，微信跳出一段文字——他说自己昨晚刚断气，正在医院太平间躺着，终年七十三岁，是个老头，死于心肌梗死。

不能直接质疑他的身份，毕竟我叫"尸体的朋友"，岂可叶公好龙？查看他朋友圈图片，都是老年人养生订阅号，中央反腐消息、退休党员组织生活、《环球时报》社论、黄金周的老年摄影展。头像上的小女孩，是他读三年级的孙女。他是有多喜欢小孩子啊，从家里玩耍到课外兴趣班的照片，还有学习钢琴和唱歌的小视频。但见不到儿子媳妇，也看不见老伴。

老头在微信里说，自己死得突然，早上送完小孙女上学，在学校门口就不行了。心脏仿佛被闷了一拳，摔倒在大街上，失去知觉，送到医院医生宣告已死亡。

"是不是很难过？"我问他。

他说，全家人依次赶到医院，呼天抢地号哭，他真想坐起来呵斥一顿，还让不让人好好去死了？当他看到小孙女从学校赶来，趴在自己胸口哭得梨花带雨，尸体都忍不住要哭了，好想再抱一抱她，摸摸小羊角辫子，在脸蛋上亲吻个够，哪怕每次儿媳妇都会嫌弃老头子不干净。

我认真地倾听，不时回他个笑脸或大拇指，有时也配合他的情绪，打上一串省略号或发个哭脸。老头还算积极乐观，说要是得了某种慢性病，在病床上折腾一年半载，消耗几十万医药费不说，还得让老婆和儿子辛苦守夜，被儿媳妇白眼，最后依然逃不了翘辫子的结局，还不如突发心脏病，顶多大小便失禁。唯独临死前没能多看小孙女一眼，留了个不大不小的遗憾。

老头详细介绍了太平间——第一次在这儿过夜，四周全是尸体。虽说这鬼地方温度很低，但能闻到一股淡淡的腐烂味。有人进入太平间，将他推出走廊。深更半夜，医院里有些恐怖，我问他有没有见到鬼，他先说没见到，接着说不对，自己就是鬼！他被抬进一辆黑色面包车，车皮外是殡葬车的标志。车轮颠簸，载着尸体来到殡仪馆。

微信对话持续一整夜，第二天我双眼通红地去上班了。午后，几个同事对我指指点点，说我有病之类的，但我不在乎。我只担心尸体会烟消云散，着急地在微信上叫他："你还在吗？"

没等几秒钟，他就有回音了："在啊，我在化妆呢。"

殡仪馆的化妆室，有个中年妇女在为他敷面膜，这是家属花钱增加的一项服务，让老爷子走得面色好看些。他说过两天就要火化了，在这个世界上的最后两天。我说我非常荣幸，可以在微信上陪伴你度过。

小时候，老人死后会在家布置灵堂，让尸体过一晚再送走。守灵夜，自然是最漫长的那一夜。大人们撑不住打了瞌睡，虽然被警告不准靠近尸体，但我会偷偷从床上爬下来，守在死去的爷爷或奶奶身边。老人活着的时候，并不怎么喜欢我，说我这孩子性格怪怪的，不讨人喜欢——没错，我不讨活人喜欢，直到现在都是。灵堂中一片寂静，我跟死去的老人说话，告诉他，我想再被他抱一抱。不骗你的，我能感觉到灵魂存在，他想回到人间，跟我一块儿玩，教我挑棒棒、下象棋。这时大人们突然醒来，看着我在跟死人说话，都觉得这孩子是不是有病。

是啊，老人们的魂一定都还在啊，离不开这个世界，那时候如果有朋友圈，成为尸体的他们大概也很活跃吧。

再回到我的微信，我问这唯一的好友："你的老伴呢？"

"我不喜欢她，一辈子都不喜欢！"

他们经常吵架，从"文化大革命"吵到移动互联网的时代。老婆样样管他，不准藏私房钱，不准乱交朋友，就是对他不放心。快退休了，老婆经常突然袭击要抓奸，其实啥事都没有。六十岁那年，他提出离婚，其实已酝酿多年，离婚协议书都备好了。老伴当场哭了，看到她眼泪滴答，他缴械投降，继续老实过日子。有人算过命，她很长寿，至少能活九十岁。

尸体的最后一天。

我的朋友在微信上直播自己的葬礼。他穿着寿衣，躺在水晶棺材里。家属们哭声一片。原单位领导致辞，然后儿子致辞。儿子四十多岁，政府公务员，混得不错，葬礼不寒碜，收了不少白包。小孙女没太伤心，在没心没肺的年龄，爷爷不怪她。三鞠躬后，哀乐响起。当老伴趴在棺材上痛哭，他想起四十多年前，一九七一年九月十三日，林彪叛逃坐飞机摔死在蒙古国的温都尔汗，那天他俩恰好结婚。哎呀，她年轻时的容颜啊，异常清楚地重现眼前，仿佛小媳妇给英年早逝的夫君送葬。

"我还是喜欢她的吧？"尸体给我发来了这样一条微信。然后他被送去火葬场，老伴和儿子一路陪伴，儿媳妇带孙女回家，还要管宾客们豆腐羹饭。

送君千里，终有一别。我的尸体朋友，被推进火化炉，发了毕生最后一条朋友圈——

"二十年后，老子又是一条好汉！"

自此后，我的微信忙个不停，每个礼拜都有人加我，无一例外自称尸体。大部分在刚死不久，等待葬礼和火化的阶段。年龄普遍在七十以上。有男有女，但老头子居多，因为男的寿命比女的短。我的这些尸体朋友啊，有的为丧命暗自悲伤，有的却有重获自由的快乐，更多的是舍不得凡间亲人。他们对我很友善，在尸体的世界里，我是唯一能和他们说话交流和解闷的。就算是性情内向的死者，也会跟我滔滔不绝地聊天，为了排遣无边黑暗里的孤寂。

我认识一个中年尸体，四十四岁，死于癌症。拖了三年，接受各种化疗与偏方续命，头发早就掉光，瘦得不成人形，不晓得吃了多少苦，为治病卖掉一套房子，老婆辞职在医院守夜。当他躺在殡仪馆，却说开心，终于解脱了。他在朋友圈发各种笑话和段子，尤其喜欢开死人玩笑，被烧掉前的几天，他成了我的开心果。

还有个家伙，年龄跟前一位一样，也是四十四岁时得了癌症。他放弃治疗，取出存款，与老婆离婚，周游世界，吃喝嫖赌，也拖了三年。他的结局在大洋彼岸，金碧辉煌的赌场，昏迷在一个兔女郎的怀里，没送到医院就器官衰竭而死。成为尸体以后，他却说自己莫名的悲伤，躺在拉斯维加斯的太平间。他不是基督徒，孤单等待送入火化炉，家人早已不管他了，骨灰将快递回中国。

在我的朋友圈，每个人出没的时间都很有限，长则一两个星期，短则几个钟头就销声匿迹，但留下许多有意思的内容。有个阿森纳球迷，死后还在分析今晚的英超，为选手们加油鼓劲。休斯敦火箭的球迷，不断发九宫格照片，全是哈登的英姿。

尸体在朋友圈发照片，是怎么做到的呢？显然不是手机。我看到一些奇怪的角度，从空中俯拍，从地面仰拍，更像鱼眼镜头。有人进火化炉的瞬间，拍了张火焰汹涌的照片。还有玩自拍的，真是不要命了（我好像说错了什么）！那是具如假包换的尸体，三十多岁的女人，死于车祸，脸部完好，皮肤底下泛出铁青色，看着有些恶心——灵魂以另一种角度看自己，生前必是个自拍爱好者，死后纵然没有自拍杆，也忍不住要发朋友圈。

有个外国朋友，在非洲工作，撞上恐怖袭击被炸死。现在尸体还没被发现，孤零零地躺在乞力马扎罗山脚下。一群野狗正在啃噬尸体，同时激烈地撕咬缠斗，远处有头狮子虎视眈眈，让他想起伟大的海明威。而他即将通过野狗们的肠胃变成粪便。他在朋友圈最后发的那句英文，"Ashes to ashes, and dust to dust"，我查了很久才明白——尘归尘，土归土。

而在我的朋友圈里，那么多尸体好友，哪一个跟我保持的友谊最久呢？

那是一个姑娘。

跟其他尸体不同的是，她不是自然死亡，也不是自杀，而是他杀。

她是个高三学生，还没有谈过男朋友。有几个男生追过她，但没被她看上过，因为她只喜欢TFBOYS。有天晚自习，放学后她独自回家，哼着电影《小时代》的主题曲《时间煮雨》，很不走运地遇上一辆黑车。司机是个邪恶的中年男人，用迷药蒙住她的口鼻，几秒钟就让她昏迷了。

在那个忧伤的春夜，细雨霏霏，晚风沉醉。她不知道车子开了多久，等到苏醒，在一个陌生的房间，发现自己被强奸了。之后，还没来得及痛哭，对方就用铁锤重击她的后脑勺，然后狠狠掐她的脖子，杀死了她。

凶手是个变态狂，死亡前一瞬间，她第一次看清那张男人的脸。她还没来得及恨他，也没想到被强奸后怀孕之类的糗事，整个大脑只剩下恐惧，如果自己死了怎么办？真的很害怕变成一具尸体。

她变成了一具尸体。

死亡是什么感觉？的确有个隧道一样的东西，好像把一辈子的经历，变成电影在眼前回放，不仅有画面还有声音和气味，包括皮肤的触觉。出生时的啼哭，吃到第一口奶的滋味，少女时代的喜怒哀乐，暗恋上初中体育老师……哪怕最微弱的情绪，无病呻吟的叹息，都不会错过丝毫。

隧道尽头，她回到自己身体，不再感到疼痛、窒息与绝望。丝毫不能动弹，也发不出任何声音，尽管很想尖叫，哪怕撕破嗓子。男人将她装入麻袋，刚死的身体还没僵硬，关节可以活动，体温残留在三十度。麻袋装入汽车后备厢，后半夜，不知开了多久，她记得自己被那家伙从地上拖过，冰冰冷冷的，害怕是到殡仪馆。后来才觉得，要是被拖到殡仪馆或火葬场，实在是件太走运的事了。

她被塞进了一个冰柜。

冷气很足，零下二十度，但在尸体界，这样的温度非常舒适。冰柜不大，长度不超过一米五，大概是冷藏雪糕的吧，横躺着放在地上，像口小小的棺材。她是个高挑瘦长的女孩，只能弯着膝盖塞进去，双手蜷缩胸前，臀部顶着冰柜内壁，额头靠在门内侧，脸上结了一层霜花。

她告诉我，她没穿衣服，遇害时就一丝不挂。当她在微信上找到我时，恰逢自己的头七。她已习惯于光着身子，沉睡在冰冷的棺材里。但她保持着少女的矜持和尊严，对于自己身体的描述，仅限于此。

每个夜晚，我无数次想象她在冰柜里的模样，一丝不挂的睡美人，肌肤如雪，发似乌木。身体微微隆起与曲折，还有婴儿般蜷缩的姿态，将隐私部位掩盖起来，没有丝毫肉欲之感。好像只要王子打开冰柜，一个轻轻的吻，就能唤醒她。复活和重获生机的她，仿佛枯萎的玫瑰再次绽开，干涸的溪流再次汹涌……

我看了她的微信图片。她留过假小子的短发，在学校门口喝奶茶，逛小书店，买漫画杂志和盗版书。随着时间推移，姑娘越长越漂亮，头发渐从耳边长到肩膀，又慢慢垂到胸口。她学会了使用美拍软件，留下一张又一张朦朦胧胧的自拍照，不是噘嘴就是把镜头向下倾斜四十五度。

可怜的姑娘，为什么会被死变态盯上？大概就因为这些微信里的照片吧。

我问她叫什么名字，她给了我一串可爱的表情，只打了两个字：小倩。

好贴切的名字啊，我问她在哪里，但她说不清楚，她在内陆的一个小城市，遇害以后被关在后备厢，不记得冰柜在什么地方，虽然能使用微信，但无法给自己定位。

我要向警方报案，她却说案子已经破了——朋友圈分享的新闻《花季少女晚自习后失联，全网发动微博微信的力量寻找》。强奸和杀害她的那个变态狂，很快就被警察发现了。这个家伙持刀拒捕，被当场击毙。凶手没留下过多线索，但在他的床底下发现一个地下室，里面有四台冰柜，各藏着一具女孩的尸体。至于小倩，没人知道她在哪里，未必在她与凶手所在的城市，也许远在千里之外。公安局的记录中，她仍属于失踪人口，爸爸妈妈还在满世界张贴寻人启事。

我想，只有办案的警察清楚——这姑娘十有八九已不在人世了。

有一晚，她给我发了语音。

短短十几秒钟的语音，我犹豫了大半夜，第一次感到害怕——我还没听到过尸体说话。熬到天快亮，我才在被窝里点开语音。

一个少女的声音，带有南方口音，哆哆的，柔柔的，像正在烈日下融化的一枚糖果。

"嗨！我是小倩，忽然很想你。我这里没有黑夜，冰柜里永远亮着灯。但我想，你现在在黑夜里。如果，我打扰你了，向你道歉。"

这声音令人无法相信她只是一具尸体，赤身裸体，在零下二十度的冰柜里躺了无数个日夜。

我不知道该如何回答她，手机拿起又放下，按下语音键又松开。我走到镜子跟前，小心翼翼地说话，仿佛对面不是自己，而是那具美丽的尸体。

终于，我语音给她一段话："小倩，感谢你！"

笨嘴笨舌的我，原本想好的一肚子甜言蜜语，还用记号笔抄在手掌心里，一句都没说出口。

半分钟后，收到她的回答："很高兴听到你的声音！跟我想象中不太一样哦，你的声音很年轻，就像我喜欢过的男生的声音。对了，我问你啊，跟尸体交朋友是什么感觉？"

这个问题嘛，令我一时语塞。跟尸体交朋友什么感觉？就像跟志同道合的同学交朋友，跟单位里说得上话的同事交朋友，跟公交车上偶遇的美丽女孩交朋友……不就应该是那种平凡而普通的感觉吗？虽然，我的生活里并没有出现过以上这些人，除了我亲爱的尸体朋友们。当这些人活着的时候，也不会多看我一眼吧？我们更不会发现彼此的优点，只是擦肩而过的路人，哪怕说过话也转眼即忘。直到现在他们才会看到我的闪光点，不仅仅因为我是世界上唯一可以跟尸体对话的人，也不仅仅因为我是冰冷的停尸房里唯一的倾诉对象，还因为我像小动物般敏感，以及玻璃纸般脆弱。

我和她认识了一年半，共同度过了两个夏天和一个冬天。通过万能的朋友圈，我们愉快地玩耍着。我清晰地感受到她的存在，赤身裸体的少女，宛如刚出生的婴儿，蜷缩膝盖和双手，保持冰柜里的姿态，每个夜晚躺在我枕边。而我只是默默注视，与她保持五到十厘米的距离，绝不碰她一根毫毛。我的睡美人。

今年夏末，她告诉我，她遇到一些麻烦——虽说还躺在冰柜里，但偶尔会停电。你知道的，家里冰箱停电的后果。她说断电时间不长，顶多一两个钟头，但会特别难受。气温从零下二十度，上升到零上二十度。她不知道冰柜外面是什么，如果是地下室或冷库还好些，要是普通民房，甚至街边的冷饮店，几乎紧挨灼人烈日，就惨了。每次停电，她都会浑身不舒服，尽管死人是不会感到疼痛的，也许是心理上的莫名恐惧。原本雪白的皮肤确实有些变暗，经过断电后的高温，肌肉从冰冻的僵硬，渐渐柔软，仿佛正在融化的雪糕。她还能感应到，冰柜外面有苍蝇在飞，骇人听闻的嗡嗡声，像飞临广岛上空的轰炸机。

她很害怕，自己即将腐烂……

整个秋天，手机里不断传来这些可怕的消息，让我在每个深夜与黎明心急如焚。

老天哪，我不想失去这个最好的朋友——不得不承认了——我没有活人朋友，我的朋友全都是尸体，但其中对我最重要的，就是这个叫小倩的女孩。

于是，我通过微信告诉她："我可以说我爱你吗？"

她回答："我也爱你。"

第一次听到女孩这么对我说。我感觉自己是世界上最幸福的男人。

冬至前夜，她说冰柜断电了，超过十二个小时。她快要完蛋了，黑色彻底覆盖额头，像没有边界的夜。不知从什么缝隙里，钻进了一些肮脏的昆虫，苍蝇正在她的嘴唇上和鼻孔里产卵……

她说出一个秘密，"对不起，亲爱的，我欺骗了你。"

"冰柜没有断电吗？"

"不是啊，冰柜已经断电了，但我知道自己在哪里……"

我看到她打出了一长串地址，原来是一家生鲜食品加工厂，就在她所在的城市。

她说，既然已经死了，对于世界也没有什么依恋，更不愿意被别人发现自己的尸体——如果离开冰柜的环境，肯定会很难看吧？爸爸妈妈看到她的尸体，无法想象他们痛苦的样子。

"哎，我可不想看到我妈再为我哭了。"

小倩接着说，她也不想在公安局做尸检。法医肯定会检查她有没有被强奸，那多羞耻啊，好像又被强奸了一遍。最后就是火化。她天生不怕冷不怕冰，却怕热怕火，虽然尸体不会感觉到疼痛，但是想想在烈焰中化为灰烬，实在是件令人恐惧的事啊！

她觉得在冰柜里也挺好的。永远这样下去，每天看看自己，刷刷朋友圈，了解天下大事、娱乐八卦，谁跟谁劈腿啦，哪个小鲜肉又出道啦，某个明星又被扒出来整过容啦。最重要的是，有我这个深深爱着她的男人存在，让她一点儿都不会感到孤独，还有种热恋中的感觉，这样度过剩余的漫长人生，直到我渐渐变老死去，同样成为一具尸体，死了都要爱，不是许多人梦寐以求的超级浪漫的韩剧里才有的故事吗？

我在微信里打出无数个感叹号，发誓飞过来帮小倩把冰柜的电源插上，并且保证不泄露她的秘密，不把她的尸体交给任何人！

当晚，我乘坐红眼航班，千里迢迢来到她的城市，找到那家食品加工厂。凌晨时分，偌大的厂子里没有人，堆满了冷冻食品，每天早上要供应市场。厂子最后面的小院，有个废弃的房间，门口锁着粗大的铁链子。我用铁钳绞断链条，闯入埋葬我的小倩的"坟墓"。

没错，我看到了那台冰柜，手电照射下发出阴惨的反光，横卧在地上如同棺材。

而我心爱的睡美人，就躺在这具棺椁深处，静静地等待我的亲吻。

打开冰柜之前，我发现电源线被拔了，插座上有台山寨手机在充电。我重新把冰柜电源插上——谢天谢地！冰柜没有损坏，很快重新运转，发出一如既往的噪音，宛如一支秋天安魂曲。

希望尸体还没有腐烂，苍蝇的卵也没有那么快孵化成蛆虫。我的右手放在冰柜的门把手上，左手整理自己的头发，不要弄得像个屌丝似的，努力保持最帅的姿态。

时间无比漫长，仿佛长过我们每个人的一辈子。虽然我没结过婚，却突然有种新婚前夜的恐惧与慌张。右手仿佛被凝固在白色的门把手上，我与她就这样合为一体。

闭上眼睛，打开冰柜。

我还有一分钟的时间，用来停顿和想象，她蜷缩在冰柜里的模样——尽管是个裸体的少女，我却感受不到丝毫色情，而是像我们每个人，刚从妈妈的子宫来到这个世界一样，赤条条的纯洁无瑕。

但我没有看到她。

冰柜是空的，是空的是空的，是空的是空的是空的，是空的是空的是空的是空的……

没有尸体，更没有活人或者动物的器官组织。就连苍蝇都不剩，只留下一层厚厚的污垢，像所有旧冰箱里的那种颜色，还有一股氟利昂泄漏的气味，不断刺激着我的鼻孔。

我用了半个钟头，才慢慢接受这现实——我的美人，我的新娘，我最爱的人啊，她不见了！

是她说的地点有误，还是在一夜之间，尸体意外被人发现，送到了别的地方，还是这一切从来没有发生过，包括作为尸体的她？

也许她还活着？这大概是我能想到的最美好的结局。

为了让自己不那么悲伤，我也躺进这个冰柜，蜷缩成她说过的那种姿态。重新关紧冰柜的门，让冷气环绕着四周。但我不是尸体，活人终究怕冷，就算穿着再厚的衣服，很快冻出鼻涕。冰柜的灯光照亮我，我带着一台手机，无数个充电宝，默默打开微信，用流量刷朋友圈，与新认识的尸体朋友们打招呼、聊天、点赞、评论、抢红包……

亲爱的尸体朋友们啊，我很想拥抱你们每一个人，无论你们是冰冷还是炽热，我只想感受你们活着的时候所有的喜怒哀乐，与家人共度的每时每刻。在与这个世界离别的时刻，前往另一个世界的途中，有我这样的好朋友相伴，你一定不会孤单，也不会恐惧，而是面带微笑，还有幸福泪光，就像每一个春天的黎明。

然而，我在冰柜里躲藏了不到两个钟头，就感觉电源插头被人拔了，机器噪音归于平静，代之以纷乱的脚步声，响起一个大妈的咒骂，冰柜门打开了。

CNM 的！哪儿来的精神病？买不起棺材啊？干吗拔我的充电器，还让不让人玩朋友圈了？

大妈的双手孔武有力，准确地拧住我的耳朵，将我整个人拖出冰柜。

对不起，我无法解释我的行为，总之被食品厂值班的大妈扔到了大街上。她警告我要是再敢来食品厂的话，就通知火葬场把我拉去烧了。

凌晨三点，气温下降到零度，月光如同尸体的眼睛。我跟所有失恋的男孩们一样，躺在冰冷的街头，伸开双手，泪流满面。

这天早上，巡逻的警察发现了我，将我带到派出所，想要确定我是不是精神病人，或者是流浪乞讨人员。

最后，有个看起来像是警官的人，要求我说清楚一切的来龙去脉。因为我是在食品厂门口被发现的，警官调查了食品厂的值班大妈，确认我是从冰柜里被扔出来的。

"你为什么躺在那个冰柜里？"

面对严厉的警官，我不敢说，因为害怕一旦说出口，就真的会被关进精神病院。这倒没什么了不起的，但我的手机会被没收，就再也不能在我的尸体朋友圈里玩了。

在派出所里被审问了一天多，我终于保住了自己的秘密，也成功地证明我与某桩凶杀案无关，至少我以前没来过这座城市，就消除了我是同案犯的可能。

那是特大连环强奸杀人案，因犯罪嫌疑人拒捕被击毙而闻名。最后一个受害者，名字里有个"倩"，是个女高中生，晚自习路上被劫持，被强奸后头部遭到猛击。根据办案的警察判断，凶手误以为杀死了被害人，将她赤身裸体运走，藏在生鲜食品加工厂的冰柜里。昏迷了二十四小时，女高中生被食品厂的值班大妈发现，紧急送到医院，尚有微弱的生命体征。

女孩还活着，医生说这是一个奇迹。

但她再没醒来过。大脑受了致命伤，在冰柜里的二十四小时，严重伤害了中枢神经。这座小城市的医疗条件很烂，爸爸妈妈决心拯救女儿的生命，把她送到大城市的医院。

她第一次来到上海，昏迷中转入全国闻名的脑外科病房。经过专家会诊，判断她的生命只能延续十来天，顶多一个月，算是烧高香了。几个月后，女孩不知从哪来的力量，熬过了最艰难的阶段。病房里常堆满鲜花，许多网友想来看她一眼，但被院方拒绝。除了父母家属，只有医学专家可以进入病房，但也提不出什么治疗方案，只能听天由命，看这姑娘的造化了。

于是，名叫小倩的女孩，昏迷了一年半以上，经历两个夏天和一个冬天。漫长的五百六十多天，她全在上海的医院度过。

对我来说，这是一次命中注定的相遇——那家脑外科医院，就在我家小区斜对面，距离不过一百米。每个深夜，我趴着窗台眺望外面的夜色，都能看见住院部的几排灯光，也许她就躺在其中一扇窗后。

二〇一五年十二月二十四日，这是她昏迷的第五百六十五天，我离开案发地的小城，坐了三小时的大巴，再换乘七百二十公里的高铁，回到上海虹桥高铁站，打了七十七块钱出租车，直奔我家门口的脑外科医院。这里有个大脑结构图的雕塑——制作这尊雕塑的艺术家，也是根据尸体标本做出来的吧，我的大脑下意识地在想。清晨七点，医院大厅立着一棵圣诞树，两个小护士戴着圣诞老人的红帽子。我走进医院的九楼，那间被鲜花包围的病房，来看她。

她醒了。

小倩，你穿着白色病号服，留着一头病人常有的短发，正在病床边沿站起来。护士搀扶着你的胳膊，帮助你艰难地保持平衡，还有个康复治疗的架子，让你缓缓迈动双腿，重新找到站立行走的感觉。昏迷了五百六十五天，你应该过了十九岁生日，容颜还像个女高中生，苍白到近乎透明的皮肤，需要更多的营养。乌溜溜的黑眼睛，盯着被晨雾笼罩的窗外——相隔一百米之外，恰好是我家的那扇窗户。

昨天凌晨，大约三十个小时前，事先毫无征兆，她醒了。

太突然了，她从漫长的植物人状态中醒来，医生和护士都已惊呆，没人能解释这件事。过去几个月间，她的病情非但没好转，反而几度恶化。最糟糕的那几天，病房里出现了苍蝇，各种手段都无法消灭。好多次危险时刻，她只有出气没有进气，心电图几乎变成直线，差点被医生拔了管子。爸爸妈妈跪着求医生再等一等，结果又自动恢复了呼吸。仿佛一场艰难的拉锯战，无数次走过黄泉路，渡过忘川水，走到奈何桥再转回头。

当她醒来，睁开眼睛，说的第一句话——"他打开冰柜了！"

她不清楚自己为何在医院，更不晓得已远离家乡到了上海。她以为自己早就死了，被坏人强奸后杀害，变成一具赤裸的尸体，塞在食品厂的冰柜里，始终没被人发现，度过了一年半时光。但她并不孤独，因为一个神秘而遥远的朋友。那个人很有趣，也有男人魅力，经常跟她说起外面的世界，偶尔也说他自己的故事，陪伴她度过每一个漫漫长夜，晚安道别，早安问候……

医生只能告诉她——"这是一场漫长的噩梦，但你是个超级幸运的女孩，很高兴你能醒来。这又是一个足以写入医学史的奇迹。"

此时，此刻，我最亲爱的朋友啊，第一次，不再是一具尸体——而是一个活生生的，会喘气会眨眼还有心跳的，嘴里的热气喷涌到你鼻尖，突然害羞到脸红的女孩子。

她在我的面前，触手可及。而我的手里，捏着一枝饱满的玫瑰。

"你好，圣诞快乐！"

女孩凝视着我说话了，就像语音里听到过的声音，好像还在那个无边无际的梦里。她的双眼泛动情人般的泪光。我确信无疑，她认识我，虽然我无法回答这个问题。

刹那间，我放下玫瑰，转身飞奔而去，从她的世界彻底消失。

再见，朋友！

第 30 夜　与神同行的一夜

天空没有留下翅膀的痕迹，

但我已飞过。

——泰戈尔《流萤集》

二〇〇八年是个闰年，也是国际语言年、国际地球年、国际卫生年。起先陈冠希老师上了头条，旋即南方雪灾、暮春汶川地震、盛夏北京奥运、仲秋"神舟"七号太空漫步。

春节前夕，我去印度和尼泊尔旅行。从上海飞德里，先去斋普尔，再赴阿格拉的泰姬陵，从德里乘机抵达加德满都。我在博卡拉住了三晚，再经加德满都飞回德里。

最后一夜，我在德里机场度过。

我低估了印度北部的冬天，北风爬过兴都库什山与帕米尔高原，席卷过克什米尔山谷，蹂躏着亚穆纳河畔以及莫卧儿人的帝都。当我一踏上这片土地，就为之诧异怜悯的不计其数的流浪汉，包裹着单薄的南亚式线衫或毛毯露宿街头，还不如随处可见的马匹、骆驼与野狗。我在机场度过了漫长的一夜。

取到登机牌，才知道航班延误，不知要等多久。我托运了两个行李箱，装满各种以波斯风格的帝王将相、花鸟虫鱼为装饰的漆器盒子。我把它们像俄罗斯套娃那样装起来，大盒子套小盒子再装更迷你的盒子。我还手提两个大包，全是难辨真假的开司米羊绒地毯。

过了印度海关，透过候机楼的玻璃，眺望德里难得清澈的夜空。大概是寒流洁净了空气，一排排巨大的国际航班飞机涂装着的各自标志，在跑道灯光和无垠黑夜的衬托下，散发着乡间夜总会争奇斗艳的浓浓气息。

晚点，机场等候，无处可去，如丧家之犬。延误航班堆积如山，许多欧美背包客各自寻找空地坐下，有些干脆全家打起地铺。路过贵宾休息室门口，偶遇一场轻度争吵。男服务生用印度人特有的表情申明某种无奈，抗议的旅客是个戴着口罩、包裹着厚头巾的印度男人，露出一双老鹰似的眼睛。他鹤立鸡群，个头至少一米八五。从眼角皱纹看来已上了年纪。和许多印度人一样，眉心着一点朱砂。古风白袍，衣摆飘飘，从头顶到脚底，加上羊毛围巾，像宝莱坞电影里的蒙面强盗，又不似裹头巾的锡克人。虽然我的英语拙劣不堪，但这些天耳濡目染，已能与店主讨价还价——"This one""How much money""Impossible"……我的印式英语水平突飞猛进，竟然听懂了争执的大概。因为航班大面积延误，头等舱和商务舱休息室人满为患，不再接待更多乘客。该印度男人几乎要摘下口罩，露出真容，但手指颤抖着垂落，悻悻然走开。

我订的经济舱，登机口坐满了人，至少有两个航班的乘客挤在一起。我害怕在机场过夜，也不期待这种环境里的艳遇，尽管眼前闪过一两个印度与欧美的美人儿，浓烈的香水味冲了我一鼻子。趁着还有大把时间，我去免税店买了两条烟：上海卷烟厂的中华，包装上全是恶俗的图案，价格比国内便宜不少。我这辈子没抽过一支烟却要经常买烟送人。

好不容易，觅到个空荡荡的书店。下雪了。不是幻觉。雪花细碎轻盈，比不得北国的鹅毛大雪，却被横冲直撞的风裹挟，在候机楼的玻璃上，砸出无数小白点。

"德里近一百年来的第一场雪。"背后传来一句典雅悠长的印式英语。

回头看到说话人的脸，裹着白色头巾，好像刚从《一千零一夜》中的飞毯上下来，就要掏出笛子与眼镜蛇——这不是在贵宾休息室门口撞见的印度老爹吗？

他的口罩不见了，面孔罕见的白，几乎像南欧人的肤色。五官是标准的印度人模样，但更为立体和端正，唇边两撮灰色小胡子，有古代雅利安人的遗韵。这是一张令人难忘的脸。

"Nice to meet you! "

从不与陌生人打招呼的我，不由自主地蹦出一句英语，丝毫不带中国或印度口音。

"Nice to meet you, too. "

他用印式英语回答。后半夜的机场，许多人都已经去了酒店，书店是最安静的角落。我的英语结结巴巴，经常搜肠刮肚想半天，还要掏出口袋本《英汉字典》。看到我的狼狈，与我交谈时他故意放慢语速，耐心地反复说两三遍，同一个意思用不同的相近词语表达。

印度老爹先问我是不是中国人，说很高兴认识我，我是他的第一个中国朋友。接着他抱怨自己的航班也延误了，贵宾室进不去，说那些服务生就是屎。没错，他用了个经典的"Shit"。

我问他干吗戴口罩。他回答，在印度，从总理到议员到百万富翁到不可接触的贱民，没有一个不认识他这张脸。

但我不是很相信这种鬼话。老头也许只是想找人解闷。他与我肩并肩，站成一排，欣赏德里百年一遇的雪。夜空的下半部分，被灯光照得略显污浊；上半部分，冷月被乌云屏蔽，露出银盘般的光晕。

他说了声"Good Bye"，戴上蒙面口罩，独自走向候机楼另一端。

他没携带任何行李，双手空空地离开，也许全部家当都藏在宽大的长袍里？他没留下名字，但这并不遗憾，反正我也没做自我介绍。

在书店待了一个钟头，可惜大多是英文书，看完一部插图本《爱经》，我走向登机口碰碰运气。印度航空公司居然没通知我就开始登机！也许广播被我听漏了？人在国外总是自动忽略各种听不懂的广播声。再晚三十分钟，或在书店打个盹，我就要在德里机场多待一天。确认是飞往上海的航班后，我排在队伍末端。乘客大多是中国人，一张张疲惫不堪的面孔，几乎每人都提至少两个行李箱。

凌晨三点，终于上了飞机。我晕头转向地往前走，直达经济舱尾端。我的座位糟糕，双通道的大飞机，被夹在中间。左边是肤白似雪的中国大妈，右边是面黑如炭的印度大妈，散发出浓烈的咖喱味。俯瞰德里雪夜的愿望，就这样被两位大妈剿灭了。

舱门关闭，等待起飞。我准备睡一宿，有位空姐走了过来，皮肤黑了点，但眼睛又大又亮，标准的印度美人。她的印式英语速度很快，表情亲切友善，不断向我做出"请起来"的手势，但我只听清最后两个单词："Come on"。

多希望后面再加上个 baby。不明白啥意思，我尽情幻想一番，往人世间最美好的方向，将红眼航班化作红颜航班，但貌似合理的结论只有一个：她把我当作恐怖分子，想用甜美的笑容将我诱捕……我却无法拒绝这样的"Come on"，挤出狭窄的座位，印度空姐示意我拿好行李。我拎着大包小包，在经济舱乘客众目睽睽之下，跟着空姐从客机尾部走向前端，来到土豪坐的头等舱。

第一排左侧，靠窗的座位上，有个白布裹头的印度老爹，看到我就摘下大口罩。哇，原来是今晚认识的新朋友。他露出和蔼的微笑，伸开双臂邀请我坐下。

原来我被莫名其妙地升舱了。我对天使般的印度空姐心存感激，没来得及询问QQ号或手机号，飞机就开始滑行了。

我放好行李，坐在印度老爹身边，系紧安全带。我能清晰地看到舷窗外，大雪毫无停歇之意，灯光闪烁的候机楼，犹如神话里的水晶宫。

本次航班的头等舱很空，三个中国人，两个欧美人，只有他一个印度人。他告诉我，看身边座位正好空着，想到我便吩咐空姐给我升舱。我问他哪来那么大的权力，他还是那句话：在印度，没有人不认识他的脸。

空客A340客机冲过跑道，加速度将我推向椅背。我感激地看着身边的老头，经历漫长而疲倦的机场之夜，突然与这样一个人近在咫尺，肩并肩要度过五六千公里的旅途，放在唐玄奘的时代需要度过半辈子光阴，真有种做梦的感觉！

飞机腾空的瞬间，印度老爹镇定自若，毫不理会脱离地面的体感。六十秒内，我想已达上千米高度。机身略微倾斜，夜空中雪花弥漫，天穹露出一道弧度，停机坪上的飞机们被远远抛在身后。

舷窗外，有一只老鹰的影子，几乎与我的视线平行，难以想象它能飞到这样的高度。老鹰在印度是无处不见的动物。昨晚我住德里市中心，酒店上空平时就有几十只老鹰密集盘旋，好像等着冲下来享用住客的腐尸。而在中国大城市的天空，这一物种已基本绝迹。我把头凑到舷窗边，贴着印度老爹的胡子，鸟瞰整个德里。黑暗无边的贫民窟里，孩子们正在没有光的世界里，被寒冷的死神带往恒河的波涛。

飞机渐渐平稳，三万英尺，向东而去。他问我还好吗？我说棒极了，反问他："你叫什么名字？"

他说出一串我完全听不懂的词。

"好吧，印度人的名字。"

但他摇头说，这些都不是人的名字。

"不是人？"我想起各种空难题材恐怖片的画面。

老爹话锋一转，"都是神的名字。"

"神？"

"嗯，你相信吗？我就是神。"

他微笑，长长的嘴角几乎弯到耳根子，眉心那点朱砂更为细长，宛如二郎神杨戬的第三只眼。

神——

我默默在心里补充了两个字：经病。

谁都能看出我的不屑。老爹并无不快，继续给我印度式的微笑，用极慢速的印式英语，在后半夜的国际航班，接近天庭的云端上，讲述神的故事。

天地玄黄，宇宙洪荒。日月盈昃，辰宿列张……印度人也是如此想象上古，在他们的大洪水时代，有个宇宙金卵，孵化出第一位神，名号"梵天"。在茫茫宇宙间漫步，因孤独而创造了一位女神莎维德丽。她很害羞，不愿接受大神每时每刻的关注，但无论躲到东南西北哪一边，大神都会生出一个头来看她。此时又有了一位唤作湿婆的大神，虽然出道晚于梵天，却有后来居上之势。为救莎维德丽出苦海，湿婆砍掉了梵天的第五个头。从此，梵天只有四个脑袋、四条胳膊，就是泰国常见的四面佛。他以四头四臂示人（我想哪吒是他的盗版），坐骑是孔雀或天鹅，偶尔乘坐七只孔雀或天鹅所拉的战车出巡宇宙……

后来，梵天与另一位叫作毗湿奴的大神，偶遇湿婆大神的林伽，上顶黄天，下接厚土，如同竣工的通天塔。梵天与毗湿奴分头前往寻找林伽的终端。毗湿奴变成野猪向下挖洞，梵天变成天鹅翱翔苍穹。但这林伽太伟大了，根本找不到头。毗湿奴只好让湿婆收下自己的膝盖，承认湿婆才是宇宙真实的梵，是宇宙真正的老大。梵天却不以为然，他的资格最老，岂能示弱？他化身为天鹅一直往上飞，谎称发现林伽的起点。湿婆是全知全能的神啊，大发雷霆，诅咒梵天不被三界众生所拜。

为解释自己的身世，坐在我身边的"神"，在纸上精确地画出林伽、野猪和天鹅。

看到图画才明白——林伽就是男人的性器官，湿婆大神威武！

"如果你是神，那我是什么？幻觉吗？"为了表述"幻觉"这个词，我翻出口袋本《英汉字典》。

他从容作答："神，可以化作不同的形象来到人间，未必是神像呈现的模样。有时是个女子，有时是个顽童，有时却是个动物，比如天上的老鹰。"

起飞时看到的那只鹰，难道也是梵天的化身之一？也许还有无数个分身正在飞往中国，分布在这架飞机上的各个角落。

"凡间的人们多是瞎子和聋子，根本无法看到真正的神。他们以为到庙里跪拜焚香就行了？大错特错了，神怎么会是毫无生命的石头和木头呢？神是宇宙间无所不在的力量，是无穷无尽的灵性，往往就在你们身后，甚至在你自己身上，你们却一无所知！可怜的凡人！"他说了三遍，碰到我不懂的词，还帮我确认《英汉字典》上的拼写。

"神"说到口干舌燥，问空姐要了杯水。飞机在浓密云层上东行，左边恰能遥望喜马拉雅山的雪峰，在数千公里之远，仿佛不断露出海面的白色群岛，微暗而连绵不断。印度时间，凌晨四点三十分，一轮巨大的月亮，悬挂在珠穆朗玛或别的什么八千米高峰之上，将整个夜空渲染得如同迷梦，美不胜收。太不真实了，我很想把自己掐醒。

老头却睡着了。

梵天大神的最后一颗脑袋，正倚在舷窗边，发出均匀的鼾声。神就是神啊，打呼噜都这么有节奏这么性感。不过，我以为一位大神，他的睡眠应是盘腿飘浮在机舱中间，或端坐在机翼之上，衣袂飘飘地穿越云层与月光。

我也困得不行，但又怕这场梦会很快破灭，醒来一切都不存在，仍然在经济舱被左右两位不同肤色的大妈护法着。我强忍疲惫，打开背包，取出一本介绍印度文化的小书，从中国带来阅读解闷的，翻到其中一页——

梵天本是宇宙精神"梵"的人格化体现，当他演化为具有肉体，便不可避免地开始堕落。他在天宫享受荣华富贵，贪恋美色，霸占属下的智慧女神；他庇护了无数魔鬼在世间作恶。公元六世纪后，原本梵天享有的万有之神的地位，逐渐被湿婆或毗湿奴取而代之。至今，全印度只剩两座供奉他的庙宇。

当我醒来，还在头等舱，刚才撑不住睡着了。我的左边，那位伟大的神打着呼噜，唇边挂着一长串口水，像许多上了年纪的大人物，一派衰老之相。我想象几万年前，这位大神在天上寻欢作乐的情景，再看眼前这老头，口水已弄脏了长袍。我忍不住，掏出几张纸巾，擦干净他的嘴角。他没被弄醒，继续发出鼾声。

舷窗外，晴空万里。机翼下，浓云密布。想必已至中国领空。算算时差，北京时间过中午了吧？我顺便调整了手表的时间。

空姐来询问餐牌。我们的"神"懵懵懂懂睁开眼，向空姐投去烈焰似的目光。头等舱可选择菜单，他大概是回忆起"神"的身份，老老实实选了素食。坐在印度教徒旁边，我不好意思点牛肉，便挑了咖喱土豆米饭。

我想，要是"神"的这副躯壳得了老年痴呆症，会不会遗忘了自己是神，而彻底混同于凡人呢？幸好他还记得我，问候我休息得如何。空姐把早餐连带午餐都送来了。她含情脉脉地看着我们，当我想入非非时，才发现她盯着旁边的老头。她向"神"递出一张便笺纸与一支笔，祈求他赐予签名。

空姐对老头说："先生，很高兴为您服务，我是看着您的电影长大的！还有我爸爸也是！"

看得出她很激动，但得体有礼，不像脑残粉失控一般打扰别人休息，如获至宝之后便退到帘子背后了。

我盯着老头的脸，似乎看出几分脸熟。也许对中国人来说，所有宝莱坞明星统统都长一个样，就像中国人到了国外都被认为是李小龙或成龙。

他微微皱起眉头，表情复杂，难以言尽。

终于，"神"说话了，"我承认，我是个电影演员。"

六十六年前，他出生在南印度一个小公务员家庭，属于第二等级的刹帝利种姓。在那个阳光浓烈、人民肤色黝黑、说着南印度语的邦里，他的浅肤色和美男子容貌，简直万里挑一。他受过不错的教育，印式英语流利，十八岁考取印度最好的大学。他从小爱电影，最崇拜格利高里·派克，在大学就开始表演戏剧，又去宝莱坞参加选秀，一门心思投入演员生涯。他的第一个角色是侦探，又是拳头又是枕头地征服了杀人犯和美女，也征服了上亿的印度粉丝。他成了炙手可热的明星，年纪轻轻就拿了影帝，每年至少主演六部电影，海报贴遍整个印度乃至最闭塞的穷乡僻壤。

"你会跳舞吗？"

我印象中的印度电影，哪怕恐怖片，都会没由来地蹿出一群男女欢快地载歌载舞。

老头点头称是，手舞足蹈，摆出一组很古怪的姿势，在我看来就像羊痫风。这是他在一部经典电影中的舞姿，曾如神曲般传遍印度大街小巷，每个孩子都会跳上一段，略像几年后流行全球的《江南Style》。

他告诉我，三十岁后，他拒绝出演任何现实题材和偶像人物电影，只扮演一种角色——神。

演过湿婆、毗湿奴、罗摩，甚至演过释迦牟尼与耶稣，但他最爱演的是梵天。三十多年来，他在一百多部电影中扮演梵天，但很少扮演男一号，通常是男二与男三，有时竟是反派。但他的这张脸，作为梵天大神，却深入到每一个印度人的心底，尤其是在文盲与半文盲成群结队的农村地区。每次他深入地方拍戏或旅行，都会被人民群众当作大神降临，纷纷拿出贡品以至于全部家当来奉献。而在达官贵人面前，他也具有一种神的气质，被好几届印度总理奉为上宾，还曾指名要求陪同出访国外。

我问他：“结婚了吗？”

他伸出六根手指。

第一个在老家，父母安排的婚姻，刚上大学就离了。第二个才是初恋，曾经在大学校园爱得死去活来，可他刚成为电影明星就抛弃了对方。第三个也是电影演员，婚后不久却成为富商公子的情妇。第四个，他吸取教训，找了个医院护士，为他生了两个儿子和一个女儿，维持了长达十年的婚姻。第五个，真正的贵族之家，全家不是议员就是部长，爷爷曾是尼赫鲁总理的密友。但她不愿住在印度，她讨厌自己的国家，每年有七个月在英格兰或加利福尼亚度过。而梵天大神离不开这片神圣国土，定期前往恒河朝圣沐浴，两人因此分手。第六个，知识分子家庭出身的女粉丝，比他年轻三十五岁，后来车祸死了。自那以后，他未再娶，独身至今。

老头慢悠悠地说："我的影迷有上亿人，成为举足轻重的大人物后，每次出行都有几百号人跟随。我学会与各种人打交道，跟德里的政治家谈平民的权利，跟孟买的巨商说能源危机与汇率浮动。五十岁生日那天，我决心从政，组建自己的政党，而我是当之无愧的党魁。我在家乡发展力量，很快扩展到整个南印度，凡是我的影迷都是支持者，吸收了几百万党员，他们多是草根，刚从农村进城，目不识丁，家徒四壁，寄居在拥挤的贫民窟里。但他们相信我就是神，只有我能带领大家脱离苦海，前往一个幸福的神奇的印度。"

他当选了家乡所在邦的首席部长，相当于中国的省委书记兼省长。他的政党自然也在该邦执政，邦议员全是他的小弟和影迷，上到税务局和地方银行，下到在街头公开受贿的交通警察，他的政党简直权力无边。他每天视察贫穷的农村和失业的劳工，发誓要解放黑砖窑里的所有童工，与各个种姓乃至贱民共进午餐。但能到他的私人客厅里来的，只能是 CEO 和银行家，陆军准将与板球明星，要么是大学校长或诺贝尔奖获得者。

他庇护了整个邦的流氓和恶霸，这些坏蛋只要白天老老实实，黑夜就可以无法无天。作为交换条件，有家报社记者，刚写了两篇批评首席部长的专栏，就无声无息地"被失踪"了，坏蛋们保证无人胆敢挑战"神"的权威。

但他年轻的妻子难以容忍，尤其当一个强奸十四岁少女的无耻浑蛋，仅被法官判处了三年缓刑的时候。妻子扬言要向媒体揭发这个伪善的政客，但很快遭遇意外车祸。首席部长兼宝莱坞明星兼"神"在妻子葬礼上流泪的画面，通过现场直播的娱乐新闻，传遍南亚次大陆，让他的支持率又上升七个百分点。

新世纪的第一年，他决定挑战执政的人民党，坐上印度总理的宝座，欲步好莱坞明星罗纳德·里根总统之后尘。他宣称将根除祸害印度多年的腐败，消灭饥饿、愚昧、疾病和贫民窟，并与西边的宿敌巴基斯坦实现永久和平，把印度建设成比美国更强大的国家，让印度人的价值观传播到地球上每个角落。

可他忘了自己只是个演员。影帝般的演技对政治家来说很重要，但政治家最重要的绝不是影帝般的演技。而他的对手可不是一个人，而是一个高不可攀的世界。

不到半年，他的瑞士银行账户，匿名的海外房产和劳斯莱斯，跟洗钱集团的通话录音，依次暴露在报纸和网络上。还有不计其数的私生子，纷纷上电视控诉这个始乱终弃的父亲，其中有四五个可能是真的。他的保护伞下的黑社会头目与大地主，也如墙头草般背叛。原本在一贫如洗的家中供奉他的照片作为神像的人们，由他捐款建造并以神为之命名的小学和中学的校长们，也将他的头像清理进了下水道。

经过漫长而拉锯的官司，身败名裂的前任首席部长，面临被判终身监禁的危险。最后一次开庭，他的头发全白了，第一次像个老人，风烛残年，行将就木。当律师完成辩护陈词，检控官列数了他十大罪状。被告席上的他，对所有人报以神一般的微笑。法官愕然之时，他骤然挣脱警卫，冲出疏于防备的法庭。没人想到他会这样，又不是暴力犯罪分子，何况一把年纪的富贵之躯。他像二十岁的小伙子，在最高法院的走廊横冲直撞。在警卫抓住他的衣角前，老头撞向一扇古老的窗户，英国殖民者的彩色玻璃粉碎，整个人飞出楼外。

这是法院的七楼，他没有丝毫害怕，而在内心坚信——自己是神。

梵天大神，将变成一只天鹅，展翅高飞，直达九霄云顶，没人再能抓住他。

然而并没有什么飞翔，只有自由落体运动，只有凡人无法抗拒的地心引力，将他直接拉向大地。最高法院外的大街上，场外直播的电视媒体，仰着脖子拍摄这一罕见的死亡过程……短暂的痛苦后，他看到自己走在一片荒原，旱季的故乡，赤地千里，不见任何活物，村庄和神像残垣断壁，干涸的溪流布满鱼和鸟的尸体。无边无际的旷野，有个焦炭般的小孩，衣衫褴褛，瘦得只剩骨头。那是一个贱民，世代清扫厕所，绝对不可接触，哪怕看一眼都会被诅咒。突然，他发现自己回到了七岁，伸出嫩嫩的右手，高贵的浅色皮肤，触摸贱民孩子的黑色脸颊。微热的肮脏的接触，对方触电般倒地，蜷缩成一团，乌黑的身体迅速变白，两只脚几乎消失，双臂化作翅膀，皮肤长出羽毛，最后变成一只天鹅，眼泪汪汪地看着他的眼睛。当他怜悯地抱起天鹅，亲吻它细长柔软的脖子，天鹅雪白的腹部却渗出鲜血，奄奄一息。他慌张地逃回家，才听说有个贱民的孩子死了。他被爸爸揍了三个钟头，赤身裸体在水桶里浸泡了三天，三个月不准坐上餐桌吃饭。那年夏天，蒙巴顿勋爵宣布印巴分治，印度独立，紧接着是与巴基斯坦的战争，圣雄甘地遇刺身亡，而在南印度许多个土邦，盛传梵天大神已秘密降临人间……"9·11"那一年，他曾在最高法院跳窗坠楼。可是奇迹发生，一辆敞开的垃圾车经过，他掉到数米厚的食物残渣、塑料瓶子以及动物尸体上。侥幸避免了血溅五步，粉身碎骨，但头部受到重力撞击。

他在医院昏迷了七天七夜，醒来后清晰地说出那个梦。留洋归来的医生说那不是梦，而是标准的濒死体验。只有他自己才明白，那是七岁时真实的记忆。

审判时逃跑自杀的他，引起全国影迷的强烈同情。舆论风头转向，无数人上街呼吁赦免他，指出对他的审判是一场政治迫害。于是，他被法官从轻发落，以获刑七年告终。

他的新家在德里监狱，典狱长给他安排了一个单间，方便他每天祈祷和阅读。从前他经常公开演讲，面对成千上万把他当作神而顶礼膜拜的人们，大段背诵史诗《罗摩衍那》，也能信手拈来泰戈尔的《新月集》和《园丁集》。但他并不了解其中含义，只是死记硬背。而在监狱里的日子，他终于能安静地阅读，从每晚八点到凌晨两点。文字像无穷的海水，一点点浸湿大脑里的海绵，挤压出各种颜色的尘泥。每次在监狱大院放风，他都会悄悄撒出一把灰尘，那不是来自墙壁的，而是他自己的一部分。

没人来监狱探望过他，包括在国外的三个婚生子女，以及难以统计的私生子。但他每天都能收到玫瑰，还有年轻时代的电影剧照——只有影迷们忠诚不渝。这些粉丝也是世袭的，有的已祖孙三代。也只有影迷们，才将他当作一个演员，而不是神。

听完他的故事，我沉默好久，顺便感叹我的印式英语达到了新东方结业的水准。

"那么多大神里，你为什么偏偏喜欢梵天？"

"因为，梵天变成美丽的天鹅，飞到苍穹之上，寻找林伽的起点。"

"你喜欢飞？"

"是，我喜欢一切会飞的物质，比如飞鸟、昆虫、风筝、蒲公英，还有飞机。"

就像现在，漫长的飞行接近尾声，天色渐渐变暗，夕阳追在飞机后头。透过云朵的缝隙，依稀可见长江下游的田野和城镇。

老头说，上个星期，他才服完刑期，走出德里监狱的大门，身上只有一套《泰戈尔诗集》，还有一笔不多的积蓄，刚够买张去中国的头等舱机票。

"飞来中国干吗？"

他去过世界上所有的国家，包括南极和北极，唯独没到过中国。他知道中国是个古怪的国度，中国人与其他任何民族都不同。除了人口众多，其余几乎都与印度相反。

还有个原因，他在狱中最爱泰戈尔的《流萤集》。大师曾经去中国和日本旅行，常有人邀请他把诗句写在扇子和绢素之上，因此就有了这部诗集。

我想起一张上世纪二十年代的著名照片，经常被文艺女青年用来伤春悲秋——左边是林徽因，右边是徐志摩，中间是穿着汉服的泰戈尔，白须飘飘，仙风道骨。

老头擅长星象和占卜，预测这一年中国会发生许多大事。他还说，我在这一年里也会有大的变化。

"你怎能预言我的未来？"

"因为，我是神。"

说了半天，印度老爹又绕了回来。

我有些大脑缺氧，无力再转换这些词语。飞机下降，冬夜过早降临。舷窗外的云端上，拉着一条漫长的晚霞带，灿烂得灼人眼球。空姐关照系紧安全带，座位不断颤抖，耳膜阵阵疼痛。老头却无任何反应，平静地俯瞰舷窗之外。

北京时间晚七点，飞机开始倾斜，机身转向，从南边绕过上海市区，飞往浦东国际机场。千米之下，灯光星罗棋布，宛如天上的黄道十二宫。我能分辨出高速公路的车流，黑夜里异常耀眼。

望见机场候机楼，无数灯光簇拥跑道，巨大的飞机呼啸降落。起落架轮胎撞击跑道的瞬间，我的心像被扎了一下，整个人向前俯冲。

舱窗外是黑夜中的停机坪，一架又一架国际航班客机，给我一种仿佛回到德里的错觉。

上海也在下雪。飞机滑行很久才停稳，但没有靠到候机楼边上，而是在停机坪中央。一辆摆渡车和一辆中巴开来。舷梯搭上前部舱门，广播通知头等舱旅客先下机。

在空姐的祝福和道别声中，我踏出舱门，头顶是空旷寒冷的夜空。没想到下雪的同时，还有一轮又大又圆的超级月亮，是专门来迎接"梵天大神"的吗？

我披上厚外套，刚要沿着舷梯往下走，回头看一眼印度老头，想要个联系方式，电话号码或 E-mail。

他却先说话了——"谢谢你，年轻人，很高兴你能陪伴我共同飞行。"

这话说得我受宠若惊，"我也很高兴认识您！真的！"

"我是神，你相信吗？"

看着老头认真的表情，我一本正经地点头，"我相信！"

突然，他给了我一个大大的拥抱，在我猝不及防的同时，印度式的两颊亲吻，就差像勃列日涅夫嘴对嘴亲吻昂纳克了。

但我一点都没抗拒，反而把他拥抱得更紧，感受到他体内神一般灼热的温度。

后面在排队等候，美丽可爱的空姐，她通情又达理，没有催促我们快下去。

老头咬着我的耳朵说："你知道吗？我会飞！"

然后，他松开我，两臂如十字架般伸展，双脚便脱离舷梯，整个人飞上夜空。

他真的会飞。

五分钟前坐在我身边的老头，此刻在我的头顶飞翔，盘旋凌驾于无数巨型客机之上。浦东机场的雪夜，透明银河般无边无际，只剩一抹纯白的影子。

Namaste!

最漫长的那一夜，很多双眼睛都可作证，在高处不胜寒的夜空，有一只雪白的天鹅，消失在超级大的月亮里……

第 31 夜　**穿越雾霾的一夜**

二〇一四年十一月二十日。

那一夜，发生了某件令人终身难忘的事，对于我、树下野狐和阿菩三人而言。

正如我在《北京一夜》故事开头所写——

　　许多人都不喜欢那座充满雾霾与拥堵的城市。

　　但偶尔，我还是会着迷那样的夜晚。春风沉醉兼沙尘呼啸的三月，后海盛开荷花的七月，秋月如镜锃亮的十月，白茫茫落得干净的腊月。

那一夜，北京严重雾霾。

下午，是中影集团的二〇一五电影项目推介会，刘慈欣、南派三叔、树下野狐、阿菩、八月长安……这些家伙都来了，还有我。对了，这个会上介绍我的小说《天机》电影改编的情况。

会后，中影集团喇总的晚宴上，八月长安、树下野狐分别问我要微信，我囧囧地回答——我还没用微信呢。

他们问我是生活在哪个世纪的人，我说十九世纪吧。

据说，当天会上几百号人，只有两个人没用微信，一个是刘慈欣，另一个是我。

晚宴过后，闲来无事，我和八月长安、树下野狐、阿菩四人相约去了南锣鼓巷。我对那里略熟些，以前在巷子里的酒店住过。我们穿过热闹的人群，找了间酒吧聊天。

我说我有个习惯，在不同的城市，喜欢独自夜行。我走过哈尔滨冰封的松花江面，走过传说中危险的喀什街头。我专走人迹罕至之处，不为漂亮姑娘，更不为欣赏美景，或者说单调枯燥的黑夜就是风景。今年四月，我路过北京，住长虹桥，零点时分，独自出门，打出租车，直奔百花深处胡同，寻找"有位老妇人，犹在痴痴地等"之处。午夜，百花深处胡同，安静，空无一人。我只拍了几张照片，对着空旷的巷子、老树、屋檐、门牌。一直往百花深处的更深处走去，后半夜里，独自走了一个钟头，只知道往东是后海荷花市场的方向。黑夜中穿过一条条胡同，有时撞上断头路，又只能寻找其他岔道。从最安静如坟墓的京城深处，渐渐听到远处的喧闹与歌声，直至豁然开朗的灯火，蓦地竟到了银锭桥。众里寻他千百度。

好吧，他们表示不解，仿佛我是男神——经病。

晚上十点多，八月长安先回去了，剩下三个落寞的男人，便到南锣北口的新疆馆子吃烤串。二十串羊肉下肚，打道回府。这边打车似有困难，于是只得沿鼓楼东大街往东走去。我带着大伙往黑暗的胡同里转了转，最后又说兄弟们走回酒店吧。好啊，树下野狐和阿菩都赞同。我说从二环走到三环没问题吧。知道这段路不短，但在我的蛊惑下，他俩还是决定绿色环保低碳兼装逼靠两条腿走回去。

深夜十一点。安定门内大街拐角，有人蹲在地上烧纸钱，还有几十个黑色圆圈，残存着烧剩的纸屑。

这家刚死了人吧？不过，这也是人间烟火气，总比高楼大厦底下硬邦邦冷冰冰的好。

我们三人折向正北，沿着安定门内大街往二环路走去。

没有选择打车，不是因为打不着车，也不是因为害怕会再遇到那个像冯唐的司机，仅仅只是想要在最漫长的那一夜里行走。

雾霾茫茫。三人边走边聊，不知不觉，已过了北二环的安定门。

树下野狐回忆起当年在北大读书时追女仔的往事，阿菩也说起什么事，不过我忘了。

经过一个路口，发觉地上摆着两个酒瓶子，还有碗筷，盛着米饭与几盘荤素搭配的菜肴。

这个……这个……不是给死人的供品吗？

北京深夜。清冷路灯下，摆在人行道上冰冷的饭菜。让我想起小时候每逢小年夜，家里都要做一桌子饭菜，必有条青鱼或鲫鱼，还要在饭碗上插筷子……都是给死去的亲人享用的。

别看了。我被他们拉走了。

感觉到某种异样，仿佛周围空气里，弥漫一种淡淡的烟雾气——不是北京雾霾里那种惯常的肮脏感，而是火葬场的气味。

Keep walking.

又走了好久，时间仿佛失效。树下野狐说："哎呀！我们是不是有些傻逼？大半夜的，又没有漂亮姑娘陪伴，三个大老爷们，没戴口罩，在北京有毒的雾霾里走了一个钟头！"

"嗯，好像是的啊。"阿菩附和道。

忘了是谁低头要打手机求助，却发现信号消失了。

不会吧，这是帝都啊，二环与三环之间，雾霾还把手机信号给屏蔽了？

三个人的手机不约而同都断了信号。而且，我身上有两台手机，一台移动的，一台联通的，都没信号。妈蛋，3G 与 4G 的无线网络也断了。

有点诡异了。

我继续往前走了几步，看到一个公用电话亭便冲过去，这年头在大城市已不常见这玩意儿了。我拿起脏兮兮的电话筒，摸出从上海带来的硬币（这货在北京几乎不流通）塞进去，依然听不到任何声音。

连特么固定电话都断了？

我们面面相觑，再回头看四周大街。上穷碧落下黄泉，半个行人都不见。路边的高楼，还亮着星星点点的灯光，但在雾霾中朦胧而模糊。街上的车飞驰而过，这是帝都唯一不堵车的时节，却都打开远光灯，看来路灯都不管用了。

怎么办？

往后走？但要经过那个有死人供品的地方，树下野狐提醒我们不要被孤魂野鬼缠上。

往左走？倒是有条幽深的小巷子，夹在两个小区之间，但恐怕进去就得迷路，而且半点灯光都没了，不如我们在大路上安全。

往右走？隔着整条宽阔的马路，前头的路口不知还要走多久。

往前走吧。

北国的刺骨冰冷中，身体和腿越走越热，耳朵却被冻得硬邦邦。

然而，我们还是没有看到北三环。

仿佛永远回不去了。

路灯越发昏暗，我却一把拉住树下野狐，否则他就一脚踩到地上的黑圈。

又是烧过纸钱的痕迹。

这条路上密密麻麻，一路上不下几十个圈圈，零星夹杂着盛满米饭和包子的破碗，还有装着白酒的一次性塑料杯子……

感觉像到了公墓，清明节。

寂静，无声。我能听到他俩骤然加快的心跳声，那可不是看鬼片才有的生理反应。

路边有个电线杆，贴着张纸条，有些异样。我凑上去细看，那是……打开手机照明，看清一行隽秀的小字——

当你下一次在黑夜里行走？

我把纸条揭下，紧紧攥在手心。我没有看身边的树下野狐和阿菩，也不清楚他们是用怎样的目光看我。我只是闭上眼睛，深呼吸，哪怕雾霾严重甚至 PM2.5 已爆表。

眼前是黑的，连透过眼皮射入瞳孔的半点光线都不剩。耳边也是空的，没有汽车的呼啸声，没有人的喧哗，什么都没有。

我看到一条荒芜的道路。树影浓重，黑漆漆的，不像光秃秃的北京冬天。很冷很冷。下着雨。雨点冰冷。我穿着厚外套，撑着一把伞。独自走在雨中。但没有影子。因为，没有光，更没有路灯。往前走，左右都是一片空旷。树丛外，依稀是青葱农田，或是荒野。有条河流淌，经过水泥桥。一辆车开过，远光灯照出行道树。树冠相接，黑夜里聚拢车灯光束，像个白晃晃的山洞。看着似几百万年前，人类之初的某片原野。而我，始终在走。举着伞，雨声淅淅沥沥。我有些累，但又不感觉疲乏。车子驶过后的静寂，反而让我莫名兴奋。越走越快，脚步轻盈。只是，眼前这条荒凉的路，看起来也是越走越远，再也看不到尽头，或，通往世界尽头，但不会有冷酷仙境……

有人拍了我一下，重新睁开眼睛，看到树下野狐的脸。

"你在看什么呢？"

哦，还是在北京的雾霾中，只是背景更加混沌。我把纸条给他们看，又问刚才过去多久。

"你刚拿起这张纸啊！"

"也就是一瞬间？"

"一两秒钟吧！"

晕，可是在我记忆中，似乎那条路已走了几个钟头，或是大半个夜晚。

当他们听完我的讲述，再看完纸条上那行字，只有阿菩一本正经地说："在有的星球上，一年相当于地球上的一分钟，说明你刚穿越到一个陌生的星球，度过了一整晚，回来才是这里的刹那。"

"这里的刹那？"

我若有所思地回头，街边再也不见一辆车了。手机依然毫无信号，不觉得奇怪吗？

是啊，一个人，一辆车，就连半个鬼都见不着，只剩我们三个男人。

雾霾茫茫。继续往前走，绕过地上的黑圈和供品。路边的建筑都看不清了，更别说窗户和灯光。能见度下降到不足十米，我们只能用手机照明，穿行在全部由迷雾组成的世界。

好吧，现在胃里的烤串都被消化掉了，可以再来两根辣条了。

小时候看过的一部日本电影《首都消失》，后来许多年再没记起来过，此刻却如此鲜明地跳在脑中，当东京被不明有毒气体包围……

"你们相信世界上有外星文明吗？"

说话的是阿菩，反正周围一切都看不到了，只剩下雾霾，宛如太空深处。

我沉默。

树下野狐说："我信。"

但我还是不想说话。

突然，树下野狐大声向外呼喊："喂，有人吗？有鬼吗？有外星人吗？"

等待了数秒钟，遥远的空旷里传来回音，仅此而已。

沉默……

"这一夜，会不会全世界的人类都死光了？"

"表（不要）吓我！"树下野狐瞪了我一眼。

"怎么解释地上这么多烧掉的纸钱和供品？"

阿菩开始跟我们分析判断："在黑暗冰冷的环境之中，只有烧纸钱才能提供一些热量。"路边还有几堆黑圈，他蹲下用手靠近。"而这个热量就像红外线热成像，能够让人，或是其他某种生物，可以发现我们的存在，或者就是一个或一组坐标点。"

"其他某种生物？你是说外星人？"

"可能吧！"阿菩继续道，"这些黑圈就相当于移动通信的基站，向太空发射着信号，让外星人来接人类死去的灵魂。"

"外星人给全人类在烧纸钱？"

"可能，也包括我们自己。"

"你说我们都死了？我不相信。"树下野狐掐了自己一把，疼痛在他脸上写出来。

"不对，我们只是人类最后三个幸存者。因为，只有我们三个，毫无防护地暴露在雾霾中。其他人因为躲在各种地下掩体或戴着防毒面具，反而因此完蛋？"

"不对吧，今晚的全世界，大部分地方并没有雾霾啊，走在街上的人也必然不止我们三个。"

我想到了一个答案——

"大数据，网络上留存着我们的购物信息、搜索记录、阅读记录……

人是会说谎的，但大数据不会，就像神的眼睛，在无数的电子神经元里看着你。"

"这么说来，谷歌、百度，还有马云，都可以是这个'神'了？"

"不全是吧，他们可以看到，但未必能做到。"

"只有某种高于人类的存在，或者平行于人类的存在，才可以做到这一切。但如果，没有人类自身所发展出的互联网和大数据，那么那种高于或平行于人类的存在，也无法做出准确的判断。"

"如此而言，是我们自己给自己造了一个绞刑架？"

"准确来说，是给自己造了一个能够踩上绞刑架的板凳。原本，我们根本就够不上绞刑套索的高度。现在，我们为了让自己站得更高看得更远，造了一个小板凳或者小沙发。终于，让我们的脖子够得上绞刑架了。"

"No Zuo No Die.（不作死就不会死。）"

树下野狐又总结了一句："祭奠我们的互联网及各位大佬们。"

"但，我们三个人为什么还活着？"

"显然，外星人，不，这个表述不准确，应该说是某种高于或平行于人类的存在，通过大数据进行了精确的选择，决定让我们三个人活下来，或者，暂时再多活一会儿。"

"这个选择的标准又是什么？"树下野狐不解地看着我们。

是啊，我们并不觉得，自己的道德水准一定高于另外六十亿人，也不觉得只有我们三个人的精神境界与专业能力可以延续人类的文明——要是一男一女也就罢了，起码也算是上了挪亚方舟，三个男人怎么办呢？三男生子？某个电脑屏幕后面的高于或平行于人类的存在也是宅腐控吗？

我搂着两个男人的肩膀说："不管怎样，我们继续往前走吧。"

就当作自己还活着的证明。

穿越雾霾前行，莫名有几分悲壮。像是汉尼拔带着战象翻过阿尔卑斯山进军罗马，又仿佛是红军长征爬雪山过草地走向延安的窑洞，更如世界末日之前人类的飞船飞向木星附近的虫洞。

哈利路亚。

不知又行了几十里路，雾霾茫茫照旧，两边不见任何灯光与建筑。就在我们只为了行走而行走之时，眼前骤然出现一道光圈。

得救了！

就在一切都要烟消云散之时，那光圈里却出现一个孤零零的白衣女子。

白色的斗篷底下是白色的大袄和长裙，乌黑的头发上插着白花，挽成了古装片里才有的发型。

古代人？

那身白衣，分明是重孝在身，再看装束和打扮，像来自明朝。

女子看来不过二十上下，柳眉紧蹙，瞪大了丹凤眼，掩面往后退去。

妹子，我们不是坏人。

三人紧紧追去，管她是从哪个朝代里出来的。

四周的雾霾里面，又冲出一人一骑。

来人穿着黄色的甲胄，厚长的棉甲镶嵌着铆钉，盔上仿佛顶着个避雷针，那不是清朝八旗武将的装扮吗？还是正黄旗的吧？

马上的清人看到我们也是一惊，勒紧了缰绳便打马转头离去，重又隐入雾霾深处。

这是神马（什么）节奏？几个意思啊？

"对啦，必定是清兵入关，头一回打进北京城，烧杀抢掠，弄得天下净是缟素，就如同这满地的烧纸钱与供品呢！"

阿菩倒也是脑洞大开，不过说得有道理。而今这北京二环外三环内，恰是当年明清兴替，闯王进京，崇祯上吊，吴三桂冲冠一怒为红颜，结果清朝坐了天下的历史见证之地呢。

我们再往前走吧。说不定就能像起点文里写的一样，穿越到了那个时代，总比留在世界末日的当下坐以待毙强一点吧。说着树下野狐也兴奋起来，"若是能在彼乱世称雄，以我们来自二十一世纪的知识与智慧，必能改变历史之车轮，别说是清朝八旗，就算是德川幕府、路易十四、彼得大帝，还不得乖乖地臣服于我辈？到时候裂土分疆，我占一块亚洲，你占一块欧洲，他再去美洲开发块新大陆，做一回华盛顿的祖宗，不亦乐乎？不过，就怕我们三人内讧，各自利欲熏心，兄弟反目，又搞了一出全球当代版的《三国演义》。"

意淫嘴炮之顷刻，眼前冒出一片血红色。竟有无数人头攒动，全都穿着明朝服饰，拿着鸡蛋与烂菜叶，纷纷投向一个中年男人。那人早已被剥得浑身赤裸，在寒风中瑟瑟发抖。走近一点看，他被五花大绑着，脸上一道道血污，其边上正站着个彪形大汉，握三寸小刀，正在一点点割他胳膊上的肉！

这就是酷刑吗？杀千刀啊！

那个刽子手，干得可是欢快，表情颇像 AV 男优。而台下那些围观的群众，纷纷表示情绪稳定，也仿佛正趴在快播前，投入地看着爱情动作视频。而惨遭酷刑的男人，真是条汉子，铮铮铁骨，一声不吭。他任由小刀割下自己的肉，鲜血四溅，雾霾的空气中也多了这血腥味。刽子手每割下一块肉，下面的人群便起哄一次。有人说我出一两白银，又有人说出二两。最后，有个土豪大妈拍下十两银子，那可是当年一笔巨款。刽子手应声把人肉扔给了大妈。她欢天喜地塞进嘴里，硬生生，囫囵吞枣，嚼下去，嘴角流出两道鲜血——可惜受刑的男人不够年轻，否则便是小鲜肉啦……

随后，大家争先恐后地竞买着台上的人肉。直到那千刀万剐杀尽，可怜的受刑人，只剩下一副骨架。当中有一颗心脏微微跳动，头骨上还有双眼睛，直勾勾看着下面的北京市民，摆开大排档吃着自己的肋条肉、内脏，还有人鞭……

我以为我会看到古轩亭口，至少也是菜市口，但什么都没有了。

又一片雾霾飘来，我们惶恐地向前逃去，不知转了几个方向。再回头，那一切都消失了。

太真实了。

不，我们到底是怎么了？

难道，在这一晚，北京的北二环与北三环之间，出现了一个巨大的虫洞？

空间并没有变过，变化的是时间，我们陷入时间的河流，通过扭曲或折叠，可以到达另一个年代？

忽然，我们中的某一个男人，坐在地上哇哇地哭了起来。

当我们为自己的命运而忧虑，为亲爱的家人而悲伤，因对他人的理解而同情，乃至于为全人类哀其不幸、怒其不争时，眼前的雾霾渐渐淡了。

不知从哪儿来的一阵风，哪怕是从阴间来的，哪怕是从猎户座来的，也好。

风吹雾去。

我看到了，光。

灯，路灯，路边大厦窗户里的灯，高架桥上的灯，街上飞驰而过的车灯。

耳边重新响起呼啸的发动机声，城市里的各种喧闹而不夜的场景重新复活？！

靠，这不就是北三环吗？

再低头看时间，恰是凌晨三点，传说中鬼魂出没的时刻。

我们在雾霾中步行了足足四个钟头。

再看身后的这条路，原来是从一条小巷子里出来的，看来刚才只是迷路了而已。因为一度雾霾太重，我们看不清方向而误入歧途。我猜那条路，四周都是单位，因此晚上没有灯，也没有车经过，什么都看不清楚，除了地上烧的纸钱痕迹。也许，雾霾真的会干扰电子信号，或者，那个鬼地方是什么科研保密单位，存在强烈的信号干扰，导致我们无法使用手机。

是啊，现在手机有信号了，我立即上网查了查今天是什么日子——二〇一四年十一月二十日，甲午年乙亥月乙未日，阴历闰九月廿八。不，现在凌晨，已是十一月二十一日，阴历九月廿九。明天就是十月初一，日历表上标着"寒衣节"三个字。

再查什么是寒衣节——

十月初一，指农历十月第一天，又称"十月朝""祭祖节""冥阴节"。因这一天祭奠先亡之人，谓之送寒衣，又称为寒衣节，与春季的清明节、秋季的中元节，并称三大鬼节。民初，北京人大多沿袭旧俗，在十月初一以前就要到南纸店去买寒衣纸，它是用冥衣铺糊好烧活的彩色蜡花纸做的，也有用素色纸的。更为讲究的富人，则是请冥衣铺的裱糊匠糊一些皮袄、皮裤等高级冬装。不论什么样的寒衣，都以纸钱、纸锭为主，一并装在包裹内，供罢焚化。

这是跟我们那儿的清明节、七月半，甚至冬至、小年夜一样的习俗。

树下野狐和阿菩都有些晕了，那么刚才看到的古代人又是怎么回事？仿佛鼻孔里还残留着那种血腥味。

这时，身后巷子里一阵喧哗。几十号人走了出来，都穿着古装。有的人边走边换成现代的衣服，有的人已套上羽绒服，还有那匹马也被牵出来，清人武将走在后面，嘴里叼着根烟，还不忘用手机玩自拍刷朋友圈呢。至于被千刀万剐的那位，正裹着厚厚的棉大衣，满脸鼻涕地喝着热腾腾的胖大海。

最后，我看到了那个穿着重孝的白衣女子。

刹那间，我明白了，这根本就是一个电影或电视剧组，故意觅个雾霾之夜，为了省掉许多布景费用。拍摄明朝将亡，大雾弥漫，皇太极奇袭北京，袁崇焕率关宁铁骑驰援，崇祯皇帝误中反间计，凌迟处死忠臣良将……忽然又想起我读小学时，看过一版陈家林导演的电视连续剧《袁崇焕》，最后一幕便是如此场景，一片血红之中，袁崇焕在京被千刀万剐，人民群众争相分而食之。

虚惊一场？

其实，我还不敢肯定。

没过多久，我们三个就走到了酒店。

终于没事了，但，此夜经历令人终身难忘，三人分别拥抱告辞，各自回房，洗洗睡了。

两周以后，我又去参加了一个会，会上有《三体》电影启动拍摄的发布，会上也有我的小说电影改编的发布。会前，我跟刘慈欣闲聊，他跟我说过一句话：如果世界上没有外星人的话，那恐怕才是一件很意外的事。

前几天，在上海，我接到宣传部会议通知。会议地点在青浦的最西面、古镇朱家角附近，一个叫"东方绿舟"的地方。那天冷得要命，据说会降温到零度，烟波浩渺的淀山湖畔，有个培训和会议中心，晚上我就住在那里。入夜，我跟几个兄弟提起下"四国大战"。但是没有棋。我决定去朱家角镇上的文具店买。

冬雨，我借了一把伞，独自走出大门。

黑夜，九点。门卫看到我独自一人，步行往外走去，惊诧地问我去哪里，他们说这附近非常荒凉，出去要走一个钟头才能打到车。

没关系，我想了想。好在没有雾霾，雨中空气清新，就是冰冷了点。

但，我喜欢独自在黑夜里行走。

Keep walking.

我看到一条荒芜的道路。树影浓重，黑漆漆的，不像光秃秃的北京冬天。很冷很冷。下着雨。雨点冰冷。我穿着厚外套，撑着一把伞。独自走在雨中。但没有影子。因为，没有光，更没有路灯。往前走，左右都是一片空旷。树丛外，依稀是青葱农田，或是荒野。有条河流淌，经过水泥桥。一辆车开过，远光灯照出行道树。树冠相接，黑夜里聚拢车灯光束，像个白晃晃的山洞。看着似几百万年前，人类之初的某片原野。而我，始终在走。举着伞，雨声淅淅沥沥。我有些累，但又不感觉疲乏。车子驶过后的静寂，反而让我莫名兴奋。越走越快，脚步轻盈。只是，眼前这条荒凉的路，看起来也是越走越远，再也看不到尽头，或，通往世界尽头，但不会有冷酷仙境……

忽然，我想起自己的口袋里，还装着那张从北京带回来的纸条。

当你下一次在黑夜里行走？

为什么一直保留着没有丢掉？这几个字，是谁写的呢？又是写给谁的呢？是单纯的恶作剧，还是闲得蛋疼的行为艺术？还是……

我再也不能想下去了，因为在黑暗的丛林与荒野深处——我看到一片耀眼的光芒，就像十万个太阳在爆炸，放射着让人永久失明的夺目光芒。

既像世界尽头，又似冷酷仙境。

我确信，在北京雾霾的深处，我们确实发现了某种高于或平行于人类的存在。

因为——此时，此刻，此地，我真的，看到一艘巨大的外星飞船降临……

人生是一次漫长的行走，我们有时候向左走，有时候向右走，多数时候向前走，偶尔转回头，往后走。但，时间，永远只是一条直线。想要遇见虫洞或折叠或扭曲，太过奢侈。那么，请跟我来。在最漫长的那一夜，继续行走！

Do not go gentle into that good night,

Old age should burn and rave at close of day;

Rage, rage against the dying of the light.

不要温和地走进那个良夜，

老年应当在日暮时燃烧咆哮；

怒斥，怒斥光明的消逝。

Though wise men at their end know dark is right,

Because their words had forked no lightning they

Do not go gentle into that good night.

虽然智慧的人临终时懂得黑暗有理，

因为他们的话没有迸发出闪电，他们

也并不温和地走进那个良夜。

Good men, the last wave by, crying how bright

Their frail deeds might have danced in a green bay,

Rage, rage against the dying of the light.

善良的人，当最后一浪过去，高呼他们脆弱的善行

可能曾会多么光辉地在绿色的海湾里舞蹈，

怒斥，怒斥光明的消逝。

Wild men who caught and sang the sun in flight,

and learn, too late, they grieved it on its way,

Do not go gentle into that good night.

狂暴的人抓住并歌唱过翱翔的太阳，

懂得，但为时太晚，他们使太阳在途中悲伤，

也并不温和地走进那个良夜。

Grave men, near death, who see with blinding sight

Blind eyes could blaze like meteors and be gay,

Rage, rage against the dying of the light.

严肃的人，接近死亡，用炫目的视觉看出

失明的眼睛可以像流星一样闪耀欢欣，

怒斥，怒斥光明的消逝。

And you, my father, there on the sad height,

Curse, bless me now with your fierce tears, I pray.

Do not go gentle into that good night.

Rage, rage against the dying of the light.

您啊，我的父亲，在那悲哀的高处。

现在用您的热泪诅咒我，祝福我吧。我求您

不要温和地走进那个良夜。

怒斥，怒斥光明的消逝。

Dylan Thomas，Do not go gentle into that good night

（狄兰·托马斯《不要温和地走进那个良夜》，译者：巫宁坤）

第 32 夜　**埃米莉逃亡一夜**

1

我叫埃米莉。

法国与意大利交界处，西欧最高的勃朗峰就在头顶，双眼几乎被耀眼的冰雪刺瞎。从阿尔卑斯的夏日阳光下，驶入黑暗的穿山隧道，就像突然遭遇日食，又像重新回到母腹。这是一辆路虎越野车，我蜷缩在后排座位上，闻着妈妈头发里的香味，许久才适应没有尽头的隧道——脑中闪过某种熟悉的情景，宛如很久很久以前，当我还是个瘦弱不堪的小胎儿，痛苦地被挤压着通过流血的产道，第一次探头来到世上。

嗨！你们好，这是我出生后的第八个年头。

在漆黑的世界中，车窗成为一面镜子，照出我苍白的脸，大而无神的眼睛，头发披散在肩上，脖子消瘦，像只小猫，几乎一把就能捏死——曾经有人说我像个小吸血鬼。

这次自驾车之旅从维也纳开始，途中要经过五个国家，第一站是萨尔茨堡，然后是阿尔卑斯山谷中的因斯布鲁克，接着进入德国境内的贝希特斯加登，再经过博登湖来到瑞士。爸爸开车直奔少女峰，带着妈妈和我第一次滑雪，虽然玩得很开心，我却有一种不安的预感。我们去了日内瓦，从那里开车到法国，按照原定的旅行计划，终点站是地中海蓝色海岸的摩纳哥，妈妈却临时改变了主意，想要去意大利的都灵与米兰。爸爸是个听话的男人，便从上萨瓦省的公路，径直开到了勃朗峰隧道。

忽然，前头闪过一个白点，越来越亮，宛如凌晨在雪山上的日出，那是隧道的出口。

我们已到了意大利，高耸入云的勃朗峰被甩在身后。车子猛烈摇晃了一下，我撞到了前排座椅后面。爸爸慌张地打着方向盘，靠在路边的草地上。我浑身疼痛地爬起来，回头隔着车后窗玻璃，看到一辆黑色卡车紧紧逼着我们，刚才就是被它撞了。

爸爸刚下车，卡车里也出来一个男人，穿着白色风衣，戴着白色帽子，从怀里掏出一把手枪。

枪口闪过一丝火星，爸爸捂着胸口，闷闷地倒在地上。

白色风衣的男人向我走来，妈妈尖叫着打开车门，抱着我逃跑。对方紧追不舍，他是来杀我们全家的吧？阿尔卑斯的山坡上，妈妈疯狂地逃跑，我的眼前天旋地转，耳边全是她的喘息声。我们紧挨着滚滚车流，所有人都只顾着往前飞驰，并未注意到有危险。

终于，那个男人追了上来，向我举起了枪。

妈妈将我紧紧抱着，把后背暴露给那个男人。我从她发丝间的缝隙，看清了那个男人的脸——他有一双紫色的眼睛。

他只问了一句话："姑娘，你不愿意吗？"

"我愿意。"

然后，枪口的火光闪烁，这一声枪响震动了山谷。

妈妈倒下，鲜血从她的嘴里涌出，眼睛眨了几下，渐渐变得灰暗，玻璃体僵硬地凝固，倒映出我哭泣的小脸。

她死了。

而我感到胸口一阵潮湿，好像被某种温热的液体浸泡，同时又像火柴燃烧起来，闻到一股焦糊糊的气味，如同妈妈烤煳了的牛排。

哎，妈妈，你又把事情搞砸了。

子弹带着阿尔卑斯山独有的空气，从妈妈的后背射入，穿透前胸而出，同时打碎了我的心脏。

而我弱小的身体，通过一粒圆圆的弹孔，灌满了妈妈的鲜血。

那双紫色的眼睛。

2

我叫埃米莉，我已经不是小女孩了，我想爸爸应该明白这一点。

爸爸还活着，胸口多了一道难看的伤疤，每逢阴雨天就会疼得直冒汗。他走在长满椰树的沙滩上，不时有波利尼西亚少女经过，晒着耀眼的古铜色皮肤，似乎每一个都在诱惑爸爸。他的目光里有几分邪恶，盯着少女们的胸口，让我怀疑他时常半夜出门，就是去找其中一个或几个幽会。

我在厌恶他的同时，也会想念妈妈。

五年前，我们全家在阿尔卑斯山旅行，遭遇了神秘的袭击，有个紫色眼睛的杀手，开枪杀害了我的妈妈。要不是警察及时赶到，我早已躺在棺材中了。

爸爸奇迹般地活了下来。他的工作漂泊不定，几乎每年要换一个地方，不是非洲的沙漠，就是南美洲的丛林，抑或印度南方的小镇，直到这座南太平洋上的小岛。

爸爸要带我出海钓鱼，租了一艘波利尼西亚人的独木舟，带有独特的三角帆，左侧伸出两根长长的木杆，支架起与船身平行浮起的木杆，像羽翼一般。

出海的那天，晴空万里，几个有着乌黑秀发与惹火身材的少女，裸露着胸口向我们挥手告别。而我低头看着清澈海水下的珊瑚，只盼着尽快摆脱她们。

我在想，爸爸是不是要杀了我？

几小时后，当我们远离海岛，茫茫的太平洋上，骤然袭来一阵疾风。幸亏是波利尼西亚独木舟，数米高的巨浪也难以打翻它，爸爸将我绑在船舱里，这样至少不会被掀出去。我喝了许多口海水，呛得死去活来，把胃里吐空了。等到暴风雨消退，船上的设备都已坏了，无论海事卫星电话还是三角帆，我们像孤儿般漂流在海上……

三天后，船上的一切食物几乎都吃完了。爸爸将最后一根香蕉留给了我，随后准备了瓶瓶罐罐，迎接南太平洋上丰沛的雨水。

赤道上的太阳晒着我的脸，让我苍白的脸略微发红，嘴唇也裂开几道口子。十三岁的我，穿着湿透的内衣与短裤，皮肤竟也焕发出波利尼西亚少女般的光泽，爸爸无力地看着我说："埃米莉，你会像你妈妈一样漂亮的。"

"那个人为什么要来杀我们？"

就算淹死饿死渴死在太平洋上，我也不会忘记白色风衣的男子，还有那双紫色的眼睛。

"不知道，警方已经调查了五年，却没有任何线索。"

"每当我睡不着，就会看到妈妈死去的双眼。"

"我也是。"

"爸爸，你是怎么跟妈妈认识的？"

他的面色有些古怪，等待许久才说："那时候我们都没有钱，可她深深地迷住了我，只认识了几个星期，我就送给她一个Dior的包包。"

"你好大方啊。"

"不久，你妈妈的肚子里就有了你——真像一场梦啊，所有人都说我们疯了，两个人都那么年轻，恐怕连自己都养不活，怎么能把孩子养好？你不知道，我们吃了多少苦，你妈妈又流了多少眼泪，终于把你生了下来，这时候才刚刚登记结婚，等你会走路了才补办婚礼。"

"可你很快就实现了自己的梦想。"

"是啊，谁会想到自从你来到这个世上，我的一切就变得那么顺利，你们母女从此衣食无忧，跟着我周游世界……埃米莉，我爱你们。"

"杀手是你雇来的吧？"

这句话让爸爸一愣，面色冷峻下来，"为什么会这么想？"

"你厌倦了妈妈，想要把她除掉，为了不让警察怀疑你，先让杀手往你身上开一枪，却在并非要害的部位，假装要杀我们一家三口，其实只是为了杀害妻子。"

"埃米莉，你长大后适合做个小说家。"

"这不是在幻想！"

说话之间，船舷外的鱼钩晃了一下，我钓起了一条小个的鲣鱼。我熟练地用刀子剖开鱼腹，做成生鱼片跟爸爸分享了。

"其实，这个世界，并不是你想象的样子。"

耀眼的阳光下，我把头靠在他宽阔裸露的胸膛上，"爸爸，你有没有想过死亡？"

"没有。"

"可我每天都会想到死，仿佛随时随地会遭遇意外，比如遇到那个杀手。"

"不要再想这些了。人死以后，一切就都没有了。"

我的耳朵能听到他的心跳声，又贴着他下巴上的胡茬说："请对我说实话，假如我死以后，还会有人记得我吗？"

"我——不知道。"

"爸爸，你也会忘记我的，是吗？"

他没有回答，冷漠地把我推开了。

让人意想不到，整整七天过去，南太平洋上连一滴雨都没下过，只能依靠生鱼片果腹。

爸爸快要渴死了。他总是用身体为我阻挡阳光，把更多的生鱼片让给我，他的脸上长满了泡泡，整个人晒得像块木炭。

忽然，他指了指船底的隔板，我虚弱地将它打开，意外地发现了最后一小瓶水。

他把这瓶水留给了我，然后，他死了。

爸爸的尸体暴晒在烈日底下，很快发出了臭味。我拧开水瓶，抿了一小口，我想这样可以多活几天。

然后，我把爸爸推到了海里。

清澈而深不见底的海水，漫游着密密麻麻的金枪鱼群，爸爸像块蛋糕沉没到鱼群中，很快会成为它们的午餐。

我躺在独木舟中，抱着爸爸留下来的那瓶水，等待随时来临的死亡。

三天后，当我喝完最后一滴水，一艘集装箱货轮发现了我。

船员们都是些大胡子的拉丁美洲人。他们给我吃了面包和牛奶，裹上温暖而满是跳蚤的船员毛毯，让出最好的一间舱室，让我洗了个舒服的热水澡。

然后，他们轮奸了我。

当我血流不止地诅咒他们都将死于暴风雨时，船长出现了。看到这张脸，我就沉默了。因为，我认识他。还有，他的白色风衣、白色帽子、紫色双眼。

他拎着一把斧子，无声无息地朝我劈了下来。

我的尸体，被扔进南太平洋，距离复活节岛一千四百九十海里。我看着幽暗无边的海底，一群柠檬鲨循着血迹游了过来。

3

我叫埃米莉，十八岁，我长大了，人们都管我叫美少女。

透过飞机舷窗，看到机翼下的撒哈拉沙漠，红色与金色的岩石和沙丘，宛如南太平洋般无边无际。五年前，爸爸葬身鱼腹之后，我早已习惯于独自一人旅行。我曾路过世界各大机场，俯瞰过地球上的许多个角落。我也认识了各种朋友，有男孩也有女孩，我跟着他们学会了十二种语言，而他们总是羡慕我能周游列国。

其实，我是在想——如果，我不停地在不同的地方飞来飞去，那个杀手就不容易找到我了吧。

但我唯独没有去过中国，这一点连我自己都难以理解。

走神的一刹那间，我看到机翼下的引擎着火了。机舱中响起刺耳的警报声，头顶的氧气面罩落下来，前后都是女人们的尖叫，漂亮的空姐们也花容失色，手忙脚乱地教乘客们自救的方法。

机长决定在沙漠中迫降。

十分钟后，随着一声巨大的冲击，飞机一头栽倒在沙丘中。有人打开舱门，大家争先恐后地爬出去。当我也狂奔到炽热的沙漠上，身后的飞机才剧烈爆炸，至少有一半的乘客化作了碎片。

有一块热乎乎的头盖骨被甩到我的后脖子上。

夜幕降临，还剩下一百多名幸存者，不少人在逃出舱门时，因为互相踩踏而受伤了。这是撒哈拉沙漠的中心地带，没有任何通信信号，也没有水源，连游牧的柏柏尔人都没有。

我想要离他们远一点。

果然，没有任何外来救援的迹象，大家忍受着饥饿与干渴，每天不断有人死去。尸体堆积在沙漠上，我想再过很多年就会变成木乃伊。

但我早就对死人麻木了，自从爸爸妈妈相继离世，我的生活中就充满了危险，几乎每天都会见到各种各样的死亡。比如在海啸与核泄漏的日本，在耶路撒冷老城，在龙卷风下的美国中部，在暴风雪中的西伯利亚。

在三个不同的国家和地区，我读过五所中学，其中有四所发生过校园枪击案。我目睹一个高二男生，开枪打爆了我的物理老师的脑袋——前一天晚上我还跟这男生约会过。

剩下最后一所高中，被强飓风夷为了平地，有三百个学生死于非命。

我在废墟底下埋了七天七夜，最终被国际救援队挖了出来，结果还只是轻微伤。

因此，对于这次空难，我没有丝毫慌张与恐惧，只是惊讶灾难竟然来得那么晚。在我的第九十九次飞行中才发生。

沙漠的夜晚很冷。

我找到了一个山洞，似乎有古人生活的痕迹，我弄来火种照亮岩壁，眼前跳出鲜艳的图案，画着原始人狩猎与放牧的情景，简直美得惊心动魄。这是人类刚诞生时的样子吧，老师说所有的现代人类，都是走出非洲的智人的后代——我也是其中之一。

在祖先的岩洞里过了一夜，醒来后才发现在荒凉的沙漠上，到处都是血肉模糊的尸体。我冷静地回到死人们中间，发现几个奄奄一息的人，他们用最后一口气告诉我，昨晚发生了极其可怕的事——有人实在饿昏了，便开始到处杀人，最后发展到煮人肉充饥。有的人为了保命，有的人为了填饱肚子，总之是自相残杀。短短的几个小时，没有人能逃过劫难。

最后，剩下的伤员也死了。

就当我跪在被血染红的沙砾上等死时，头顶却响起了直升机螺旋桨的轰鸣声……

机翼掀起巨大的风沙，我虚弱地被吹倒在地，只能挥舞双手求救。直升机悬停在半空之中，放下一截蛇形的软梯，有个男人从梯子上爬下来，却穿着夸张的白色风衣，衣摆几乎要被卷到螺旋桨里，一顶白色帽子从头上坠落，我在担心他会不慎摔死的同时，隐隐感到某种恐惧。

终于，男人在沙漠上着陆，露出一双紫色眼睛，被风沙吹得通红，一脸悲伤地看着我，就差伸出手来拥抱。就像在阿尔卑斯山，在南太平洋。我还惊讶他从未变老过。

"去死吧！"

我转身要逃跑，但无力地跌倒在沙子里，他将我拽回来，用绳子绑住我的腰，将我拉上了直升机。

男人的身体很热，将我包裹在他的腋下。当我们上升到大约一千米的高度，我看到底下海浪般起伏的沙丘，那架巨大的飞机残骸，如同被小孩子抛弃的玩具。

于是，紫色双眼的男人，将我推出直升机舱门，而我并不感到意外。

我不会飞，我想。

4

我叫埃米莉，刚从哈佛大学毕业，并有了自己的第一个 Dior 包包，这是男朋友提前送给我的生日礼物。

今天，是我的二十三岁生日，但我依然选择独自一人旅行。

这是我第一次来到中国，也是第一百九十九次飞行，很幸运，安全抵达终点。五年前，在我的第九十九次飞行中，发生了一些小意外，整架飞机有二百六十七个人，只有我一个人还活着。

我的手边有一本书，作者的名字叫埃米莉——爸爸说得对，我长大后适合写小说。去年我出版了自己的第一部长篇小说，批评家们说我会成为一位出色的女性作家，这本书也即将被翻译为中文，中国的版权经纪人会到机场来迎接我。

但我还是期待独自旅行的快乐，下飞机后入住四季酒店，我还没有倒回时差，便突然甩开了版权经纪人，溜到午后的街头闲逛。

每个中国人都似乎长一个样，酒店门口停着几辆法拉利与兰博基尼，玻璃幕墙上有巨幅的奢侈品广告，走到哪里都是人山人海。我从万宝龙的橱窗里，看到自己雪白的面孔，还有烫卷了的头发，高高的个子加上十厘米的高跟鞋，不断有人回头来看我。

忽然，橱窗里还多了一张脸。那个男人，十五年前勃朗峰隧道口外的杀手，十年前南太平洋货轮的船长，五年前的撒哈拉沙漠搜救直升机的机长。还有这张从未改变过的脸。

紫色的眼睛，白色的风衣，口袋里鼓鼓囊囊的，幽灵般地向我靠近。

他杀了我的妈妈，又一次一次地杀死了我，我永远记得这张脸。

"HELP！"

我开始尖叫，却没有人来救我，杀手向我跑了过来。我刚向前逃了几步，就被高跟鞋绊倒在地。我只能蹬掉鞋子，光着脚在马路上飞奔。

风，撒哈拉沙漠般的热风，从我的双耳边呼啸而过，几乎能听到子弹飞行的声音。

他就快要追上我了吗？

拐过几个路口，我看到了一所医院，有无数人进进出出，许多老人提着小凳排着长队。医院门口的公交车站，滚动着路虎越野车的灯箱广告。我本想冲上一辆正靠站的公车，却意外地看到一个男人。

爸爸？

奇怪啊，他怎么会在这里？难道也被人从南太平洋里捞了上来？

他看上去年轻了许多，就像二十多岁的小伙子，穿着再普通不过的廉价 T 恤，神情紧张地猛吸香烟。他坐在医院门口的台阶上，屁股底下垫着一张废报纸，整版广告都是白雪皑皑的少女峰，打着一行中文"欧洲阿尔卑斯五国十日豪华游"。

我摇了摇他的肩膀，爸爸却完全不认识我，反而害怕地向后倒退。看来他是不会帮我了，我颤抖着回过头来，那张杀手的脸更近了，正要把什么东西从口袋里掏出来。

我慌不择路地冲向医院，推开排着长龙的人群，手脚并用地爬上四楼。到处都是消毒水的气味，白衣服的年轻护士们，推出满是装着带绒毛样鲜血的瓶子的推车，匆忙拿到水槽中冲洗。

然而，护士们也不来救我，身后响起杀手的脚步声。

我只能随手推开一扇房门，没想到是间小小的手术室，几个穿着白大褂、只露出眼睛的人，冷冷地瞪着我说："你终于来了。"

"救救我！"

我这才想起自己会说一些中文的。

"放心吧，这里很专业，不会痛的！"

于是，我被他们推到手术台上。他们将我的腿挂在两个架子上，强行褪下我的裙子与内裤。

我开始尖叫，挣扎，流泪，却无济于事。

"姑娘，你不愿意吗？"

一个中年护士问我，而我停顿了片刻，却出乎意料地摇摇头，冷静地吐出三个字——

"我愿意。"

头顶的无影灯打开，我看到医生露出一双紫色的眼睛。

医生低头凑近我，他的眼球表面，镜子般倒映出我的脸——

妈妈。

5

我叫埃米莉。

今年夏天，我还没有出生，我的年龄是负数，正蜷缩在妈妈的子宫深处。

我想我现在只有青蛙这么大，全身浸泡在温暖黑暗的羊水中，就像在浩瀚的南太平洋底，或是大海般的撒哈拉沙漠，这样的环境很适合做梦哦。

虽然，我的眼睛还是闭着的，却通过一条脐带与妈妈相连，从而感受到外面的世界。

我知道妈妈在浑身颤抖，虽然刚打完麻药，据说这是"无痛的人流"。

突然间，我什么都知道了，妈妈只有二十三岁，爸爸也同样年轻，正焦虑地站在医院门外。

他们还没有结婚，也许再也不会见面了。

她的眼角正溢出泪水，我渐渐看清了整个手术室，医生趴在她的双腿之间，手里握着某个恐怖的东西。

妈妈痛苦地把脸别过去，目光对准手术室的角落，那儿挂着一个

Dior 包包，这是爸爸送给妈妈的第一件礼物，在他们认识后的第三个星期。虽说是淘宝上买来的 A 货，498 元的 VIP 特惠价，但她仍然喜欢地每天背着它。

这时，一个钩子伸进子宫，妈妈几乎没有什么感觉，而我真的好疼，好疼，好疼……

在最漫长的那一夜，空气中飘过半腐烂的夜来香气味。我被吸出妈妈的身体，随着充满泡沫的血液，倒入一个玻璃瓶子，被小护士推出手术室，送入水槽冲洗干净，永远消失在下水道深处。

我叫埃米莉，我还没有出生，就已经死了。

第 33 夜　**宛如昨日的一夜**

1

@蔡骏：#最漫长的那一夜# 你有过在深夜街头独行的经历吗？你有过在黑夜里做过的最疯狂的事吗？你有过在后半夜哭成狗的时刻吗？你有过在午夜出租车上听说过最诡谲的故事吗？你有过在……请告诉我——你所经历过的最漫长的那一夜。

这是我在七月发的一条微博，不久冒出上千条评论。粗略统计，将近一半是失恋：男友或老公劈腿，女友提出分手，异地恋无疾而终，表白失败……一百条说到亲人离世，有爸爸妈妈、爷爷奶奶、外公外婆，似乎没有看到兄弟姐妹，因为我们这一代多为独生子女。此外是各种意外事件，高速公路车祸、汶川地震被困废墟一夜。有人提到好友死于去年马航空难（我的粉多灾多难）。有的看似无关痛痒，分为毕业狂欢、打工奇遇、旅途长夜、灵异体验等等，对当事人而言却是毕生难忘。许多人提到生孩子的疼痛，特别是麻药过去醒来后的一夜。我不是女人，但对此确信无疑。有人说，自己一辈子顺顺利利，平平淡淡，没有经历过最漫长的那一夜。但你错了，每个人出生时，妈妈都会经历最漫长的那一夜，不是吗？

我们都来自最漫长的那一夜。

以上，是记忆。默默看完所有评论，也许能治愈你三分之一的不开心。这是我开微博至今，底下评论价值最高的一条，没有之一。

其中，有一条——

　　十八岁，海岛旅行。深夜，海边有悬崖和古庙，黑色大海激起黑色浪头，像黑色天空拍打黑色乱石。你们生起篝火，一群人吃着海鲜烧烤傻笑，轮流唱张雨生还有张国荣的歌。时光一晃，两个歌手都已不在人世，而我还活着。她呢？最漫长的那一夜，我终究是错过了。好遗憾啊。你好蔡骏，我是左叶。

左叶，我记得他。中学时候，他整张脸爬满青春痘，接近毁容的程度，被起了个绰号"游坦之"。看过《天龙八部》的秒懂。

"游坦之，现在哪里？"我给左叶的微博发了一条私信。

只隔一夜，我收到他的回复，并约我见面。

在四季酒店的咖啡吧，左叶衬衫领带打扮。青春痘早褪了，只留几个淡淡痘疤。多年未见，他已是高级工程师，任职于一家可穿戴智能设备公司，刚被谷歌用十九亿美元收购——使得谷歌股价上涨了 3.8%。

没来得及叙旧，左叶邀我去体验新研发的一款产品。我表示不感兴趣，我不是电子产品爱好者，也不是果粉之类的科技教徒，更不想做小白鼠的实验品。

左叶露出 IT 男标准的微笑，很有乔布斯遗像里那种感觉，神秘兮兮地告诉我，这款新产品的名字叫——"宛如昨日"。

我低声复述一遍，声音在喉咙里滚动着，挤压出大提琴般的低音，"宛如昨日"——这样一个名字，似乎对我有无穷无尽的吸引力。

"为什么选我？"

"因为最漫长的那一夜，你带着千千万万人进入了回忆。"左叶说。

2

回忆，还有宛如昨日，与其说是老同学左叶，不如说是这些词汇，带着我前往地图上也找不到的 X 区。

既然地图上都找不到，我就不复述怎么走了。总之，那鬼地方距离大海不远，空气中有滩涂的咸味。如大海与墓地间的荒村。矗立着孤零零几幢建筑，没有尽头的天际线下，像科幻片拍摄基地。

研发中心开着超强冷气，仿佛深秋。人们穿着白色工作服，包括挂着胸卡的高级工程师左叶。穿 T 恤的我冻出了鼻涕。

一间没有窗户的实验室，除了墙壁就是电脑屏。我坐在正中间的椅子上，如受审的犯人。左叶为我戴上设备，像谷歌眼镜式的茶色墨镜。还有一套耳机，戴上听不到其他声音。设备有 USB 充电口，可随身携带。他的手掌压在我的肩头，墨镜变成黑屏，剥夺了视觉和听觉。

"你还在吗？"

我呼喊左叶，没有回音。刚想摘下墨镜，耳机里传来他的声音："请不要有任何动作，也不必说话，更不要试图摘下设备，你的眼前会有提示文字，你按照提示进行思考即可。"

半分钟后，黑屏上亮出一行文字：你最想回忆哪一夜？

我习惯性动手指要打键盘，才想起左叶的关照，什么都不用做，只用脑子想就可以了。

最想回忆哪一夜？

天哪，这是我问别人的问题，可是我自己竟然没有真正思考过。

耳机里又响起左叶的声音："听着，你不需要做任何事，只要闭上眼睛，尽情回忆。"

简直是抑郁症的催眠治疗！寻找回忆的起点。

回忆……回忆……回忆……

深蓝色方块，月牙儿近在眼前，幽暗的小阁楼楼顶，小窗突兀。脚尖踮在床头，手扒木头窗台，轻轻推开玻璃窗，小脸儿边上，层层叠叠的瓦片，长着青草。月光下的野猫，猫眼黄色核桃般，屈身弓背，疾驰而过。苍穹居然干净。月光隐去，繁星熠熠，蝉鸣此起彼伏。才发现自己双手好小，胳膊也细细的。发出声音，变成小孩子的童声，带一点点奶味。开灯，镜子里是张小男孩的脸。反复提醒自己，这只是回忆，一次新产品的实验，并非回到过去。床上躺着一个人，他在均匀地呼吸，头发白了，脸上有皱纹——他不是早在坟墓里了吗？这不是棺材，而是我跟他一起睡的床。外公，我轻轻唤他。他醒了。天也亮了。我想解释什么，徒劳，外公抱我下阁楼，外婆已做好早饭。天哪，我看着他俩，想要哭，就真的哭了。外婆端来痰盂罐，让我往里头尿尿。一天过得很快，下起小雨，我看着窗外的屋檐。黑白电视机，正在播《聪明的一休》。小和尚看着白布小人，响起片尾曲：哈哈五一萨玛……又一天，爸爸骑自行车送我去幼儿园，他还那么年轻，我在自行车后座上，仰着脖子看最高的楼，不过五六层罢了。我很快读小学了。老师的脸，同学们的声音，原本早就忘光了，对啊对啊，但只要再回到面前，百分之百确信无疑。这是我的记忆。小学三年级，外婆给我做完早饭的那天，她因为脑溢血昏迷，不久离开人世。就是那个清晨，被我彻底遗忘的清晨，完完全全在眼前。那时十岁的我，哪里知道是与外婆的最后一面啊。后来我许多次梦到过外婆，第一次明白死亡是什么。

当我号啕大哭，有人为我摘下墨镜和耳机。我像个小学生，一把鼻涕一把眼泪，跪倒在左叶面前。他把我拽起来，漂亮的女职员带我离开，送来一杯热饮料。左叶问我感觉怎么样？

"宛如昨日。"

除了这四个字，我想象不出其他更贴切的回答。不但视觉，还有声音，连味觉和嗅觉的记忆都是准确的，栩栩如生。比如外婆做的阳春面的味道，我最爱吃漂浮在面汤上的葱末，因为外婆说吃葱的孩子聪明。

这不是虚拟现实，而是真的发生过，只是随着时间流转，像刷在墙上的字，渐渐褪色淡去，又被新的文字涂抹掩盖。但那些字存在过，如假包换，哪怕被自己遗忘。

对，就像重返童年，重返早已被拆掉的老宅子，看小时候的照片和录像带，宛如昨日。

左叶毫无表情，托了托滑下鼻梁的眼镜。虽然不见粉刺，我仍然回想起"游坦之"。他用了一个钟头，解释这套可穿戴装备"宛如昨日"——归根结底，就是所有记忆，不管多久远，只要有过微弱印象，哪怕前看后忘，也在大脑皮层里有过映射。比如你坐地铁，车厢里几百个人，除非有美女或帅哥在面前，否则你连一张脸都记不住。但实际上在记忆中，已存留这些影像，你的眼睛就是监控探头。只不过存储器容量有限，只能抓取最容易记住的，其余的就被扫入记忆的垃圾箱——但这个垃圾箱始终在你脑中，永远没被倒掉过，就是所谓的深层记忆。

"宛如昨日"可立即找到你的深层记忆，把被遗忘的昨日唤醒，如同老电影重新放映，无论听觉、视觉、味觉、嗅觉、触觉……左叶和他的团队，已为此开发七年，分别在美国与中国注册专利。谷歌以十九亿美金并购后，他套现了几亿人民币。

我未作评价，告别时说："很感激今天的体验，多年来一直想重温外婆走的那天，记忆却是空白。但我不会再回来的。就算这款产品投放市场，我祝你们大卖，却不会购买。"

左叶嘴角挂着不可捉摸的微笑。

但没过一礼拜，我又开了五十公里的高速公路，来到左叶面前，祈求再给我一次体验的机会。

戴上"宛如昨日"，左叶让我放轻松些。这套系统完全根据大脑思维控制，回忆可以更加跳跃。我闭上眼睛，世界变成一张黑色的网，布满一个个数字。每个数字都是四位数，不，全都是年份。

我选择了一九九五年，你们懂的。《谋杀似水年华》中，十三岁的秋收被警察老田带去虹口体育场，差点抓住凶手。那一年，我也在虹口。第一场比赛，我看到了。眼里满是二十年前的人影，耳边是震耳欲聋的喇叭声与欢呼声。我才十来岁，大概是看台上年龄最小的。一九九五年四月十六日，甲A联赛上海申花第一场，对手是延边现代。我买了最便宜的学生套票，位子在球门后面，只能看到半边。下半场，第五十六分钟，范志毅进了第一个球，欢声雷动。十分钟后，对方扳平，最终比分1比1。我随着汹涌的人潮散场，回家的公交车上，听一群球迷聊起英超金靴阿兰·希勒。

二〇〇八年，那年的二月有二十九天。中国发生许多大事：雪灾、大地震、洪水、奥运会。过年前，我去了趟尼泊尔。有一夜在博卡拉，费瓦湖畔，住在山顶的酒店。海拔两千多米，四周全是悬崖绝壁，只有条小路通达山巅。独自走入酒店花园，空气寒冷，极目远眺，黑夜清澈，层层叠叠的山峦，月光下各自陡峭。走到花园边上，扶着栏杆俯瞰，一步之遥，万丈深渊，稍不慎就粉身碎骨。近处有瀑布轰鸣，忽远忽近，山谷布满水汽，浓雾缭绕。环绕酒店外围，尽是绝险山崖，偶有山花在黑暗中孤独绽开，自生自灭，管它谁人来嗅？那一夜，我用前台的固定电话，跟某人打了两个钟头国际长途，花光了身上一千多美元现金。二〇一五年，尼泊尔大地震。而我去过的很多地方，至今还保留着照片的古迹，已是一片废墟瓦砾。

走出实验室，我狂奔到外边的野地，呼吸大海的空气，才像溺水的人得救。

左叶不喜烈日，解开衬衫领带，告诉我——我是第十九个体验者。前面十八个人都给"宛如昨日"打了满分，表示如果产品上市，一定会掏腰包购买。谷歌总部已在讨论定价，估计在七千到一万美元之间。虽然这对于一款电子产品来说有些昂贵，但能满足人们最深层次的需求，如此估价也不过分。

"什么是最深层次需求？"

"马斯洛的需求层次理论——生理、安全、爱与归属感、尊重、自我实现。"

左叶说，我们以为人类总共只有五层需求，其实还有第六个层次。马斯洛在去世前，发表了重要的《Z理论》。简而言之，就是我们需要"比自己更大"的东西。

我表示听不懂。

"还有第七层需求——人们在满足了所有需求之后，更高的需求就是记忆，或者说重温记忆中的美好，因为现实不能给予这种美好。"

"对不起，我还能再体验一次吗？"

"好，但你需要休息。"左叶向我解释，"每次使用'宛如昨日'，体验者都会在精神上消耗很大，无异于跑了十公里或在健身房剧烈运动过。"

他给我准备了客房，就在实验室楼上，可眺望无边无际的滩涂。

视野尽头，海天之间，幻影般不真实。入夜，暑气消退，空气莫名潮湿。白天体验太过疲倦，不到八点，我强迫自己睡下。接连不断的噩梦，出现各种各样的人，甚至三年前走失的狗——巧克力色的中国骨嘴沙皮犬，曾陪伴过我长达十二年。它蹲在床前，眼神无辜地看着我。当我惊喜地抚摸它的脑袋，才意识到它早已不见了，梦中失声痛哭。

我哭醒了。

刚好子夜零点，想想刚才所见，必是犬的托梦。三年前，暮年的它走失，生死不明，今夜怕是已不在此世间了吧。

再不可能睡着，走到外面，发现实验室还亮着灯。左叶红着眼圈，喝着黑咖啡。他说系统仍在不断改进，满足年底全球上市的需求，工程师们每晚都在加班。

看不到自己的表情，我猜想嘴唇有些发抖，应该很糗，"能否再体验一次'宛如昨日'？现在。"

左叶像是看穿了我，"好吧，但不要回忆刚做完的梦，那会让你的记忆与梦境混乱。因为严格来说——梦也是一种记忆，有时候大脑皮层无法分辨清楚。"

凌晨一点，我进入实验室。还是左叶为我戴上设备，他说他会监控我的状态，若有问题会随时中止。

黑色的网。我没选择任何时间，当然也刻意避开走失的狗。我并没想好要回忆什么，只是夜宿在这海边的房子，总能唤起嗅觉里的某种记忆。

海。

看到一片黑色的海。耳边满是海浪与岩石的撞击声，无数白色的泡沫飞溅，消失在乌黑的天空和沙滩。盛夏潮湿苦咸的海风，让夜空轮廓变幻无常。光脚走在粗糙石子堆积的海岸线，足底接连不断的刺痛，提醒我是来自二○一五年的幽灵。这又是什么时候？我看到直插入大海的悬崖，上面有座古庙，孤零零地撞进视野。几个少男少女奔跑而过，我记得他们的脸。最后一个暑期，学校组织海岛旅游。亮起光，火星飞溅，同学们点燃篝火，傻乎乎地烧烤海鲜。有人唱张雨生的《大海》，情景交融。有个男生冰镇啤酒喝多了，用蹩脚的粤语唱《倩女幽魂》，听得人直起鸡皮疙瘩。那一年张国荣还活着。

不是梦，确凿无疑。这是记忆，十八岁。我能感到篝火的温度，海鲜和啤酒的气味，女生们的清脆笑声，爬上脚背的小螃蟹，不时拍打着礁石的冰冷海浪。我看到一个男生，满脸青春赤痘，蜷缩在角落眺望大海。他戴着耳机，恰是当时流行的 Walkman，不晓得在听什么。

有人从背后叫他："游坦之，打牌吗？"

他没反应。我想说话，却没声音——差点忘了这是记忆。不是穿越。我看着他离开，消失在海浪与悬崖之间。这座海岛布满黑色乱石，若非山上那座古庙，平时鲜有游人登岛。

忽然，身边坐下一个女生，长发被海风吹乱，有几根撩到我的脸颊。

小枝。我想起了她的名字。

她嚼着口香糖，对着天空吹泡泡，问我怎么不去篝火边玩。

"那你呢？"我反问。

小枝的眼角眉梢有个性，平常就引人注目。她在单亲家庭长大，爱做些出格的举动，常对男生们呼来唤去，早恋也不是一次两次，都是跟校外的社会青年。

"蔡骏啊，今夜好像永远都不会过去的样子。"她对我说。

"大概你在潜意识里希望暑假再久一点吧。"——现在的我都忘了那时自己居然看过弗洛伊德。

小枝笑着一口气吹在我的脸上，就当我以为要天上掉馅饼了，她却起身离去，短裙上沾着沙粒，肩上还有个小包，眨眼在夜空下不见。

当我想要起身去追，身体却还停留在原处——我原来只是个记忆的魂魄。

有人为我摘下设备，"宛如昨日"到此为止。左叶压住我哆嗦的左手，问我回忆到了什么。

"十八岁，海岛上的那一夜，真的好漫长。对了，记忆里还有你，游……左叶！"

要命，我差点对他喊"游坦之"。

他淡淡地说："你该回去休息了。"

我颓丧地点头，不想再重复十八岁的记忆。最后一个暑期，在东海的孤岛上，发生了一桩大事——有个女生在黑夜大海里游泳，不幸溺水身亡，她叫小枝。

3

一个星期后，左叶给我打电话，说是"宛如昨日"完成了一次升级，增加了许多功能，希望我能再来体验。

犹豫三天，我答应了他。我驱车来到实验室，左叶颇显憔悴。他说连续熬夜好多天，睡眠不超过四个钟头。根据所有体验者的反馈，人人痴迷于清晰的记忆，产生一种欲望——能否在"宛如昨日"的记忆中，带着现实的意识，主动改变自己的行为，或影响到当时的其他人？

甚至，改变过去？

比如，当你回忆到死去的亲人，而你非常后悔没有说过"妈妈我爱你"之类的话。所有人都强烈希望在"宛如昨日"中说出口，这对于内心是极大的慰藉。左叶他们这些天的工作就是实现这个，让系统升级到不但能真实体验，还能随心所欲。

我不喜欢用"随心所欲"来形容。

左叶机械性地笑笑说："我知道你的担心，'宛如昨日'只是辅助你唤醒记忆的工具，而不是让你穿越的时间机器。这是一种虚拟现实的体验，就像你戴着其他可穿戴设备进入异度空间，未来都将是家常便饭，没什么神秘的。所有这一切的行为与记忆，都只发生在你的大脑，根本无法改变现实。"

"那么这个玩意儿有什么用呢？就是为了心理安慰？"

"也许，对你这种意志强大的人来说，的确只是一种无用的小玩具。但对长期生存在往昔阴影中的人们，对于病情严重的抑郁症患者而言，却几乎是可以用来救命的治疗手段。"

我不再和他争论，重新戴上那套装备。宛如昨日，这回眼前出现的是条隧道，环形内壁中不断浮现记忆画面——从五六岁的小阁楼，到小学校园里的无花果树，再到中学图书馆里的借书卡。我感觉进入了剪辑室，人生就这样被剪成一段段胶片，在以神之名的导演掌控下，重新组织成一部电影，是希区柯克或大卫·芬奇式的。

我选择十六岁，报考美术学院专业考试那天。真实的记忆里，那天是在家里度过的——我逃跑了。因为我半路出家，没受过专业训练，虽然从小喜欢画画，考试前还拼命练习了半年，每天对着石膏像画素描，但毕竟不能跟人家学了十几年的比。我为此后悔了很多年。

清晨，还在以前的家里，床边是石膏像《马赛曲战士》，桌上有各种画画工具。这是记忆。但我收拾行装，踏出大门，坐上公交车去美术学院。而这不是记忆——我发觉自己不再是个魂魄，突然拥有了活生生的肉身，还是那个瘦弱的中学生。我不但能听到看到闻到和呼吸到世界，还能大声唱歌，告诉邻座的姑娘未来应该穿成什么样，没有人低头玩手机，街上仍是自行车大军，天空都清澈了一些。我来到美术学院，拿出准考证检验入场，这是我在十六岁没敢做过的事。我和许多考生坐在一起，每人面前一个画架。虽然我来自二十一世纪，依然胆怯得笔触发抖。刚画几笔，我就在想，万一考上了呢？是不是接下来几年，就要每天对着人体模特儿画画？我也不可能再是如今的我了吧？而我是多么喜欢现在的自己啊。想到这里，我羞怯地退出考场，像个逃兵似的，坐上公交车跑回家里，最好什么都没发生过，记忆如常。

摘下设备，我离开实验室，左叶跟在后面追问："你改变了记忆？"

我摇摇头，"这就像后悔药吗？"

"不能这么理解。"

"但我不会再尝试了，这只是一种幻觉，你改变不了什么。"

我驱车离开，后视镜里留下左叶的人影。他站在阴惨惨的乌云底下，连同实验室的建筑也显得格外凄凉，接着下了一场瓢泼大雨。

4

左叶住在公司附近——一栋海景别墅，硕大的露台可眺望海天。典型的单身汉与技术宅，屋里堆满各种杂物、吃剩下的泡面碗。创业成功以后，常有人给他介绍各种异性，微信上有人主动投怀送抱。偶尔，他会带女人来这里过夜，但从没超过第二夜。

雨夜，打开冰箱喝了几罐啤酒，不知不觉在卫生间睡了一宿。当脑袋枕在马桶圈上，他梦到了小枝、十八岁、海岛……

清晨醒来，浑身湿透，仿佛从海里游泳上来，并有股窒息的感觉。

马桶里全是自己的呕吐物，整个鼻孔被酸臭填满。他打开所有窗户，裸着上半身，眺望那片海。

雨继续下。

半小时后，左叶回到实验室。休息日，难得没有一个人加班。他独自戴上"宛如昨日"，自动程序控制。

眼前出现黑色隧道，过去三十多年的人生，摄影展似的依次贴在墙上。这是他亲手设计的，根据人类濒死体验的描述。死亡前夕会出现类似隧道的场景，人一辈子的记忆重新回放——从这个角度而言，人生下来就是渐渐遗忘的过程，直到死亡的那天才能恢复记忆。

其实，"宛如昨日"就是让你经历一次濒死体验，这是绝对不能告诉体验者的秘密。

左叶选择了十八岁，中学时代最后一个暑期，海岛旅行的一夜。

这是他第一次进入"宛如昨日"。以往他都是在无数个电脑屏幕后面，同时透过单面透明的玻璃，观察每个体验者的表情和状态。他无数次想象过进入其中，想象那种真实到让人毛骨悚然的记忆。而他的每一次记忆，最后都会停留在十八岁那年的海岛。

他来了。黑色夏夜，脚下踩着坚硬的石子，鼻子里充满海风的咸味。他抚摸自己的脸，痘疤已恢复为青春茂盛的粉刺，月光下迸发的几粒新的小家伙，已被挤爆出几毫升脓水和鲜血。但愿这座岛上没有镜子。他的左耳里插着耳机，连着沙滩裤口袋里的 Walkman，正在放那年流行的恰克与飞鸟的 *Say Yes*。有人生起篝火，他的右耳听到《大海》和《倩女幽魂》。这都是记忆。他不想靠近那些同学，因为在二十一世纪，他们大多一事无成。

"游坦之，打牌吗？"

有个男生在背后放肆地叫喊，他摇头，等那个王八蛋走远，轻声说了个"滚"。

他想离那些人更远些，最好不要被任何人看到。转过几块巨大的岩石，独自沿着海岸线游荡，转眼把全世界甩到身后。来到那座黑色悬崖下，头顶就是古庙，传说是宋代留下的，有个被强盗掳获的名妓舍身跳下，尸骨无存，或许就在海底的礁石里？

右耳净是汹涌的海浪声，左耳充盈恰克与飞鸟的歌声，两个男人声情并茂地唱着他听不懂的言语。

他想，她大概不会来了，正要离开，有人从背后拍他肩膀。在这荒凉黑暗的孤岛上，差点以为是八百年前的女鬼来了，回头却见到小枝的脸。虽在阴影底下，但他千真万确认得她，哪怕只是通过嗅觉。

她穿着短裙，背个小包，靠近他耳边说："游坦之，你没想到我会来吧？"

"阿紫……"

紧张到完全说不出话，都忘了把耳机摘掉。自打初二，他得了"游坦之"这个绰号，就找了《天龙八部》来看，发现游坦之一辈子挚爱阿紫——阿朱的妹妹，也是大理王室段正淳的私生女。

从此以后，在他的眼睛里头，小枝就成了阿紫。

虽然，小枝总把别的男生写的小纸条、送的小礼物展示给同学们看，顺便对他们大肆羞辱一番，她却从没暴露过"游坦之"的秘密。

她说过一句话："你很特别，游坦之，未来你会成为了不起的人物。"

而他始终记在心里头，十八岁以后的很多年间，将之作为人生的目标，从未更改。

海岛之夜，古庙与悬崖底下，远离所有人的角落深处，暗夜的海浪淹没两个人的脚踝。

他问她："你有多少个男朋友？"

小枝伸出手指算了算，七个。

但阿紫只喜欢萧峰一个。

不，最后她心底里是喜欢游坦之的。只是她太骄傲，就像对游坦之的所作所为。她骄傲到不敢承认，萧峰永远属于阿朱——而阿紫属于游坦之，也可以反过来说。

小枝靠近他，海风吹起发丝，纠缠少年的耳朵与脖子，她的嘴唇印在他的脸颊上。

初吻。

在二〇一五年看起来太清淡了，当年却是做梦都不敢想的天堂。

左耳深处，恰克与飞鸟不断重复着"say yes"……

小枝的嘴唇从游坦之的脸上挪开，轻轻说了一句——

"等我回来，或者，你来追我。"

说罢，她当着他的面，脱下衣服，换上泳衣。黑暗的岩石底下，他只能看到一个大致的轮廓，并能听到自己牙齿间的兵刃相接。

他看见一个光溜溜的身体，美人鱼般没入海水。

月光出来了。

黑色水浪与白色泡沫相间的海面上，仿佛有一条中华白海豚忽隐忽现，背鳍上缠绕着湿透了的乌发。海风夹着苦咸的浪珠，无比真实地打到脸上，他难以分辨这是记忆还是什么。

往前踏了一步，十八岁的记忆涌上耳边——岛上有规定，晚上严禁下海游泳，因为有许多暗礁和漩涡，去年夏天淹死过好几个人。

他大声呼唤她的名字。

再也看不到她了，月光又陷入白莲花般的浓云，海面上升起一团氤氲的烟雾，底下似乎隐藏着东海龙王狰狞的宫殿。

他会游泳。五岁开始就学会了，小学时甚至进过少年体校的游泳队，后来因为身体不够强壮而被刷掉。但这不影响他每年夏天去游泳池，偶尔还会下水野泳，潜水好几分钟不成问题。

可是，眼前这片黑漆漆的大海，俨然一口巨大的蒸锅，冰冷而沸腾，蚀骨销魂，任何人或生物都无法幸免。

泡在海水里的脚踝，仿佛正在被灼烧熔化，伴有焦煳的味道。他摘下耳机，脱了外衣，只剩一条短裤，却再不敢往前走一步。这就是记忆，不可更改的时间轴上的串珠，每一粒都闪闪发光，哪怕暂时被锁入抽屉，它们也仍在黑暗中闪烁，不时蹦出来刺瞎你的双眼。

对啊，他依然记得，十八岁，黑夜的海岛，他眼睁睁看着小枝下海游泳，自己却因为胆怯，不敢跟在后面下水。小枝再也没有回来。第二天，她的尸体在海滩上被发现，已被锋利的暗礁割得支离破碎，苍白，泡得浮肿，只剩下一张脸还是完整的，望着天。

现在还是记忆吗？他看着脚底下的海水，似乎前头有一道透明的墙，横亘于少年与此刻的自己之间。它阻拦着你打破某种看似坚不可摧的东西，有人叫作时间，有人叫作命运。

宛如昨日。

去你妈的昨日！他跳下了大海，十八岁的身体像条光滑的鱼，劈开黑暗冰冷而灼热的咸水。他能感到底下布满礁石，一不留神就会撞上去，有时脚下深不可测，回转着致命的漩涡，有时脚下的暗礁宛如利刃，当你裸身游过其上，顷刻间会给你开膛破肚。

这不是吗？他感觉自己的双脚裂开了口子，差点还被女人长发般的海藻缠住。但他依旧往前游去，将头探出水面，借助微弱的夜光，寻找小枝的身影。

不，等一等，双腿又被缠住了，这回不是女人长发般的海藻，而是海藻般的女人长发。

他转回头来，黑暗的海底，参差暗礁的缝隙，闪过一抹幽灵般的暗光，他看到了她。

少女，十八岁的少女，海底的黑色少女，她的四肢全是流血的创口，海的颜色变成司汤达的小说。

他抱住了她，摆动双腿，浮出海面。

呼……吸……呼……吸……

离开死神之海，劈开杀人的波浪逃亡，回到悬崖下的乱石滩。

少女仰天躺着，牙关紧锁，面如绢纸，尚被锁闭在濒死隧道中，回忆十八年来的人生，不晓得有没有游坦之的一席之地。

还阳。

她痛苦地呛出几口海水，用流满鲜血的胳膊抱住他。他想，她并没有看清他的脸，但这不重要。因为他的气味，已经牢牢地渗透进她的鼻孔、肺叶和心脏，盖上了属于游坦之的印章。

这是他和她所经历过的最漫长的那一夜。

5

左叶摘下"宛如昨日"的设备，看电脑上的时间是二〇一五年。浑身上下被汗水湿透，还带着海盐般的苦咸味，打摆子般的颤抖。他逃出空无一人的实验室，没想到整个白天已经过去，夜幕席卷着海风扑面而来，才明白古人为何用"白驹过隙"来形容时间过得飞快。

不过，耳边依旧回响着恰克与飞鸟的歌声。宛如昨日。

他果不其然地生病了，在医院里输了三天液，陷于各种噩梦的昏睡之中。大部分的梦境，他都在幽暗的海底，在嶙峋暗礁与女人长发般的海藻缝隙，不断抱起一具少女的骷髅……

医生找不到具体病因，只能以疲劳过度草草了事。左叶想起在国外的科技文献上看到过，如果试图进行时间旅行或者穿越的话，可能会破坏人体内的细胞，引发癌症之类恶性病变，也是人类试图挑战造物主规则所受的惩罚。

但他不在乎。

凌晨三点，左叶回到实验室。他给自己注射了一管镇静剂，这是他向医生行贿要来的。

"宛如昨日"的黑色隧道，自呱呱坠地开始的人生，他刻意跳过十三岁到十八岁，直接进入二十岁。

那一年，他读大学。当别的男生忙于泡妞和打游戏以及"鉴赏"武藤兰的时候，他成天泡在实验室和图书馆，连女生的手都没摸过。上一份学年论文关于爱因斯坦，正在做的这份关于荣格。

他躺在宿舍里，依然满脸青春痘，只是没人再叫他"游坦之"了。手机忽然响起，来电显示却是——小枝。

早期的摩托罗拉手机，不断重复着"Hello Moto"。犹豫许久，接起电话，电波那头熟悉的女声响起，"游坦之啊，别忘了今晚去电影院哦！"

"哪个电影院？"

千真万确，小枝的声音，她报出看电影的时间地点，竟是李安的《卧虎藏龙》。

他冲出宿舍，这不是自己的记忆，或是记忆的错觉？但他想要见到她，迫切地。

电影院门口，他看到二十岁的小枝，穿着小碎花裙子，长发飘飘，青春无敌。他不知如何寒暄，也不清楚他们之间是啥关系，小枝一把揪住他，胳膊像条冰凉的水蛇，牢牢挽住他的右手，并把头靠在他的肩膀上。不用说了，她是他的女朋友。

他小心翼翼地说话，避免表现得像个白痴，或者来自二〇一五年。他很会套话的技巧。等到玉娇龙自万丈深渊一跃而下，差不多摸清了情况——两年前的暑假，同学们去海岛旅游，小枝在黑夜的大海里溺水，是他勇敢地跳下海救了她的命。他们很快成为恋人。两个人在同一座城市的不同大学，他是名牌大学的理科，而她在师范学中文。不少男生垂涎于小枝，她看来还算专情，说喜欢他的勤奋与努力，未来必有大出息。

闭上眼睛，重新回到黑色的隧道，时间跳跃到二十八岁那年。左叶在一家科技公司做工程师，年薪五十多万。小枝毕业后没做语文老师，自己开了家小清新的咖啡馆。但她不会经营，门可罗雀，偶尔热闹时分，就是她作为老板娘给朋友们免单开 party，每年亏掉几十万，全靠左叶从工资里贴钱支撑。

他俩谈了快十年的恋爱。左叶似乎从没变过。倒是小枝的咖啡馆里，经常出入些奇怪的男人，比如乐队的吉他手、开哈雷摩托的富二代、经常上电视的妇女之友情感专栏作家。他发现她跟这些男人都有来往，但和每一个的关系保持都不会超过一个礼拜。

两个人一次一次吵架，但他一次又一次原谅她。

最后，他提出分手。她哭着求他不要走，但他头也不回地离开，躲在家里大醉了三天。

三天后，小枝出了车祸。事故很严重，在出租车上，司机死了。小枝重伤，幸好没有破相，但眼睛瞎了。

碎玻璃扎进双眼，彻底破坏了她的眼角膜。左叶火速赶到医院，紧紧抓住小枝的双手，听着她的哭泣声与忏悔声，决定为她捐献出自己的一个眼角膜。

三个月后，手术顺利举行，左叶的左眼角膜，移植给了小枝的左眼。

小枝睁开眼睛后看到的第一个人，是左叶。

又隔了三个月，小枝嫁给了左叶。

6

离开"宛如昨日"，左叶躺在二〇一五年的实验室里，闭着眼睛回想着记忆——貌似很美好。

他尝试着只睁开一只右眼，看到的世界果然不太相同，好像从 3D 电影退化到了 2D 电影，就连使用键盘都古怪起来。

不过，据说右眼能见到鬼。

左叶给自己放了个假，也就几天时间。他驱车回到市区，找到过去的家，从床底下的垃圾堆里翻出那台 Walkman。他没找到恰克与飞鸟，倒是有大量的张国荣的歌。他还想找到毕业照，但无论如何都找不见。几年前，他去墓地给小枝献过花，那天是她的忌日。左叶开车去了墓地，成百上千的墓碑之中，再也找不到小枝的所在。他给公墓管理处的老头递了一包烟，依旧没查出小枝的姓名。难道她的坟墓被她父母迁走了？

他漫无目的地开着车，转过城市的每条街巷。大屏幕上亮着 Apple Watch 的广告，如果三个月后，跳出来的是"宛如昨日"，不晓得会有怎样反应。

再踩了踩油门，左叶开出市区，时速一百多公里开上高速，回到海边的研发中心。

等到深夜，实验室里空无一人，他戴上"宛如昨日"的装备。

濒死体验般的隧道，被改变了的回忆。他看到二十八岁，自己的婚礼。很奇怪，他知道在那个瞬间，自己应该很幸福，至少感觉很幸福。可他不想去体验，不仅因为从未体验过，也不仅因为失去了一只眼睛。

婚后，"宛如昨日"继续开发，有人看到其商业潜力，天使轮800万人民币，A轮就到了1500万美金，B轮已涨到7000万美金，然后是谷歌的19个亿美金。

虽然，左叶已习惯独眼龙的生活，平时基本不戴眼罩或墨镜，别人也看不出来。但一只眼睛看世界，总有些不便，吃饭用筷子都会出错，更不可能开车。他想起"游坦之"，也许小时候被人叫什么外号，长大后就会变成那个样子吧！

小枝关了咖啡店，安心在家做主妇。他们很努力地造人，小枝却没什么变化，仿佛一直停留在二十来岁。他俩去医院检查，结果非常罕见，夫妻双方都有问题——左叶死精，小枝输卵管阻塞。左叶问医生，是否因为十八岁那年，两个人在黑暗的大海里差点溺水身亡的缘故？医生说你想多了。

他少了一只左眼，而她也仅剩一只由他捐赠眼角膜的左眼。两人对视之时，用的都是左叶的眼角膜，仿佛互相看到自己。他们都判断不清距离，接吻会把鼻子或下巴磕痛。想要拥抱，却只抓到对方胳膊，或者干脆撞墙。

左叶越来越少回家，彼此也没什么话。她总是砸坏家里的电器，而他默默去网上买新的。

结婚第六年，左叶出轨了。对象是投行的一个女孩子，并不在乎他是有妇之夫，还说很喜欢独眼龙。

巧妙地隐藏了一年，终究还是被小枝发现。夫妻俩争吵、打架，差点把两千万买的海景别墅烧了。

她的手指对准眼窝，"游坦之！我要把眼睛挖出来还给你！"

左叶浑身颤抖，似乎回到十八岁那年的海岛，黑色的悬崖和古庙底下。

他拖着小枝冲到海边，两个人坐上一艘摩托艇，开向灰暗的大海中央。

黄昏，风雨欲来，浓云遮蔽海天，不断有飞鱼跃出，像一壶就快烧开的水。他关掉摩托艇的引擎，站在摇晃的海面上，艰难地保持着平衡，用幸存的右眼，看着妻子的左眼。

亲爱的小枝，告诉你一个秘密——你只是个幻影，是我记忆中的幻影。在真实的世界里，你根本就不存在，十八岁那年，你就在黑夜的大海里淹死了。对不起，那一夜，我没有勇气来拯救你。你所经历的大半辈子，都是我改变了自己的记忆后产生的，储存在一个叫"宛如昨日"的数据系统里。

小枝摇摇头，言简意赅地说了三个字，"去死吧！"

两秒钟后，左叶摸了摸自己瞎了的左眼，将小枝推入大海。

她像一只下了锅的蒸饺，消失在暗潮汹涌的水波间，连个挣扎的扑腾都没有。自从十八岁那年溺水后，她很多年没游过泳了，产生了畏水症。要不是左叶的公司就在海边，她才不想住什么海景房呢。

左叶开着摩托艇转了一个钟头，直到黑夜覆盖额头，确信记忆里不再有小枝了。

坟墓般的海洋。

7

左叶还在海上。

他闭上唯一可见的右眼，回忆一切的回忆，开头是美梦，后来做成了噩梦。

现在，他杀人了。

但有什么可怕呢？反正一切都是假的，就像打游戏，CS 里头杀人如麻，刚才杀的也是梦境。谁没在梦中疯狂过呢？

左叶想要摘下"宛如昨日"设备，在头上抓了半天却无果。他想，是自己太心急了，忘了先要闭上眼睛，退出记忆的隧道。

闭眼，却不见隧道，身体却随着黑色海浪而浮沉。

等待了不知多久，再睁开眼睛，一切如常，不是二〇一五年的如常，而是孤独地躺在摩托艇上的如常，头顶覆盖着海天的云，雨点带着咸味，一滴一滴，坠落到眼底。

他感觉自己也在流眼泪。

回不去了？或者，被"宛如昨日"抛弃在了记忆的异次元时空？

趴在摩托艇的船舷边，向着深不可测的海底呼唤小枝——仿佛她仍是十八岁少女，长眠在暗礁与海藻的坟墓。

转眼间，海上下起瓢泼大雨，风浪几次要把摩托艇打沉。不能再这样等待下去了，左叶掉转船头，飞快地往岸边驶去。

他把摩托艇抛弃在滩涂上，徒步冲回海景别墅。这里早被小枝搞成了废墟，他不知道该往哪里走，看了一眼电脑，似乎明白了什么。

不，是时间，因为现在不是昨日，而是二〇一五年的夏天，就是今天……

记忆走得飞快，从时间隧道来到顶点。就是一条射线，原本我们只是看着过去无数个点，但当记忆追上此刻，就再也无法逆转。左叶脑子发涨，刚想去卫生间呕吐，听到了敲门声。

窗外电闪雷鸣，波涛汹涌，似要吞噬陆地上的一切。打开房门，是两个警察。他们说接到邻居投诉，这里有激烈的争吵和打斗，怀疑发生家庭暴力。

左叶解释说是夫妻吵架，家常便饭，但绝对没有人动过手。

警察问他妻子在哪里。他说吵架后回娘家去了，现在电话关机找不到人，大概明天早上就会回来的。

警察将信将疑地离去，左叶后背心发凉——记忆与现实，已合二为一？或者说，自己被困在这个记忆的世界里，真的成了杀人犯？

他打开窗户，透过劈头盖脑的暴风雨，看到隔壁邻居家的灯光。那个家伙是偷窥狂，恐怕不但听到了争吵声，还看到了他开摩托艇带着小枝出海，甚至看到了他独自从海上回来。

左叶换上一身衣服，独眼龙不能开车，他骑上一辆运动自行车，顶着大雨如注，冲到公路上。疲惫不堪地骑行了一整晚，差点被大卡车撞死，还摔倒过两次，额头磕出了血。不像噩梦坠落后的惊醒，这些疼痛如此真实，让他分外小心，以至于害怕一旦死亡，再也无法复活。

天明时分，到了市区。他不敢住在旅馆，因为要登记身份证，只能找一家浴场。他在澡堂泡了一整天，氤氲的蒸汽如绞索。对面是电视机屏幕。几个老头在吹牛逼，两个小弟在刷朋友圈。电视上发布了警方通告，在海边发现一具女尸，经核实为工程师左叶的妻子小枝。左叶现已失踪，具有重大犯罪嫌疑，警方正在全城通缉。屏幕上出现嫌疑人的照片，特征是一目失明。他潜入浑浊的池水，以免被周围人们发现。

接下来十多天，左叶昼伏夜出，不停地在浴室、车站、桥洞、大学门口的钟点房旅馆更换住址。他不敢使用信用卡，只用身上的几千块现金。他把手机也扔掉了，作为科技工作者，他知道留着手机是个隐患。他感觉自己像只老鼠，随时会被猫逮住。没错，他是个杀妻的逃犯，千人唾骂，遗臭万年。

终于，他在城乡结合部的小网吧里，看到了一个多月前，自己回复过的那条微博，关于最漫长的那一夜。

> 十八岁，海岛旅行。深夜，海边有悬崖和古庙，黑色大海激起黑色浪头，像黑色天空拍打黑色乱石……

8

记忆可以被改变，现实同样也可以被改变。

同理，如果现实可以被改变，那么反过来也可以再次改变记忆。

凌晨三点，左叶回到海边。整个公司都没有人，自从他出事以后，就放了带薪假期。他用指纹识别开门，潜入"宛如昨日"的实验室。

默默戴上设备，眼前掠过一条黑色隧道，他选择了十八岁，海岛之夜。

悬崖、古庙、黑色大海、黑色浪头、黑色天空、黑色乱石，还有黑色的少年——就是这个"奇点"，最漫长的那一夜，改变记忆的"奇点"，就像万物生长的起源，宇宙大爆炸的瞬间。

他依然是"游坦之"，毁容边缘的十八岁男生，两只眼睛除了轻微近视还很完美，右耳插着随身听 Walkman，有两个日本男人在唱着 *Say Yes*。

小枝出现在他身后，幽灵般的，在悬崖和古庙底下。

十八岁。

你有多少个男朋友？

七个。

但阿紫只喜欢萧峰一个。

不，她最后从心底里是喜欢上游坦之的……

十秒钟后，小枝给了他一个初吻。

等我回来，或者，你来追我。

她跳入黑夜的大海游泳，暂时忘记了海面下布满暗礁的警告。

月光忽明忽暗，他大声呼唤她的名字，但徒劳。

"游坦之"只看到一片貌似安静的大海，黑漆漆的如同棺材底下的世界。海水淹没他的脚踝，无法催他往前迈动一步。他闭上双眼，泪水混着海水从脸颊落下。耳边依旧是恰克与飞鸟。他只是默默等待，让时间的沙漏流尽，计算暗礁举起匕首。她被海底的女妖拽入深渊，遍体鳞伤，粉身碎骨。他与她，便不会再有余生悲伤。

他看见，时间无比漫长，似乎毕生在这一夜殉爆，海底绽开不计其数的焰火，美极了。

恍然之间，睁开双眼，他摇头。摘下耳机，脱下衣裤，赤身裸体。鼻尖的青春痘，蓬勃爆裂，脓汁鲜美。

十八岁哪吒，白马脱缰，冲进冰冷黑暗的大海，奔向深海礁石里的十八岁少女……

9

在二〇一六年的世界，我的朋友左叶消失了。

人们用了很多方法寻找他，我在实验室掘地三尺，依然没有他的踪迹，却意外发现了最新款的"宛如昨日"设备，无线 Wi-Fi 自动连接到互联网，就能在云端找到存储空间，可随身携带到任何地方使用。想必是左叶刚研发出来的，这是送给我的礼物吗？

我的表哥，众所周知的叶萧警官，开始介入调查，因为左叶似与一桩杀人案有关。我想，叶萧终将发现真相，尤其当他拥有了"宛如昨日"

这样奇妙的工具。

公安部计算机网络犯罪研究所的专家，破解了"宛如昨日"的后台，调出海量的数据——原来每个人体验"宛如昨日"的同时，脑中所想到的记忆画面，都会源源不断上传到服务器，生成一个个记忆库。包括我回忆过的往事，全部存储在其中一个文件包里。

以上关于左叶的故事，包括他在虚拟记忆2.0里的杀人与逃亡，都是从这个记忆库发现的，唯独不知他本人现在何方。

最新款的那套设备，已被我秘密地占为己有，随时随地体验宛如昨日。这是一面无穷无尽的镜子。我看到十多年前的自己。那年我还在上班，同一间办公室搭档的，是位退休的老干部，老到比我足足大了四十岁。他在部队里二十多年，看守过劳改农场。老人爱拉着年轻人聊天，必须听他讲一辈子的故事。老人操一口浓浓的绍兴乡音，说话像越剧道白。那些年的每个午后，我假装认真地聆听。一屋子慵懒阳光，档案袋的灰尘间，摇摇欲坠，恨不得悬梁刺股。老人的各种奇异经历中，有段监狱往事，让我从昏睡中惊醒，望而生畏。那座监狱，有个恐怖片式的名字——白茅岭。

我已多年没再遇见那个老人。如果有一天能有幸再见，我想给他体验一回"宛如昨日"，清晰地看到在我们这一代人出生以前的记忆，还有老狱警、逃犯与狼的真实面目。

至于我自己，仍想知道小枝更多的秘密——她的全名叫欧阳小枝，你懂的，从《病毒》开始到《生死河》，为什么我对这个名字如此迷恋？因为一九九九年八月十三日的海岛之夜。我、叶萧、左叶，还有欧阳小枝，以及无数你认识或不认识的人，将继续拼命划桨与奔跑。

宛如昨日。

你所看到的这篇故事，仅仅是一段轻快的弦乐前奏，后面才是钟鼓齐鸣的交响乐。而站在舞台上的指挥家，就是正在阅读的你，或者说，是你的记忆。

在最漫长的那一夜，你走过孤悬于海上的小岛，坐落着古庙的黑色悬崖之巅，没来由地燃烧起冲天的火焰，令造访夜空的英仙座流星雨黯然失色。海浪不断吞噬着你的脚踝，有人在你耳边唱起一首歌 *Yesterday Once More*——

When I was young I'd listen to the radio

Waiting for my favorite songs

When they played I'd sing along

It make me smile

Those were such happy times and not so long ago

How I wondered where they'd gone

But they're back again just like a long lost friend

All the songs I love so well

Every shalala every wo'wo still shines

Every shing-a-ling-a-ling that they're starting to sing so fine

When they get to the part

Where he's breaking her heart

It can really make me cry

Just like before

It's yesterday once more

...

后记

人间喜剧与悲惨世界

　　写一套《人间喜剧》的最早念头，于我原像是一场好梦，又像是一再憧憬过却又无法实现的一种设想，只好任它烟消云散；更像一位笑容可掬但却虚无缥缈的仙女，一展她那处子的娇容，就振翅扑回了神奇的天国。不过这场幻梦也像许多别的幻梦一样，正在演变成为现实。它颐指气使，令到必行，人们对它只好遵奉唯谨。

　　一八四二年七月，巴尔扎克是这样为《人间喜剧》撰写导言的，他雄心勃勃地决定写一百三十七篇小说，后来最终完成了九十一篇。那一年，大师四十三岁，大腹便便，形同巨人，标准的吃货老饕，每餐可享用一百多个牡蛎、十二块羊排、四瓶葡萄酒。

　　今日，距离巴尔扎克的年代已过去一百六十多年，巴黎从聚斯金德笔下的《香水》中肮脏污秽之都变成全球小资向往的圣地。而我们生活的这个世界，就像从板砖形状的大哥大进化到了iPhone7，可打电话的功能依然没变。然而，变化真的如此之小吗？

　　二〇一四年，三月的最后一天，我想要开始写"最漫长的那一夜"系列的那个念头，恐怕也像梦一场，突如其来，却挥之不去。而今想来，那场梦早有预兆，无非是何时来到，怎样来到，这几乎可以追溯到我在小学时代看完《悲惨世界》的时候，对，就是《珂赛特的眼泪石一夜》里提到的那套人民文学出版社一九七八年版的《悲惨世界》。

那时我在上海市北苏州路小学读书，常住外婆家，就是《老闺蜜的秘密一夜》里天潼路799弄的旧房子，至今记忆里还有那个小阁楼。我的文学启蒙几乎是从连环画开始的，有本小人书叫《吝啬鬼》，画的就是《人间喜剧》里的葛朗台。十岁那年外婆脑溢血离世，我转学搬家到曹家渡，每天坐两站公交车到长寿路第一小学读书。而我读过的第一所小学，已在二十一世纪被夷为平地。我读过的第二所小学，后来也差点被关闭，几年前又以回民小学的名义重新开张。而我读过的初中叫五一中学，很不幸在我毕业后不久被拆了，现在那里是个巨大的夜总会，整个长寿路上最为堂皇的建筑。

初中毕业后我接受职业教育，学校的环境荒凉，周围全是工业区。我们踢足球的时候，经常把球踢到隔壁的工厂。那家厂在新中国成立前，是广东人的公墓，名为"联义山庄"，阮玲玉死后就埋葬于此。彼时我常幻想在冬天的黄昏，骑在工厂围墙上看到阮玲玉的香魂——那就是南明中学与"魔女区"的原型。而今那学校早已不复存在，工厂也都被拆光了，造起高大上的楼盘，据说房价最高每平方米八万块了。

再往后几年，我在上海邮政局上班，同一个办公室的退休老干部，跟我说起过上世纪七十年代的白茅岭监狱那场可怕的狼灾。

那一年，我在榕树下"躺着读书"论坛，发过一个帖子，感叹莫言有高密东北乡，余华有浙江海盐小镇，苏童有香椿树街，贾平凹有商州，张承志有西北回族的黄土高原、黄泥小屋——那一代人，不管是贩夫走卒，还是伟大的作家，都各有各的乡愁，而我们现在这一代人有什么？

在长大成人的这些岁月里，我眼睁睁看着自己住过的家，读过的小学和中学，工作过的地点被一一拆除。想要寻找童年生活过的地方，无论以前搬过多少次家，寻访所见都是相同光景：同样的高楼大厦，同样的车水马龙，但已不是故乡。记忆中的一切面目全非，就像一个被送去韩国整容回来的姑娘。我们是没有故乡的一代人，或者故乡已成他乡。

直到有一天，当我写了"最漫长的那一夜"系列十几篇后，突然发现自己找到了什么——在这个时代，所有人的故乡都会被毁灭。唯独记忆不会。记忆保存了我们全部的童年与青春期，哪怕只是昨天。记忆也不仅是自己的一生，还有我们的父辈，甚至远在我们出生之前的祖先们。有些人徒劳地寻找"精神故乡"，干脆逃离城市云游四方。而对于出生在这里的我来说，根本无处可逃，也是川流不息的天命。当我为此而烦恼之时，却忘了这恰好就是我们的乡愁。

汪峰在《北京北京》里唱道："我在这里欢笑，我在这里哭泣。我在这里活着，也在这儿死去。我在这里祈祷，我在这里迷惘。我在这里寻找，也在这儿失去。"

十九世纪并不遥远，在巴黎的穷街陋巷里，大概也住满了这些追梦的人。于连在德·拉莫尔侯爵的府邸里抄写情书；玛蒂尔德在每年的四月三十日为祖先而身着孝服；冉阿让守卫着他的珂赛特宛如吸血鬼不能走到阳光下；高老头、拉斯蒂涅与伏脱冷寄居在包罗万象的公寓里，就像在二〇一六年欧洲的寒冬中逃亡的阿拉伯难民们——就在此时此刻，这个刚刚开头的世纪里，在中国的许多个城市，上演着大体相同的故事。没有什么天生的贵族，仿佛一夜之间就会烟消云散；也没有什么天生的贱民，你确有千分之一的机会出人头地。

而在过去的七年里，我把工作室搬回了长寿路，从阳台上俯瞰长寿公园，流浪歌手与广场舞大妈们轮流"冲上云霄"。每逢夜幕降临，美丽的姑娘们盛装出门上班，我把她们个个想象成卡门，而不是茶花女或杜十娘。就像你看到的《长寿公园的凡·高与卡门一夜》，虽然我从没见到过凡·高。黄昏的公交车站边，每个人的目光疲惫不堪。我走过一个个路边摊，意外寻到一本爸爸从前工厂图书馆里的旧书。深夜的路边堆满大排档，感谢本地城管的工作懈怠，无数人在这里度过最漫长的那一夜，让我依次看到巴尔扎克与雨果笔下的一个个名字。

大约二〇〇六年，有个朋友告诉我，说在我不同的小说里都出现过叶萧、小枝、春雨，当然还有我自己，正好是巴尔扎克《人间喜剧》的人物再现的手法。我对于文学理论并不很懂，我只是想要创造一个属于自己的世界。到了"最漫长的那一夜"系列，我仍然是一个叙述者和亲历者，还有俞超、李毅、白雪，以及命运多舛的叶萧警官（幸好他没有成为沙威）。

未来的一到两年，我将继续书写他们的故事，也是我和你的故事。不再只是中短篇小说，有可能是我迄今"最漫长"的长篇小说，也就是"最漫长的那一夜"系列的剧场版，正在我的笔下野蛮生长——有罪案，有科幻，有记忆，有乡愁，有人间喜剧，也有悲惨世界。

如果能有一台机器，让我们无比清晰地看到一生所有的回忆，在时光的尽头和缝隙里，埋葬着每个人的青春和无尽秘密，宛如昨日，不舍昼夜。

二〇一六年一月二十七日 星期三

＃ 最漫长的那一夜 ＃ IP 介绍

　　＃最漫长的那一夜＃是中国社会派悬疑超现象级 IP。该系列小说自 2014 年 5 月在蔡骏微博发布后，多次登上热门微博排行榜，继而成为互联网热门话题小说，先后引发全网超 4 亿人次阅读、近百万次讨论，崔永元、路金波、冯唐等文化名人都曾参与其中，对小说激赏不绝。

　　＃最漫长的那一夜＃第 1 季、第 2 季图书共收入 33 夜故事，15 夜故事正在改编影视，16 夜故事在全国主流文学大刊刊载并获嘉奖，其中收入第 1 季的《北京一夜》获得"茅台杯"小说选刊奖和"百花文学奖"，收入第 2 季的《白茅岭之狼一夜》即将在《人民文学》杂志发表。

　　＃最漫长的那一夜＃系列小说，连续两年受到文学界、出版界和广大读者的热情追捧，近百家影视公司争抢改编版权，同名院线大电影、同名系列电视剧、超级网剧、系列网络大电影、网络游戏将陆续与广大观众与游戏玩家见面。更令人期待的是，这一超现象级 IP 的大长篇《宛如昨日》也即将问世。

IP 网络影响力

- 2014 年 5 月 29 日深夜 10 点，＃最漫长的那一夜＃系列小说开始在蔡骏个人微博连载，引发网友热议，并多次登上热门微博排行榜，成为网络热门话题小说、年度现象级作品。

- ＃最漫长的那一夜＃系列小说在微博已连续两年盘踞热门话题榜，阅读人次达到 2.7 亿，引起 42.4 万次讨论。

- 各界名人及微博大号纷纷转发，包括崔永元、孔二狗、冯唐、沧月、路金波、Happy 张江、一毛不拔大师、汪天云、我与老公的日常、我和宠物的日常、英国报姐、英国那些事儿、耗这口、思想聚焦、斯库里，等等。

IP 影视改编进程

- SMG 尚世影业与浩林文化联合开发《最漫长的那一夜》系列电视剧与超级网剧，2016 年开拍第一季。

- 上影集团海上影业根据第 1 季图书中的三个故事《男孩与兵人一夜》《我与李毅大帝在世界杯那一夜》《狂派与博派的一夜》，改编拍摄院线电影《最漫长的那一夜》。

- 基美影业根据第 1 季图书中的《杀手李昂与玛蒂尔达那一夜》改编拍摄院线电影。

- 浩林文化自主开发，根据＃最漫长的那一夜＃系列小说改编网络电影，首部《最漫长的那一夜之赶尸列车》已拍摄完成。后续系列《哭坟人的一夜》《费家洛的恐怖婚礼那一夜》《小夫妻搬进凶宅的那一夜》将陆续拍摄。

- 《北京一夜》已获广电总局立项公示。

IP 图书出版

- ＃最漫长的那一夜＃系列小说获得上海文化基金会资助奖励。

- 《最漫长的那一夜》第 1 季于 2015 年 8 月由现代出版社出版，上市 1 个月热销 20 万本。

- 《最漫长的那一夜》第 2 季于 2016 年 4 月由浙江文艺出版社出版，故事更震撼、更温暖、更感动。

- 《舌尖上的一夜》《费家洛的恐怖婚礼那一夜》（收入第 1 季）和《春运赶尸列车一夜》（收入第 2 季）已改编成漫画。

IP 获得奖项

- 《北京一夜》（收入第 1 季）获第 6 届"茅台杯"小说选刊奖、《小说月报》第 16 届百花文学奖小说双年奖；入选 2014 年度最佳短篇小说、2014 年中国小说排行榜。

IP 文学刊物与网络媒体发表、转载（第 1 季篇目）

- 《北京一夜》发表于《上海文学》2014 年第 8 期、《小说选刊》2014 年第 10 期、《小说月报》2014 年第 10 期、《新华文摘》2015 年第 1 期。
- 《舌尖上的一夜》发表于《人民文学》2015 年第 2 期、《灯火》2015 年第 11 期（日文版）。
- 《狂派和博派的一夜》发表于《东方早报》。
- 《男孩与兵人的一夜》发表于《新民周刊》2015 年第 6 期，《青年文摘》转载。
- 《我与李毅大帝在世界杯那一夜》发表于"ONE"APP。
- 《杀手李昂与玛蒂尔达那一夜》发表于"ONE"APP。
- 《莫斯科不相信眼泪的那一夜》发表于《中国作家》2015 年第 8 期、《小说月报》2015 年第 10 期、《新华文摘》2015 年 11 月期刊。
- 《上海爱情故事一夜》发表于《新民周刊》2015 年第 7 期、"ONE"APP。
- 《喀什一夜》发表于《上海文学》2015 年第 4 期。

IP 文学刊物与网络媒体发表、转载（第 2 季篇目）

- 《老闺蜜的秘密一夜》发表于《中国作家》2015 年第 5 期、《小说月报》2015 年第 6 期、《中华小说选刊》2015 年第 6 期。
- 《黄浦江上的白雪公主一夜》发表于《萌芽》2015 年第 7 期《北京文学·中篇小说月报》2015 年第 8 期。
- 《珂赛特的眼泪石一夜》定名《眼泪石》发表于《江南》2015 年第 11 期、《小说选刊》2015 年第 12 期。
- 《长寿公园的凡·高与卡门一夜》将发表于 2016 年《上海文学》。
- 《黄片审查员萨德侯爵的一夜》发表于"ONE"APP。
- 《宛如昨日的一夜》发表于《科幻世界》2016 年第 2 期、《北京文学·中篇小说月报》2016 年第 3 期。
- 《与神同行的一夜》发表于《山花》2016 年第 3 期。
- 《朋友圈都是尸体的一夜》发表于 2016 年第 5 期《小说月报·原创版》。
- 《白茅岭之狼一夜》将发表于 2016 年《人民文学》。

IP 新书预告

- ＃最漫长的那一夜＃长篇小说《宛如昨日》将于 2016 年夏秋季陆续出版。

图书在版编目（CIP）数据

最漫长的那一夜．第2季／蔡骏 著．—杭州：浙江文艺
出版社，2016.4

ISBN 978-7-5339-4460-5

Ⅰ．①最… Ⅱ．①蔡… Ⅲ．①中篇小说－小说集－中
国－当代②短篇小说－小说集－中国－当代 Ⅳ．① I247.7

中国版本图书馆 CIP 数据核字 (2016) 第 046570 号

策划支持	读蜜传媒
责任编辑	瞿昌林
装帧设计	江山社稷书匠
排版制作	思　颖
责任印制	朱毅平

最漫长的那一夜·第2季

蔡骏 著

出版发行	浙江文艺出版社
网　　址	www.zjwycbs.cn
联系电话	0571-85152727（发行部）
经　　销	浙江省新华书店集团有限公司
印　　刷	浙江新华数码印务有限公司
开　　本	920 毫米 ×1260 毫米　1/32
字　　数	264 千字
印　　张	11
版　　次	2016 年 4 月第 1 版　2016 年 4 月第 1 次印刷
书　　号	ISBN 978-7-5339-4460-5
定　　价	35.00 元

更感动。

- 《舌尖上的一夜》《费家洛的恐怖婚礼那一夜》(收入第 1 季) 和《春运赶尸列车一夜》(收入第 2 季) 已改编成漫画。

IP 获得奖项

- 《北京一夜》(收入第 1 季) 获第 6 届"茅台杯"小说选刊奖、《小说月报》第 16 届百花文学奖小说双年奖；入选 2014 年度最佳短篇小说、2014 年中国小说排行榜。

IP 文学刊物与网络媒体发表、转载（第 1 季篇目）

- 《北京一夜》发表于《上海文学》2014 年第 8 期、《小说选刊》2014 年第 10 期、《小说月报》2014 年第 10 期、《新华文摘》2015 年第 1 期。
- 《舌尖上的一夜》发表于《人民文学》2015 年第 2 期、《灯火》2015 年第 11 期(日文版)。
- 《狂派和博派的一夜》发表于《东方早报》。
- 《男孩与兵人的一夜》发表于《新民周刊》2015 年第 6 期，《青年文摘》转载。
- 《我与李毅大帝在世界杯那一夜》发表于"ONE"APP。
- 《杀手李昂与玛蒂尔达那一夜》发表于"ONE"APP。
- 《莫斯科不相信眼泪的那一夜》发表于《中国作家》2015 年第 8 期、《小说月报》2015 年第 10 期、《新华文摘》2015 年 11 月期刊。
- 《上海爱情故事一夜》发表于《新民周刊》2015 年第 7 期、"ONE"APP。
- 《喀什一夜》发表于《上海文学》2015 年第 4 期。

IP 文学刊物与网络媒体发表、转载（第 2 季篇目）

- 《老闺蜜的秘密一夜》发表于《中国作家》2015 年第 5 期、《小说月报》2015 年第 6 期、《中华小说选刊》2015 年第 6 期。
- 《黄浦江上的白雪公主一夜》发表于《萌芽》2015 年第 7 期、《北京文学·中篇小说月报》2015 年第 8 期。
- 《珂赛特的眼泪石一夜》定名《眼泪石》发表于《江南》2015 年第 11 期、《小说选刊》2015 年第 12 期。
- 《长寿公园的凡·高与卡门一夜》将发表于 2016 年《上海文学》。
- 《黄片审查员萨德侯爵的一夜》发表于"ONE"APP。
- 《宛如昨日的一夜》发表于《科幻世界》2016 年第 2 期、《北京文学·中篇小说月报》2016 年第 3 期。
- 《与神同行的一夜》发表于《山花》2016 年第 3 期。
- 《朋友圈都是尸体的一夜》发表于 2016 年第 5 期《小说月报·原创版》。
- 《白茅岭之狼一夜》将发表于 2016 年《人民文学》。

IP 新书预告

- #最漫长的那一夜#长篇小说《宛如昨日》将于 2016 年夏秋季陆续出版。

图书在版编目（CIP）数据

最漫长的那一夜 . 第 2 季／蔡骏 著 . —杭州：浙江文艺
出版社，2016.4

ISBN 978－7－5339－4460－5

Ⅰ . ①最… Ⅱ . ①蔡… Ⅲ . ①中篇小说－小说集－中
国－当代②短篇小说－小说集－中国－当代 Ⅳ . ① I247.7

中国版本图书馆 CIP 数据核字 (2016) 第 046570 号

策划支持	读蜜传媒
责任编辑	瞿昌林
装帧设计	江山社稷书匠
排版制作	思　颖
责任印制	朱毅平

最漫长的那一夜·第 2 季

蔡骏 著

出版发行	浙江文艺出版社
网　　址	www.zjwycbs.cn
联系电话	0571－85152727（发行部）
经　　销	浙江省新华书店集团有限公司
印　　刷	浙江新华数码印务有限公司
开　　本	920 毫米 ×1260 毫米　1/32
字　　数	264 千字
印　　张	11
版　　次	2016 年 4 月第 1 版　2016 年 4 月第 1 次印刷
书　　号	ISBN 978－7－5339－4460－5
定　　价	35.00 元

蔡骏科幻悬疑新作

＃最漫长的那一夜 ＃ 大长篇

宛如昨日

（第一卷／试读本）

蔡骏 著

北京读蜜文化传媒有限公司

策划支持

引　子

二〇一六年，秋天的第一场雾霾。

下午两点，叶萧打开远光灯。急刹车。车轮与地面发出交媾般的尖叫。一辆消防车像头巨大的钢铁野兽冲过，差点把他连人带车吞了。他用力转动方向盘，开进室外停车场。

停车，开车门，冲进大楼电梯。叶萧按下电梯楼层显示器上最大的数字。

顶层。他冲出电梯间，敞开皮夹克领口，深呼吸。转过一道安全通道，进入大楼的外挂楼梯，爬上天台。铅灰色苍穹，如黑泽明的蜘蛛巢城。对面的六十层摩天楼，模糊到只剩幻影，宛如深海礁石。看不清楼顶边缘的栏杆，走错一步，就是万丈悬崖。太阳穴旁的神经，突突乱跳。

半小时前，犯罪嫌疑人躲藏在这栋楼，持刀刺伤一个保安。云山雾海的天台，只听得到一个男人的嘶喊。在两个小警察的指引下，叶萧循声靠近。对方是个粗壮高大的汉子，手里握着弹簧刀，那架势让人难以靠近。嫌疑人在部队服役过三年，现在是健身教练，具有格斗能力——小警察们试图制服他，却被他挣脱逃上天台——不是个好对付的家伙。

短兵相接的时刻，叶萧从腋下掏出92式警用手枪。雾霾微退，这才看清对方双眼——巩膜通红，眼周肿胀，不像是被PM 2.5刺激的。这种人要么极度疯狂危险，要么并不怎么坏。他直觉是后者。

叶萧的目光像子弹，穿透对方眉心。他平稳地举枪瞄准，按照惯例，高声命令放下武器投降。连续警告几次，那家伙根本不理他，反而逼近几步。

朝天鸣枪一次。子弹穿破魔都上空，射入被重金属包裹的云层，方圆几公里内写字楼的白领们都能听到。嫌疑人拒不投降，照规矩可以开枪——不打躯干，击中四肢，令他失去反抗能力。

枪口对准嫌疑人握刀的右手。

楼顶的雾霾深处，仿佛两尊雕塑，一个持枪，一个握刀。

日常的射击训练，叶萧经常打出十环。食指已积蓄很大力量，稍稍转动关节，就可射出第二发子弹。眉心深锁，太阳穴旁的神经，跳得几乎要牵动血管爆掉。嫌疑人见状，又不要命地往前一步，刀尖距离叶萧的咽喉不远了。

"开枪啊！"后面的小警察吼出来。

谁在脑子里尖叫……

枪依然没响，反而收回腋下。

趁着对方一愣，叶萧空手夺白刃。嫌疑人身大力不亏，牢牢握紧刀柄不松。叶萧用膝盖猛撞他肚子。对方闷哼一声，弹簧刀掉入排水沟。两人同时倒地，四肢纠缠如古典摔跤，不停地向外翻滚。整个过程不到两秒，警员们冲上来帮忙。

雾霾大退，叶萧和嫌疑人都已消失不见。

几秒钟后，浓雾重新覆盖高楼之巅，好像一切都不曾发生过。

叶萧不是第一次坠楼，却是头一回在雾霾中自由落体。摸不到嫌疑人了。风声刺耳。从顶楼到一楼，坠落停止，叶萧没发出声音，脑海中浮现出雪儿的脸，略微想象了一下死后的世界。

第一章

熊援朝躺在冰柜里。

他的双眼始终没有合上。

昨天下午，十一月五日，三点左右，熊援朝被儿子熊志兵送到医院急

3

诊室时，已失去生命体征，并有明显的中毒症状，医生拨打 110 报警。熊志兵情绪激动，辱骂推搡护士，却在警察赶到前逃跑。当晚，法医解剖验尸，确认死者死于氰化物中毒。

若是伪装自杀，凶手应很快逃离现场，制造不在场证明。等过几天，他就会声称联系不到父亲，上门发现尸体继而报警。真要是他投毒弑父，在其父喝下含有氰化物的水后，他为何又把父亲送去医院？除非说是巧合，他正好回家看望，发现父亲服毒自杀，立刻送往医院急救——但之后为什么要逃跑？明摆着暴露了杀人嫌疑。

弑父这种案子，分分钟就能上头条。在这座两千多万人口的都市，好几年才出一例。两年前，熊志兵买了套小房子，与父母分开住了，但没听说有过什么矛盾。就连他买房子的钱，大半也是父母多年积蓄补贴的。

而且案发那天，恰好是熊志兵三十四岁生日。

他为何在自己的生日杀死父亲？

最重要的难题，整个专案组都没想通，嫌疑人的杀人动机是什么？

今天下午，市中心一栋老式大楼，有个保安认出了协查通报上的熊志兵。那家伙已躲藏了二十四小时，持一把弹簧刀，三两下就放倒了保安。警察迅速赶到，他逃窜到楼顶天台，形成对峙。

然后，叶萧来了。

天知道他为何没有开枪！短暂的搏斗之后，他和嫌疑人抱在一起从楼上坠落。

下降过程中，叶萧本以为必死无疑。

没想到走了狗屎运。

叶萧走进大楼的同时，消防车也载着人马赶到，在楼下紧急铺设安全气垫。充气完成的第二秒，两个男人从高楼砸下来了，接着反弹起一两米高。第二次落到充气垫上时，他们都确信自己还活着。

深夜，叶萧才从医院回到公安局。

审讯室里，他套着颈托，捂着瘀青的额头，很想胖揍熊志兵一顿。但还没提问，熊志兵就主动承认了："叶萧警官，我是个畜生，我杀死了我爸爸。"

但这不合逻辑，嫌疑人虽然认罪，却始终说不出杀人理由。对峙了一整晚，熊志兵眼眶通红，鼻翼抽搐，嘴唇颤抖，像中了埃博拉病毒。他坐在小小的审讯室里，囚服底下的胳膊，暴起的肌肉清晰可见，让人想起困兽犹斗。最后，他疲惫地闭上双眼，到天亮也没吭过一声。

叶萧回到办公室，缩在沙发里打个小盹。刚做一个梦的开头，便从脖子的剧痛中醒来。自动回到工作状态，泡了一杯浓茶，翻阅案件资料——熊志兵的手机通话记录，他从医院逃跑后十分钟，拨打过一个固定电话，这也是他被捕前的最后一通电话。

这个号码的登记信息，属于"宛如昨日（中国）网络科技有限公司"。

"宛如昨日。"

叶萧低声复述一遍，声音在喉咙头滚动，挤压出大提琴般的低音。这样一个名字，似乎对他有无穷无尽的吸引力。

叶萧找到电话号码所在地址，地图上也找不到的 X 区——宛如昨日公司的中国区研发中心，距市区大约五十公里，紧靠着东海。

"你知道'宛如昨日'吗？"

叶萧回到审讯室，看着昏昏欲睡的嫌疑人。大熊的眉毛条件反射似的一抖。虽然他又低头不语，拒绝回答任何提问，但至少证明——那家叫作"宛如昨日"的机构，他是知情的。

"宛如昨日"研发中心，坐落于海边，隐藏在夹竹桃树丛和芦苇间，是一栋黑色的两层小楼。

叶萧向保安出示了警官证，要求与负责人见面。保安带他到接待室，这里的装修布置跟许多 IT 公司一样，但超级安静，只见到几个身穿白色工作服的程序员。

他注意到公司的 Logo，是一座孤岛的形状，底下配着"宛如昨日"四个经过设计的美术字体，黑色孤岛上方是片星空，似乎有无数颗流星划过，还有一行文字环绕着宇宙——

　　　　我们存在于记忆中

　　拧起眉毛，凝神注视这个 Logo，一座孤岛，流星划过，一行莫名其妙的字……叶萧暗自思忖。

　　"这个 Logo 是我亲自设计的。"背后响起一个男人的声音，"你好，叶警官。我是研发中心的负责人，也是宛如昨日科技公司的 CEO，我叫左叶。"

　　叶萧转回头。对方是个三十岁上下的男人，胸卡显示他为高级工程师。看着他的脸，叶萧握手时略微迟疑了两秒。

　　叶萧戴着颈托，额头涂抹着药水，好像刚刚打架斗殴完，令人望而生畏。他没有任何废话，直截了当地问："你认识熊志兵吗？"

　　"大熊？我认识。"

　　"连外号都知道，关系不错？"

　　"高中同学，毕业后就没见过面。两个月前才重新联系上，隔了多少年啊。"

　　左叶的眼镜片后面，目光清亮透明，不像说谎的样子。

　　"两天前，熊志兵来找过你？"

　　"是，他先打电话预约体验'宛如昨日'，当天很快就赶来了。"

　　"体验'宛如昨日'？"

　　"抱歉，我来解释一下。"他带着叶萧参观研发中心，"这是我们开发的一款治疗失忆的高级智能设备。当然，除了用于辅助治疗失忆还有些别的功能，比如现在时髦的可穿戴设备具有的功能之类的。一年前就进行了实验，效果非常不错。叶警官，商业机密，切勿外泄。"

　　"当然，我只是办案。"

　　"大熊出了什么事？"

　　"涉嫌故意杀人，是我亲手逮捕了他，正在公安局接受调查。"

左叶微微一顿，看来是真的很意外。"这……怪不得，那天他来体验'宛如昨日'，留了很长时间，直到天黑员工们都下班了。我强行中断他的体验，发现他哭得像条狗似的——从小到大，我从没见他这么哭过。我问他发生了什么事，他却不回答，推开我就离开了。"

"最近你们经常联系吗？"

"没有，他来体验过几次，此外我们没有私下联系，我都没把手机号留给他，平常他过来之前都要打固定电话预约。"

"说下去。"

叶萧边走边观察环境，一排排电脑后面，只有几个程序员在工作，寂静到有些让人心慌。

"好的，大熊是032号体验者，我查一下记录。"左叶打开电脑，"嗯，他总共体验过七次，好像是有点上瘾了啊。"

"有多少人体验过？"

"从001号到030号体验者，全是病理治疗，我们招募了三十位志愿者，一半是因为脑部创伤或手术导致的失忆者，一半是阿尔茨海默病，就是俗称的老年痴呆症。从031号体验者开始，我们进入心理治疗领域，向健康的普通人群开放。熊志兵是032号体验者，至今已有四十六个人体验过'宛如昨日'。"

"宛如昨日？"微微一分神间，竟有种坠楼的错觉，叶萧清醒过来，"到底是什么东西？"

"很难用语言描述，特别是面对业外人士。不过，叶警官，如果你有兴趣的话，可以亲自体验一下。我们已进入内测阶段，只要在保密协议上签字。"

气氛变得怪异，好像他不是来办案的警官，而是寻求帮助的心理疾病患者。左叶露出恰到好处的微笑，很有乔布斯遗像里的那种感觉，神秘兮兮地说："只有亲自体验过'宛如昨日'，你才能知道大熊为什么要来这里！"

"我能相信你吗？"

"叶警官,所有体验者都是自愿的,你也可以放弃这次机会。"

"不,我可以做你的047号体验者,请给我保密协议。"

十分钟后,叶萧走进研发中心三楼。有间没有窗户的实验室,除了墙壁就是电脑屏。他坐在正中间的椅子上,如受审的犯人。

左叶为他戴上设备,并不是想象中的头盔,更像一副加厚加宽的大墨镜,材质大部分是塑料,镜面是整块黑色,分量大约一斤多。后面有个自由松紧的头带,保证不会掉下来,也可以减轻鼻子和耳朵的负担。设备有网状的散热口,是为使用者的舒适度考虑的。还有一套其貌不扬的耳机,戴上就把整个耳郭包住,几乎听不到外部的声音。设备有USB充电口,可以随身携带。叶萧玩过类似的VR设备,担心自己受伤的脖子无法转动。

就这么个坑意儿,还能治疗失忆?逗小孩呢!叶萧觉得这个左叶不是傻子,就是疯子。

"没关系的,'宛如昨日'与众不同,它的正确打开方式,就是你坐着一动不动。"

左叶的手掌压在叶萧肩头,墨镜变成黑屏,剥夺了视觉和听觉。

半分钟后,黑屏上亮出一行文字:

你最想回忆哪一夜?

叶萧习惯性地动手指要打键盘,耳边又听到左叶的关照——闭上眼睛,尽情回忆。

什么都不用做,脑子想就好了。简直是抑郁症的催眠治疗。开始了,他感到太阳穴的位置,一片冰凉与酥麻。仿佛有根细细的探针直刺脑壳,钻入脑干与马海体以及新皮质——那是干性电极的作用。身体条件反射地僵直,小腿不由自主往上抬。但疼痛只有一瞬间,很快就恢复了正常,只是好像那个异物,始终插在脑子里。

世界变成一张黑色的网,布满一个个数字。每个数字都是四位数,不,全都是年份。紧接着穿过一条隧道。

啊！他看到了。天空蓝得像涂抹过油漆，点缀着白杨树蓬勃向上的绿叶。空气是干燥而温暖的，阳光洒在脸上，仿佛流淌着奶油和孜然香味。他看到一条长长的街市，两边是低矮错落的民居，屋顶镶嵌着阿拉伯字母与伊斯兰风格的植物花纹。耳边是此起彼伏的维吾尔语，间或有山东口音的汉语，偶尔有两句标准的普通话。长袍包裹的西域女子，深目高鼻的白须老汉，不断从身边擦过。但叶萧无法理解的是，自己一下变成了矮子，只能够到这些人腰部，像来到巨人国的世界。有双大手抚摸他的脸，手帕擦去他唇上的鼻涕。这个人好生眼熟啊，那不是……爸爸？时光在身上倒流，一个风华正茂的年轻父亲，牵着一个小男孩，正逛集市呢。

一九八五年的新疆喀什。

上穷碧落下黄泉，两处茫茫皆不见。

太真实了，爸爸就在眼前。叶萧震惊，脖颈剧烈疼痛。有人为他摘下设备和耳机，那种异物感才从颅腔内抽离出来。他紧紧抓着脑后的头带，不禁还想停留在记忆里多几秒钟。漂亮的女职员领他到隔壁休息间，送来一杯热饮料。

左叶问他感觉怎样。

"宛如昨日。"叶萧不由自主地如实回应。

除了这四个字，想象不出更贴切的词。不单是视觉，还有声音，连味觉和嗅觉的记忆都是准确的，身临其境般栩栩如生。

这不是虚拟现实，而是真的发生过，只是随着时间流转，像刷在墙上的字，渐渐淡去褪色，又被新的文字涂抹掩盖。但那些字存在过，如假包换，哪怕早被自己遗忘。

忽然，叶萧抓着左叶的胳膊，"告诉我，你是怎么做到的？宛如昨日！"历经风雨后的叶萧脸上带着一种智商受辱后的微怒。

左叶托了托滑下鼻梁的眼镜，缓缓解释这套高级设备——无论你的记忆有没有问题，归根结底，所有发生过的事，不管多久远，只要有过微弱

9

印象，哪怕前看后忘，也在大脑皮层里有过映射。比如你坐地铁，车厢里几百个人，除非有美女或帅哥在面前，否则你连一张脸都记不住。但实际上在你的大脑中，已经储存了这些影像，你的眼睛就是监控探头。只不过，我们的存储器容量有限，只能抓取最容易记住的，其余的就被扫入记忆的垃圾箱——但这个垃圾箱始终在你脑中，永远没被倒掉过，就是所谓的深层记忆。

宛如昨日，可以立即找到你的深层记忆，把被遗忘的昨日唤醒。这套系统完全根据大脑思维控制，回忆可以更加跳跃，回到任何一个自己经历过的时空。如同老电影重新放映，无论听觉、视觉，还是味觉、嗅觉、触觉……

越说越邪乎，叶萧将信将疑，问了最后一个问题："熊志兵在体验过'宛如昨日'之后，有没有说起过他回忆的是什么？"

"对不起，这是每个体验者的隐私，保密协议是双向的。体验者要为'宛如昨日'保密，我们也要为体验者保密。我们所有人的内心都有秘密，这也是'宛如昨日'存在的意义。不过嘛，我还是愿意配合警方调查的，但很遗憾，大熊从没提过他回忆的内容。"

"好吧，感谢'宛如昨日'。"叶萧想：我找到破案的关键了。

"我很荣幸。"

黄昏时分，叶萧离开宛如昨日研发中心。左叶客气地送到大门口，这个男人的嘴角，挂着不可捉摸的微笑。

车子远离海边，迎着夕阳往回疾驰。叶萧给局里发了消息，要求搜集嫌疑人熊志兵的更多资料，包括他父母和亲戚的详情，本人的出生记录，就读过的小学、中学以及服役过的部队档案。

夜色暧昧地唤醒城市，车子堵在高架上，叶萧接到同事打回的电话。默默地听了一刻钟，他说："帮我买张火车票，明天一早就出发，通知当地警方配合。"

第二章

大熊被捕后的第三天。他已被转到看守所，对于弑父这件事，供认不讳，在笔录上签了字。他拒绝了律师的建议：过失致人死亡的辩护。他承认故意杀人，愿意接受一切惩罚，包括死刑。除此以外，他保持缄默，终日蜷缩于角落。至于杀父动机，无人知晓。

已经三天没见到那个一起从高楼坠落的警官了。

深夜，大熊被送进审讯室。叶萧摘掉了颈托，额头伤疤消退不少，但脸上像蒙了一层灰。他掏出厚厚一沓资料，说刚从内地某省回来。大熊的瞳孔微微收缩。

"大熊，两天前，我去了宛如昨日研发中心，见到左叶，并亲自体验了那套设备。"

嫌疑人的眼皮垂落，继续沉默。

"你可以不回答，听我说下去！"叶萧嗓音有些沙哑，明显劳累过度，"昨天，我去了你所出生的城市。一九八五年，在你三周岁生日那天，你的亲生父亲邝远征在家中上吊自杀。半年后，丁紫娟嫁给同为知青的熊援朝。她去派出所给儿子改名字，让他跟了继父的姓氏，从邝志兵变成熊志兵。以上都发生在你三岁那年。你只记得爸爸是熊援朝，这个男人和你妈妈把你抚养长大。而你不会记得亲生父亲的存在，更不知道他就死在你的面前。"

大熊脑袋晃了一下，狠狠瞪着叶萧，仿佛遭到剥光衣服的羞辱。

"在你七岁那年，熊援朝获得宝贵的回城机会，成了小学体育老师。他通过很多关系，把丁紫娟母子俩接到身边，几年后顺利拿到户口。为了让你有跟别人一样的童年，不要背负亲生父亲自杀、跟着继父改姓的包袱，熊援朝与丁紫娟发誓永远不让儿子知道这个秘密，各自断绝与亲戚间往来。因为这些人最清楚他俩的底细。"

大熊面前的桌子摇晃，若不是作为杀人嫌疑犯被固定起来，叶萧恐怕已被他撕碎。

"请冷静！我走访了你妈的单位，你妈的老同事说，经常看到她脸上青一块紫一块，有时还一瘸一拐。刚开始她说是自己不小心摔的，后来瞒不住就承认了——你的亲生父亲邝远征是个性变态加虐待狂。"

叶萧喝了一大口茶，说："很抱歉，这是事实，当年厂里都知道。邝远征的自杀，根据当地公安局记录，其实有很多疑点。为何选在儿子三周岁生日，用皮带上吊死在家里，尸体上还有伤痕？我认为你的亲生父亲，很可能是死于他杀！"

突然，大熊从椅子上摔倒，额头磕在地板上。叶萧把他扶起来，重新加固椅子，语气调到柔和的频率："根据公安局的调查笔录记载，邝远征自杀的时候，三岁的儿子就在现场，妻子去上了个厕所，回来发现丈夫已挂在房梁上断气了。那么小的孩子不会留下记忆，但脑中会有某些片段，那种刺激太强烈了——当孩子看着自己的爸爸死亡，会成为一辈子的疑惑。所以，当你拥有了一种能力，清晰地看到过去的一切，无论三岁还是三十岁，所有记忆都像刚发生过……"

他听到男人的抽泣声，这是心理防线崩溃的标志。

"大熊，正是'宛如昨日'帮你挖出了三十多年前的秘密。在你的三周岁生日，你看到你的亲生父亲邝远征，他被一双手紧紧勒住脖子——那双手极有力量，以至于你爸爸怎么反抗都没用，因为凶手是健壮的体育老师！而你妈妈就在现场，眼睁睁看着丈夫被杀死，再伪造出上吊自杀的假象。很抱歉，是这样吗？"

沉默了三天的大熊，歌利亚巨人般轰然倒塌，喉咙里滚动着一个含混的字："是。"

审讯室里，粗壮的男人无法自控地号啕大哭，整个看守所都能听见，眼泪水滴答滴答地浸湿囚衣领子。

直到后半夜，大熊才恢复说话能力，叶萧试探着问道："能说说左叶这个人吗？"

不需要任何隐瞒了。两个月前，他接到一个固定电话，对方说是左叶，是他的高中同学。他不记得这个名字，但想起了一个外号——游坦之。

"你看过《天龙八部》吗？有个叫游坦之的，为了阿紫毁容还挖眼。念高中的时候，左叶发了满脸的青春痘，同学们给他起了'游坦之'的绰号。"

叶萧脑补了一番游坦之版的左叶。

"左叶是我最恨的人，他毁掉了我！"大熊用前额猛撞审讯桌，"要不是他给我打那通电话，我不会体验'宛如昨日'！它才是杀死我爸爸的毒药！"

"你们是哪个学校的？"

"南明高级中学，九七级二班。"

第三章

第二天，雾霾加重，宛在另一个世界。

熊志兵弑父案已告破。叶萧离开看守所，独自驾着白色大众，驶上去东海方向的高速公路，目的地是宛如昨日公司。他来到左叶面前，请求再一次体验的机会。

五分钟后，叶萧坐进那个后现代的房间，戴上整套宛如昨日设备。

隧道终点的银色光点，化作一片深蓝色的夜空。叶萧发现自己躺在草地上，四周响起秋虫的鸣叫，还有萤火虫星星点点。这不是盛夏，晚上还稍微有些凉，他穿着厚厚的外套，仰望着漆黑的星空。

他听到自己在说话，那时的声音好陌生，嫩得出水："地球每年两次穿越哈雷彗星轨道，所以五月有了宝瓶座 η 流星雨，十月就是猎户座流星雨。"

躺在秋天的星空下，他告诉表弟蔡骏，中国最适合观测流星雨的地点，是在东海深处的一座孤岛——达摩山。

沉静了一会儿，叶萧忽然想要换个时间——一九九六年。迫不及待地重新投入那条黑色隧道。冲出隧道的刹那，已是灿烂秋阳一片。

相比一分钟前流星雨的夜空，叶萧有些无所适从。变化的不仅是时间，空间也从潮湿阴冷的上海郊外，转移到尘土飞扬的北京。干燥的空气里，他认出了四周的建筑，这是公安大学的校园。他还是大一新生，嘴唇上围了一圈绒毛，攻读刑事侦查专业，辅修计算机。走进眼前的图书馆，他第一次使用借书卡，想要看几本内部资料的案例书。一排排厚厚的书架前，叶萧看花了眼。来到侦探小说的书架前，他看到一排阿加莎·克里斯蒂的作品。当他正要抽出一本《无人生还》时，却碰到两根细长的手指，正停留在《无人生还》的书边上。刹那间，两个人的手指肌肤相碰，摩擦出一片冰凉。那是女生的手，触电般弹回去。叶萧拿下《无人生还》，从漏出的书架缝隙里，看到对方的脸。

这是个梳着短发的女孩，年龄最多十八岁，估计也是大一新生。她有着北方美人的一切优点，个头几乎接近叶萧。鼻梁挺直，双眼不算很大，但眼线颇长。五官与轮廓都很匀称，目光初始有几分害羞，旋即又大胆地盯着叶萧。

她叫雪儿。来自中国最北端黑龙江的女孩，叶萧第一次真正喜欢上的异性。

这就是他选择的时间：自己与雪儿的初次相遇，在公安大学的图书馆。这本阿加莎·克里斯蒂的名作，为两人带来无法言说的缘分——《无人生还》。

摘下宛如昨日设备，他跟跄着走出实验室，狂奔到海边的野地，像溺水的人刚刚得救般呼吸困难。

"你没事吧？"

左叶走到他身后，端来一杯冰咖啡。叶萧一饮而尽，用衣角擦去额头冷汗，喘息好久。

微微的海风袭来，叶萧盯着左叶的脸看。

"我还能再体验一次吗？"叶萧最担心的事还是发生了。"宛如昨日"

14

正如熊志兵所说，是毒药。

"好，但你需要休息。每次使用'宛如昨日'，体验者都会付出很大消耗，无异于跑了十公里或在健身房剧烈运动。"

左叶给他准备了客房，就在实验室楼上，可眺望无边无际的滩涂。视野尽头，海天之间，幻影般不真实。叶萧给局里打了个电话，说需要请假一天。白天的体验太过疲倦，不到八点，叶萧强迫自己睡下。

他又梦见了雪儿。

梦醒时分，枕头已被泪水沾湿，叶萧不记得上次哭是什么时候了，脖子隐隐作痛，再不可能睡着。走出房间，他在黑暗的走廊里摸索，但找不到开关。走下楼梯，却听到某个脚步声——那是女人，鞋跟的撞击声响亮，远远还能传来回音。

他循着那声音前去，脚步无声无息，渐渐靠近他的猎物。

突然，墙上的灯亮了，照出一张女人的脸。她惊恐地后退两步。

叶萧解释说自己是左叶的客人、"宛如昨日"的一个体验者，才让那个女人平静下来。但他没有说出自己的职业。

"抱歉，我是左叶的太太。前两天有个东西落在这里了，今晚才想起来。"

叶萧注意到她的身后，正好是实验室——白天他刚从这扇门出来，里面有体验"宛如昨日"的全套设备。他明白，这个女人在撒谎。

她看起来与左叶年龄相仿，烫了蓬松的鬈发，脸上没有化妆，体型还算匀称，但论颜值嘛，仅为中人之姿。

"现在还能进去吗？"他推了推实验室的金属门。左叶的太太摇头说："别！这不是个好地方！"

"怎么说？"

"这里闹鬼！"她贴近叶萧的耳朵，好像要避开某个偷听的耳朵，"地下藏着妖怪！"

她那神秘兮兮的表情，还有喉咙里挤出的气声，都让叶萧感觉有些恶心。他回头看着幽暗的走廊，尽头依稀有一点光亮，好似"宛如昨日"里的那条隧道。

"还有啊，你真的用过'宛若昨日'了吗？"

"嗯，很奇妙。"

"所有使用过'宛如昨日'的人，都会遭遇厄运的！再见。祝你好运！"她快步甩开了叶萧，刷门禁出了大门。透过一楼的窗户，可以看到她开一辆红色的雷克萨斯，眨眼间跑得无影无踪。

"叶警官，你，没事吧？"身后响起左叶的声音，叶萧回过头来，看到他满脸疲惫，端着一杯咖啡。

"刚才我遇到了你的太太。"

"她……怎么会在这里？"

"你问我？"叶萧盯着他的眼睛，"你们俩的关系不太好吧？"

"是，几乎处于——这是个人隐私，可以不说吗？难道，这也属于你的办案范围？"

"对不起，随便问问。"

左叶不由衷地笑了一下，"但她对我很重要，或者说对'宛如昨日'很重要。"

"现在实验室还能用吗？"叶萧嘴唇发抖，看不到自己的表情，应该很糗，"睡不着，想再体验一次'宛如昨日'，现在。"

左叶犹豫了几秒钟，像是看穿了叶萧。"好吧，但不要回忆刚做完的梦，那会让你的记忆与梦境混乱。严格来说——梦也是一种记忆，有时候大脑皮层无法分辨清楚。"

子夜将至，叶萧进入宛如昨日实验室。还是左叶为他戴上设备，他将全程监控体验者的状态，若有问题会随时中止。

隧道又来了，貌似永无止境。叶萧必须选择一个时间。夜宿在这海边的房子，总能唤起某种记忆。

一九九九年八月十三日，深夜，达摩山。一片黑色的海。

"叶萧！"

雪儿在叫他。二十岁的女生，穿着清凉的背心，站在烧烤摊的灯光下。她有着北国白雪般的肌肤。

暑期，叶萧即将从公安大学毕业。体形瘦削，面容青涩。留着郭富城的三七分蘑菇头，穿着切·格瓦拉头像 T 恤。他总是反复练习拔枪姿势，嘴里叼一根光明雪糕，表情更像黑衣的基努·李维斯。

海岛上，他背了个沉重的旅行包，转头向雪儿挥手，大声喊："等我！"

他看到一个男生，满脸坑坑洼洼的青春赤痘，鼻梁上架着两个厚镜片。他蜷缩在角落，插着 Walkman 随身听的耳机，眺望大海上的夜空，好像在等待什么降临。

有人从背后叫他："游坦之，打牌吗？"

说话的也是个高中生，体形却像篮球队员，赤膊露出结实的肌肉。叶萧认出了这张脸——大熊！真名熊志兵，十七年后，他作为弑父的凶手，被自己亲手逮捕了。

至于他所说的"游坦之"，脸上发满青春痘的高中少年，自然就是十七岁的左叶。

这才是今晚必须再次体验"宛如昨日"的原因。几天前，叶萧第一次看到左叶的这张脸，就有似曾相识的感觉。当大熊在审讯室告诉他，左叶在中学时代的外号叫"游坦之"后，记忆变得越发清晰——但只有在"宛如昨日"的世界，才能确信无疑地重现这张脸。

十七年前，英仙座流星雨之夜，诺查丹玛斯预言的世界末日——叶萧、雪儿、左叶、大熊，他们都像被命运之绳捆绑着，被扔上这座名叫达摩山的东海孤岛。

"游坦之"没有理会粗鲁的大熊。

他看着左叶离开，消失在海浪与悬崖之间。

叶萧想要说话，却发不出声音；想要起身去追，身体却还停留在原处——差点忘了这只是记忆，而不是穿越！通过那条漫长的隧道，回到十七年前的自己，只是一个记忆中的魂魄。

摘下设备，宛如昨日到此为止，回到二〇一六年的深秋。左叶压住他哆嗦的左手，问他回忆到了什么。

叶萧看着左叶的脸——从耳根到鼻翼——不得不说这是一张甚为白净、会让许多女生心动的俊秀的脸。

"游坦之？"

思维未经大脑控制，他直接喊出十七年前左叶的外号。

"你说什么？"左叶慌张地后退。

事已至此，叶萧也不必兜兜转转了。"一九九九年八月十三日，你也在一座叫达摩山的海岛上？"

达摩山——全中国排名第一的流星雨观测点，孤悬于东海之上的小岛，据说在天气晴朗的夜晚，能用肉眼数出上万颗星星。

实验室的空气凝固了半分钟，恍若即将爆炸的化学气体。左叶却淡淡地说："你该回去休息了，晚安。"

次日一早，叶萧驱车离开，后视镜里留下左叶的人影。他站在阴惨惨的乌云底下，连同研发中心的屋顶都显得格外凄凉。一场瓢泼大雨即将来临。

第四章

左叶住在公司附近，一栋海景别墅，硕大的露台可眺望海天。他是典型的单身汉与技术宅，房间里堆满各种杂物，吃剩下的泡面碗在垃圾桶边围了大半圈。两年前，妻子跟他分居了，不过还住在同一个小区。创业成功后，常有人给他介绍异性，微信上也有人投怀送抱。偶尔，他会带女人来这里过夜，但从没超过第二夜。

深秋，"双十一"的雨夜，他打开冰箱喝了几罐啤酒，不知不觉在卫生间睡了一宿。当脑袋枕在马桶圈上，他梦到了十七岁，海岛，她……

清晨醒来，浑身湿透，仿佛从海里游泳上来。他戴上眼镜，打开所有窗户，裸着上半身，眺望那片海。他按下遥控板，音响里放出卡朋特兄妹的 *Yesterday Once More*。

这首歌还没放到三分之一，就戛然而止了。客厅里响起一个女人的声音："我最讨厌你听这首歌了，耳朵都要听出茧子了！"

说话的是左叶的妻子，刚拔掉音响的插头。

段美玉总是这样神出鬼没地来到他背后，她掌握着他所有的门卡和钥匙。

左叶面无表情地问："前天晚上，你怎么偷偷跑去我实验室了？"

"我不可以自己去体验'宛如昨日'吗？"

"没有我在场监控的情况下，任何人进入回忆时空，都可能会产生无法预测的危险。"

"七年前，要不是我家的资助，现在也不会有这个实验室。"

"哦，都快忘了，我们结婚已经有七年了……"

他的潜台词是七年之痒，事实上连痒都没剩下。

"我听说我们班上的大熊，下毒杀了他爸爸，被抓了——你也让他体验过'宛如昨日'，是吗？"

"是。"

段美玉的脸色异常难看，厉声道："还有哪些人？"

"抱歉，我不能告诉你，作为'宛如昨日'的开发者，我有义务保护每一个体验者的隐私。你知道的。"

雨已经停了，太阳出来驱散阴霾，段美玉走到露台上，指着下面的游艇码头说："左叶，请好好跟我说话。今天周末，难得好天气，我想坐船去海上，你能陪我去吗？"

"不，我还得去实验室加班，为了产品大规模上市，必须赶进度，再见。"

左叶披上外套，匆忙走出房门，身后传来女人刺耳的尖叫，以及电视机被砸烂的声音。

五分钟后，他回到宛如昨日实验室。

这个周末难得没人加班。他把自己关在一个封闭的房间。这里布满各种显示屏，他打开后台程序，从母系统进入子系统，熟练地输入口令，屏幕上出现一道暗门。

1.0 OR 2.0

鼠标点击 2.0。左叶戴上"宛如昨日"，通过自动程序进行控制。眼前出现黑色隧道，过去三十多年的人生，摄影展似的依次贴在墙上。这是他亲手设计的，根据人类濒死体验的描述图景。

其实，"宛如昨日"就是让人经历一次濒死体验，这是绝对不能告诉体验者的秘密图景。

左叶选择了十七岁，中学时代最后一个暑期，海岛旅行的一夜。

这是他第一次进入"宛如昨日"系统亲身体验。以往他都是在无数个电脑屏幕后面，同时透过单面透明的玻璃，观察每个体验者的表情和状态。他无数次想象过进入其中，想象那种真实到让人毛骨悚然的记忆画面。而且他相信，他的每一次记忆，最后都会停留在十七岁那年的海岛上。

一九九九年八月十三日，深夜。达摩山。

脚下踩着坚硬的石子，鼻子里充满海风的咸味。他抚摸自己的脸，十七岁的少年，痘疤恢复为青春茂盛的粉刺，月光下迸发出几粒新的小家伙，或被挤爆出几毫升脓水和鲜血。但愿这座岛上没有镜子。他的左耳里插着耳机，沙滩裤口袋里连着 Walkman，正在播放 *Yesterday Once More*——他爸爸最爱的歌。有些同学生起篝火，轮流唱着《大海》和《倩女幽魂》。等到二十一世纪，他们大多一事无成。

"游坦之，打牌吗？"

大熊在背后放肆地叫喊，他摇头，等大熊走远，他轻声说了句"王八蛋，去死吧"。

他想离那些人更远些，最好不要被任何人看到。转过几块巨大的岩石，独自沿着海岸线游荡，转眼把全世界甩到身后。来到那座黑色悬崖下，右耳净是汹涌的海浪声，头顶是一座古老的尼姑庵。

他在等她，也在等英仙座流星雨。

今晚一定会出什么大事。当时，他就是这么想的。

他又想，她大概不会来了。正要离开，有人从背后拍他肩膀。在这荒凉黑暗的孤岛上，差点以为是八百年前的女鬼。虽在黑夜悬崖的阴影下，但他千真万确认得她，哪怕只是通过嗅觉。

她穿着白色短裙，长发轻扬，靠近他耳边说："游坦之，你没想到我会来吧？"

小枝……

他紧张到忘了把耳机摘掉。达摩山海岛之夜，古庙与悬崖底下，远离所有人的角落深处，暗夜下海浪淹没两双脚踝。小枝靠近他，海风吹起发丝，纠缠着少年的耳朵与脖子，她的嘴唇印在他的脸颊上。

初吻。

耳朵深处，卡朋特重复着"Every shalala every wo'wo still shines…"

悬崖上生起了大火，可她并不在乎，好像那是专门为她准备的焰火晚会。

他把另一只耳塞塞进小枝的右耳，分享爸爸最喜欢的歌。

旋律在两个人的大脑中来回。借着头顶悬崖上的火光，他能看到她愈发苍白的肤色，嘴唇上渗出鲜红斑点，被她自己的牙齿咬破的。多年以后，他后悔没有及时把耳机从她右耳摘出来，而是任由 *Yesterday Once More* 循环了一分钟。

她发出细细的尖叫，频率高到人耳无法听清。她从十七岁少年的身边挣脱，背对达摩山的断崖，面朝黑色无边的太平洋，狂奔而去。

他只看见一个白幽灵般的身体，美人鱼似的没入汹涌海水。

流星来了。

只抬头看了一眼，好像有什么刺眼的东西从头顶掠过，分不清是流星还是火光。他又盯着黑色水浪与白色泡沫相间的海面，大声呼唤她的名字。中华白海豚似的忽隐忽现，背鳍上缠绕着湿透的乌发。海风夹着苦咸的浪珠，无比真实地打到脸上，难以分辨是记忆还是什么。

岛上有规定，晚上严禁下海游泳，这片海域有许多暗礁和漩涡，去年夏天淹死过好几个人。

再也看不到她了，海面上升起一团氤氲的气雾，模糊了他的眼镜片，海底似乎隐藏着东海龙王狰狞的宫殿。

他会游泳，五岁开始就学会了。可是，眼前这片黑漆漆的大海，似一口巨大的蒸锅，冰冷而沸腾，蚀骨销魂，一旦落入其中，任何人都无法幸免。

泡在海水里的脚踝，像被烧焦而融化。他摘下耳机，脱了外衣，只剩一条短裤，却再不敢往前走一步。

这就是记忆，不可更改的时间轴上的串珠，每一粒都闪闪发光，哪怕暂时被锁入抽屉，它们也仍在黑暗中闪烁，不时蹦出来刺瞎你的双眼。

他看着脚底下的海水，有一道透明的墙，横亘于少年与此刻的自己之间，阻拦着你打破某种看似坚不可摧的东西，有人叫作时间，有人叫作命运。

唱歌的那个女人，早已在另一个世界。

第五章

死者是在周日清晨被发现的，扭曲地歪在滩涂地上。三十岁上下的女性，穿着白色运动衣，四肢上缠着一些水藻，脸上布满黑色淤泥。从她的裤子口袋里，发现一张游船码头的会员卡，印有她的姓名——段美玉。

一小时后，叶萧开车来到海边。尸体正在被拍照留档，透过淤泥和水藻，叶萧看到了她的脸，还有一双惊恐的眼睛。

三天前的深夜，在宛如昨日的实验室门口，这个女人自称是左叶的妻子。叶萧清晰地记得她说过的话："所有使用过'宛如昨日'的人，都会遭遇厄运的！"

果然，她死了。

叶萧提着裤腿蹲下来，拧起眉毛，盯着段美玉死不瞑目的眼睛——她在临死前看到了什么？

夹竹桃和芦苇丛中的宛如昨日公司。星期天，只有保安在值班，说昨天上午左叶回了公司，至今没出来过，他常开的 SUV 还停在院里。

叶萧独自闯入宛如昨日公司，看了一眼宛如昨日的 Logo，孤岛上空飞过流星雨，还有那行文字"我们存在于记忆中"，楼上楼下搜索了一遍，卫生间也没放过，都未见左叶的踪影。

他想要进入那间实验室。保安说只有左叶才能进去，也许还有左叶的夫人，她才是这里真正的主人。实验室的金属门非常坚固，叶萧只能呼叫警方增援。

半小时后，局里派人赶到，送来破门工具，强行打开隔壁的实验室。这是一个环形空间，平时体验者就坐在中间的椅子上，边上放着"宛如昨日"体验设备。后面是个封闭的密室，便于监控使用过程，有许多台电脑，以及密密麻麻的各种仪器。

没有人。

案发当天，保安明明看到左叶进来过，怎会在实验室里消失？听起来像密室杀人案。监控探头的覆盖范围并不全面，整栋楼有许多死角。实验室门口就没有，走廊连接着一道边门。四面围墙低矮，形同虚设，很容易翻墙而出。所以，左叶还是有躲开保安、秘密潜出研发中心的可能。

在实验室的体验椅底下，叶萧发现了一副眼镜。近视的镜片，大约四五百度。他认得，这是前两天左叶戴过的眼镜。保安说左叶平常只戴这副眼镜。通常来说，近视的人不会把眼镜丢下自己跑掉的，这是个疑点。

左叶的电话关机。警方去了他常住的海景公寓，客厅的电视机液晶屏碎了一地。邻居反映了一个情况——昨天早上，左叶的妻子来过这里，别墅里发生过激烈争吵，好像还有电器被砸坏的声音。而整个小区都知道，他们夫妻关系糟糕。

落地窗外是灰色大海，叶萧走到露台上，打开手机，看刚传来的资料。段美玉只比左叶小七个月，他们是高中同学——南明高级中学，九七级二班。

段美玉家境不错，父亲早年下海经商，名下有不少资产。有几张她的照片，相貌平平，配"游坦之"也算可以了。高中毕业后，托父亲的关系，她去英国留学三年，回来后没有上班。二〇〇九年，左叶从美国读了博士学位归国，同学会上两个人重逢，不知是谁开始追求谁的，两个人谈恋爱了。那一年，左叶创办了宛如昨日科技公司，但急需一千万的启动资金。不久，他跟段美玉领证结婚。身家丰厚的岳父，帮女婿完成了 A 轮融资，可以算是女儿的嫁妆了。第二年，宛如昨日研发中心落成，从政府拿地到开工建设，全是段美玉老爸一手完成的。他认定这个项目是摇钱树——老头子眼光超准，古歌收购宛如昨日，首先套现获利的就是他们家。

可惜，老头子没算准女儿会死于非命。叶萧接到法医消息，确认海滩上的尸体就是段美玉，死因是溺水。但在死者额头，有被钝器击打的新伤。初步判断是被人打落水中，昏迷后淹死的。死亡时间，大约在昨天下午两点到四点之间。

照常理判断，左叶有重大杀人嫌疑。不过，左叶的事业正接近成功巅峰，在这个节点蓄谋杀妻，实在不合情理。除非是激情杀人，一时失手。

叶萧觉得没那么简单。他调查了左叶消失前的上网记录，以及微博与微信账号。左叶很少使用社交软件，最近的一条微博，是去年七月份转发评论别人的——

@蔡骏：#最漫长的那一夜#你有过在深夜街头独行的经历吗？你有过在黑夜里做出最疯狂的事吗？你有过在后半夜哭成狗的时刻吗？你有过在午夜出租车上听到最诡谲的故事吗？你有过在……请告诉我——你所经历过的最漫长的那一夜。

晕，居然是表弟的微博。

左叶的评论是这样的——

　　一九九九年，十七岁，海岛旅行。深夜，海边有悬崖和古庙，黑色大海激起黑色浪头，像黑色天空拍打黑色乱石。你们生起篝火，一群人吃着海鲜烧烤傻笑，轮流唱张雨生还有张国荣的歌。时光一晃，两个歌手都已不在人世，而我还活着。她呢？最漫长的那一夜，我终究是错过了。好遗憾啊。你好，宛如昨日。

不错，十七年前，他们都在那座叫达摩山的海岛上。

接下来的发现，印证了这座岛的重要性，左叶的支付宝账号有条记录——他订购了一张船票，时间是今年的十二月十三日，目的地是达摩山。

叶萧永远不会忘记那个地名。他知道左叶有着跟自己相同的爱好：天文学和流星雨，第二天，十二月十四日，正是双子座流星雨爆发的峰值。

左叶计划下个月去海岛看流星雨，至少证明他不太可能自杀，也算是一个小小的突破。

这天开始，叶萧决定住在实验室，专案组现场办公。局长批准了他的申请，两起命案都与"宛如昨日"有关，开发者左叶成了杀人嫌疑犯，不排除还会再发生第三起命案。而这里有"宛如昨日"所有的技术资料，必是破案的关键。

实验室的小房间，叶萧坐在左叶的电脑前。毕竟是读过计算机专业的，反复研究了一个通宵，终于攻破管理员密码。进入后台操作系统，通常的Windows NT Server，乍看并不复杂。但这只是一个母系统，底下还可能隐藏和延伸着无数个子系统。

首先，他发现了"宛如昨日"体验者的编号记录，从001号到048号。

看到031号体验者，叶萧眼前一亮，果然是她——段美玉。

身份证信息显示就是她本人，左叶让妻子来体验"宛如昨日"，而且是第一个心理治疗的案例。段美玉的心理问题又是什么？她的死，跟"宛如昨日"的体验有关吗？

再看032号体验者：熊志兵。

大熊啊！使用时间在九月下旬，也跟他所交代的时间相符合。

再往后的体验者，从033号到046号，包括之前的段美玉和大熊，有个可怕的共同点——他们都出生于一九八二年九月到一九八三年八月之间，这个代表什么？联想到段美玉与大熊是高中同学，这个出生时间段，恰好是一九九七年升上高中的入学年龄。

左叶这家伙到底想干什么？

从031号段美玉，到048号左叶，除了047号叶萧，总共有十七个南明高中九七级二班的老同学体验过"宛如昨日"！段美玉说所有使用过"宛如昨日"的人，都会遭遇厄运，难道左叶在设一个大局？他自己这么晚才体验，又是为什么？禁不住毒药的诱惑？

外面应该天亮了，叶萧的颈椎都快要断了，从屏幕前起身，用力挥了挥拳头，打向空气中不存在的敌人。

接下来，有得好忙啦，必须走访这个名单上的所有人。除了失踪的左叶、死亡的段美玉、看守所里的大熊，还剩下十五个（但愿他们此刻都还安全），等待叶萧去发掘每个人心里的秘密。

忽然，电脑一下子黑屏了，叶萧惊呆了，重新坐下来，便看到屏幕上出现一行刺眼的白字——

警报！她在危险状态！

系统有病毒入侵，还是自带毁灭程序？一旦不是左叶本人登录，或者执行了什么非法操作，就要一切烟消云散？

她在危险状态？这个"她"是谁？至少不会是死后的段美玉。抑或，"她"就是整个"宛如昨日"的代称？

26

叶萧的手指头在颤抖，放在键盘上犹豫了半天，既不敢按 Enter，也不能碰 Esc，更不可以动用 Delete。

面对现在的计算机程序，当年叶萧在公安大学接受的知识早就落伍了。这个后台系统，关系到自己以及许多人的秘密。不管它会不会给人带来厄运，至少对叶萧来说——"宛如昨日"，就是一件无价之宝。绝对不能因为自己的鲁莽和不专业，从而毁掉一项重大发明。

叶萧退出实验室，走到眺望大海的野地。天还蒙蒙亮，树上有早起的鸟儿——它们不需要回忆，更不需要"宛如昨日"，真他妈幸运。

他拨通了局长的电话，要求立即派遣一个顶级的、最资深的、懂最新技术的计算机专家。

第六章

十二个钟头后。

宛如昨日的实验室。有个男人缩在座位里，戴着一副很大的墨镜，一动不动。

"你好！"

她敲了敲墙壁，男人毫无反应，挺尸了？她害怕会闻到腐烂的气味，但还是踮着脚尖靠近，把手伸到对方鼻孔跟前。

突然，男人抓住了她的手腕。

她开始尖叫，用另一只手甩起包，狠狠砸到对方脸上。男人终于松开手，摘下可穿戴设备，露出苍白的脸，嘴唇边破了一道血口子。

他从椅子上跳起来，暴怒地看着眼前的姑娘。

"我是——对了，你是谁啊？"她下意识地抱住自己的脑袋，大着胆子问了一句。眼前的大叔，满脸的胡茬，像个刚输了钱的赌徒。

"警官，叶萧。"

他的音色像钢琴的低音键，抹去嘴唇上的血迹，从裤子口袋里掏出警官证。

果然是他！过来的路上，她已查过叶萧的资料。虽然，他的实际年龄要再大几岁，但这张脸跟照片也对得上。正面观察这个男人，身高大约一米七八，只穿了件白衬衣。身材不错，看得出经常格斗锻炼，属于穿衣显瘦脱衣有肉的那种人。

她怯生生地掏出一张名片，事业单位的标配，没有任何设计，白底黑字——

公安部计算机犯罪研究所 盛夏 助理研究员

"我晕！"叶萧拍了拍自己脑袋，"就是你？我要的公安部专家，顶级的、最资深的、懂最新技术的，就是你？"

"这个嘛——专家是有的，顶级的、资深的、懂最新技术的，我们所里都有！不过嘛，一个在欧洲开学术会议，一个在公安部金融犯罪司培训，还有一个上礼拜骑助动车滑倒了，不幸骨折住院。"

"太棒了！"

"别说反话嘛！不是你要求今天一定要赶到现场的吗？那就只能派我过来了。"这个叫盛夏的姑娘，伪装成低三下四的语气说，"对不起哦，怪我咯。"

虽然，叶萧没发出声音，但看口型出言不善。她皱了皱眉头说："虽然，我不是顶级的，也不是最资深的，但我是我们所里最年轻的助理研究员，主要研究对象为虚拟现实与人类思维互动，简单来说就是 VR。我符合你的三个要求的最后一条：懂最新技术。"

叶萧摸了半天才找出手机，iPhone 6S 又没电了。他挠了挠头，说："能不能借我用下手机？"

"干吗？"

"有急事，给局长打电话。"

盛夏把手机交给叶萧，只见他迅速拨打了一个号码。

"喂，老王啊，下个月我们约时间，一块儿去培训中心练散打吧？干吗？这样我就能光明正大地揍你了啊！我问你要公安部的计算机专家，你竟然给我派了个90后的小姑娘！你——喂？喂？滚吧！"

叶萧红着脸通完电话，把手机交给目瞪口呆的盛夏。

气氛有些尴尬，她挤出一张笑脸说："叶警官，现在我们可以开始工作了吧？能告诉我遇到的具体问题吗？"

叶萧蜗居的小房间里弥漫着电脑等IT设备聚集的特有气味，并且一年四季开着超强的冷气，要是夏天就只能裹着毛毯工作了。

最重要的那个屏幕上，闪烁着黑底白字——

　　警报！她在危险状态！

盛夏从未看到过这种指令，回头问："持续多久了？"

"今天一大早，我不敢乱动电脑，只能给老王打电话。"

"你做得对，必须十分小心。有时候这种系统，是专门给外部入侵者设的陷阱，稍有不慎就会闯祸。"

盛夏从包里掏出个U盘形状的东西，插入电脑主机USB接口，同时连接到自己的笔记本电脑。释放出黑客软件解锁这个后台的防火墙非常棒，可以避免百分之九十九的外部病毒，以及各类型黑客攻击。只要大型主机遭到入侵，所有的输入设备，比如键盘或摄像头，都会被锁定而无法再输入任何指令。系统同时也具备向外发起后门程序和网络监听的条件。

然后，她针对这条警报，当场模拟编写了几段程序，花去了一两个钟头。

深夜时分，盛夏做出了判断，这条奇怪的黑屏警报，是从一个封闭的局域网发出的，也就是在这个实验室的内部。

她尝试输入好几十种不同的口令与警报对话，前面那些全都毫无反应，最后一个却让屏幕滚动起来，从上到下，从左到右，铺满了一串串的字母。

看到这刷屏般的字符，盛夏读出了一个英文单词——

Down

向下！

联想到刚才的那句话——"警告！她在危险状态！"——盛夏低头看着硬邦邦的水泥地面。

叶萧有些着急："什么意思？提示我们向下去找？实验室就是一楼了啊。"

"这里有地下室吗？"盛夏边敲打键盘边说，"根据系统提示，这栋楼里有两个机房，一个就在这间实验室，还有一个，你知道吗？"

"我仔细搜查过整栋楼，但确实没有发现过建筑图纸。"他摇着头走到外边，重新打开所有的灯。三更半夜，两个人开始在一楼翻箱倒柜。叶萧找来一把小榔头，不断敲着地板，希望听到底下有空洞声。

摸到走廊的另外一端，有个小办公室，平常无人办公，据员工说只有左叶有钥匙可以出入。这个房间是个密室，蒙了很多灰尘，没有窗户，只有靠墙处有个铁皮柜，以前国有机关单位的那种，在互联网科技公司就像是老古董。叶萧当然检查过柜子，只有些普通的文件合同，并无特别之处。

"这堵墙后面是什么？"

叶萧想了想说："应该就是外墙了，不过没有窗户，谁知道呢？"

不过，他看到柜子旁边的地板比别处的干净很多，柜子有明显被移动的痕迹，立刻脑袋开窍了。叶萧用力移开这面柜子，暴露出后面整堵墙，赫然跳出一道金属门。

眼睛被扎疼了一下，他就差扇自己一耳光，这就是地下室的入口吧。

但这是密码门，打不开。

显而易见，只有左叶掌握着这道门的密码，或许还有段美玉。

"后退！"

叶萧从腋下掏出一把手枪，对准密码门的把手。

"你要干什么？"

盛夏捂着耳朵远远躲开，虽然是公安大学毕业的，但她读的是计算机和虚拟现实专业，基本没有接触过武器。

等了好几分钟，还没听到刺耳的枪声，叶萧颓丧着出来了，"我想起几天前，局里调过来一台破门锤，可以用那个家伙。"

叶萧黑着脸扛回来一个沉重的柱状物体。他握着破门锤的把手，使劲抢起，手起锤落，至少发出上百公斤的力道。

伴随着轰隆巨响，盛夏还没来得及乱叫，密码门就被破开个大口，空气中飘满金属碎屑。叶萧伸手进去打开门，里面是一条深深的地道，两边亮着暧昧的冷光。

"左叶可能就在下面！"

这回叶萧并没有掏枪，而是小心地走在前面，他并没有注意到，盛夏大胆地跟在后面。

台阶走到尽头，果然是个地下室，布满各种电子设备，机房里的灯还在一明一灭。她看到一个玻璃房子里，有张类似医院里的病床，旁边摆着许多医疗器具，比如氧气瓶、输液架子、生命体征监控器，等等。

一个少女。

没错，宛如昨日隐秘的地下室，玻璃房子的病床上，躺着个十七八岁的少女。

监控器的灯光闪烁，警报声响个不停。叶萧就像长途跋涉的朝圣者，双腿微微战栗，几乎要跪倒在她面前。

少女的长发如同黑色花瓣，在雪白的病床上绽开。几近透明的苍白皮肤下，隐约可见青紫色血管，似乎随时将幻化作羽绒飘散。她双目紧闭，嘴角微翘，残留着一丝血色，就像古墓棺材里千年不朽的女尸。

盛夏有种怪异的感觉，眼前这位少女的表情，好像正在嘲笑自己。

她认识她。

＃最漫长的那一夜＃大长篇

《宛如昨日》（第一卷）将于夏秋季出版上市。敬请期待。

（本品仅为试读本，最终内容以正式出版物为准。）

《赶尸列车》

《舌尖上的一夜》

扫一扫，抢先看＃最漫长的那一夜＃漫画